दो सुल्तान, दो बादशाह
और
उनका प्रणय-परिवेश

दो सुल्तान, दो बादशाह और उनका प्रणय-परिवेश

हेरम्ब चतुर्वेदी

वाणी प्रकाशन

वाणी प्रकाशन
4695, 21-ए, दरियागंज, नयी दिल्ली 110 002

शाखा
अशोक राजपथ, पटना 800 004

फ़ोन : +91 11 23273167 फ़ैक्स : +91 11 23275710

www.vaniprakashan.in
vaniprakashan@gmail.com
editorial@vaniprakashan.in
sales@vaniprakashan.in

DO SULTAN, DO BAADSHAH AUR UNKA PRANAYA-PARIVESH
by Heramb Chaturvedi

ISBN : 978-93-5229-366-7
Novel

प्रथम संस्करण
मूल्य : ₹ 350

यश प्रिंटोग्राफिक्स, नोएडा-201 301 (उ.प्र.) में मुद्रित

वाणी प्रकाशन का लोगो मक़बूल फ़िदा हुसेन की कूची से

अपनी पत्नी,
आभा
के लिए,
जो इन कहानियों की
प्रथम
श्रोता
और
पाठक
भी
हैं...

अनुक्रम

भूमिका
9
महक के प्रेम से महकता अलाउद्दीन
21
शेरशाह : सैनिकों के साथ स्त्रियों का योगदान
63
बाबर : कोमल एवं भावुक पक्ष और उसके वैवाहिक सम्बन्ध
95
औरंगज़ेब : प्रेम, राजनीति और सत्ता संघर्ष
141

भूमिका

साढ़े तीन दशक से अधिक इतिहास के अध्यापन से एक बात तो साफ़ हुई कि इतिहास की अनेक गुत्थियाँ, अभी भी जस की तस बनी हुई हैं। सम्भवतः इसीलिए लोक का जो इतिहास-बोध है, वह वास्तविक ऐतिहासिक तथ्य से बहुत फ़र्क़ प्रतीत होता है? एक तो अतीत की घटनाओं का एकपक्षीय विवरण उसकी वस्तुनिष्ठता पर प्रतिकूल प्रभाव डालता है, दूसरी ओर, उन घटनाओं की व्यक्तिगत व्याख्याएँ रही-बची कसर पूरा कर देती हैं! इसके अतिरिक्त, कुछ घटनाओं के वर्णन भी अपूर्ण रूप से प्राप्त हैं। कुछ में तो जितना लिखा नहीं गया है, उससे कहीं अधिक छुपाने की चेष्टा साफ़ दृष्टिगोचर होती है! इसलिए ज़रूरी ही नहीं, यह अपरिहार्य है कि हम नये सिरे से अपने स्रोतों का वैज्ञानिक व वस्तुपरक ढंग से परीक्षण व अध्ययन करें! और, यकीन मानिये नये तथ्य और उनके नये आयाम और अर्थ स्वतः ही उभरकर सामने आ जाएँगे। हमने इस विधि से वर्तमान कथाओं का संकलन मात्र किया है!

इतने वर्षों के अध्ययन-अध्यापन से यह भी स्पष्ट हुआ कि जब तक विषय को दिलचस्प ढंग से प्रस्तुत न किया जाये, इतिहास के विद्यार्थी ही उससे ऊबने लगते हैं। तो ज़ाहिर है, आम जन और सामान्य पाठक भी इतिहास में क्या खोजता है, यह जगजाहिर है! उस दृष्टिकोण से इन कथाओं का अपना महत्त्व होगा ही! वास्तव में, इससे यह भी स्पष्ट होता है कि जिन कथाओं को गौण या हाशिये का मान लिया जाता है, वे न तो उतनी गौण हैं, न वे अप्रभावी हैं और न ही उनका बहुत सीमित प्रभाव है, अपितु इतिहास के अध्ययन में ये व्यक्तिगत तत्त्व प्रभावशाली व महत्त्वपूर्ण तथ्य होकर उभरते हैं। इतिहास में किसी विज्ञान-प्रयोगशाला की तरह से किन्हीं दो तत्त्वों को नियन्त्रित करके किसी तीसरे के विषय में नहीं पता चलाना पड़ता है, अपितु इसमें अतीत की घटनाओं को जस का तस तो निर्मित नहीं किया जा सकता। अतः उस 'मानव तत्त्व' को गौण करके न तो किसी व्यक्तित्व और न ही उससे सम्बद्ध किसी घटना का सही एवं पूर्ण मूल्यांकन सम्भव है। इस परिप्रेक्ष्य में ये कहानियाँ उस काल को, उस व्यक्ति को, उसके परिवेश को समझने में अपना पूरा योगदान देती हैं।

वास्तव में भारतीय इतिहास का मध्यकाल आकर्षक भी है, दिलचस्प भी और महत्त्वपूर्ण भी। वस्तुतः यहाँ विदेशी आक्रान्ता आते ही रहे और जीत हासिल करके शासन, सत्ता की जड़ें जमाते रहे। एक दृष्टिकोण से भारत उन्हें जीतता रहा। अतः यहाँ का जीवन अपनाकर वे भारतीय हो गये थे। किन्तु, मध्यकाल में हमारे देश में एक नये परिवेश का निर्माण हुआ था—एक नितान्त नये धर्म और उस पर आधारित लगभग विभिन्न संस्कृति के आगमन के चलते। इतना ही नहीं, इन परिवर्तनों और उसके फलस्वरूप होनेवाले पारस्परिक विवाद से लेकर संघर्ष, और फिर संवाद, और फिर शान्तिपूर्ण सह-अस्तित्व का बोध। 'इंडियन हिस्ट्री कांग्रेस' के प्रथम अध्यक्ष रहे सर शफ़ात अहमद खाँ ने तो अपने अध्यक्षीय भाषण में ही कहा था कि जब दो विपरीत ध्रुव जैसे धर्म व संस्कृतियाँ सत्ता के संघर्ष में रत होती हैं, तब हर स्तर पर संघर्ष अपरिहार्य होता है। तब क्योंकि एक संस्कृति राजनीतिक सत्ता खो रही होती है एवं दूसरी विजयी संस्कृति सत्ता के मद में चूर अपनी श्रेष्ठता साबित करने से बाज़ नहीं आती है, अतः भारत में इस्लाम के अनुयायियों द्वारा सत्ता हस्तगत करने के प्रारम्भिक वर्षों, दशकों या शताब्दी में, यह संघर्ष अपरिहार्य ही नहीं रक्त-रंजित भी था। किन्तु, जैसे-जैसे वे राजनीतिक स्थिरता प्राप्त करते गये और भारत पर अपनी पकड़ मजबूत बनाते गये, वैसे-वैसे स्थानीय रीति-रिवाजों, परम्पराओं की समझ विकसित करने लगे और फिर उनमें स्वाभाविक रूप से शान्तिपूर्ण सह-अस्तित्व का भाव जाग्रत हो गया। यह भाव देर-सबेर जाग्रत होना भी था। दोनों ही समुदायों के कार्य एक-दूसरे के बिना पूर्ण नहीं हो सकते थे, अतः इस तरह की समझ ने मध्यकाल को एक ऐसा वातावरण दिया, जिसमें दोनों समुदायों, संस्कृतियों के पारस्परिक विनिमय का काल प्रारम्भ हुआ। खान-पान, रहन-सहन, तौर-तरीकों, सभी पर सन्निकट रहने के चलते एक-दूसरे का प्रभाव पड़ना अपरिहार्य था।

मध्यकालीन भारत में प्रारम्भिक तुर्क-अफ़गान शासक सुल्तान थे और बाद के बर्लास (चगताई) तुर्क या मुग़ल शासक बादशाह कहलाये। इस संकलन में जिन शासकों की सत्य कथा कहने का निर्णय लेखक ने लिया है, उनके चयन का पहला आधार यही था कि तुर्क-अफ़गान शासकों का विरुद या खिताब 'सुल्तान' था। इन सुल्तानों में से दो सर्वश्रेष्ठों का चयन किया गया है। बाद के बर्लास (या चगताई) तुर्क शासक, जो सामान्यता 'मुग़ल' बादशाह कहलाये, उनमें से भी दो का चयन किया गया है। जहाँ तक दिल्ली-आगरा के सुल्तानों का प्रश्न है तो पहला महत्त्वपूर्ण शासक ज़ाहिर है, अलाउद्दीन था, जिसने तुर्क सत्ता को उत्तर भारत के प्रमुख शहरों व नगरों से निकाल कर गाँव तक पहुँचाया। जी हाँ, खलजी भी तुर्क ही थे, जो सदियों पहले अफ़ग़ानिस्तान के 'गर्म प्रदेश' में जा बसे थे। चूँकि वहाँ की स्थानीय भाषा में 'गर्म प्रदेश' या क्षेत्र को 'खल्ज' कहते थे, अतः ये निवासी 'खलजी' कहलाये।

पाश्चात्य विद्वानों व इतिहासकारों ने अपने अशुद्ध उच्चारण से इसे 'खिलजी' कर दिया? आज भी, त्वचा को साफ़ या सफ़ेद करनेवाले विज्ञापन और इनकी बिक्री बताती है कि हम आज भी अपनी 'औपनिवेशिक मानसिकता' से उबर नहीं पाये हैं? आंग्ल या पाश्चात्य इतिहासलेखन के प्रभावस्वरूप हम आज भी 'खलजी' को 'खिलजी' कहते हैं।

दूसरा प्रमुख सुल्तान शेरशाह के अलावा और कौन हो सकता है? यह चयन अनेक कारणों से अपरिहार्य है। प्रथम तो वह मुग़ल सत्ता को भारत से उखाड़ फेंकने में सफल हुआ था। दूसरा, जिन अफ़गान शासकों तथा लोदियों के अन्तिम शासक, इब्राहिम से बाबर ने सत्ता छीनी थी, उसी बाबर के पुत्र को पराजित करके, भारत से पलायन करने के लिए बाध्य कर दिया था। तीसरे, भारत में तुर्क सत्ता की स्थापना के पश्चात नये इस्लामी सिद्धान्त का समन्वय भारतीय वातावरण में हुआ और एक 'समन्वित संस्कृति' ही नहीं, समन्वित राजनीतिक संस्कृति का भी विकास हुआ। इसी के अन्तर्गत जिन प्रशासनिक संस्थाओं और परम्पराओं का विकास भारत में हुआ, उसकी परिणति और पूर्ण औपचारिक रूप शेरशाह के काल में देखने को मिलता है। अतः भारत में द्वितीय अफ़गान साम्राज्य के संस्थापक, शेरशाह ने मध्यकाल के परिवर्तनों, संशोधनों, व प्रगति को निश्चित स्वरूप प्रदान करके, अकबर के लिए एक मानक प्रस्तुत किया। सबसे बड़ी बात जो शेरशाह के सम्बन्ध में कही जाती है, वह एक ऐतिहासिक तथ्य है कि शेरशाह एक स्थानीय भारतीय शासक था, जिसकी जड़ें भारत-भूमि और परम्पराओं में गहरी जमी हुई थीं।

जहाँ तक बादशाहों का सवाल है, इनमें से प्रथम है बाबर, जो मुग़ल साम्राज्य का निर्माता था और दूसरा औरंगज़ेब, जिसके शासन-काल के बाद मुग़ल साम्राज्य का अन्त अपरिहार्य हो गया। अतः इस संकलन की कहानियों के चरित-नायकों का चयन तार्किक और न्यायसंगत अवश्य प्रतीत होगा और इनके चमत्कारी व्यक्तित्व से मध्यकालीन इतिहास को नये कलेवर और नये आयाम में देखा जा सकेगा। हालाँकि, कालक्रम के अनुसार शेरशाह, बाबर के बाद आया किन्तु उसका विरुद या पदवी तो सुल्तान ही थी, अतः उसे अलाउद्दीन खलजी के साथ वर्गीकृत किया गया है। इसी प्रकार, भारत में मुग़ल साम्राज्य का संस्थापक बाबर था और औरंगज़ेब उसका अन्तिम महान मुग़ल शासक, अतः इन दोनों का चयन बहुत स्वाभाविक था। एक दूसरा आधार था कि लोगों, पाठकों, इतिहास में दिलचस्पी लेनेवालों में अकबर, जहाँगीर, शाहजहाँ आदि के क़िस्से तो बहुत ही लोकप्रिय हैं, किन्तु अलाउद्दीन खलजी या शेरशाह या औरंगज़ेब के बारे में तो उनके भावुक पक्ष को सदैव नकारा ही गया है? इन व्यक्तित्वों के इस आयाम पर कभी कोई तवोज्जह ही नहीं दी गयी। किसी को उनके इस प्रकार संवेदनशील होने के विषय में ज्ञात ही नहीं है, जबकि इन

सभी व्यक्तित्वों के जीवन में जब प्रेम ने पेंगें मारीं, तभी वे किसी निर्णायक युद्ध में शिद्दत से उतरे और वाकई पार भी उतरे!

जो क्षणिक ज्वार, व्युत्पन्नमतित्व और त्वरित निर्णय की क्षमता युद्धों में विजय दिलाने में भूमिका अदा करती है, वही इन व्यक्तित्वों की खूबी भी थी और वही इन्हें इनके जीवन में इनके प्रणय और परिणय प्रसंगों में भी निर्णयाक मोड़ पर ले जाती है। काश, अलाउद्दीन खलजी के पिता और चाचा के बीच करार न होता और, उन्होंने अपने प्रारम्भिक संघर्ष के काल में अपनी पारिवारिक एकता के लिए बचपन में ही अपने बच्चों की शादी तय न कर दी होती तो शायद अलाउद्दीन कभी शासक न बन पाता। संयोग से उसका पिता तो गुज़र गया और उसका चाचा, बलबन के अन्तिम उत्तराधिकारी को अपदस्थ करके जलालुद्दीन खलजी के विरुद से शासक और खलजी वंश का संस्थापक बन गया। इस पूरे प्रकरण में समस्त खलजी भाइयों और बहन के बच्चों ने ही बढ़-चढ़ कर भूमिका निभायी थी, अतः अगले छह साल भी वे ही सक्रिय रहते हैं और नये जोश-खरोश से सत्ता का खेल खेलना चाहते हैं। उन्हें अपने वालिद या चाचा या मामू का लचर प्रशासन और उदार दृष्टिकोण रास न आता? अतः उसी के शासन-काल में सत्ता का संघर्ष शुरू हो गया।

किन्तु, इस सत्ता-संघर्ष ने एक नया मोड़ इसलिए लिया, क्योंकि अलाउद्दीन की पत्नी, जो सुल्तान की बड़ी और सरचढ़ी बिटिया थी, वह अलाउद्दीन को अपने पिता या सुल्तान का एक मुलाजिम ही मानती थी, जिसे पद और प्रतिष्ठा सिर्फ़ उसके साथ हुए विवाह के कारण मिले लगते थे! अतः वह अपने पति को हिकारत की नज़रों से देखती रही और उसकी माँ जो स्वयं एक महत्त्वाकांक्षी महिला थी, वह भी आँख बन्द करके अपनी पुत्री का साथ देती थी। जब अलाउद्दीन कड़ा-मानिकपुर का इक्तिदार या प्रमुख हो गया, तब भी वह उसके साथ नहीं गयी। जैसा कि स्वाभाविक था, अलाउद्दीन को जीवन के इस शून्य को उसकी एक माशूका ने भर दिया! पहले न अलाउद्दीन की पत्नी को उससे कोई मतलब था और न पति के नाते कोई परवाह, किन्तु जब वही पति उस प्रेमिका के साथ उसकी नज़र में आया, तब उसने उस बेचारी पर प्राणघातक हमला कर दिया। और यदि अलाउद्दीन प्रतिआक्रमण न करता तो उसका बचना असम्भव ही था। किन्तु अब दोनों की जान जोखिम में थी। अतः वह दिल्ली से कड़ा-मानिकपुर तक ही नहीं भागा, अपितु जान के लाले पड़ने पर अपने संसाधनों में वृद्धि भी की और अन्ततः आत्म-रक्षा के लिए वह निर्णायक क़दम भी उठाया, जिसने उसे स्वतन्त्र शासक बनाकर उसका जीवन सुरक्षित कर दिया।

इतना ही नहीं, मध्यकालीन भारत में उत्तर भारतीय शासकों का ध्यान भी

दक्खन व दक्षिण भारत की ओर अलाउद्दीन खलजी के इस प्रकरण के कारण ही गया। अली गुर्शस्प के रूप में उसके मालवा-अभियान में उसे धन-सम्पदा तो मिली ही, दक्खन स्थित देवगिरी के यादव राज्य और उसकी समृद्धि की सूचना भी मिली। उसने समस्त सम्पदा तो अपने चाचा व श्वसुर सुल्तान जलालुद्दीन खलजी के चरणों में अर्पित कर दी, किन्तु दक्खन के देवगिरी राज्य के वैभव व अतुल धन-सम्पदा की सूचना अपने सीने से लगाकर रखी। हर सफल योद्धा का कोई एक अमूल्य व अचूक रहस्य होता है, जिसे वह सिर्फ अपने लिए रखता है, ताकि भविष्य में आवश्यकता पड़ने पर उसे तुरुप के पत्ते की भाँति इस्तेमाल कर सके। इसी तरह से अलाउद्दीन खलजी ने यह राज़ अपने सीने में दफ़न रखा और जब निर्णायक मोड़ पर संसाधन की आवश्यकता पड़ी तब उसने देवगिरी पर आक्रमण करके न केवल धन अर्जित किया, अपितु इसी अभियान से उसे वे साधन सहज उपलब्ध हो सके, जिनसे राज्य व सत्ता पर सुदृढ़ अधिकार सम्भव हो सका। इसी दक्खनी धन से वह अपने चाचा, श्वसुर, प्रश्रयदाता जलालुद्दीन की हत्या करके, अपने विरोधियों का मुँह बन्द करके कड़ा-मानिकपुर से दिल्ली तक पहुँच पाया था। और, इसी ने भारतीय इतिहास के मध्यकालीन शासकों के लिए दक्खन और दक्षिण की ओर प्रवेश-द्वार खोल दिया। अतः दक्षिण से उत्तर भारत के मध्ययुगीन शासकों का सम्पर्क-सम्बन्ध भी एक सुल्तान के असीम प्रेम के कारण ही सम्भव हुआ था।

शायद मध्यकालीन भारत के शासकों की दक्षिण नीति की यही शुरुआत वह कड़ी है, जिससे इस संकलन का पहला नायक, अलाउद्दीन खलजी और अन्तिम नायक, औरंगज़ेब बँधते और जुड़ते हैं। जहाँ खलजी जैसा नायक मध्यकालीन भारत का प्रथम शासक बनता है, जो दक्खन और दक्षिण भारत में प्रसार का न केवल सपना देखता है, अपितु उसे अमली जामा भी पहनाता है। वहीं दूसरी ओर, औरंगज़ेब जो इस संकलन की चौथी कहानी का नायक है, वह उसी दक्खन में अपने जीवन व शासन-काल का उत्तरार्द्ध व्यतीत करता है। औरंगज़ेब का दुर्भाग्य था कि वह जीवित या मृत उत्तर भारत वापस नहीं आ सका। वहीं मरा और दफ़न भी हो गया। दूसरी बात यह भी है कि जहाँ एक ओर अलाउद्दीन खलजी ने अपनी 'कृषक-क्रान्ति' के द्वारा भारत में तुर्क सत्ता सुदृढ़ की, वहीं दूसरी तरफ, औरंगज़ेब को 'दक्खन के नासूर' ने नष्ट कर दिया। इसी से भारत में तुर्क (याद रहना चाहिए कि जिन्हें हम मुग़ल कहते हैं, वे बर्लास तुर्क थे) सत्ता पतनशील हो जाती है।

इसी तरह, शेरशाह के जीवन में जब-जब भी उन्नति और प्रगति के मार्ग में अवरोध उत्पन्न हुए, तब-तब किसी न किसी स्त्री की हमें अहम भूमिका दिखती है, जो उसे संकट से उबारती है। कभी धन से, कभी संसाधन से और कभी तन-मन-धन से...। यदि उसके पूरे जीवन-संघर्ष को देखा जाए तो उसकी सौतेली माँ के व्यवहार

ने ही उसे घर से दूर जौनपुर में रहकर विद्यार्थी जीवन व्यतीत करने को मजबूर किया। इसी अध्ययन का नतीज़ा था कि वह एक कमल की भाँति खिल सका और उसकी ख्याति चारों ओर फ़ैल गयी। उसके अपने घरवाले, नाते-रिश्तेदार, हम-बिरादर अफ़गान सब उससे ईर्ष्या करते थे। वे उसकी क्षमताओं से वाकिफ़ थे, अतः जानते थे कि यह व्यक्ति अपने अदम्य साहस, शौर्य, विवेक, दूरदृष्टि से कुछ भी हासिल कर सकता है। वे जानते थे कि असम्भव को सम्भव करने का ही नाम फ़रीद है, अन्यथा उसे शेरखाँ की उपाधि ऐसे ही नहीं मिली थी। वह उसके सर्वथा योग्य था। अन्ततोगत्वा जिस साधारण-से अफ़गान सरदार को वे ईर्ष्या के साथ सशंकित नज़रों से देखते थे, वही अकेला था जो उन्हें मुग़लों के विरुद्ध विजय दिला सकता था। फिर अगर वह अफ़गान संगठन के खिलाफ़ भी गया था तब भी उसके इस क़दम को वे लोग क्षम्य मान रहे थे। वे उसे इस गुनाह के लिए इसलिए क्षमा करने को तत्पर थे, क्योंकि अब वही मुग़ल सत्ता के विरुद्ध उनका अन्तिम विकल्प था और, शायद शेरखाँ अफ़गानों को स्वयं भी यही एहसास कराना भी चाहता था।

इतना ही नहीं, उसके इतने सारे गुणों और शत्रुओं के समक्ष प्रदर्शित होनेवाली निर्भीकता और निर्ममता जैसी विशेषताएँ शायद अफ़गान महिलाओं को आकर्षित करती थीं। सत्ता और प्रतिष्ठा से वंचित इन महिलाओं को सहज समझ आता था कि वही अफ़गान सत्ता की पुनर्स्थापना के लिए सतत प्रयत्नशील है, काक चेष्टा और सियार की चालाकी से लैस! इन विशेषताओं से कोई भी अपने प्रतिपक्षी की हर चाल समझ सकता था और उसे नाकामयाब कर सकता था। अतः इन महिलाओं ने उस पर धन लुटाने में भी गुरेज़ नहीं किया। लेकिन यह धन वे शेरखाँ को न देतीं, तो भी वह मुग़ल सेनाओं द्वारा हस्तगत कर लिया जाना था। अतः जब उनका वह अर्जित धन मुग़लों के साथ सत्ता के अनवरत संघर्ष में कतई सुरक्षित नहीं था, तो उसका इस्तेमाल ऐसे व्यक्ति के द्वारा क्यों न किया जाए जो शायद उनका वर्तमान तो सुरक्षित करेगा ही, भविष्य भी सुखमय व संरक्षित कर दे। शायद इसी तर्क के चलते ये महिलाएँ एक व्यापक जातीय/नस्लीय (अफ़गान) कार्य के लिए शेरखान को अपना धन सौंपने से भी नहीं हिचकीं। फिर उन प्रतिकूल परिस्थितियों में, यदि किसी की जोरू बनना ही विधाता ने उनके भाग्य में लिखा है तो इस वीर की ही क्यों नहीं? बेवा या परित्यक्ता या बहु-पत्नियों में से एक होना ही है, तो किसी अन्य मुग़ल सेनानायक के स्थान पर इस सबसे वीर अफ़गान सरदार की ही क्यों नहीं? अन्ततः उसके जीवन में महिलाओं की एक निश्चित ही नहीं, वृहद् और महत्त्वपूर्ण भूमिका थी। उसी के इर्द-गिर्द शेरशाह के उत्कर्ष की वास्तविक कथा निर्मित हुई, मगर इसका उल्लेख इतिहासकारों ने क्यों

नहीं किया? जिस शेरशाह के सत्तोत्कर्ष का पूर्ण विवरण इन महिलाओं के बिना अधूरा है, उसे इतने दिनों तक पूरा न होते देख एक तकलीफ थी, शायद अब इस काम से पूरी हो जाये। इतना ही नहीं, सम्भवतः इससे प्रेरित व उत्साहित होकर कोई और इस पर गहराई से अच्छा काम कर जाये!

वैसे ही बादशाहों में चूँकि, बाबर प्रथम शासक था, जिसने पादशाह की उपाधि ग्रहण की थी, अतः उसी से बादशाहों की शृंखला शुरू होती है। बाबर की ज़िन्दगी जितनी रूमानियत से भरी है, वह तो इतिहास से लेकर हिन्दी-उर्दू-फ़ारसी-तुर्की साहित्य में बराबर बयाँ होती रही है, मगर इन महिलाओं ने कैसे उसके व्यक्तित्व को निखारा, यह अध्ययन गौण ही रह गया है। इसे इतिहास के हाशिये में भी जगह नसीब नहीं हुई; जबकि बाबर की उपलब्धियों में यदि किसी तत्त्व या विशेषता का सबसे बड़ा योगदान है तो वह है उसके व्यक्तित्व का। उसके व्यक्तित्व के इस विकास में उसके सम्पर्क में आयी महिलाओं का हाथ सर्वाधिक दिखाई देता है, जैसा उसी की आत्मकथा, 'तुज़ुक-ए-बाबरी' से सुस्पष्ट है। किन्तु बाबर कैसे अपने वृत्तान्तों में तथ्यों को रेखांकित करता है, छुपाते हुए बताता है, यह भी एक ज़रूरी अध्ययन का विषय है और यह अध्ययन सबसे अच्छा महिलाओं के उससे सम्बन्ध में उभरकर आता है। अपनी पत्नियों में वह किसके विषय में सबसे ज्यादा उल्लेख कर रहा है? क्या वही उसकी पटरानी थी? अगर नहीं, तब फिर ज़ाहिर है जिसे वह भुला नहीं पा रहा है, और जो पटरानी भी नहीं है, तब वह उसके सर्वाधिक करीब और उसकी सबसे प्रिय रही होगी? या क्यों वह अपने पहले विवाह के अलगाव के विषय में अपना बचाव निरन्तर और देर तक करता रहता है। या जिस प्रकार वह अपने प्रेम-विवाह में भी यह दिखाना चाहता है कि उसे भी प्रेम हुआ, किन्तु उससे ज्यादा और कहीं अधिक प्रेम की अभिव्यक्ति उसकी प्रेमिका की ओर से थी, वह तो प्रतिक्रिया-स्वरूप ही आकर्षित हो गया? क्या वह यह साबित करना चाह रहा है कि अब वह बादशाह हो चुका है और उससे प्रणय-निवेदन किया गया तो उसने एक बादशाह की भाँति अनुनय-विनय सुन लिया? क्या वह इसमें अपने अहम् की ही तुष्टि कर रहा है? इस प्रकरण के अतिरिक्त उसके चरित्र की यह विशेषता, शायद इतने साफ़ तरीके से कहीं और उभरकर न आ पाती। इसी तरह जिस प्रकार एक पत्नी के शिशु बच्चों (हिंदाल एवं गुलबदन बेग़म) को अपनी पटरानी को सौंप देता है, इससे यह बात क्या उसे न्यायप्रिय, तार्किक, संवेदनशील व्यक्ति, पति या शासक के रूप में पेश करती है?

बाबर के विषय में तो सभी जानते हैं, किन्तु औरंगज़ेब जैसे बादशाह के सम्बन्ध में ऐसा सुनते ही आम लोगों का चौंकना स्वाभाविक ही है। उसके विषय में ऐसी

धारणा बन चुकी है, जैसे वह हृदयहीन, संवेदनशून्य, निर्मम शासक और क्रूर व्यक्ति था, जिसे एक स्वार्थी, शंकालु, स्व-केन्द्रित, सत्ता-लोलुप, कट्टर सुन्नी मुस्लिम बादशाह के रूप में ही चित्रित किया जाता रहा है। वही बादशाह जब एक प्रेमी के रूप में सामने आता है, तब उसकी मानवीयता, आध्यात्मिकता और संवेदनशीलता सब एकबारगी स्पष्ट हो उठती है। वह जिस तरह ज़ैनाबदी के प्रेम में मशगूल होता है, उससे लोगों को बरबस ही जहाँगीर-नूरजहाँ और शाहजहाँ-मुमताज़ की प्रेम-कथाएँ स्मरण हो उठती हैं!

जितनी शिद्दत से वह शत्रुता और युद्ध करता था, उतनी ही शिद्दत से उसने प्रेम किया और जब ज़ैनाबादी के बाद दुबारा उसे प्रेम हुआ तब वह एक प्रेमी की भाँति बार-बार राना-ए-दिल से प्यार का इसरार ही करता रहा। इसमें हमें कहीं भी उसका क्रूर और हठधर्मी स्वभाव देखने को नहीं मिलता। और अन्ततः जब राना-ए-दिल उसके हर प्रयास को निष्फल करते हुए निर्णायक रूप से इंकार कर देती है, तब वह किसी निराश प्रेमी की तरह ही होठ सी के, मन-मसोसकर बैठ जाता है। कोई ज़िद नहीं, कोई जबरदस्ती नहीं। वह किसी बलात्कारी की तरह नहीं, अपितु शुद्ध प्रेमी के रूप में उभरकर आता है। इतना ही नहीं, ऐसी महिला को जिसने उसके प्रणय-निवेदन को अस्वीकारा था, वह उसकी 'पेंशन' तक निर्धारित कर देता है, ताकि वह एक विधवा के रूप में सुख-सुकून से शेष जीवन बिता सके। जिस महिला को एक बादशाह के रूप में वह सबकुछ दे सकने की स्थिति में था और जो विधवा होकर भी उससे कुछ नहीं चाह रही हो, बल्कि सार्वजनिक रूप से दुत्कार रही हो, उसके विरुद्ध कोई भी प्रतिशोध की कार्यवाही न करना, अपने-आप में औरंगज़ेब के व्यक्तित्व का एक नया आयाम खोलता है। इस आयाम को न कभी देखा गया और न ही दिखाया गया है। इसी के बाद हम पाते हैं कि वह कैसे अपने शेष बचे भतीजों-भतीजियों के विवाह अपनी सन्तानों के साथ सम्पन्न करके, उन्हें एक प्रतिष्ठित व सम्पन्न ज़िन्दगी प्रदान करता है। यह एक निराश प्रेमी की दरियादिली है—न केवल अपने आकर्षण के प्रति, अपितु जो-जो शत्रु-पक्ष का प्रतिनिधित्व करता हो, उसके प्रति भी। बेशक अब वे परिस्थितियों के चलते उसके अधीन और उस पर आश्रित हैं! शायद तंग चश्मे से उस बादशाह को देखनेवालों को उसका यह सौम्य रूप नागवार गुज़रा होगा?

वास्तव में इतिहास की कुछ घटनाएँ, कुछ व्यक्तित्व, कुछ प्रक्रियाएँ और कुछ प्रश्न या गुत्थियाँ, इन अन्तःकथाओं के अनुशीलन के बिना समझी भी नहीं जा सकतीं। अतः इन सत्य कथाओं से मध्यकालीन भारत के कम से कम, चार महत्त्वपूर्ण व्यक्तित्वों पर तो प्रकाश पड़ेगा ही, उनका पूर्ण चित्र भी निश्चित ही उभर सकेगा।

सम्भवतः यह आगे के अध्ययन, शोध व आयामों के अध्ययन का भी मार्ग प्रशस्त कर सके। यदि ऐसा हो तो लेखक को और भी तसल्ली होगी। किन्तु, फिलहाल मध्यकालीन भारत के इन चार प्रमुख शासकों की ये कथाएँ आपको समर्पित हैं और अगर आपको पसन्द आ जायें, तो हम भी अपने मकसद में कामयाब हो जाएँगे। इसी आशा और विश्वास के साथ, 'दो सुल्तान, दो बादशाह और उनका प्रणय-परिवेश' आपके हाथों में...

–हेरम्ब चतुर्वेदी

महक के प्रेम से महक उठता अलाउद्दीन

प्रेम ही मानव के जीवन को सर्वाधिक प्रभावित करनेवाला भाव और, सबकुछ बदल सकनेवाली संवेदना मानी गयी है। वह प्रत्यक्ष एवं अप्रत्यक्ष रूप से काम करता है। इसके चलते मानव देवत्व भी प्राप्त करता है तो शैतान बनाने का माद्दा भी इसी में है। प्रेम, सकारात्मक एवं नकारात्मक दोनों ही प्रकार से न केवल मानव के पारस्परिक सम्बन्धों को, अपितु उसके पारस्परिक व्यवहार को भी प्रभावित करता है। मानव के भाग्य को भी वह कभी पूरी तरह से बदल देता है। प्रेम की शक्ति के बारे में कई क़िस्से-कहानियाँ हम सबने पढ़े-सुने हैं, मगर इतिहास के पन्ने पढ़ते समय जब अलाउद्दीन खलजी जैसे शूरवीर सेनानायक तथा कुशल शासक के वास्तविक किस्से से वाकिफ़ हुए, तो आश्चर्य का ठिकाना न रहा। हमें विश्वास है कि आप पाठकगण, भारतीय इतिहास में सामान्य रुचि रखनेवाले और क़िस्सागोई में दिलचस्पी रखनेवाले भी इसे पढ़ने-जानने के बाद, बिना चौंके नहीं रह सकते। मध्यकालीन भारतीय इतिहास में अलाउद्दीन खलजी के नाम से प्रसिद्ध सुल्तान को यदि प्रेम न हो जाता, तो वह उस मार्ग पर शायद ही चलता, जो उसे सत्ता के शीर्ष पर पहुँचाने में सफल रहा।

तब न तो वह अपने चाचा और खलजी वंश के संस्थापक सुल्तान जलालुद्दीन खलजी का दामाद होता और न ही अपनी पत्नी और सास से उसके सम्बन्ध इतने खराब और असामान्य होते, न वह उत्तर भारत छोड़कर देवगिरी जाता, और न ही धन-दौलत जुटा पाता, और न ही अपने चाचा एवं प्रश्रयदाता सुल्तान की मुखालफ़त करने को बाध्य होता, और न ही गंगा-तट पर वर्तमान इलाहाबाद के निकट कड़ा-मानिकपुर नामक मुख्यालय (वर्तमान में इलाहाबाद-लखनऊ मार्ग में कुंडा के बाद पड़नेवाला कस्बा व बाज़ार। यहीं से बायें कड़ा के लिए सड़क निकलती है) में उसकी हत्या के लिए विवश होता? उसे जब अपने प्रेम और पत्नी में से एक विकल्प चुनने को मजबूर होना पड़ा, तब उसने चाचा और ससुर तथा प्रश्रयदाता सुल्तान की हत्या करने से भी गुरेज़ नहीं किया और तलवार के वार से हुई उस

नृशंस हत्या से वह दिल्ली के सिंहासन का वारिस बन गया। हालाँकि, इतिहास में उसकी क्रूरता उसी रूप में दर्ज़ तो है, मगर पूरी परिस्थितियों और मध्यकालीन माहौल में राजनीतिक परिवारों की उठा-पटक तथा अभिजात जीवन-शैली में ही यह अपनी समग्रता में समझी जा सकती है।

तो आइए, उस परिवेश और इतिहास के उन पन्नों को टटोलें, जिससे यह भी स्पष्ट हो जायेगा, कि इतना महत्त्वपूर्ण प्रसंग कुँवर मोहम्मद अशरफ़ या किशोरीशरण लाल के अतिरिक्त अन्य आधुनिक इतिहासकारों ने क्योंकर विस्मृत कर दिया? वे कुछ शब्दों में इस घटना का वर्णन किये बिना ही उल्लेख-भर करके आगे बढ़ गये हैं। किन्तु बिना पृष्ठभूमि के और उसके समुचित अध्ययन के इतिहास में वास्तविक तथ्य ओझल ही रहता है। इसीलिए तो रांके एवं नेइबुहर जैसे विद्वानों ने तर्क, विश्लेषण और वैज्ञानिक ढंग की सोच पर ज़ोर दे-देकर, कार्य-कारण सम्बन्ध को इतिहास के अध्ययन में सबसे महत्त्वपूर्ण माना है। अतः हमें इस घटना-क्रम को समझने से पूर्व उस पूरे परिवेश को समझना पड़ेगा। तब ही हम यह सब समझ सकेंगे कि जो कुछ मानिकपुर (कड़ा-मानिकपुर) में घटा, वह क्यों और कैसे घटा? यही सब समझ कर हम अपने इतिहास के चरितनायकों के साथ भी न्याय कर सकेंगे।

मुइज़्ज़ुद्दीन मोहम्मद गौरी ने अपनी विजयी सैन्य गतिविधियों से भारत में तुर्क सत्ता की नींव रखी। इसके लिए उसने तरायण के द्वितीय युद्ध (1192) में पृथ्वीराज चौहान को पराजित किया और उसका प्रमुख व प्रिय दास कुतबुद्दीन ऐबक 1206 में भारत में इस तुर्क सत्ता का पहला स्वतन्त्र शासक बना। इसी क्रम में 1210 में इल्तुतमिश शासक बना और 1226 में उसकी मृत्योपरान्त, अगले दो दशक तक उसके उत्तराधिकारियों का राज्य रहा। इन दो दशकों में बलबन नामक एक आदमी, जो इल्तुतमिश का दास रहा था, चुपके से राजनीति की परिधि पर चक्कर काटते हुए उसके केन्द्र में स्थापित हो गया और 20 वर्षों के इल्तुतमिश-शासन तथा उसके वंश-नाश के उपरान्त दिल्ली का सुल्तान बना। बीस वर्षों तक शासक रहने के दौरान वह 'लौह एवं रक्त' के सिद्धान्त पर राज्य करते हुए, सुल्तान की स्थिति को मजबूत करते-करते उमरा या अमीर-वर्ग को इतना कमज़ोर कर देता है कि अन्ततः जलालुद्दीन खलजी 1290 में खलजी वंश की नींव डालने में कामयाब हो गया।

इसी जलालुद्दीन खलजी के शासन-काल (1290-1296) में हमारी ऐतिहासिक कथा अवस्थित है। जलालुद्दीन खलजी ने जब सत्ता सँभाली, तब उसने खलजी अमीरों की स्थिति मजबूत करना इसीलिए ज़रूरी समझा, ताकि वह उसकी और खलजी वंश की सत्ता एवं शक्ति को मजबूत कर सकें। और उसने इस क्रम में पुराने शहर दिल्ली के स्थान पर किलुखैरी या कीली को ही अपनी राजधानी बनाया, ताकि उस स्थान पर रहनेवाले पुराने तुर्क अमीरों से प्रत्यक्ष संघर्ष से भी बच सके, और मुइज़्ज़ुद्दीन

कैकुबाद के इस किले में वह अपने पूर्व स्वामी बलबन की छाया और प्रभाव से भी बचा रहे। पुराना किला और शहर तो उसको उसके स्वामी और अपने दासत्व की याद ही दिलाता! उसकी जीवन-यात्रा में यह एक अभूतपूर्व उपलब्धि थी कि वह सुल्तान के सर्वोच्च पद पर आसीन हो गया। किन्तु, उसके समस्त संघर्ष-काल में उसका सबसे बड़ा संबल उसका अपना बड़ा भाई शिहाबुद्दीन मसूद खलजी रहा, जो बलबनी अमीर, एक वीर सेनानी और सेनानायक था। इसी बड़े भाई ने जलालुद्दीन को बढ़ाया और सँवारा था। जब मुइज़्ज़ुद्दीन कैकुबाद के शासन-काल में जलाल को पायक का इक्ता (भू-अनुदान) प्रदान किया गया, तब इसी बड़े भाई शिहाबुद्दीन की शासन-व्यवस्था और प्रबन्धन को स्थापित करके सुचारु रूप से लागू भी किया गया। किन्तु, यही भाई उसके सुल्तान बनने से पूर्व ही काल-कवलित हो गया। बड़े भाई शिहाब के चार पुत्र थे, यथा–अली (अली गुर्शस्प, जो अलाउद्दीन के नाम से अधिक प्रसिद्ध है), अल्मास बेग, क़ुतलुघ तिघिन तथा मुहम्मद। इनमें से दो बड़े पुत्र अधिक प्रसिद्ध रहे। यह दोनों सुल्तान और अपने चाचा जलाल के दामाद भी थे। उनके विवाह सुल्तान जलाल की दो पुत्रियों के साथ सम्पन्न हुए थे।

खलजी अमीरों के विरुद्ध जब मलिक कच्छन और ऐतिमुर सुर्खा ने षड्यन्त्र रचा था, तब जलाल के एक भांजे और बड़े भतीजे ने ही महत्त्वपूर्ण भूमिकाएँ निभाई थीं। भांजा अहमद चप, चूँकि सुल्तान कैकुबाद के दरबार में 'खास हाजिब' के पद पर नियुक्त था, अतः उसे इस योजना की भनक लग गयी थी और समय रहते उसी ने जलालुद्दीन को सावधान कर दिया था। इस पूर्व चेतावनी से ही न केवल जलाल की जान बची, अपितु, वह शासक भी बन गया। इसी प्रकार, जलाल जब दिल्ली के बाहर भूकल पहाड़ी पर कैकुबाद के आरिज़-ए-मुमालिक या सैन्य-मंत्री होने के नाते सैनिकों का अर्ज़ या निरीक्षण कर रहा था, तब एक षड्यन्त्र के तहत बुलाकर हत्या करने की साज़िश रचनेवाले मलिक कच्छन ने उसे दो बार बुलाया। लेकिन उसके न आने पर षड्यन्त्र को असफल होते देख, अधीर कच्छन स्वयं उसे लेने पहुँच गया, और जलाल के इशारे पर उसके बड़े भतीजे अली गुर्शस्प ने उसकी हत्या कर दी। बलबन के शुद्ध रक्त तुर्क गुट के हाथ की बाजी इसी घटना के बाद पलट गयी, और अन्ततः वह सुल्तान बनने के मार्ग पर अग्रसर हो सका। इन्हीं दो खास युवा अमीरों की प्रतिद्वन्द्विता और अपने-आप को दूसरे से अधिक साबित करने एवं अच्छी तरह से जानने के कारण भी वे परिस्थितियाँ निर्मित ही नहीं हुईं, अपितु जटिल भी हुईं, जिसके कारण अली गुर्शस्प ने अन्ततः सुल्तान के शीर्ष पद पर पहुँचने के लिए हत्या का मार्ग अपनाया। शासक बनने के उपरान्त जलालुद्दीन फ़िरोज़ खलजी ने अपने तीनों पुत्रों को महत्त्वपूर्ण पद प्रदान किये। सर्वप्रथम उसने अपने ज्येष्ठ पुत्र इख्तियारुद्दीन को खान-ए-खाना की पदवी और दिल्ली के निकट की इक्ता

(जागीर) प्रदान की। दूसरे पुत्र, हुसामुद्दीन को अर्कली ख़ान का ख़िताब और तीसरे को क़द्रखान का विरुद। इसी प्रकार अपने दोनों बड़े भतीजों को अपने दामाद बनाने के साथ ही महत्त्वपूर्ण पद प्रदान किये, यथा अलाउद्दीन तथा मुइज़्ज़ुद्दीन को क्रमशः आमिर-ए-तुज़ुक एवं अखुरबेग बनाया। इसी तरह मलिक खामोश को योघ्रेश खाँ का विरुद एवं सैन्य या रक्षा-मंत्री (आरिज़-ए-मुमालिक) का पद प्रदान किया गया।

इस बीच खलजी वंश के संस्थापक के शासनकाल के प्रारम्भ में ही दो घटनाएँ तेजी से घटीं। पहली घटना थी कड़ा-मानिकपुर के इक्तादार (प्रान्तपति) का विद्रोह। यह बग़ावत इसलिए और महत्त्वपूर्ण थी, क्योंकि बलबन के भतीजे ने इसका नेतृत्व किया था और उसे पुराने अमीरों की प्रतिद्वन्द्विता के रूप में ही देखा जा सकता था! हम पाते हैं कि बलबन के भतीजे मलिक छज्जू कश्ली खाँ ने अगस्त 1290 में विद्रोह कर दिया। यह विद्रोह सफलतापूर्वक शीघ्र ही दबा भी दिया गया। सुल्तान के पुत्र अर्कली खाँ के नेतृत्व में भेजी गयी दिल्ली की सेना ने उसे पराजित किया और बन्दी बनाया। इस अभियान में अली गुर्शस्प एवं अल्मास बेग दोनों ने महत्त्वपूर्ण भूमिका निभाई। अब सवाल उठा कि दिल्ली से पूर्व की ओर स्थित इतने महत्त्वपूर्ण इक्ता और मुख्यालय पर किसे नियुक्त किया जाए, जो सैन्य रूप से भी आनेवाली समस्याओं का सामना सफलतापूर्वक कर सके और केन्द्र अथवा सुल्तान के प्रति पूर्णतः निष्ठावान भी रहे। ज़ाहिर है, नज़र अली (गुर्शस्प) या (भविष्य के) अलाउद्दीन पर टिककर रह गयी और अलाउद्दीन या अली गुर्शस्प को कड़ा-मानिकपुर का नया इक्तादार बना दिया गया। बस यहीं से उस कथा का आधार निर्मित हुआ, जिसने न केवल अलाउद्दीन और उसके चाचा के परिवार के आपसी सम्बन्ध इतने बिगाड़ दिये कि अन्ततः वह उस राह पर बढ़ गया जो उसे दिल्ली के ताज तक ले गयी। शायद प्रारब्ध इसी को कहते हैं!

वस्तुतः, कड़ा-मानिकपुर में बलबन के भतीजे मलिक छज्जू के स्थित होने के चलते, अनेक रिश्तेदार जो बलबन के पौत्र कैकौस के पास बंगाल (वह बलबन के पुत्र बुघरा खाँ के उपरान्त वहाँ का स्वतन्त्र शासक बन गया था।) नहीं जा पाये थे, यहीं बस गये थे। अतः कड़ा-मानिकपुर बलबनी अमीरों का एक केन्द्र बन गया था। वे खल्जियों को विश्वासघाती ही नहीं, गैर-तुर्क मानते थे, अतः वे इनके शासन को मन से कभी स्वीकार ही नहीं कर पाये थे। यह ऐतिहासिक तथ्य है कि इन अमीरों के भड़काने की वजह से ही छज्जू ने खलजी सुल्तान के विरुद्ध विद्रोह किया था। वे किसी भी प्रकार, जलाल अथवा खलजी शासन को स्वीकार नहीं कर पा रहे थे। ऐसी स्थिति में अली गुर्शस्प को उन्हें नियन्त्रित भी करना था और उनका समर्थन भी अर्जित करना था। वह उसके प्रशासन के लिए विवशता भी थी। किन्तु शनैः-शनैः वह भी दिल्ली के प्रति उनके प्रतिरोध के रंग में रँगने लगा। खैर,

उसके अपने कारण थे। वह अपने असामान्य पारिवारिक जीवन, उसकी कलह और अशान्ति के कारण सुल्तान और, अपने चाचा तथा प्रश्रयदाता से भी कहीं न कहीं असन्तुष्ट नहीं तो अप्रसन्न अवश्य था। सुल्तान अतिशय उदार, सहिष्णु ही नहीं, पारिवारिक या हरम के मामलों में कदापि हस्तक्षेप न करनेवाला था। हरम पर पूरा नियन्त्रण उसकी पत्नी या मालिक-ए-जहाँ का ही था और अलाउद्दीन या अली गुर्शस्प की पत्नी और सुल्तान की बड़ी पुत्री माँ की लाड़ली होने के साथ ही, एक सुल्तान की पुत्री थी। अतः उसे लगता था कि उसके पति को जो महत्त्व मिल रहा है, वह उसकी वजह से ही है और वह बद-दिमाग, बद-जुबाँ होती चली गयी। बात-बात में वह अली गुर्शस्प को नीचा दिखाने से बाज नहीं आती थी। वह अपनी माँ के पदचिह्नों पर चलनेवाली अतिमहत्त्वाकांक्षी महिला थी। इसी कारण सुल्तान की पत्नी यानी, माँ और बेटी में विशेष स्नेह था।

अलाउद्दीन की पत्नी और सुल्तान की पुत्री को अपने रंग-रूप पर भी बहुत नाज़ था। एक सैन्याधिकारी की पुत्री का विवाह जब तय हुआ था, तब अलाउद्दीन के पिता के कारण ही उसके ससुर और चाचा को पद-प्रतिष्ठा प्राप्त थी, किन्तु अब बाज़ी पलट चुकी थी। अलाउद्दीन का पिता काफ़ी पहले गुज़र चुका था और इधर उसका चाचा, जलालुद्दीन फ़िरोज़ न केवल शासक हो गया था, अपितु एक नये वंश का संस्थापक भी। जब इन दोनों का विवाह तय हुआ, तब जलालुद्दीन एक सैन्य गवर्नर मात्र था, किन्तु जब दोनों का विवाह हुआ, तब वह सुल्तान की पुत्री थी और दहेज़ में अली गुर्शस्प को पद-प्रतिष्ठा प्राप्त हुई। किन्तु, अली गुर्शस्प असाधारण प्रतिभावाला व्यक्ति था और अपनी कार्य-कुशलता, निष्ठा, शौर्य एवं साहस से प्रतिष्ठित तो हो ही रहा था, अपने गुणों के चलते प्रशंसा का पात्र भी हो रहा था। उसमें कुछ कमियाँ तो थीं ही। न तो वह अपनी पत्नी के समान शिक्षित था और न ही सुन्दर। सुल्तान की पुत्री होने के अतिरिक्त इन कारणों से भी वह अपने-आप को कहीं बेहतर और अपने पति अली को हेय और दीन समझती थी। उसकी पत्नी उसके प्रति उपेक्षापूर्ण ही नहीं, अत्यन्त रूखा व्यवहार करती, जैसे वह राज्य का नहीं, सुल्तान की ज्येष्ठ पुत्री का व्यक्तिगत दास हो! वह अपने पिता या सुल्तान का हरम छोड़कर पति के हरम में कभी शरीक नहीं हुई। उसने अपने पति को न पति का वाजिब हक कभी दिया और न ही कोई पारिवारिक या पत्नी-सुख!

वह कभी भी अली की पत्नी कहलाना पसन्द नहीं करती थी। उसने आदेश तक दे डाला था कि सब उसे सुल्तान की ज्येष्ठ पुत्री ही कहकर सम्बोधित करें। सम्भवतः इसी उपेक्षापूर्ण पारिवारिक जीवन और पत्नी-सुख के अभाव में अली ने युद्ध-क्षेत्र को ही अपना कार्य-क्षेत्र माना और एक के बाद एक युद्धों में ही संलग्न रहा। यही इस त्रासदी से बच निकलने का उसका एकमात्र मार्ग बना। वह अपना

अधिक से अधिक समय युद्ध-क्षेत्रों, सैन्य-अभियानों और सैन्य-शिविरों में व्यतीत करता था। उसी के काल से मध्ययुग में शिकार-अभियानों के बहाने सैन्य-अभ्यास दैनिक नियम हो गया, क्योंकि वह सेवेरे से ही बाहर निकलने के लिए बाध्य जो था। खैर, जो इतना समय और श्रम सैन्य-अभ्यास में लगायेगा, उसे उसके सकारात्मक परिणाम तो प्राप्त होंगे ही। अतः, उसकी लगन और मेहनत के चलते, शीघ्र ही उसकी पहचान एक सफल, योग्य व समर्पित योद्धा की तो बनी ही, उसकी गणना एक उच्च सामरिक समझवाले योग्य सेनापति और श्रेष्ठतम युद्ध-कला नीतिज्ञ के रूप में होने लगी। उसने अपना जीवन उसी ओर लगा दिया और वही उसके सुख, सन्तोष व उज्ज्वल भविष्य का आधार भी बना।

सुल्तान की दूसरी पुत्री का विवाह अली (गुर्शस्प) के छोटे भाई अल्मास (बेग) के साथ हुआ था। वे दोनों पति-पत्नी शान्त, सन्तुलित, सुखमय पारिवारिक जीवन व्यतीत भी कर रहे थे। उसकी अपनी छोटी बहन और रिश्ते में देवरानी जब कभी भी उसे समझाने की कोशिश करती, तो वह उसे भी दास-पत्नी कहकर झिड़क देती थी, और तोहमत लगाती थी कि उसका व्यवहार उसकी बड़ी बहन और शाही परिवार के सदस्यों के अनुकूल नहीं है। और, इस सब में माँ और राज्य की मलिका-ए-जहाँ की शह भी बड़ी पुत्री को प्राप्त थी। वह अपनी माँ की प्रतिरूप और प्रतिगूँज मात्र ही थी। इतना ही नहीं, सुल्तान की इस ज्येष्ठ पुत्री को यह बात बहुत ही नागवार गुज़रती थी कि उसका पिता अपने उत्कर्ष के लिए खुले रूप से अलाउद्दीन या अली के पिता को बहुत श्रेय देता था, और अपने-आप को उसका ऋणी मानता था। जितना सुल्तान अपने दिवंगत भाई व उसके योग्य पुत्रों की प्रशंसा करता, उतना ही उसकी पुत्री अपने पति पर अपनी खीज उतारती थी। ऐसा नहीं कि सुल्तान जलालुद्दीन इन बातों से नावाकिफ़ थे, किन्तु वे अपने बड़े भाई, उनके एहसानातों से; अलाउद्दीन द्वारा नये सुल्तान और खलजी वंश के प्रति की जा रही सेवाओं से; उसके अपने और सिंहासन के प्रति सेवा और समर्पण भाव से बेबस थे। फिर भी कर्कशा पत्नी ने उसका जीवन दूभर कर दिया था। अली का पारिवारिक जीवन न के बराबर था। वह एक गलत वैवाहिक सम्बन्ध का शिकार हुआ था। शायद, सुल्तान जलालुद्दीन फ़िरोज़ भी इस बात से भली-भाँति अभिज्ञ था, अतः उसका झुकाव अपने भतीजे की ओर अधिक था न कि अपनी पुत्री और उसकी उतनी ही महत्त्वाकांक्षी माँ या अपनी पत्नी की ओर! वह कहीं न कहीं, खुद को ख़तावार या गुनहगार मानता रहा होगा।

इतना भावुक, उदार मानवीय सुल्तान और इंसान इस नाइंसाफ़ी का कारण भी खुद को मानता था, अतः कोशिश करता था कि उसका भतीजा उसकी इस गलती को नज़रअन्दाज़ कर दे और इसीलिए वह उसे पद-प्रतिष्ठा और विश्वास सब देता

था। उसके अपने मन का चोर, उसे अली गुर्शस्प के समक्ष नीचा देखने को मजबूर करता था। उसकी आत्मा उसे धिक्कारती थी। किन्तु, उसमें और उसके दामाद में एक बड़ा अन्तर था। सुल्तान तो प्रौढ़ावस्था पार करके वृद्धावस्था में पहुँच चुका था, किन्तु अली तो युवा था उसके लिए पारिवारिक जीवन की और स्वाभाविक रूप से एक अदद पत्नी की ज़रूरत थी। ऐसी बातें ज्यादा दिन छुपी नहीं रहतीं, अतः जब सुल्तान की ज्येष्ठ पुत्री और अली की पत्नी अपने पति के पास कड़ा-मानिकपुर नहीं आयी, तब बातें और अफवाहें फैलना स्वाभाविक था। जब लोगों को पति-पत्नी के बीच कटुता की जानकारी हुई तब वे पुराने बलबनी अमीर अली को केन्द्र के विरुद्ध भड़काकर, अपने हित साधने की योजना पर कार्य करने लगे। येन-केन-प्रकारेण वे खलजी-सत्ता को उखाड़ फेंकने के लिए तत्पर थे। इसी मोड़ पर उसकी मुलाकात हुई एक सुन्दर, सुशील, आकर्षक नव-यौवना से। अब उसे किसी पुराने अमीर ने ही उसके नज़दीक पहुँचाया था या नहीं, इस पर समकालीन कृतियाँ ख़ामोश हैं। इसीलिए लगता है कि हो सकता है, इन बलबनी अमीरों ने सामूहिक रूप से यह निर्णय किया हो या यह किसी एक व्यक्ति के दिमाग़ की उपज रही हो। ख़ैर, इस विषय में हम आगे चलकर चर्चा करेंगे।

कड़ा-मानिकपुर स्थित तुर्क अमीरों ने तो अली गुर्शस्प को यह भी समझाने में चूक नहीं की कि मलिक छज्जू का विद्रोह सिर्फ़ इसलिए असफल हो गया, क्योंकि उनके पास संसाधनों का अभाव था। अब चूँकि, अली गुर्शस्प या अलाउद्दीन के पास कोई कमी नहीं थी, अतः अब वो दिल्ली की गद्दी तक सहज पहुँच सकता था, और अपने साथ सुल्तान जलालुद्दीन द्वारा किये गये अन्याय और विषैले पारिवारिक जीवन में फँसाने का प्रतिशोध ले सकता था। वे अमीर तन-मन से उसके साथ थे, बस धन-संसाधन ही उनके गवर्नर या मुक्ती को एकत्र करने थे। कड़ा-मानिकपुर की इस नयी नियुक्ति के साथ ही, पुराना विद्रोह थमा नहीं था। अब अवज्ञाकारिता की आग नहीं तो विरोध की एक नयी चिंगारी सुलगने लगी थी। बस इन्तज़ार था, उस विस्फोटक और अपरिवर्तनीय स्थिति का, जब अली वह अन्तिम फैसला ले ले और उनको नेतृत्व प्रदान करे। जहाँ मलिक छज्जू असफल हुआ था, वहीं वह सफल हो। कैसे परिस्थितियाँ बदलती चली गयीं और सब कुछ तुर्क अमीरों के अनुरूप होने लगा, इसका उन्हें पता भी नहीं चला, न ही कभी वे इसकी कल्पना कर सकते थे कि जितना सरल जलाल को सत्ताच्युत करना होगा, उतना ही कठिन अली गुर्शस्प को सत्ता के सर्वोच्च पद पर पहुँचने को रोकना और फिर उसे सत्ता से बेदखल करना।

अलाउद्दीन को भी इस नियुक्ति के चलते, पहली बार दिल्ली के बाहर जाना पड़ा, और उसे यह करना पड़ा। उसे यकीन था कि सुल्तान के तीनों पुत्रों को वह हजम नहीं होगा। भले ही वह उनका चचेरा भाई हो, पर सगा बहनोई भी तो था?

और, यह शादी जलालुद्दीन ने अपने दिवंगत बड़े भाई के परिवार की ज़िम्मेदारी ओढ़ते हुए ही उठाई थी। अतः वह भारी मन से दिल्ली में अपना 'आमिर-ए-तुजुक' का केन्द्रीय पद छोड़कर हाशिये पर भेजा गया, मगर यही हाशिया उसे केन्द्रस्थ बनाने में सफल रहा। शायद सुल्तान ने भी उन परिस्थितियों से ही उसे मुक्ति दिलाने के लिए कड़ा-मानिकपुर के मुक्ती पद के लिए उसका चयन किया हो। उसने सोचा होगा कि शायद दिल्ली और परिवार से दूर रहकर अली का ग़म कुछ कम हो जाये। या, सुल्तान के प्रति कुछ खटास या असन्तोष हो तो वह भी दूर हो जाये। सुल्तान ने तो उसे एक गुरुतर ज़िम्मेदारी व महत्त्वपूर्ण पद प्रदान कर दिया था। वह एक महत्त्वपूर्ण प्रशासनिक इकाई या प्रान्त का गवर्नर बनाया गया था। सम्भवतः सुल्तान अपने उस दोष को धो देना चाहता था, जो उसने अपनी बिगड़ैल बेटी से उसका विवाह करके अनजाने-अनचाहे किया था। इधर कड़ा-मानिकपुर की परिस्थितियों ने भी अली गुर्शस्प को अपनी महत्त्वाकांक्षा के पंखों पर सवार होकर उड़ जाने का अवसर प्रदान किया।

पहली बार उसका किसी नव-यौवना से वास्ता पड़ा था, जो उसी की तरह विपरीत लिंग से आकर्षित होने के बावजूद उसके एहसास से अभी पूरी तरह अनभिज्ञ थी। महक बिल्कुल नादान, कुँवारी, अनछुई, थोड़ी अल्हड़-सी और बेहद सुन्दर! उसकी सुन्दरता और सौम्यता में उसकी सुषुप्त काम-भावना तो सोने में सुहागे की तरह ही थी। दोनों ही जब पहली बार, अपनी-अपनी इस अनजान प्रवृत्ति से रू-ब-रू हुए तो हम सहज ही समझ सकते हैं कि नतीजा क्या हुआ होगा! दोनों के लिए वो पहले स्पर्श, और स्पन्दन को इतने करीब से सुनना और फिर साँसों का एक हो जाना किसी स्वर्गारोहण की अनुभूति से कम न रहा होगा। वे उस चरम की कल्पना ही कभी नहीं कर पाये थे अपने-अपने जीवन में। पहली बार एक सैन्याधिकारी ने एक नये अनजान क्षेत्र में प्रवेश किया था, जहाँ अस्त्र-शस्त्र, शौर्य, वीरता, क्रूरता से परे सिर्फ आलिंगन में ही बदहवासी और मदहोशी का आलम था। यहाँ खुद समर्पण का सुख, अपनी साँसों का प्रिय की साँसों से एक हो जाना, यह तो शब्दातीत अनुभूति थी। लेकिन उसका सुख, सन्तोष व तृप्ति उसके साथी के चलते भी थी। वह भी तो एक अधखिली-सी अनछुई कली ही थी। अतः उसकी अनुभवहीनता, उसका समर्पण व पूर्ण साथ दोनों के इस नये से एहसास को सातवें आसमान पर पहुँचाने में समर्थ था और पहुँचा रहा था। अली ने पहली बार इतने कोमल हाथों को महसूस किया था। महक के नाज़ुक, सहमे-से स्पर्श का एहसास ही उसके शरीर के रोंएँ-रोंएँ में अजब-सा भाव जगा रहा था। प्रेम में पूर्ण समर्पण से होकर गुजरने वाला यह सुख और सम्पूर्णता का अनुभव था। और इसी ने अली गुर्शस्प को अब तक के वंचित सुख से परिचित भी कराया और उसके व्यक्तित्व को भी एक पूर्णता प्रदान की।

अकबर ने जब इलाहाबाद को इस क्षेत्र का मुख्यालय बनाया था, उससे पूर्व इस क्षेत्र का मुख्यालय कड़ा-मानिकपुर ही था। यहाँ की गवर्नरी के दौरान ही, केन्द्रीय सेनाओं को राजपूताना में व्यस्त देखकर, अली गुर्शस्प ने मालवा के दूरस्थ राज्य पर सुल्तान की अनुमति एवं संस्तुति से आक्रमण कर, विजय प्राप्त करके, भारी सम्पत्ति अर्जित की थी। उसने लूट की समस्त सम्पत्ति—सब कुछ सुल्तान के चरणों में समर्पित कर दिया। बस एक समाचार उसने सुल्तान से गुप्त रखा था। वह सूचना उसे मालवा के इस अभियान में ही प्राप्त हुई, जिसे वह किसी खास अवसर के लिए ही गुप्त रखना चाहता था। वह सूचना थी कि मालवा के दक्षिण में अत्यधिक सम्पन्न एवं समृद्ध राज्य देवगिरी है। वहाँ की धन-सम्पदा के विषय में सुनकर ही उसकी आँख फटी की फटी रह गयी थीं और कानों को एकबारगी विश्वास ही नहीं हुआ कि वह जो कुछ सुन रहा है, क्या जागते हुए ही सुन रहा है? या कोई स्वप्न में सब्ज़-बाग़ दिखा रहा है? पर जैसे महक के प्यार में गिरफ्त अली ने महक की सूचना सुल्तान से अभी तक गुप्त रखी थी, उससे अब उसे छुपाने की कला भी आ गयी थी और उनका महत्त्व भी समझ में आ गया था। खैर, अलाउद्दीन की किस्मत बहुत तेज थी। जिस समय वह मालवा के सफल अभियान से लौटकर अपने चाचा और समकालीन सुल्तान की प्रशंसा, आशीष और विश्वास अर्जित कर रहा था, वहीं वह उसका सर्वाधिक विश्वासपात्र भी बन गया।

उसी समय, सुल्तान के छोटे भाई और अली गुर्शस्प के चाचा तथा सल्तनत के आरिज़-ए-मुमालिक या प्रतिरक्षा मन्त्री, योग्रेश की मृत्यु हो गयी। अब सुल्तान को इस पद के लिए एक उपयुक्त व्यक्ति की तलाश थी, जो योग्रेश के स्थान की पूरी क्षमता से पूर्ति कर सके। ऐसे में सहज रूप से उसका ध्यान इस सफल सैन्य अभियान के सेनानायक पर पड़ना स्वाभाविक था। फिर अली का पिता शिहाबुद्दीन भी तो आरिज़-ए-मुमालिक के पद पर रह चुका था और जलालुद्दीन का उत्कर्ष अपने बड़े भाई और अलाउद्दीन के दिवंगत पिता की कृपा एवं संरक्षण से ही सम्भव हुआ था। अतः उसने इस तथ्य के साथ ही, अलाउद्दीन की हाल की विजयश्री के पुरस्कार स्वरूप उसे सैन्य-मन्त्री, अर्थात 'आरिज़-ए-मुमालिक' का पद भी प्रदान कर दिया। इतना ही नहीं, उसकी कृपा का अन्त इतने से ही नहीं हुआ, बल्कि उसने अपने प्रिय भतीजे और दामाद अली गुर्शस्प को अवध का इक्तादार या गवर्नर भी बना दिया। अब तो उसकी शक्ति, सत्ता और सम्पन्नता के आधार में भी अभूतपूर्व विस्तार हुआ।

किसी भी महत्वाकांक्षा की पूर्ति के लिए तीन चीज़ें बहुत ही आवश्यक होती हैं। प्रथम, एक स्वतन्त्र सुरक्षित स्थान, जिसे आधार बनाकर आगे की योजना बनाई जा सके। द्वितीय, धन, जिससे वे संसाधन उपलब्ध हो सकें, जो महत्वाकांक्षा की

पूर्ति के लिए अपरिहार्य हों और, तृतीय, परिस्थितियाँ। कड़ा-मानिकपुर की गवर्नरी से अलाउद्दीन को पहली दो चीजें शीघ्रता से प्राप्त हुईं और फिर परिस्थितियाँ जिस तेजी से बदलीं कि उसके पास और कोई चारा या विकल्प ही नहीं बचा, सिवाय इसके कि उसने जो किया, उसके सिवा और कुछ कर ही नहीं सकता था। यहाँ तक कि और कुछ सोच भी नहीं सकता था। उसका प्रारब्ध उसको उसी मार्ग पर ले गया। परिस्थितियाँ बनती गयीं और मंज़िल एक ठोस शक्ल अख्तियार करने लगी। अली गुर्शस्प के पास इन सबके अलावा गज़ब का आत्म-विश्वास, दूर-दृष्टि, बल और विवेक भी थे। वह निडर, अच्छा सैनिक और सन्तुलित मानसिकता वाला सेनापति भी था, जो प्रतिकूल परिस्थितियों को भी अपने शान्त चित्त से अपने पक्ष में करने की क्षमता रखता था।

उधर दिल्ली-दरबार की राजनीति ने भी अजब रंग बदले। पश्चिमोत्तर के प्रसिद्ध क्षेत्र समाना के उस सैन्य गवर्नर जलाल ने जब सुल्तान का पद सँभाला था, तभी वह 70 वर्षीय वृद्ध था। उसके अन्दर अब न तो जोश और न ही महत्त्वकांक्षा शेष रह गयी थी। तभी तो उसने किलुखीरी या कीली के दुर्ग को अपना प्रासाद बनाया और बलबन के उस सिंहासन पर बैठने तक से इंकार कर दिया था, जिसके समक्ष वो अन्य अमीरों के साथ हाथ बाँधे खड़ा रहता था। यह बात उसकी पत्नी और अब 'मलिका-ए-जहाँ' बन चुकी कत्तई गवारा न कर सकी थी। उसने तो सुल्तान को इस व्यवहार के चलते भयभीत, दब्बू, डरपोक और न जाने क्या-क्या कह डाला। हरम में उसने और उसकी प्रिय पुत्री तथा अलाउद्दीन की पत्नी ने इसका अभूतपूर्व विरोध ही नहीं किया, अपितु सुल्तान के सम्मान के विरुद्ध अनेक बातें उसके मुँह पर भी कहीं। मगर सुल्तान मुस्कुरा के टाल गया। खैर, एक परिवर्तन तो उसमें निश्चित आया ही था और सबने उस पर ध्यान भी दिया होगा? पश्चिमोत्तर में स्थित समाना का गवर्नर रहते हुए यही व्यक्ति (अब सुल्तान) मंगोलों के अभियानों को सफलतापूर्वक निष्फल करता रहा था, किन्तु सुल्तान बनने के बाद हलाकू के पौत्र अब्दुल्लाह के नेतृत्व में हुए मंगोल अभियान में सिर्फ सन्धि करने से सन्तुष्ट हो गया था। उसने अब्दुल्लाह को पुत्र कहकर सम्बोधित भी किया था। वहीं दूसरी ओर, हलाकू के एक अन्य पौत्र, उल्घू के नेतृत्ववाले मंगोलों को एक अन्य दल द्वारा इस्लाम ग्रहण कर लेने से उनका आदर-सत्कार करने में जुट गया। उसने अपनी एक पुत्री का विवाह भी हलाकू के एक पुत्र से करना स्वीकार किया और उन्हें सुविधा प्रदान करके दिल्ली में बसने दिया। उनके बस जाने के कारण वह स्थान 'मंगोलपुरी' कहलाया और इसी नाम से आज भी वह बस्ती मौजूद है!

जलालुद्दीन फ़िरोज़ की आत्मघाती उदारता को भली-भाँति समझकर उसका सर्वप्रथम लाभ बलबन के भतीजे, मलिक छज्जू ने ही उठाया था, जिसका उल्लेख

हम ऊपर कर भी चुके हैं। उसे इस नये खलजी सुल्तान ने उदारता दिखाते हुए और अपने पूर्व स्वामी का वंशज मानते हुए, कड़ा-मानिकपुर का गवर्नर या मुक्ती नियुक्त किया था। उसने तुर्क अमीरों के भड़काने व बहकाने पर सुल्तान जलाल के विरुद्ध विद्रोह करके, खलजी सत्ता को ललकारा था। इतना ही नहीं, जब मलिक छज्जू के विद्रोह का दमन किया गया और बन्दी के रूप में उसे सुल्तान के द्वितीय पुत्र अर्कली खान द्वारा रोहिलखंड के शिविर में सुल्तान के समक्ष प्रस्तुत किया गया, तब भी हमें ज्ञात है कि कैसे उसने दुखी होते हुए, अपने-आप को बलबन के भतीजे के साथ दुर्व्यवहार का दोषी माना था, तब उसे न केवल बन्धनों से मुक्त किया गया, अपितु शाही स्नान कराने और शाही भोज कराने के उपरान्त शाही मेहमान की तरह रखा गया और मुक्त कर मुल्तान भेज दिया गया, जहाँ अर्कली खान की नज़रों में रहने के लिए स्वतन्त्र-सा छोड़ दिया गया था। सुल्तान और 'मलिका-ए-जहाँ' के सबसे करीबी रिश्तेदारों में से एक और, सबसे सन्तुलित मस्तिष्कवाले होशियार अहमद चप ने जब इस व्यवहार का विरोध किया, तब सुल्तान ने उसे यह कहकर चुप करा दिया, "अरे अहमद, हमें ज्ञात है कि पूर्व के शासकों ने विद्रोहियों के साथ कैसा बर्ताव किया है। किन्तु मैं एक बुजुर्ग मुसलमान हूँ, और मुसलमानों का ख़ून बहाने का आदी नहीं हूँ। हमारी उम्र अब 70 के पार हो चुकी है, और आज तक 'काफ़िरों' (मंगोलों) के अतिरिक्त कभी एक भी 'मुहदी' (इस्लाम के अनुयायी) की हत्या का दोषी नहीं हूँ। अब क्या आखिरी वक़्त में यह इलज़ाम अपने सर लेकर ऐसी हत्या का दोषी बनूँगा।"

इस पूरे प्रकरण का उल्लेख समकालीन लेखक बरनी ने यह कहते हुए किया है कि सुल्तान व उसके भांजे के बीच हुए इस वार्तालाप का विवरण उसे आमिर खुसरो ने सुनाया था। वह बताता है कि सुल्तान जलालुद्दीन फ़िरोज़ मूढ़े पर बैठा था। उसने अपने भांजे और सक्रिय युवा खलजी अमीर अहमद चप से यह कहा कि 'कुछ रोज़ की सत्ता के लिए वह अपने लोगों का ख़ून बहाना स्वीकार नहीं करेगा!' वैसे मलिक छज्जू के इस विद्रोह में शामिल बन्दी बनाकर लाये गये प्रायः ऐसे ही अमीर थे, जिनके साथ स्वयं जलालुद्दीन पूर्ववर्ती तुर्क शासन में कार्य कर चुका था। इनमें प्रमुख थे, अवध का गवर्नर हातिम खाँ, जो कैकुबाद का सर-ए-जानदार या शाही सुरक्षा-दल का अधीक्षक रह चुका था, जिस पद पर अब अहमद चप नियुक्त था। उसके साथ थे, मलिक अल्प गाज़ी, मलिक बहादुर, मलिक मसूद, मलिक मुहम्मद बलबन, मलिक उलुघची, मलिक ताजदार और मलिक अहजान आदि। अतः वह असमंजस की स्थिति में पड़ गया था। उसके लिए वे सब बलबन के समय के 'सह-दास' या 'ख्वाज़ा-ताश' ही तो थे। उनके साथ वह उदार व्यवहार कर सकता था। उसका दिल-दिमाग़ अपने पुराने साथी अमीरों के साथ अनावश्यक क्रूरतापूर्ण

सजा देने की गवाही नहीं दे रहा था।

अहमद चप के उपरान्त जब मलिका-ए-जहाँ ने उसे इस सन्दर्भ में श्रीहीन, शक्तिहीन कहते हुए, एक मध्ययुगीन सुल्तान जैसा आचरण करने को उकसाया, तब भी सुल्तान मुस्कुराकर टाल गया। मलिका-ए-जहाँ ने तो फिर अवसर निकालकर उससे यहाँ तक कहा "आपका व्यवहार तो ऐसा है ही नहीं, जैसा सुल्तान से और खासतौर से सुल्तानों से अपेक्षित होता है, और यह आपके ही पूर्व स्वामी बलबन द्वारा रेखांकित राजत्व के विरुद्ध है तथा पौरुषविहीन और निहायत लचर है।" वह इतने पर ही नहीं रुकी तथा धमकी भरे लहजे में बोली, "आपको याद होगा, आप खुद इस बात की शिकायत करते थे कि कैसे जब आप बलबन के दरबार में सलाम करते थे और हातिम खाँ उसका प्रायः जवाब नहीं देता था, तब आप कसमसा के रह जाते थे। आज जब अवसर था तब आपने अपना प्रतिशोध क्यों नहीं लिया? यह व्यवहार न तो सुल्तान, न ही सल्तनत के पश्चिमोत्तर सीमान्त के एक प्रहरी सैन्याधिकारी, और न ही मर्द के अनुरूप है।" पहले अपने भांजे अहमद चप का मुखर विरोध और अब अपनी ही पत्नी के हाथों जलील होने के बाद, सुल्तान से नहीं रहा गया और उसने कहा, "हमसे अमानवीय और बर्बर व्यवहार की उम्मीद करना व्यर्थ है। हमें अब इस उम्र में किसी को कुछ भी साबित नहीं करना है, न राजत्व, न कठोरता और न ही पौरुष का मिथ्या दिखावा! हम आज ही अपने किसी भी रिश्तेदार के पक्ष में अपना पद-त्याग करने को तत्पर हैं। आप लोग उसका नाम प्रस्तावित कर हमें अकारण ख़ून-खराबे से मुक्त कर दें!"

अहमद चप निरुत्तर होकर अफ़सोस करने लगा और मलिका-ए-जहाँ पैर पटक कर हट गयी। वह समझ चुकी थी कि सुल्तान की चाल अकाट्य है। उसकी 'मलिका-ए-जहाँ' के पद की जो अकड़ थी, वो कैसे बचती? उसके पति के सुल्तान होने के कारण ही तो उसका यह जलवा था। उसके अभाव में तो वह शून्य थी। उसकी शक्ति और ऐश्वर्य के साथ बड़बोलेपन का यही तो एकमात्र आधार था। यदि वह भी नहीं रहा तो वह क्या करेगी? अतः पैर पटककर चल देने के अलावा और कोई चारा भी तो नहीं था 'मलिका-ए-जहाँ' के पास। उसके दोनों ज्येष्ठ पुत्र उसके कहने में नहीं थे, अपितु स्वतन्त्र विचारोंवाले थे, जबकि वह स्वयं महत्वाकांक्षी थी और उसे सत्ता का जो सुख मिल रहा था, वह सिर्फ 'मलिका-ए-जहाँ' होने के कारण था। ऐसे में अगर एक बार भी दोनों पुत्रों में से किसी के हाथ में सत्ता गयी, तब वह स्वयं सत्ताच्युत एवं शक्तिहीन हो जायेगी! तीसरा और सबसे छोटा पुत्र कद्र खाँ पूरी तरह से उसके बस में था, किन्तु दो बड़े व योग्य भाइयों के रहते, उसका इस पद पर पहुँचना असम्भव नहीं, तो आसान भी नहीं था। कुछ न कर पाने की वजह से वह पैर पटककर बाहर जाने के अतिरिक्त कुछ और कर भी नहीं सकती

थी। किन्तु इस परिस्थिति के लिए वही सबसे अधिक उत्तरदायी थी। न वह इतनी कटुतापूर्ण भाषा का प्रयोग करती और न ही यह नौबत आती कि सुल्तान पदत्याग करने तक गम्भीर और प्रतिकूल परिणामवाला निर्णय सुना देता। वह समझ गयी थी कि सुल्तान एक सीमा के बाद आजिज़ आकर कहीं वाकई ऐसा निर्णय न ले ले कि उसे लेने के देने पड़ जाएँ। खैर, इतने दिनों की झिकझिक और बड़बोलेपन के चलते सुल्तान और मलिका-ए-जहाँ के मध्य संवादहीनता की स्थिति बन चुकी थी। बस कद्र खाँ और अहमद चप ही सन्देशों के आदान-प्रदान का माध्यम रह गये थे। अतः मलिका-ए-जहाँ की स्थिति साँप-छूछँदर वाली हो गयी और वह पूरी तरह हाथ मलते रहने को तैयार नहीं थी। वह समझ चुकी थी कि 'भागते भूत की लँगोटी भली'! कम से कम वह राजप्रासाद की मलिका और साम्राज्य में 'मलिका-ए-जहाँ' के नाम से तो विख्यात थी।

इसी तर्क को और आगे बढ़ाते हुए और युवा खलजी वर्ग को असन्तुष्ट करते हुए, सुल्तान जलालुद्दीन ने लगभग एक हज़ार अपराधियों और ठगों को भी 'देश-निकाला' की सज़ा सुनाई और अपनी सैन्य-टुकड़ी द्वारा उन्हें बंगाल छोड़ आने पर ही सन्तोष किया। इन उदार तरीकों से असन्तुष्ट तत्त्वों का मनोबल बढ़ने लगा था और पुराने 'तुर्क-ए-चहलगानी' के एक सदस्य मलिक ताजुद्दीन कूची के नेतृत्व में जब तुर्क अमीरों ने सुल्तान को मौत के घाट उतारकर सत्ता-परिवर्तन का षड्यन्त्र रचा, तब भी उन्हें डाँट-डपटकर ही सुल्तान ने मामला रफ़ा-दफ़ा कर दिया। इसी बीच असन्तुष्ट तत्त्वों ने सुल्तान के पुत्रों के माध्यम से भी राजनीतिक हित साधने के प्रयास शुरू किये—वे समझ चुके थे कि सुल्तान से तो आशा करना व्यर्थ है। वह पुराने अधिकारियों को अपदस्थ करके, नये खलजी अमीरों को ही सारे पद प्रदान नहीं करेगा। तब पद-प्राप्ति का यही एक तरीका था कि सुल्तान का कोई पुत्र उत्तराधिकारी बने और वे उसके पक्षधर होने के नाते अपने मनोवांछित पद प्राप्त करें।

अतः अमीरों के अलग-अलग गुट जो सुल्तान के दोनों बड़े पुत्रों की सेवा में थे, वे अपने-अपने स्वामी को सुल्तान के रूप में देखने लगे, और उसी हिसाब से अपने मनोवांछित की कामना भी करने लगे। इन्हीं अमीरों के उकसाने पर अब सुल्तान के दोनों बड़े पुत्रों के बीच भी अनबन होने लगी। बड़ा भाई सूफी सन्त सीदी (या हाजी) मौला के कान्खाह में जाता था। सन्त का सामाजिक-सांस्कृतिक ही नहीं, राजनीतिक प्रभाव भी काफी था। इससे छोटे भाई को ईर्ष्या होने लगी और उसे बड़े भाई के उत्तराधिकारी होने का मार्ग मजबूत दिखने लगा। अतः उसने इस कारक तत्त्व को ही मार्ग से हटाकर अपने भाई की राह में काँटा बोने का कार्य शुरू किया। कुछ असन्तुष्ट तत्त्व सीदी मौला के पास भी जाते थे और जैसा कि चिश्तिया सूफी सन्तों का स्वभाव था, वे राज्य और राजनीति से न केवल दूर रहते

थे, अपितु, उससे घृणा भी करते थे। ये तत्त्व उनकी कान्खाह में बैठकर सुल्तान के विरुद्ध बहुत-सी बातें कहते-करते थे, जिनका पता प्रशासन में पकड़ होने के चलते गुप्तचरों के माध्यम से अर्काली खाँ को चल जाता था।

इन बातों को आधार बनाकर अर्काली खाँ ने सीदी मौला को राज्य के विरुद्ध षड्यन्त्र का दोषी साबित कर दिया। उसने सुल्तान को यह समझाया कि इन असन्तुष्ट तत्त्वों की मंशा है कि वे सीदी मौला को खलीफा घोषित करके, सत्ताधीश नियुक्त करें और आपको अपदस्थ कर दें! इससे पहले कि सुल्तान कोई सज़ा सुना पाता, अर्काली खाँ ने दरबार में खुलेआम सीदी मौला के खिलाफ़ आरोप लगाकर हाथी के पैरों तले कुचलवा दिया। अपने छोटे बेटे के इस कुकृत्य पर सुल्तान स्वयं हतप्रभ रह गया! यह 1291 की घटना है। सभी इतिहासकार-रचनाकार लिखते हैं कि उस निर्दोष सन्त की नृशंस हत्या के बाद दिल्ली को भयंकर आँधी-तूफ़ान का ही सामना नहीं करना पड़ा, अपितु कुछ ही दिनों बाद सुल्तान के ज्येष्ठ पुत्र खान-ए-खाना की भी इसी सदमे के चलते मृत्यु हो गयी। वस्तुतः, सीदी मौला अजोधन के प्रसिद्ध चिश्तिया संत शेख फ़रीद-उद्दीन गंज-ए-शकर का शिष्य था, जो बलबन के शासन काल में दिल्ली आकर बस गया था। वह खान-ए-खाना के बहुत नज़दीक हो गया था और अर्काली खाँ को सीदी मौला की लोकप्रियता से जलन और डर लगने लगा था। उसी ने उसके ऊपर जुम्मे की नमाज़ के रोज़ खुद को खलीफा घोषित करवाकर, सुल्तान जलालुद्दीन की हत्या की साज़िश रचने का मिथ्यारोपण लगाया था। सभी समकालीन इतिहासकार इसे अर्काली खाँ का ही षड्यन्त्र मानकर उसे सूफी सन्त सीदी या हाजी मौला की कपटपूर्ण हत्या का दोषी मानते हैं।

ख़ैर, इसके बाद दिल्ली का घटनाचक्र बड़ी तेजी से घूमा और परिदृश्य परिवर्तित होने लगा। सुल्तान का बड़ा पुत्र तो काल-कवलित हो चुका था और 'वली-अहद' या वैध उत्तराधिकारी अर्काली खाँ हो गया। किन्तु मलिका-ए-जहाँ और उसकी पुत्री (अलाउद्दीन की पत्नी) दोनों की महत्त्वाकांक्षा को यह कहाँ मंज़ूर था। वे तो खलजी वंश के अगले शासक को भी वर्तमान शासक की भाँति ही लचर, उदार और निष्क्रिय देखना चाहती थीं, ताकि उनकी राजनीतिक महत्वाकांक्षा पूरी हो सके! अतः उनके षड्यन्त्रकारी दिमाग़ को सुल्तान एवं मलिका-ए-जहाँ के बुढ़ापे की सन्तान या दोनों का कनिष्ठ पुत्र कद्र खान ही जँचता था, क्योंकि वह अपनी माँ और बहन, दोनों के हाथों की कठपुतली मात्र था। चूँकि वह सुल्तान और मलिका-ए-जहाँ के बुढ़ापे की सन्तान था, इसीलिए प्यारा और दुलारा था। इसीलिए वह सदा माँ के पल्लू से बँधा रहता तथा माँ समान बड़ी बहन का पिछलग्गू भी था। अतः दोनों माँ-बेटी की राजनीतिक महत्वाकांक्षा नयी उड़ान पर जा पहुँची। किन्तु इस महत्वाकांक्षा ने एक ओर यदि योग्यतम और महत्वाकांक्षी अर्काली खाँ को इन दोनों—माँ और बहनों से

दूर कर दिया, वहीं इनकी उपेक्षा और अपमानों ने मलिका के दामाद और उसकी प्रिय पुत्री के पति अलाउद्दीन को भी उस ख़तरनाक मोड़ पर ले जाकर छोड़ दिया, जहाँ वह निर्णायक क़दम उठाने के लिए बाध्य हो गया। अलाउद्दीन जिस राह पर गया, उस पर वास्तव में इन माँ-बेटी की जोड़ी ने उसे ढकेल दिया था और उसके लिए कोई विकल्प खुला नहीं छोड़ा। सुल्तान जलालुद्दीन अपनी पत्नी और ज्येष्ठ पुत्री दोनों के एक-से स्वभाव से भली-भाँति परिचित था और जानता था कि वे किसी भी हद तक जा सकती है। वह अपने ही हरम के षड्यन्त्रों से बचने के लिए अर्कली खाँ और अलाउद्दीन दोनों को ही आवश्यक और सन्तुलित या नियन्त्रित करनेवाला मान रहा था। सुल्तान को भी ज्ञात नहीं था कि इन दोनों महिलाओं की वजह से वह शीघ्र ऐसी स्थिति में फँसनेवाला है, जिसके एक तरफ खाई है और दूसरी ओर खंदक।

सत्ता का मद होता है, और विस्तृत होती सत्ता में यह मद भी विस्तार करने लगता है। दिल्ली से दूर, अली गुर्शस्प अब अपनी प्रेमिका महक के साथ कड़ा-मानिकपुर और अवध में समय व्यतीत करने को स्वतन्त्र था। चूँकि वह कड़ा-मानिकपुर के साथ अवध की भी गवर्नरी करता था, अतः उसे वहाँ भी जाना पड़ता और दिल्ली से दूर उसकी साथी थी महक! वही शिविर में अलाउद्दीन के साथ होती। वह सैन्य अभियानों का भी एक आवश्यक अंग थी। ख़ैर, अलाउद्दीन की भी मजबूरी थी। उसकी पत्नी शासक की पुत्री थी और वह अपनी माँ या कह लीजिए कि दिल्ली से दूर रहने को तैयार न थी। ऐसे में अलाउद्दीन का क्या दोष? उसकी संगिनी, साथी, सहचरी तो यही महक थी। उसने पहली बार जाना था कि स्त्री पुरुष की पूरक और जीवन-संगिनी क्यों है? उसने स्वयं विवाह का कोई सुख नहीं भोगा था, अतः जब महक का साथ मिला, तभी उसे पूर्णता मिली। महक के भोलेपन और सहजता में भी उसका एक पूरक ही था। चाहे उसे जिसने भी महक से मिलवाया हो, पर अब वह दोनों एक-दूसरे के लिए पूर्णतः समर्पित प्रेमी-युगल थे। महक में उसे एक अच्छा और सच्चा साथी मिला था और शायद पहली बार उसे परवरदिगार की इस कायनात का कुछ मतलब समझ में आने लगा था।

अभी तक उसने अपने-आप को शय्या-सुख से दूर युद्ध-क्षेत्र में ही लगा रखा था। इतना व्यस्त कि वो युद्धों, उनकी सामरिक नीतियों की निर्मिति, सैनिकों की भर्ती, उनके दैनिक अभ्यास, रख-रखाव और अपने प्रशासनिक दायित्वों के निर्वहन से खाना खाने का भी समय बमुश्किल निकाल पाता था। पर अब सब कुछ बदल गया था। महक ख़याल रखती कि वह रात्रि में पूरी नींद ले सके, उसके भोजन की भी समुचित व्यवस्था हो। अलाउद्दीन इससे एक अधिक व्यस्त, किन्तु सार्थक और अनुशासित जीवन जीने लगा था। सबसे महत्वपूर्ण, महक में उसे एक ऐसा

साथी मिल गया था, जिससे वह सुनिश्चित एवं निश्चिन्त होकर अपने दिल की हर बात कर सकता था। और अब स्थिति या पद की भी तो निश्चिन्तता थी! फिर वह दिल्ली और सुल्तान के पुत्रों, अमीरों के ही साथ, मलिका-ए-जहाँ और उसकी क्रूर, कर्कशा पुत्री से भी दूर, एक स्वतन्त्र, शान्त तथा स्थिर स्थिति में था। इसके साथ ही, अलाउद्दीन को एक ऐसा पद भी प्राप्त था, जिसके कारण उसे लाभ भी हुआ और हानि भी। हालाँकि हानि भी अन्ततः लाभ में ही परिणत हो गयी। आरिज़-ए-मुमालिक के पद पर उसे नये सैनिकों की भर्ती के दायित्व का भी निर्वहन करना पड़ता था, और समय-समय पर दिल्ली भी जाना पड़ता था। एक ऐसे ही अवसर पर वह दिल्ली में था, और चूँकि महक और उसका अविभाज्य-सा सम्बन्ध हो चुका था और अपनी पत्नी से उसका या पत्नी का उससे कोई लेना-देना नहीं था, उन दोनों में कोई औपचारिक या अनौपचारिक भेंट-मुलाकात होती ही नहीं थी, अतः महक को दिल्ली ले जाने में भी उसे कोई हर्ज़ नहीं लगा। अब उसे न बताने की ज़रूरत थी न छुपाने की। अतः इस बार महक भी उसके साथ राजधानी गयी थी। हालाँकि इसकी वजह कुछ और बनी थी, फिर भी वह दिल्ली में अपने प्रेमी के साथ मौजूद थी। अली गुर्शस्प अपने दायित्वों के निर्वहन के उपरान्त, इत्मीनान से शाम के वक़्त, एक सुन्दर शान्त वाटिका में अपनी प्रेमिका के प्रेम-पाश में मदहोश था। पहले वह इसी वाटिका में प्रायः अकेला बैठा रहता था। यहाँ आकर उसे सुकून मिलता था। पर आज वह अपनी प्रेमिका को वह जगह दिखाना नहीं भूलना चाहता था, जहाँ वह अकेले बैठकर अपनी शाम गुज़ार देता था।

इस जीवन का एक सीधा-सा तरीका है। कौन जाने उसमें कोई फलसफ़ा है या नहीं। जब आप कोई भी कार्य कर रहे होते हैं और बिना रोक-टोक के तो आप उसके अभ्यस्त हो जाते हैं। वह कार्य आपके दैनन्दिनी का हिस्सा बन जाता है, और आप उसे यंत्रवत करते हैं। ऐसे में स्वभावतः ही आप सुरक्षा के इन्तज़ाम पर ध्यान देना कम कर देते हैं। संयोग या अलाउद्दीन की प्रेयसी और पत्नी के दुर्योग से वही कुछ हुआ, जो अप्रत्याशित था। अलाउद्दीन भूल गया कि वह दिल्ली में है न कि कड़ा-मानिकपुर या अवध क्षेत्र में। यहाँ दिल्ली के कीली दुर्ग-राजप्रासाद में, सब सुल्तान जलालुद्दीन के अधीनस्थ थे और उसके प्रति वफादार। अतः 'ख्वाजा-सरा(य)' से होते हुए यह बात हरम की संरक्षिका सुल्तान जलालुद्दीन की पत्नी और अलाउद्दीन की सास तक पहुँची। उसने विवेकहीनता या अनुभवहीनता का परिचय देते हुए, यही बेहतर समझा कि अलाउद्दीन को महक की बाँहों की क़ैद में ही रँगे-हाथ पकड़ा जाए। उसने सोचा था कि घर का मामला है, प्रताड़ना और कहा-सुनी तथा माफ़ी माँगने पर निबट जायेगा। मगर वो दो-एक बातें सोचना भूल गयी। एक, कि उसकी पुत्री जो अलाउद्दीन की पत्नी होने के साथ सुल्तान की पुत्री

थी, वह कैसी प्रतिक्रिया करेगी? और दूसरे, कि उसकी पुत्री की जो प्रतिक्रिया होगी, उसके प्रत्युत्तर में अलाउद्दीन की क्या प्रतिक्रिया होगी? किन्तु, जब तक वह इन बातों पर सोचती-समझती, मन्थन करती, वह अपनी पुत्री और अलाउद्दीन की पत्नी (अपनी पुत्री) के साथ अलाउद्दीन के समक्ष उस बाग़ में खड़ी थी! और अलाउद्दीन मुतमईन, जैसे वह कड़ा या अवध या अन्यत्र रहता था, अपनी प्रेमिका के आलिंगन में आबद्ध उससे प्रणय-निवेदन कर रहा था।

शायद प्रेमी-प्रेमिका के एकान्त के पलों के संवाद का सार भी अलाउद्दीन या अली गुर्शस्प की ज़िन्दगी का वास्तविक दुःख था, जो पिघलकर शब्दों में बह गया। अपनी प्रेयसी महक के यह कहने पर कि वह उसे अभी कुछ देर में अतृप्त-सा छोड़कर अपने चाचा और ससुर, सुल्तान के हरम में चला जायेगा और अपनी पत्नी के आलिंगन में आबद्ध हो उसे भूल जायेगा, उसने स्पष्ट कहा था, "मैं तुम्हें यही असलियत दिखाने के लिए तो यहाँ लाया हूँ। तुम कभी-कभी ऐसी ही बहकी बातें उलाहने की तर्ज़ पर कड़ा-मानिकपुर में भी कह देती हो। पर यहाँ मिले संग-साथ के बाद तुम ज़िन्दगी भर ऐसे शब्द-बाण नहीं मारोगी।" वह यह कहना भी नहीं भूला कि यहाँ भी उसे वही अकेलापन सालता है। उसकी पत्नी नाममात्र की पत्नी है, वास्तव में तो वह सुल्तान-पुत्री के अतिरिक्त कुछ नहीं है। पति को वह अपने पिता सुल्तान जलालुद्दीन फ़िरोज़ के किसी दास के अतिरिक्त कुछ नहीं मानती। अपने तथाकथित पति, यानी अली का साया भी वह अपने ऊपर नहीं पड़ने देती। वह तो सिर्फ सत्ता-सुख भोगने तथा अपनी माँ और अपनी राजनीतिक महत्त्वाकांक्षा की पूर्ति में डूबी रहने वाली स्त्री है।

अब सुल्तान की पुत्री ने जो कुछ सुना, देखा और सोचा, उसका ख़ून खौल गया! सर ख़ून के तेज प्रवाह से फटने-सा लगा। अलाउद्दीन की हैसियत ही क्या थी? यदि उसका शौहर न होता तो क्या उसका अपना पिता और सुल्तान उसे कड़ा-मानिकपुर के साथ अवध का गवर्नर बनाता? क्या वह इन दो पदों के बावजूद एक तीसरा महत्त्वपूर्ण सैन्य-मन्त्री का केन्द्रीय पद प्राप्त करता? और, वो भी वज़ीर के पद के बाद सल्तनत का दूसरा सबसे महत्त्वपूर्ण पद, आरिज़-ए-मुमालिक का? यानी उसकी नज़रों में अलाउद्दीन की तरक्की का सबसे बड़ा कारण वह स्वयं थी, जिसका पति होने के नाते, सुल्तान अपने पुत्रों की भाँति अपने इस दामाद और भतीजे को महत्त्व दे रहा था, अपितु उससे भी अधिक! बस, फिर क्या था, राजमहल उसके पिता का, कर्मचारी रोज़ के फर्माबरदार! उसने हरम की हाकिमा से अपने तथाकथित पति की प्रेयसी महक को पकड़ने का आदेश दिया, और जब तक कोई कुछ समझता, पलक झपकते उसने उसके बाल पकड़कर ज़मीन पर पटक दिया और कक्ष-निरीक्षिका की कटार खींचकर, महक पर प्राणघातक प्रहार करने का प्रयास किया! अलाउद्दीन समझ

चुका था कि महक के प्राण संकट में हैं, किन्तु वह उसे अपनी पत्नी और हाकिमा की पकड़ से छुड़ा नहीं पायेगा, क्योंकि उसकी सास हरम की भंडार-गृह की अधीक्षिका या 'अशरफ़' अपनी सहयोगियों के साथ महक के चारों ओर एक सुरक्षा घेरा बना चुकी थीं! दूसरे, 'ख्वाजा-सरा(य)', मलिका-ए-जहाँ (अलाउद्दीन की सास) के इशारे पर हथियार-बन्द साथियों, अर्थात ख्वाजाओं के साथ तैनान थी। इन्हीं सबके बीच, घेरे के अन्दर, सुल्तान की पुत्री महक को पटक-पटक कर बेहिसाब मार रही थी। निश्चय ही इस नृशंस और सुनियोजित पिटाई का निश्चित उद्देश्य था—महक को मौत के घाट उतार देना! एक कुशल सैनिक, सैन्याधिकारी एवं सामरिक विशेषज्ञ को शीघ्र समझ आ गया था कि वो संकट की घड़ी आ चुकी है, जब आक्रमण ही सुरक्षा का एकमात्र उपाय बचा है। अगर उसने आक्रमण न किया तो उसके जीवन में जो पहली प्रेम-भरी बहार आयी है, वो हमेशा को बिछड़ जायेगी! उसे क्षोभ, क्रोध अपराध जैसे बोध एक साथ हुए और इस बदहवास हालत में उसने अपनी कथित पत्नी पर तलवार की मूठ से आक्रमण कर दिया! उसके प्रति घृणा, क्रोध, तिरस्कार के भाव इतने प्रबल थे कि प्रहार शायद अधिक मारक था, जिससे सुल्तान-पुत्री तिलमिलाकर गिर गयी!

न तो मलिका-ए-जहाँ, न उसकी पुत्री और न ही उसके पति अलाउद्दीन ने ऐसी स्थिति की कल्पना की थी। अतः 'मरता क्या न करता' की स्थिति में उसने अपनी पत्नी पर करारा वार कर दिया। इस अप्रत्याशित आक्रमण के लिए सम्भवतः कोई तैयार न था और न हरम के बाहर किसी को सूचना हो पायी थी। वह शायद ही यह कल्पना कर पाया था कि कभी ऐसी स्थिति बनेगी, तब वो यह कर पायेगा जो आज हो गया था? लेकिन पति-पत्नी ही नहीं, मलिका-ए-जहाँ और हरम के सभी अधिकारी-कर्मचारी, दासियाँ और ख्वाजा हतप्रभ थे। सभी किंकर्तव्यविमूढ़! जो अली गुर्शस्प आज तक बोला न हो, प्रतिवाद तक न किया हो, पत्नी की जली-कटी सुनने के बावजूद हँसकर टालता रहा हो, वो ऐसा अप्रत्याशित और असम्भव-सा क़दम उठा बैठा! सबके सब हैरान-परेशान-बेजुबान! एक प्रेयसी के आने के बाद, और उसके प्राणों की रक्षा के लिए वह ऐसा करेगा, इसकी कोई कल्पना भी नहीं कर सकता था।

इससे पहले कि कोई कुछ कहे-सुने-समझे-करे, बात बढ़े, अलाउद्दीन ने इसी में बेहतरी समझी कि वह तत्काल दिल्ली से कड़ा-मानिकपुर के लिए कूच कर जाये! इस पूरे प्रकरण की ख़बर एक ओर मलिका-ए-जहाँ की दूसरी पुत्री को हुई तो उसने तत्काल अपने पति और अली के छोटे भाई अल्मास का हाथ पकड़ा और वह दोनों तुरन्त घटना-स्थल पर! उन्हीं दोनों ने इशारे-इशारे में बात को सँभाला और अली को सुरक्षित हरम से बाहर पहुँचा दिया, ताकि वह तेजी से कड़ा की ओर निकल जाये? अन्ततः वह रास्ते भर अपनी आसन्न गिरफ़्तारी या मलिका-ए-जहाँ के प्रतिशोध

से सशंकित अपने मुख्यालय पहुँचकर सन्तुष्ट हुआ। यह तो तय था कि सुल्तान की पत्नी सुल्तान के मन में अब इतना ज़हर भर चुकी होगी कि सुल्तान उसे क्षमा करने की सोच नहीं पायेगा! हालाँकि, सुल्तान जलालुद्दीन खलजी अपनी सहृदयता के लिए प्रसिद्ध था, किन्तु यह एक ऐसा मामला था, जिसमें वह खुद अपने-आप को दोषी समझ रहा था। चोर का दिल होता ही कितना है? वीर अली गुर्शस्प पहली बार कुछ डरा, कुछ सशंकित, अपनी सुरक्षा के लिए कुछ अधिक जागरूक था। वह यह सोचकर भी अपने कृत्य के औचित्य की तलाश कर रहा था कि अगर उसकी पत्नी, उसकी पत्नी के समान उसके साथ रह रही होती तो क्या दिल्ली से सुदूर पूर्व कड़ा-मानिकपुर में रहते हुए, उसे किसी महक की ज़रूरत होती? लेकिन इतने समय में महक उसकी एक मजबूरी-सी हो गयी थी। पूर्णतः समर्पित पत्नी और सेविका की भाँति, वह हर समय अपने स्वामी के साथ साये की तरह खड़ी रहती, अपने स्वामी की हर छोटी से छोटी चीज़ का ख़याल रखती, और फिर वह अद्‌भुत बुद्धिमति भी थी।

अलाउद्दीन अपने विश्वसनीय सरदारों से भी जो सलाह नहीं लेता था, वह सलाह महक से सहजता से कर लेता था। और वह वाकई एक सही सलाह, अपने अध्ययन, अनुभव और सामान्य ज्ञान के आधार पर, सन्तुलित दिमाग़ से दे देती थी। उसकी सलाह व्यावहारिक ज्ञान और अपने स्वामी के हित को ध्यान में रखकर होती थी, अतः कभी गलत हुई ही नहीं। जैसे-जैसे समय बीतता गया था, अलाउद्दीन ने अनुभव किया कि उसकी सलाह सन्तुलित, व्यावहारिक और अलाउद्दीन के हितों के अनुरूप ही होती है, अतः वह अधिक से अधिक महक पर निर्भर होता चला गया था! वही उसका प्रेम और अवलम्ब थी। वही एकमात्र ऐसी परामर्शदाता थी, जिससे वो अपने दिल की सभी बातें कर सकता था। वह उसके छोटे भाई और विश्वसनीय अल्मास और सबसे करीबी सहायक अमीर, अला-उल-मुल्क से भी अधिक उसके करीब थी, क्योंकि वह सदैव उसके साथ जो रहती थी और निश्चित ही निःस्वार्थ थी। उसे समझ आ चुका था कि अली गुर्शस्प की वही अकेली प्रेयसी है। उसके आकर्षण की केन्द्र-बिन्दु और उसके जीवन में बहनेवाली एकमात्र खुशनुमा बयार!

वास्तव में, यह सब तूफ़ान प्रारब्ध ही था, वर्ना एक साधारण-सा वार्तालाप या व्यवहार ऐसा दुरूह मोड़ न ले पाता, यदि दोनों प्रेमी-प्रेमिका ने संयम और सन्तुलन से काम लिया होता। एक शाम दिन-भर के कामों और दायित्वों से थका हुआ अली गुर्शस्प जब कड़ा के किले की छत पर बनी बारादरी में गंगा की ठण्डी हवा और एक स्थानीय बाँसुरी-वादक की मोहक बाँसुरी की तान सुनते हुए महक के बाहु-पाश में लेटा था, तभी बातों-बातों में महक ने उससे पूछ ही लिया कि क्या उसकी तकदीर में बस कड़ा-मानिकपुर और अवध ही है या वो अपनी प्रेयसी को निकाह करके अपनी पत्नी का दर्ज़ा भी दे पायेगा। क्या वह सचमुच उससे मुहब्बत करता है,

अथवा यह मात्र शारीरिक जरूरत का ही छद्म रूप है? क्या सिर्फ़ यौनाकर्षण व शारीरिक तृप्ति का ही यह बन्धन है? क्या उससे वह नाजायज़ सम्बन्ध ही रखेगा अथवा निकाह करके इस सम्बन्ध को पाक जामा भी पहनाएगा? सच क्या है? जब वो दिल्ली जाता है, तब उसे ले जाने से क्यों परहेज़ करता है? वह क्या अपनी पत्नी से बहुत प्यार करता है, और जो उसके कड़ा-मानिकपुर जैसे दूरस्थ प्रदेश में न बस पाने और दिल्ली की सुख-सुविधा के चलते उसके पास न रहते हुए भी उसके दिल-ओ-दिमाग़ पर छाई रहती है? क्या इसीलिए वह महक को दिल्ली ले जाने से गुरेज़ करता है? प्रेयसी का हठ बाल-हठ से भी अधिक वाचाल और चंचल होता है! या तो सबकुछ उसे चाहिए या कुछ भी नहीं!

अली गुर्शस्प का सच वही था, जो उसने महक को बताया था। इस बात से सुल्तान जलालुद्दीन फ़िरोज़ ही वाकिफ़ नहीं था, अपितु उसका पूरा हरम जानता था। यह कोई छुपी हुई बात नहीं थी। इसका इल्म तो सुल्तान के साथ सुल्तान के पुत्रों को भी था। शायद, अली गुर्शस्प के छोटे भाई, अल्मास की पत्नी, जो सुल्तान की दूसरी पुत्री थी, ने सुल्तान को साफ़ शब्दों में वह बता दिया था, जो दूसरे लोग इशारों में समझाने का प्रयास करते थे। दूसरी बेटी सुल्तान के स्वभाव की थी, छल-कपट से दूर, शान्त और ईमानदार। उसकी शादी अली गुर्शस्प के छोटे भाई अल्मास के साथ हुई थी और वह एक सुखी वैवाहिक जीवन व्यतीत कर रही थी। जबकि बड़ी बहन कर्कशा, कुटिल, कपटी, निहायत बद-दिमाग और बदजुबान थी! यह अन्तर भी सुल्तान से छुपा नहीं था। वास्तव में, जैसे दूसरी बेटी सुल्तान के स्वभाव पर गयी थी, बड़ीवाली बिल्कुल अपनी माँ के स्वभाववाली थी। अतः वह अपनी माँ के पद्चिह्नों पर चलेनवाली, कभी सुल्तान की प्रिय नहीं हो पायी! मगर इस सबके चलते, उदार और सहिष्णु सुल्तान सब बर्दाश्त करता रहा। उसका स्वभाव ही कुछ इतना सरल था।

शायद इसीलिए, अली गुर्शस्प ने स्वीकार कर लिया कि वह महक को अपने साथ दिल्ली ले जायेगा, ताकि वह अपनी आँखों से सब देख-सुनकर ही निर्णय कर सके कि उसके प्रेमी के जीवन में दूर-दूर तक कोई और नहीं है, और सुल्तान की पुत्री या उसकी विवाहिता तो कदापि उसके जीवन में शामिल नहीं है। लेकिन अपनी पत्नी के चरित्र के इस पक्ष से शायद वह पूरी तरह अनभिज्ञ था। होता भी क्यों नहीं? कभी ऐसा अवसर ही कहाँ आया था कि वे साथ रहते और उसके व्यवहार से वह कई बातें और जान सकता या करीब से अपनी तथाकथित पत्नी को समझ सकता? वह तो एकबारगी आया और जो कुछ घटा, उसके चलते वह हतप्रभ रह गया। उसकी आत्ममुग्ध पत्नी उसे अपने ख़रीदे हुए दास से अधिक कुछ न माननेवाली मलिका-ए-जहाँ और सुल्तान की ज्येष्ठ पुत्री, उसे किसी और के

साथ भी बर्दाश्त क्यूँकर करती? क्या किसी दास को यह अधिकार था? क्या बिना स्वामिनी की अनुमति के वह प्रणय-निवेदन कर सकता था? वह अपने पति को एक पालतू जानवर से अधिक कुछ नहीं मानती-समझती थी। वह तो उसकी ओर देखती भी नहीं थी। अतः अपने पिता के राजप्रासाद में और माँ के अनुशासनवाले हरम में उसके इस तरह के स्वछन्द आचरण को कैसे बर्दाश्त कर पाती? इसलिए वही हुआ जो होना था, और उस पल-भर के काण्ड में होने न होने के लिए कुछ शेष रह भी नहीं गया। फिर तो काल-चक्र अपनी ही गति से घूमा। और जो कुछ विधाता ने रचा था, होता चला गया। समय के बलवान होने की बात सभी को समझ आ गयी।

अली गुर्शस्प के लिए दिल्ली से कड़ा-मानिकपुर तक की यात्रा एक तूफ़ान को झेलते हुए सम्पन्न हुई थी। महक की हालत उस आक्रमण के चलते नाज़ुक हो चुकी थी। ऊपर से यह कष्टप्रद यात्रा! उसे इतनी चोटें आयी थीं कि तत्काल चिकित्सीय मदद के साथ पूर्ण आराम की ज़रूरत थी। मगर जान बचाने के लिए आराम ही तो हराम था! उसके लिए यही कष्टप्रद यात्रा प्रतिकूल होने के बावजूद उसके बचने का एकमात्र रास्ता था। उसे अपने से भी ज्यादा महक की चिन्ता थी। वह शारीरिक रूप से तो घायल हुई ही थी, उससे भी अधिक उसे मानसिक और भावनात्मक धक्का लगा था। वह यकायक हुए प्राणघातक आक्रमण और बुरी तरह पिटाई से घायल, लगभग टूट-सी गयी थी। उसके जीवन में तो बेवजह का एक तूफ़ान आ गया था। कहाँ कड़ा-मानिकपुर और अवध में सब शान्त चल रहा था, और कहाँ एकबारगी सब ढहता जा रहा था! एक तूफ़ान सुल्तान के राजप्रासाद में तो उठा ही था, उससे अधिक वह अलाउद्दीन के दिल-ओ-दिमाग़ में उठा था!

अली गुर्शस्प को मालूम था कि उसका चाचा, ससुर और सुल्तान शायद अभी कुछ न करे, मगर जैसे अर्कली खाँ ने बेबस सुल्तान के समक्ष सीदी मौला को हाथी के पैरों तले कुचलवा दिया था, और ज्येष्ठ पुत्र तथा सीदी मौला का पक्षधर खान-ए-खाना कुछ भी नहीं कर सका था, कहीं वैसी ही कोई स्थिति उसकी पत्नी और उसकी माँ, मलिका-ए-जहाँ न खड़ी कर दे! और, वो शासकीय पद से ही नहीं अपने जीवन से भी हाथ न धो बैठे? उसके लिए जीवन बचाये रखने का एकमात्र उपाय और विकल्प जो शेष रह गया था, वह था स्वयं सत्ता प्राप्त कर लेना! मगर सत्ता-संघर्ष में धन और अतिरिक्त संसाधनों की भी आवश्यकता थी। इन संसाधनों के लिए भी अतिरिक्त धन की आवश्यकता थी! अतः वह रास्ते-भर एक निश्चित कार्य-योजना पर सोचता रहा और यथासम्भव शीघ्रता से उस कार्य-योजना को कार्य-रूप में परिणत करने की योजना बनाने लगा।

उसे एक ऐसी कार्य-योजना निर्मित करना थी, जिसमें गति ही सबसे महत्त्वपूर्ण विशेषता होनी थी। उसका दिमाग़ जितनी तेजी से चल रहा था, सम्भवतः इससे पूर्व कभी नहीं

चला था। जिस गति से वह अपने लाव-लश्कर के साथ दिल्ली से कड़ा-मानिकपुर की ओर लौट रहा था, उसी गति से वह योजना भी उसके मन-मस्तिष्क में आकार ग्रहण कर रही थी, और उस योजना की सफलता पर अलाउद्दीन को अपना भविष्य ही नहीं, अस्तित्व भी सुरक्षित नज़र आ रहा था। वह योजना थी भी आत्म-रक्षा के भाव से परिपूर्ण और निर्णायक। चाहे इसमें कोई भी क़दम उठाना पड़े, रिश्ते का ख़ून ही क्यों न करना पड़े! यही क्या कम था कि उसने अपनी पत्नी और सास को दण्डित करते हुए, उन्हें मौत के घाट नहीं उतार दिया? क्या आत्म-रक्षा के चलते ही उसने 'मलिका-ए-जहाँ' और उसकी पुत्री की जान नहीं बख़्श दी थी? क्या सुल्तान सही समय का इन्तज़ार करके, उसके खिलाफ़ कार्यवाही करेगा? क्या कभी इस कृत्य के लिए राजप्रासाद और राजपरिवार अली गुर्शस्प को माफ़ कर पायेगा? क्या समय पर सुल्तान या उसके दो छोटे बेटों का क्रोध ज्वालामुखी-सा किसी सही समय पर भड़क नहीं उठेगा? क्या अब वह इस व्यवस्था और सुल्तान के शासन-काल में सुरक्षित रह पायेगा?

दिल्ली से कड़ा-मानिकपुर की यही यात्रा उसके जीवन की सबसे महत्त्वपूर्ण एवं निर्णायक यात्रा साबित हुई। न जाने कितने सवाल उसके ज़ेहन में उठे। कुछ के उत्तर थे, कुछ अनुत्तरित! इसी उधेड़बुन में वो कड़ा पहुँचा। अपने किले की व्यवस्था और सुरक्षा को उसने और भी चाक-चौबंद किया और गंगा नदी पार कर, उसके दूसरे तट पर बसे मुख्यालय के शेष भाग मानिकपुर में अधिक सुरक्षित महसूस करते हुए लाव-लश्कर सहित डेरा डाल दिया। सबसे पहले उसने घायल, गहरे अवसाद में डूबी तथा एक लम्बी एवं तेजी से की गयी यात्रा से लगभग बेसुध और बेहोश-सी पड़ी महक को हकीमों, वैद्यों और यूनानी चिकित्सकों के हवाले किया और आगे की योजना पर काम शुरू कर दिया। उसे अफसोस भी हो रहा था और महक की इस दशा के लिए वह स्वयं को दोषी भी मान रहा था। वह तो अबोध थी, अली गुर्शस्प की पत्नी के स्वभाव से अनभिज्ञ, किन्तु वह तो अपनी विवाहिता पत्नी से भली-भाँति परिचित था। जो उसे ही कुछ नहीं समझती थी, वह 'अपने' यहाँ किसी प्रेमिका के साथ उसका स्वच्छन्द प्रेमाचार कैसे स्वीकार करती? वह अपने पत्नी होने की अवमानना और उसे चिढ़ानेवाला यह प्रेम-सम्बन्ध कैसे बर्दाश्त कर पाती?

वह यह तो जान-समझ रहा था कि मलिका-ए-जहाँ जैसी महिला असफल और आहत होकर उसके लिए एक बड़ा ख़तरा थी, लेकिन सुल्तान की प्रतिक्रिया क्या होगी, यह नहीं समझ पा रहा था। आखिर उसके हरम में उसकी बेटी पर आक्रमण हुआ था, भले ही आत्मरक्षा में उठाये गये क़दम के रूप में हुआ हो, तो भी इस कृत्य से मध्यकालीन (बलबली) राजतन्त्र की सम्प्रभुता तो आहत हुई ही है। और, मध्ययुगीन परिस्थितियों में इसका एक ही और अन्तिम परिणाम था 'मृत्यु-दण्ड'!

वह उदार सुल्तान, जिसने मलिक छज्जू से लेकर साधारण अपराधियों को क्षमा-दान दिया था, इस प्रकरण में वह कैसा बर्ताव करेगा? सीदी मौला के प्रकरण में भी तो उसने अपने द्वितीय पुत्र के समक्ष आत्म-समर्पण-सा कर दिया था, और उस सूफी सन्त को महज़ सन्देह के चलते हाथी के पैरों तले कुचल जाने दिया था! क्या ऐसा ही उसके साथ नहीं हो सकता? वह स्वभावतः जितना तार्किक और बारीक ढंग से इस मसले के विभिन्न पहलुओं पर विचार करता, उतना ही एक ही दिशा की ओर बढ़ता गया—जितना शीघ्र हो, धन अर्जित करो और इतना धन कि दिल्ली सल्तनत को चुनौती देने का सामर्थ्य संचित हो सके। अब उसे येन-केन-प्रकारेण, सत्तारूढ़ होना ही सुरक्षित रहने का एकमात्र रास्ता नज़र आने लगा! मगर, यह सोचना जितना सरल था, उसे अर्जित करना उतना ही कठिन। शायद असम्भव भी! मगर, मरता क्या न करता! एक सफल सेनानी, वीर योद्धा जो निर्णय लेता है, उस पर अमल भी करता है। अतः अली गुर्शस्प के समक्ष अब शेष समस्त विकल्प समाप्त-प्रायः थे। अब सोचने-समझने को शेष कुछ न था, अब तो बस योजना बनाकर उस पर अमल करना था।

आखिर 1295 की सर्दी बीतते-बीतते, 1296 के फ़रवरी माह में आठ हज़ार अश्वारोहियों का नेतृत्व करते हुए उसने अपने लक्ष्य अर्थात, जान बचाने की योजना के क्रम में देवगिरी राज्य की ओर कूच किया। इस राज्य और इसकी अतुल धन-सम्पदा की सूचना ही उसने सुल्तान जलालुद्दीन फ़िरोज़ से नहीं बाँटी थी, और यह तब हुआ था, जब वह मालवा से लूटकर लायी समस्त सम्पत्ति उसे समर्पित कर रहा था। अतः अब अपने बचाव के लिए उसे इसी देवगिरी राज्य और उसकी धन-सम्पदा का ख़याल आया। वैसे एक समझदार व्यक्ति तथा सामरिक सोचवाला योद्धा सदैव एक विकल्प अपने सामने रखता है। उसी प्रकार, अली गुर्शस्प ने यह भी सोचा कि यदि देवगिरी का सैन्य-अभियान सफल नहीं हो पाया, तब? अतः एक विकल्प के रूप में धुर दक्षिण के एक राज्य में शरणागत होने के लिए उसने उस राज्य से पत्र-व्यवहार भी कर लिया था। उसने प्रसिद्ध इतिहासकार जियाउद्दीन बरनी के चाचा और अपने सहायक तथा विश्वसनीय अला-उल-मुल्क को कड़ा-मानिकपुर का प्रशासनिक दायित्व सौंप दिया था, और अपने छोटे भाई और साढ़ू अल्मास बेग को सुल्तान के दरबार में बने रहने, गुप्त सन्देश भेजते रहने तथा सुल्तान को बहकावे में रखने के निर्देश भी दिये थे।

अल्मास भी बड़े भाई द्वारा निर्देशित अपना कार्य तत्परता से करता रहा। इसका सबसे बड़ा प्रमाण यही है कि सुल्तान ने अपने इन दोनों भतीजों और अपने दामादों पर कभी सन्देह नहीं किया। और अन्ततः, एक षड्यन्त्र का शिकार हुआ। इधर, अली गुर्शस्प ने बुन्देलखण्ड के शत्रुतापूर्ण और दुरूह मार्ग से यात्रा करते हुए,

मात्र आठ सप्ताह में देवगिरी के सीमान्त शहर एल्लिचपुर में क़दम रखा। राह में यह ख़बर फैल ही चुकी थी कि कैसे यह सैन्याधिकारी वर्तमान सुल्तान जलालुद्दीन फ़िरोज़ के प्रतिशोध के डर से बचने हेतु दक्षिण में शरण लेने आ रहा है। अर्थात, जो कुछ दिल्ली में घटा था, उसकी कोई न कोई सूचना-समाचार दखन में भी पहुँच ही चुका था। धुर दक्षिण में तो अली गुर्शस्प ने तमाम मामले की ख़बर जस की तस भिजवाई थी, यहाँ तक कि पारिवारिक जीवन की प्रतिकूलताओं का स्पष्ट उल्लेख करने से भी गुरेज़ नहीं किया था। व्यापार और सांस्कृतिक अन्तःक्रिया के चलते यह समाचार पूरे दक्खन में फैल चुका था, और इसका लाभ भी अन्ततः अली गुर्शस्प और उसकी योजना को हुआ। किसी भी राज्य या राजा ने उसका मार्ग अवरुद्ध नहीं किया, और किसी के प्रतिरोध या अवरोध का सामना भी नहीं करना पड़ा। वैसे भी कोई पलायन कर रहे किसी राजकुमार या राजपरिवार के सदस्य को, जो दक्षिण ी राज्य में शरण लेने जा रहा हो और जिससे कोई शत्रुता न हो, उसे कोई क्यूँकर रोकेगा? वह उन पर तो आक्रमण कर नहीं रहा? यही कारण था वह इतनी शीघ्रता से देवगिरी राज्य में प्रविष्ट होने में सफल रहा, और वह भी निर्विरोध!

वास्तव में, अली गुर्शस्प के भविष्य और इतिहास में प्रसिद्ध अलाउद्दीन खलजी का यह देवगिरी-अभियान अपनी गति और अपने शत्रु या प्रतिद्वन्द्वी को चकित करनेवाले अभियानों में श्रेष्ठतम माना जाता है। इसी प्रकार बाद में, अकबर ने गुजरात-विजयोपरान्त वहाँ के विद्रोह को दबाने के लिए जो अभियान किया था, वह भी प्रसिद्ध हुआ। इसी तरह शिवाजी से लेकर नेपोलियन तक शत्रु-पक्ष को चकित करने की अद्भुत क्षमता रखनेवाले विजय-अभियान इतिहास में अविस्मरणीय हैं। यहीं से वे कथाएँ और कहावतें बनीं कि वे ऐसे सैन्याधिकारी और शासक थे, जो घोड़े की पीठ पर कसी काठी पर ही झपकियाँ लेकर तरो-ताज़ा हो जाते थे। उनके लिए येन-केन-प्रकारेण लक्ष्य प्राप्ति और विजयी सैन्य-अभियान ही रक्त और ऊर्जा का संचार करनेवाले थे। वे तभी चैन से सो पाते थे, जब जीत का जश्न उन्हें और उनके दिल को सुकून पहुँचा देता था। वे खाना-पीना, रोज़मर्रा का कार्य भी विस्मृत कर देते थे। तभी तो, इसी जुनून से उन्हें जीत और सफलता हासिल हो पाती थी।

और, अलाउद्दीन के लिए तो यह प्रेम, जीवन और आत्म-रक्षा का सबसे महत्त्वपूर्ण प्रकरण था, जिसमें गति ही उसे लक्ष्य तक पहुँचा सकती थी और इसी से उसने लक्ष्य-प्राप्ति को सहज और स्वाभाविक बना लिया। वास्तव में, दिल्ली के सुल्तान और अमीरों को भरमाने के लिए अलाउद्दीन का छोटा भाई और सुल्तान का दूसरा दामाद अल्मास दबार में मौजूद था ही। वैसे भी वह अखुरबेग के पद पर कार्यरत था। अतः शाही अस्तबल का अधीक्षक होने के नाते उसे दिल्ली में ही निवास करना पड़ता था। फिर वह भी सुल्तान का भतीजा और छोटा दामाद था।

उसने सुल्तान को यही बताया कि उसने मूल उद्देश्य गुप्त रखकर अली चन्देरी और उसके निकटवर्ती प्रदेश से धन-प्राप्ति के लिए निकला है। उन्हें अपनी पराजय के बाद यह धन केन्द्र को भेजना था, किन्तु वे भेज नहीं रहे हैं, अतः उन्हें दण्डित करने के उद्देश्य से वह उस ओर गया है! इसीलिए अली ने जान-बूझकर सुल्तान को यह सन्देश नहीं भेजा, न ही उससे आज्ञा ली, क्योंकि अगर यह बात गुप्त नहीं रहती तो उसका उद्देश्य ही निष्फल हो जाता। फिर उसने सुल्तान से यह भी कहा कि वह सुल्तान से स्वयं उस घटना के लिए क्षमा माँगने का उचित अवसर बना रहा है, ताकि चन्देरी आदि से प्राप्त धन-सम्पत्ति के साथ हाज़िर होकर सुल्तान की उदारता का लाभ उठा सके।

अल्मास ने सुल्तान को यह भी समझाने में सफलता हासिल की कि अली ने अपने उद्देश्य की सफलता को सुनिश्चित करने के लिए ही कुछ अफवाहें जान-बूझकर, सामरिक कारणों से, फैला दी गयी हैं, ताकि उसका मार्ग निष्कंटक हो सके। अल्मास बेग बार-बार अमीरों द्वारा सुल्तान को भड़काने पर यही दोहराता रहा कि उसके बड़े भाई का वास्तविक उद्देश्य तो चन्देरी और भीलसा से राजस्व और ख़ुम्स (युद्धोपरान्त प्राप्त धन-सम्पदा) प्राप्त करना है, जिसकी अनुमति सुल्तान से वह पहले ही प्राप्त कर चुका है। सुल्तान ने कुछ भतीजों पर विश्वास के चलते, कुछ अतीत में उज्जैन से प्राप्त सम्पत्ति के चलते और कुछ अपनी धन और यशलिप्सा के चलते अल्मास और अली गुर्शस्प पर भरोसा न करने का कोई कारण नहीं पाया। उसका स्वभाव वैसे भी अधिक उदार था। फिर वह दोनों भतीजों से अतिशय प्रेम भी करता था। और फिर उसी के हरम में घटी ताज़ा घटना उसके दिल-ओ-दिमाग़ पर असर डाल रही थी। अतः उसने अमीरों व उनके प्रभाव में रहनेवाली अपनी पत्नी आदि की बातों पर भी विश्वास नहीं किया। उसे लगा कि वे उसी 'हरम-काण्ड' के चलते उसे अली के विरुद्ध भड़का रहे हैं।

वहीं दूसरी ओर, पूरे दखन और धुर दक्षिणी भारत के शासकों तक यह खबर आँधी की तरह फैल चुकी थी कि अली गुर्शस्प अपने चाचा और दिल्ली के वर्तमान सुल्तान से बचने के लिए राजहमुन्दरी के शासक के यहाँ शरण लेने जा रहा है। अतः उन्हें उससे कोई भय या ख़तरा नहीं प्रतीत हुआ, और वह आठ सप्ताह के लम्बे किन्तु तेज़ी से किये गये सफ़र के बाद देवगिरी से बारह मील पश्चिम लसूरा (लजौरा) के दर्रे या घाटी में जा पहुँचा। तभी उसे पहले प्रतिरोध का सामना करना पड़ा। वहाँ के गवर्नर कान्हा ने देवगिरी राज्य की सुरक्षा हेतु ज़बरदस्त संघर्ष किया। यह संघर्ष इसलिए स्मरणीय है, क्योंकि इस युद्ध में दो स्त्री-अधिकारियों या क्षेत्रीय सामन्तों ने कान्हा के साथ कन्धे से कन्धा मिलाते हुए प्रचण्ड युद्ध किया था और अपने प्राणोत्सर्ग तक अली गुर्शस्प की सेनाओं को अचम्भित कर दिया था! ख़ैर, दिन-भर चले उस युद्ध में विजयी होकर वह तुरन्त आगे बढ़ गया, ताकि देवगिरी

तक ख़बर पहुँचने और सुरक्षा के ठोस प्रबन्ध होने से पहले ही आक्रमण कर सके। वह ठीक समय पर इल्लिचपुर पहुँचा और घेरा डाल दिया। उस समय देवगिरी के शासक राजा रामचन्द्र देव की मुख्य सेनाएँ उसके पुत्र सिंघन देव के नेतृत्व में दक्षिण की सीमाओं से सटे होयसाल राज्य की ओर गयी हुई थीं, और उसके दुर्ग में अधिक रसद-सामग्री भी नहीं थी। अतः रामचन्द्र देव और देवगिरी के निवासी आश्चर्य से किंकर्तव्यविमूढ़ बने रह गये और रामचन्द्र देव ने भी देवगिरी के दुर्ग में ही बने रहना बेहतर समझा।

अलाउद्दीन की सेना की एक टुकड़ी ने अब देवगिरी के दुर्ग की घेराबन्दी करते और शहर में लूट-पाट करते हुए यह अफ़वाह फैला दी कि ये सेनाएँ तो दिल्ली की सेनाओं का मात्र अग्रिम भाग है, शेष 20,000 सैनिकों की विशाल सेना तो पीछे-पीछे आ रही है। इससे समस्त देवगिरी में चिन्ता और भय व्याप्त हो गया। एक सप्ताह की घेराबन्दी के बाद, और राहत के अभाव में, अन्ततः राजा रामचन्द्र देव ने समर्पण का निर्णय लिया। अली गुर्शस्प का वास्तविक उद्देश्य तो दिल्ली का सिंहासन, पूर्ण सत्ता और सुल्तान का पद था, अतः वह भी जल्दी से जल्दी उत्तर की ओर लौटने को उत्सुक था। इसी कारण उसने हल्की शर्तों पर ही सन्धि की स्वीकृति दे दी। इसी के साथ, उसने अपने सैन्याधिकारियों से यह स्वीकारोक्ति भी की कि जिस देश की महिलाएँ ऐसी वीरता और प्रचण्डता से युद्ध करती हों, वहाँ के शूरवीरों का स्तर क्या होगा! अतः वह आ तो गया था, मगर अब यथाशीघ्र जाने को भी उत्सुक था। इसी बीच, राजा रामचन्द्र देव का पुत्र सिंघन देव इस आक्रमण की सूचना से अपने होयसाल-अभियान को छोड़कर राजधानी की ओर लौट पड़ा। यहाँ पहुँचते ही वह अपने पिता से मिला, किन्तु सन्धि के सन्दर्भ में पिता के आग्रह और परामर्श को ठुकराते हुए उसने उत्तर की सेना पर आक्रमण कर उसे पराजित कर अपने राज्य से खदेड़ने का निर्णय लिया और अली गुर्शस्प की सेना पर ज़बरदस्त आक्रमण कर दिया। वास्तव में, मुस्लिम सेनाओं के पैर उखड़ने लगे थे और लगा कि सिंघन देव की सेनाएँ अन्ततः हावी हो जायेंगी। परन्तु इसी समय, दुर्ग की घेराबन्दी कर रही टुकड़ी के सेनापति नुसरत खाँ को जैसे ही यह सूचना मिली तो वह मुख्य सेना की सहायतार्थ तुरन्त उपस्थित हुआ। सिंघन देव की सेना को लगा कि दिल्ली की 20,000 सैनिकों की जिस मुख्य सेना की ख़बर थी, लगता है वही आ गयी है, इसी गफलत में दखन की सेना के पैर उखड़ गये और अली गुर्शस्प की हारी हुई बाज़ी पलट गयी। अन्ततः सिंघन देव की सेनाएँ वापस लौटने पर मजबूर हो गयीं।

अब अलाउद्दीन या गुर्शस्प ने देवगिरी के शासक के ऊपर अधिक कठोर शर्तें थोपीं, और राजा रामचन्द्र उन्हें स्वीकार करने को विवश था! उसने सन्धि इन शर्तों पर की कि राजा रामचन्द्र देव की एक पुत्री का विवाह गुर्शस्प से होगा; तथा

एल्लिचपुर का राजस्व प्रति वर्ष उसे दिया जायेगा। इसके अतिरिक्त उसे जितना धन; स्वर्ण-चाँदी, रत्न-आभूषण, रेशम, दास-दासियाँ, घोड़े, हाथी तथा मवेशी आदि प्राप्त हुए कि उनकी उसने तो क्या, किसी ने भी कल्पना नहीं की थी! उसे समझ में आने लगा कि अब सम्भवतः उसे अपने लक्ष्य की प्राप्ति में कोई रोक नहीं सकेगा। इतना धन तो वर्तमान सुल्तान ही नहीं, दिल्ली के किसी भी पूर्ववर्ती सुल्तान के ख़ज़ाने में कभी नहीं रहा होगा, जितना अली गुर्शस्प को इस एक विजय-अभियान से प्राप्त हो गया था। सदियों से यहाँ के बन्दरगाह और विस्तृत सामुद्रिक तट ने बाह्य व्यापार को इतना प्रोत्साहित किया था कि यहाँ की समृद्धि दिनों-दिन, सालों-साल, शताब्दियों से बढ़ती रही थी। अतः उसे अब बिना विलम्ब किये, अपनी पूरी योजना को अमली जामा पहनाने के लिए उत्तर को लौटना, आवश्यक ही नहीं, अपरिहार्य प्रतीत होने लगा। अपने दक्षिण गमन के ठीक तीन-सवा तीन महीने बाद, मार्ग में असीरगढ़ को जीतते हुए, 3 जून, 1296 को वापस कड़ा पहुँच गया। 26 फरवरी को निकला था और 3 जून को वापस! तीन माह, एक सप्ताह जैसी कम अवधि में प्राप्त यह विजय इतिहास में दर्ज एक अभूतपूर्व उपलब्धि मानी जाती है।

इतनी बड़ी सूचना दिल्ली से देर तक छुप नहीं सकती थी! जैसे ही देवगिरी-विजय और वहाँ से प्राप्त अकूत धन-सम्पदा का समाचार दिल्ली पहुँचा, वैसे ही, मलिका-ए-जहाँ, उसकी पुत्री, जो अली गुर्शस्प की पत्नी थी और उनके पक्षधर अहमद चप ने गुर्शस्प पर बिना राजाज्ञा के किये गये इस आक्रमण को सर्वथा गलत घोषित किया, और सुल्तान ने उचित दण्डात्मक कार्यवाही (मृत्यु-दण्ड और उससे पूर्व उसे बन्दी बनाये जाने) की माँग कर डाली। यही नहीं, इसके लिए वे सुल्तान पर निरन्तर दबाव बनाने लगे। इससे विवश होकर, सुल्तान जलालुद्दीन ने ग्वालियर की ओर कूच किया, ताकि अपने विजयी किन्तु अनुशासनहीन भतीजे को कड़ा-मानिकपुर के मार्ग में ही रोक ले। किन्तु, अल्मास ने सुल्तान को आगाह किया कि यह सम्भव है कि भयभीत होकर, प्राण बचाने के लिए, गुर्शस्प बंगाल की ओर पलायन कर जाये। उसने सुल्तान से यह भी कहा कि अति-उत्साह में उससे यह चूक हुई है और अली को अब इस भयंकर भूल का एहसास हो चुका है और वह बहुत घबरा रहा है। उसने यह भी कहा कि ऐसी बातें वह लगातार मुझे प्रेषित पत्रों में लिख रहा था! सुल्तान को अल्मास ने भाई द्वारा प्रेषित पत्र दिखा भी दिये, जिनमें उसने इसी आशय की बातें लिखी थीं। यही नहीं सुल्तान के प्रति आज्ञाकारिता और कृतज्ञता का भाव प्रदर्शित करते हुए, मलिका-ए-जहाँ, उसकी पुत्री या अपनी पत्नी, अपने छोटे साले कद्र खाँ तथा अहमद चप जैसे प्रमुख अधिकारियों, अमीरों के अपने-आप से रुष्ट होने और षड्यन्त्र करने के कारण को भी सविस्तार लिख दिया था। जैसे-जैसे सुल्तान अल्मास की बातों के उपरान्त इन पत्रों को पढ़ता गया,

उसके दिलो-दिमाग़ से अली गुर्शस्प के विरुद्ध सन्देह समाप्त होता गया, और वह उलटे ही, इन पत्रों में लक्षित लोगों को सन्देह से देखने लगा।

सीधे-सादे व उदार सुल्तान को अल्मास की बातों व अली के पत्रों से लगा कि वह अवज्ञाकारी हरगिज़ नहीं है। अपितु, सुल्तान के इर्द-गिर्द अमीरों व रिश्तेदारों से अपने साथ घटी हाल की घटना के चलते और अब इस गैर-अनुमति के आक्रमण से भयभीत व आशंकित है। उसे विश्वास होने लगा कि चन्देरी व निअक्त्वर्ति प्रदेश पर अभियान के दौरान देवगिरी के शासक के हस्तक्षेप व उनकी मदद करने के चलते ही एकाएक ऐसी परिस्थितियाँ निर्मित हो गयीं कि अली गुर्शस्प प्रतिशोध में देवगिरी पर चढ़ाई करने का अवसर नहीं चूक सकता था। यदि उक्त अवसर पर तुरन्त कार्यवाही न होती, तब दिल्ली से आज्ञा माँगते रह जाने का कोई अभिप्राय ही नहीं रह जाता। और फिर देवगिरी के राजा के पुत्र सिंघन देव के होयसाल राज्य के विरुद्ध अभियान पर पूरी सेना को ले जाना उचित अवसर था और बिना वक़्त गँवाए उसने दिल्ली के सुल्तान और सुल्तान के पक्ष में ही त्वरित कार्यवाही की। और फिर सुल्तान को सब कुछ उसके वे पत्र भी तो बता रहे थे। उससे वह कुछ भी छुपा तो नहीं रहा था! बल्कि वह तो सारी धन-सम्पदा सुल्तान के श्रीचरणों में समर्पित करने की ही इच्छा रखता है, और इसे ईमानदार शब्दों में अभिव्यक्त भी कर रहा है। अब सुल्तान को लगा कि यदि उसने मलिका-ए-जहाँ और उनके पक्षधरों की सलाह पर अमल किया तो उसे अपने भतीजे, उच्च व श्रेष्ठ सेनाधिकारी, दामाद और उसके द्वारा प्राप्त किये धन से ही नहीं, भविष्य की ऐसी अनेक आसन्न विजयों से भी हाथ धोना पड़ेगा! यही तो एकमात्र सफल सेनानायक है, जो भीलसा या उज्जैन के बाद, चन्देरी, असीरगढ़ और देवगिरी को जीतकर उसके लिए यश, धन और साम्राज्य में निरन्तर वृद्धि ही कर रहा था। अतः जब उसे ज्ञात हुआ कि गुर्शस्प उससे मिले बिना ही दूसरे मार्ग से सीधे कड़ा की ओर कूच कर गया है, तब उसे पूर्ण विश्वास हो गया कि वह वाकई भयाक्रान्त है, और सम्भवतः मलिका-ए-जहाँ और उनके पक्षधरों के षड्यन्त्र से बचने की फ़िराक़ में है।

किन्तु अली के दूसरे मार्ग से सीधे कड़ा पहुँचने की योजना को काफ़ी लोगों ने सन्देह और षड्यन्त्र की नज़रों से देखा। अतः अहमद चप और मलिका-ए-जहाँ तथा शेष अमीरों ने भी सुल्तान को चन्देरी की ओर कूच करने का परामर्श दिया, ताकि अली गुर्शस्प को मार्ग में रोका जा सके और वह समस्त ख़ज़ाना कड़ा न ले जा सके। अब सुल्तान पर अपनी सेना के साथ चन्देरी में उसका मार्ग अवरुद्ध करने का दबाव बढ़ता जा रहा था। मलिका-ए-जहाँ, उसकी पुत्री या अलाउद्दीन की पत्नी, साथ ही, सुल्तान के सबसे छोटे बेटे, अहमद चप के साथ ही सारे उच्चाधिकारी भी एक साँस में कहने लगे, "यदि, आप अली गुर्शस्प के विरुद्ध कोई कार्यवाही नहीं

करना चाहते, तो बेहतर है, कि ग्वालियर से दिल्ली लौटने से पूर्व हम सबको मार दीजिए और आप स्वयं अपने अन्तिम समय की प्रतीक्षा कीजिए!" किन्तु एक बात और ध्यान में रखने की है जब सुल्तान ने यह प्रश्न किया था कि अली तो यहाँ आया ही नहीं, अब क्या किया जाये, तब अहमद चप के साथ ही मलिक फ़ख्रुद्दीन कूची, मलिक कमालुद्दीन अबुल माँ, आली तथा मलिक नसीरुद्दीन कुह्रामी (कोहरामी) भी मौजूद थे। किन्तु इनसे पहले ही सुल्तान के भांजे होने, और मलिका-ए-जहाँ के सर्वाधिक नज़दीकी होने के कारण सबसे पहले अहमद चप ने अपनी बात रखी, जबकि सुल्तान चाहता था कि हरम का दृष्टिकोण सबसे बाद में व्यक्त हो, ताकि यह निर्णय वस्तुपरकता और दूरंदेशी के नज़रिए से लिया जाये न कि तंग व सीमित दायरे में। शायद यही भय था, जिसने अहमद चप को पहले बोलने पर विवश किया और यह बात सबको समझ में भी आ गयी। शायद ही इतिहास में कभी सही और सच्ची बात, वो भी इतने बेबाक ढंग से, कहे जाने के बाद भी अस्वीकृत हुई हो। वह सिर्फ़ अहमद चप की इसी जल्दबाजी के चलते हुई!

इसी वजह से फिर फ़ख्रुद्दीन ने बात बदलते हुए कहा, "वस्तुतः अभी तक हमें अली के शिविर से कोई प्रामाणिक सूचना या औपचारिक समाचार नहीं मिला है, इसीलिए इस तरह की बातें अफ़वाहें भी हो सकती हैं। पैर में पहनी जुराबों को कभी इसलिए ही नहीं उतार देना चाहिए कि वह भीग गयी होंगी। इसके लिए ज़रूरी है कि हमें नमी महसूस हो। अतः सिर्फ़ अपने दिमाग़ की उपज या कुछ लोगों की कपोल-कल्पना को ही हम सत्य मानने की गलती नहीं कर सकते!" फ़ख्रुद्दीन को लग रहा था कि सुल्तान को अहमद चप का यह बोलना पसन्द नहीं आया था और न ही अपने प्रिय भतीजे के विरुद्ध इस तरह का प्रलाप! आखिर वह (अहमद चप) भी तो अली गुर्शस्प का प्रतिद्वन्द्वी ही था, और न ही यह तथ्य किसी से छुपा हुआ था कि अली की योग्यता और उपलब्धियों से उसकी ईर्ष्या बढ़ती जा रही थी। इसीलिए वह अली की पत्नी और सास या हरम का प्रवक्ता अधिक प्रतीत होता था। उसका वक्तव्य और सलाह उन सबके पूर्वाग्रहों से प्रभावित मानी गयी।

लेकिन यह भी सत्य है कि फ़ख्रुद्दीन उन बहुसंख्यक अमीरों में से एक था, जो सभी पक्षों को प्रसन्न रखना चाहते थे। कौन जाने सियासत का ऊँट कब किस करवट बैठ जाय! उसने अपने कथन का सभी उपस्थित लोगों पर असर देखा और फिर सन्तुष्ट होकर अपनी बात जारी रखते हुए कहा, "यदि हम सेनाएँ लेकर उसके मार्ग का प्रतिरोध करने लगे, तो दो बातें हो सकती हैं। एक, हम बेवजह सुल्तान के एक विश्वसनीय और योग्यतम सेनापति और 'मुक्ती' (प्रान्तपति या इक्तादार) को केन्द्र का शत्रु बनाकर नया विद्रोही तैयार कर देंगे। दूसरा, यदि वह दिल्ली की सेनाएँ देखकर, घबड़ाकर भाग गया, तब भी हमें क्या हासिल होगा? क्या इन दोनों

परिस्थितियों में हमें दखन से लूटी अपार धन-सम्पदा प्राप्त हो सकेगी? क्या हम उसे पराजित कर समर्पण के लिए बाध्य कर सकते हैं? क्या ऐसे मोड़ पर बेवजह उसको विद्रोही घोषित करना और अपनी नीति से बगावत के लिए बाध्य करना उचित, तार्किक और न्याय-संगत होगा?" सुल्तान सहित सब उपस्थित लोग ध्यानमग्न उसकी तक़रीर सुन रहे थे। अनुभवी फ़ख्रुद्दीन ने अपनी बात ख़त्म करते हुए कहा, "हाँ, हमें किसी भी परिस्थिति के लिए अपनी सेनाएँ तैयार रखनी चाहिए और आवश्यकता पड़ने पर कोई संकोच नहीं करना चाहिए। वैसे भी रमजान का पाक़ महीना आ रहा है, हम सबको अल्लाह और रसूल पर भरोसा रखना चाहिए, ताकि यह महीना सुकून से गुज़ार कर ही कोई अदावत और लड़ाई की बात सोचनी चाहिए। और फिर अली भी तो इस पाक महीने में कुछ अनर्थ से परहेज़ करेगा। वैसे भी हमें उसे गलत होने या करने का अवसर देकर ही उसका सही मूल्यांकन करना चाहिए।"

तीर शायद सही जगह लगा था। अली के सन्दर्भ में अदावत और संघर्ष की बातें सिर्फ़ हरम के पक्षधर ही कर रहे थे। सुल्तान का दरबार स्पष्टतः दो खेमों में विभक्त दिख रहा था। एक ओर सुल्तान और उसका अनुपस्थित भतीजा अली गुर्शस्प और उसका छोटा भाई अल्मास था तो दूसरी ओर मलिका-ए-जहाँ, उसकी ज्येष्ठ पुत्री अथवा अली गुर्शस्प की पत्नी और उनका मुख्य प्रवक्ता अहमद चप! अतः अहमद चप ने तो तुरन्त तीखे शब्दों और अमर्यादित भाषा में फ़ख्रुद्दीन को चिकनी-चुपड़ी बात करने का आदी कह डाला। यहाँ तक कि उसे स्वार्थी बताते हुए साफ़-साफ़ बात न कहने के लिए चेतावनी तक दे डाली। बस, इसी धृष्टता पर सुल्तान का क्रोध भी भड़क गया। अहमद चप ने एक ही समय में दो बार अनुशासन तोड़ने और धृष्टता करने का दुःसाहस किया था। वह समझ रहा था कि ऐसा क्यों हो रहा है। मलिका-ए-जहाँ के पक्षधर अली के ख़िलाफ़ इतनी तुरत-फुरत कार्यवाही पर क्यूँ आमादा हैं? इसी झल्लाहट में उसने अहमद चप के बहाने उस खेमे पर अपनी नाराज़गी जता दी। पर कहीं न कहीं सुल्तान भी आन्तरिक राजनीतिक प्रवाह का शिकार हो गया था। उसे स्पष्ट समझ में आने लगा कि अहमद चप और हरम दल की बातें मात्र कपोल-कल्पित हैं! सुल्तान का फ़र्ज़ यही है कि वह सबकी सुने, मगर करे वही जो राज्य और राजनीति के लिए सर्वथा उपयुक्त हो। सुल्तान न्याय करने को अपना प्रथम कर्तव्य मानता था। यही उनकी लोकप्रियता और राजत्व के दैवी अधिकार व आधार को सुदृढ़ करता था।

लेकिन आखिर ऐसा हुआ क्या, जिससे सुल्तान जलालुद्दीन फ़िरोज़ खलजी ने मलिका-ए-जहाँ, अपनी पुत्री और अहमद चप जैसे विश्वसनीय रिश्तेदारों और उच्चाधिकारियों के परामर्श को भी नकार दिया, और फ़ख्रुद्दीन के परामर्श पर ही अमल करने का निर्णय लिया? वस्तुतः सुल्तान को प्रेषित इन पत्रों में एक ऐसा विस्तृत

पत्र भी था, जिसमें गुर्शस्प ने अपने दुःखद पारिवारिक जीवन का पूरा वृत्तान्त लिखा था और जो अपनी पत्नी या राजकुमारी के कर्कश स्वभाव और उसके अपने प्रति व्यवहार का पूरा कच्चा-चिट्ठा था। सुल्तान को अपनी पुत्री और पत्नी के विषय में तनिक भी सन्देह नहीं था और इस पत्र ने स्पष्ट कर दिया कि कैसे उसके ही हरम में क्या-क्या नहीं हुआ था और सुल्तान होने के बावजूद मलिका-ए-जहाँ के आदेश पर उसी से वह सब छुपाया गया। उसे लगा, अगर उसे समय रहते ख़बर मिल जाती तो बात यहाँ तक नहीं पहुँचती। अब उसे गुर्शस्प के भय-सन्देह और ऐसे आचरण का तर्क कुछ समझ में आने लगा था, और वह पूरी तरह से उसी के दृष्टिकोण से इस पूरे प्रकरण को देखने-समझने लगा था। उसे मलिका-ए-जहाँ, अपनी पुत्री और अहमद चप जैसे सर्वाधिक विश्वसनीय व्यक्ति पर भी विश्वास नहीं रहा। वह उनके तर्कों को सन्देह और पूर्वाग्रह से प्रभावित मानने लगा।

काश, उन लोगों ने उससे अली-महक और उसकी पत्नी व मलिका-ए-जहाँ के मध्य हुए अप्रिय प्रकरण को न छुपाया होता कि कैसे अली को उसकी प्रेमिका के साथ देखकर उसकी पुत्री और अली की ब्याहता बर्दाश्त नहीं कर सकी, कि कैसे उसने मलिका-ए-जहाँ, हरम की अधीक्षिका, या अशरफ़ व ख्वाज़ा-सरा की मदद से उस बेगुनाह महक की निर्मम पिटाई की, और किस तरह वह आज भी कड़ा-मानिकपुर में मरणासन्न पड़ी है। जबकि दूसरी ओर अली आज भी राज्य की सेवा में सब कुछ भूलकर कूच किये हुए है। उसकी अपनी पुत्री ने भी उसे यह नहीं बताया कि महक को बचाने की प्रक्रिया में ही सही, वह भी पति द्वारा घायल कर दी गयी थी। बस, इसी एक घटना और सुल्तान से इसे छिपाने में इन सबकी संलिप्तता ने उनके परामर्श को दरकिनार करने के लिए सुल्तान को विवश कर दिया।

वे लोग जो आज अली के ख़िलाफ़ एक सुर में बोल रहे हैं, वे उसके विश्वसनीय कैसे हो सकते हैं? वे हर बात में उसके दृष्टिकोण और अली के प्रतिरोध-अभियान का विरोध ही करते रहे। वे जो उसके हरम में अली गुर्शस्प, उसकी पत्नी, और महक के अन्तस्सम्बन्धों के चलते घटी अप्रिय घटना को उसी से छुपाते रहे, वे उसके विश्वसनीय हो ही नहीं सकते। अतः वह उन सबके परामर्श को नकारते हुए, वापस दिल्ली चला आया। न ग्वालियर में रुका और न उनके परामर्श के अनुसार चन्देरी जाकर अली गुर्शस्प का मार्ग अवरुद्ध किया। सुल्तान को वह सारा माज़रा समझ में आ गया कि क्यों उसे चन्देरी जाने की सलाह दी जा रही थी? उसे भी यही लगा कि वे सब अली के विरोधी हैं और प्रतिशोध की आग में जलने के कारण उसको मार्ग से हटाना चाह रहे हैं। वे उसे सफ़ाई का भी कोई मौक़ा नहीं देना चाहते। उन्हें डर है कि कहीं दूध का दूध और पानी का पानी न हो जाये।

सुल्तान की आज्ञा के बिना दूसरे देश पर आक्रमण करना और उसे पराजित

करके सन्धि करना, स्पष्टतः सम्प्रभुता के विरुद्ध ही नहीं, स्वयं सम्प्रभुता ग्रहण करने के समान हरकत थी। फिर भी, यदि वह गलती का प्रायश्चित्त करने के लिए उद्यत है और मुखालफ़त का कोई साफ़ निशाँ नहीं दिखा रहा है, तो उसे क्योंकर दण्डित करके अदावत और खुले विद्रोह के लिए भड़काया जाये? क्या उसके पास धन या संसाधन नहीं थे? क्या वह योग्य नहीं था? क्या उसके समर्थक, सहायक और अपनी सुदृढ़ सेना नहीं थी? क्या यह अवसर है कि किसी योग्य व आज्ञाकारी राज्याधिकारी को उस स्थिति तक उकसाया जाये कि राज्य में राजनीतिक अस्थिरता व्याप्त हो जाये? क्या अली के विद्रोह करने से गृह-युद्ध जैसे आसार नहीं निर्मित हो जायेंगे? सुल्तान ने ठण्डे और निष्पक्ष दिमाग़ से सारी स्थिति को विश्लेषित किया और अपना निर्णय लिया। उसे लगा कि अली गुर्शस्प तो पहले से ही काफ़ी आहत, पीड़ित और अपमानित है। उसके पुराने पारिवारिक ज़ख़्मों पर नमक छिड़कने का काम, कम-से-कम वह तो नहीं कर सकता, न करेगा। उसने फ़ख़्रुद्दीन से बोलने के लहजे और अमर्यादित शब्दों के इस्तेमाल के लिए अपने भांजे और विश्वसनीय अहमद चप को सार्वजनिक रूप से डाँट भी दिया, और चन्देरी के बजाय वापस दिल्ली लौटने का फ़ैसला कर लिया।

सुल्तान ने अहमद चप से कहा, "हमने उसे (अली गुर्शस्प) अपनी गोद में पाल-पोसकर बड़ा किया है। वह हमारी परवरिश से इतनी तरक्की कर चुका है कि एक बार मेरे अपने पुत्र भी मेरे ख़िलाफ़ उठ खड़े हो सकते हैं, किन्तु वह कभी ऐसी कल्पना तक नहीं कर सकता।" इसी एक अप्रिय प्रकरण ने जहाँ सुल्तान को अली गुर्शस्प के लिए और उदार बना दिया, वहीं वह उस पर और अधिक विश्वास करके, इन सबको स्पष्ट सन्देश देना चाहता था। किन्तु, यही उसकी सबसे बड़ी गलती साबित हुई! दूसरी ओर, यहीं से अल्मास और उसके बड़े भाई को यह आश्वासन मिल गया कि उनका मार्ग सही और सरल रहा। सुल्तान बिलकुल उसी नज़रिए से सोचने लगा था, जैसा वे चाहते थे, बल्कि उससे भी कहीं अधिक। इससे अल्मास और अली गुर्शस्प का मार्ग निष्कंटक हो गया। ज़ाहिर है कि मलिका-ए-जहाँ के अपने आचरण और अपनी पुत्री को अपनी जैसी महत्वाकांक्षी व उद्दण्ड बना दिये जाने से भी यह आसान हो गया था। दोनों माँ-बेटी में कौन अधिक कर्कशा थी, यह कहना और समझना बहुत कठिन और असम्भव-सा था। अल्मास ने सुल्तान को स्पष्ट समझाया कि उसके भाई ने तो यहाँ तक कहा है कि यदि वह थोड़ा भी सशंकित हुआ तो वह अपना विषैला रूमाल सूँघ लेगा, जिसे वह सदैव अपने पास रखता था। यह एक तथ्य था, जिससे सभी वाकिफ थे। यह रूमाल अली गुर्शस्प मंगोलों के प्रतिरोध में अपने चाचा और वर्तमान सुल्तान के नेतृत्व में होनेवाले अभियानों के दौरान से ही रखता आया था, ताकि मंगोलों के हाथों में पड़ने से बेहतर है कि

वह स्वयं अपनी जान ले ले! भला सुल्तान को यह कैसे मंजूर होता कि जिस दामाद के साथ उसकी पत्नी और पुत्री दोनों अत्याचार करती रही हों और वह जी-जान से सुल्तान और सल्तनत की सेवा कर रहा हो, उसकी यश-कीर्ति और धन-सम्पदा में निरन्तर वृद्धि कर रहा हो, उसे कैसे त्याग दे?

आगे का वृत्तान्त तो इतिहास की प्रत्येक पुस्तक में दर्ज़ है। फिर भी, हमें भी तो अपनी ये दास्ताँ पूरी करनी है। ख़ैर, अली गुर्शस्प की न तो योजना और न ही कोई इच्छा थी कि वह अपने चाचा और सुल्तान को इतनी दौलत सौंप दे। उसके इरादे और योजना निश्चित ही कुछ और थी। वह सुल्तान से दूर रहते और बचते हुए, सीधे अपनी इक्ता (यही इक्ताएँ या प्रान्त, बाद के मुग़ल काल में 'सूबा' कहलाईं) के मुख्यालय कड़ा पहुँचा और वहाँ से दो पत्र, एक प्रत्यक्ष सुल्तान जलालुद्दीन फ़िरोज़ को और दूसरा सुल्तान के दरबार में मौजूद अपने छोटे भाई, अल्मास को प्रेषित किये। वैसे दोनों पत्रों का उद्देश्य एक ही था कि सुल्तान उन्हें पढ़कर द्रवित हो और उनकी योजना के अनुसार उनके षड्यन्त्र में अच्छे से फँस जाये और यही उनकी सफलता को सुनिश्चित कर दे। सुल्तान को लिखे पहले पत्र में उसने सुल्तान से बिना अनुमति लिए किये गये देवगिरी-अभियान के लिए क्षमा-याचना की थी; तदुपरान्त उस विजयी-अभियान का विस्तृत वृत्तान्त था; और फिर लूटी या प्राप्त की हुई धन-सम्पदा का सच्चा व पूर्ण विवरण था (जिससे उसका वृद्ध किन्तु धन-लिप्सावाला सुल्तान लालायित हुए बिना न रह सके)। यह बात किसी से छुपी नहीं थी कि सुल्तान निहायत लोभी ही नहीं, धन-अर्जित करने के लिए सदैव लालायित रहता था। फिर उस लम्बे पत्र में उसने सुल्तान से अपने पक्ष में 'तौक़ी' या लिखित क्षमा-दान के लिए भी लिखा; ताकि वह निश्चिन्त होकर उसके समक्ष उपस्थित होकर क्षमा माँगते हुए, देवगिरी से लूटी हुई धन-सम्पदा उसके चरणों में समर्पित कर सके। अन्त में उसने आत्म-स्वीकृति भी की, कि उसे सन्देह है कि उसकी अनुमति के बिना और इस कारण उसके समस्त शत्रुओं ने सुल्तान के कान जरूर भरे होंगे, जिससे वह अपने भविष्य को लेकर बहुत भयाक्रान्त था।

दूसरा पत्र उसने अपने भाई को लिखा कि सुल्तान से भयभीत होकर या तो वह स्वयं गंगा पार कर पलायन करके बंगाल में शरण लेने को बाध्य हो सकता है और यदि यह भी सम्भव नहीं हुआ, तो वह अपने पास के विषैले रूमाल को सूँघकर, अपने प्राणोत्सर्ग से नहीं चूकेगा! यह पत्र भी अल्मास ने सुल्तान को पढ़ा दिया। वस्तुतः, इसी उद्देश्य से यह पत्र अली गुर्शस्प ने अपने भाई को लिखा भी था। इसीलिए सुल्तान ने फ़ौरन से पेशतर अपने दस्तख़त तथा मोहरवाला क्षमा प्रदान करने वाला पत्र अर्थात 'तौक़ी' अपने विशेष सन्देश-वाहकों, मलिक इमादुल-मुल्क तथा मलिक ज़ियाउद्दीन के माध्यम से अपने प्रिय और विजयी भतीजे के पास कड़ा

भिजवा दिया, ताकि वह निश्चिन्त हो सके और कोई जोखिम न उठाये। किन्तु, अली गुर्शस्प एक बार पुनः घबरा गया कि कहीं सुल्तान के शाही सन्देश-वाहक कड़ा में सैन्य गतिविधियों के विषय में सुल्तान को सूचना न दे दें, अतः उसने उनके कड़ा पहुँचने पर उन्हें बन्दी-गृह में डाल दिया! जो उसके लिए 'तौक़ी' लाये थे, वही उस व्यक्ति द्वारा क्षमा के बदले बन्दी-गृह के योग्य माने गये! जब सुल्तान को कड़ा से उत्तर नहीं मिला तब उसने अल्मास से कड़ा चलने के लिए कहा, जबकि अब तक बारिश का कहर ज़ोरों से शुरू हो चुका था।

इधर अपने स्वभाव के अनुरूप अली गुर्शस्प एक वैकल्पिक योजना भी निर्मित कर रहा था। इस विकल्प का एक कारण और था—हर सम्भव चिकित्सीय प्रयास के बावजूद महक के स्वास्थ्य में कोई विशेष सुधार न होना! अब तो चिकित्सक भी निराश होने लगे थे और स्थान एवं जलवायु-परिवर्तन की बात करने लगे थे, क्योंकि अवसाद बहुत गहरे असर कर गया था। स्थान बदलने से माहौल बदलता तो मन, दिल और दिमाग़ भी बदलता और शायद कुछ लाभ सम्भव था। अतः इस पूरी प्रतिकूल परिस्थिति के समय वह बंगाल जाकर अपनी सैन्य-शक्ति और धनबल से बलबन के पौत्र, बंगाल के शासक, सुल्तान रुकनुद्दीन कैकॉस को पराजित कर अपनी स्वतन्त्र सत्ता की स्थापना का भी निश्चित विचार और विस्तृत योजना बना चुका था। इसके लिए उसने अपने विश्वसनीय सेनापति, ज़फर खाँ को कड़ा-मानिकपुर से भी पूरब की ओर इसीलिए भेज दिया था, ताकि वह सरयू नदी पार करने के लिए नाविक-बेड़ा तैयार रखे। अली ऐसी ही पक्की तैयारी करता था और हर सूक्ष्म बात का ध्यान रखता था। वह सिर्फ़ योजना ही नहीं बनाता था, बल्कि उसकी सफलता के लिए बारीक ढंग से उसके प्रबन्धन और व्यावहारिक क्रियान्वयन के लिए दिमाग़ भी चलाता रहता था। इसी में उसकी योजनाओं की सफलता का राज छुपा था। किन्तु, सुल्तान की उदारता और उसके प्रति अतिशय प्रेम और विश्वास ने वह अवसर ही पैदा नहीं होने दिया कि वह बंगाल की ओर कूच कर पाता! सुल्तान स्वेच्छा से उसके बनाये षड्यन्त्र के जटिल किन्तु बारीक़ जाल में फँसता चला गया। इतिहासकार ज़ियाउद्दीन बरनी इस पूरे प्रकरण के सन्दर्भ में सही ही लिखता है, "सुल्तान को उसका प्रारब्ध बाल पकड़कर खींचता हुआ कड़ा-मानिकपुर की ओर ले गया, जहाँ हत्या के षड्यन्त्र रूपी उसकी मृत्यु उसका वरण करने को तत्पर थी।" उसने अपनी पत्नी, पुत्रों, पत्नियों, नाते-रिश्तेदारों, उच्चाधिकारियों और अमीरों की सही, सन्तुलित व विवेकपूर्ण सलाह के विरुद्ध कड़ा जाने के लिए प्रस्थान करने की तैयारी की। सुल्तान स्वयं सिर्फ़ एक हज़ार सैनिकों के साथ जल-मार्ग से शाही नौका-बेड़े से गया और अहमद चप को केन्द्रीय सेना के साथ थल-मार्ग से आने का निर्देश दिया। इससे पूर्व ही उसने एक पत्र अल्मास को देते हुए तत्काल कड़ा पहुँचकर अपने बड़े

भाई को आश्वस्त करने का निर्देश दिया, ताकि वह किसी अनहोनी की आशंका में आत्महत्या न कर बैठे! इसी के साथ, उसने दिल्ली से लगभग साठ मील दक्षिण-पूर्व दिशा में स्थित दम्हई (डिबाई, बुलन्दशहर ज़िले में स्थित) से स्वयं उफनती गंगा की परवाह न करके शाही नाविक बेड़े में गंगा को पार किया।

एक तो सुल्तान की स्वाभाविक उदारता और उसका अन्तर्निहित धन-लोभ और फिर अली गुर्शस्प के साथ उसकी अपनी पत्नी और पुत्री द्वारा किये गये अन्याय और उसके विरुद्ध एक बड़ा जनमत सुल्तान को निरन्तर बाध्य करते रहे कि वह अली गुर्शस्प के तर्क को ही न्यायोचित माने। तुर्की सल्तनत में बलबनी सिद्धान्तों के अपवादस्वरूप ही जो अमीर सुल्तान के दुर्गम पद तक पहुँचा हो, वह प्रायः धारा के विरुद्ध चलने से नहीं हिचकता। वही स्थिति सुल्तान जलालुद्दीन की थी। फिर वह अपने राज्य में था, सेनाएँ उसकी थीं, न कि अली की। वे उसके प्रति ही समर्पित और वफादार थीं। और, फिर अगर मान भी ले, कि यह प्रान्त या क्षेत्र उसके नाशुक्रे-से भतीजे का भी है, तब भी यह तर्क तो था ही कि उसने तो अली के विरुद्ध कुछ नहीं किया, अपितु अली ही सुल्तान की कृपाओं पर निर्भर रहा था। उसे सुल्तान ने सिर्फ़ दिया ही दिया था—धन, पद, सम्मान और विश्वास! उस धर्मभीरु सुल्तान ने रमज़ान के पाक महीने में किसी अनहोनी और षड्यन्त्र की कल्पना भी नहीं की थी। न उसके जैसा उदार, सहिष्णु व धर्मभीरु व्यक्ति ऐसी कोई कल्पना कर सकता था। क्या कोई मुस्लिम इस पाक महीने में छल-कपट, षड्यन्त्र और हत्या की साज़िश जैसा कुकृत्य करने के विषय में सोच भी सकता है? यह दुष्कर्म करना और वो भी अपने सबसे कृपालु प्रश्रयदाता के विरुद्ध, सुल्तान के लिए कल्पनातीत था। अतः वह निश्चिन्त भाव से कड़ा-मानिकपुर जाने को तत्पर हो गया था।

जैसे ही अली गुर्शस्प को सुल्तान के दिल्ली से कड़ा के लिए प्रस्थान की सूचना मिली (जुलाई, 1296), वैसे ही उसने गंगा पार करके, मुख्यालय के दूसरे केन्द्र, मानिकपुर में अपनी सेना और कोष को स्थानान्तरित कर दिया। यह निर्णय उसने सामरिक कारण से लिया, ताकि अहमद चप के नेतृत्व में आ रही पैदल सेना के सम्मुख वह और उसकी सेनाएँ न पड़ें। और न एकदम सुल्तान के सामने पड़ें। वह सुल्तान और उसकी छोटी-सी सैन्य-टुकड़ी से ही नहीं, उसके अंगरक्षकों से भी स्वयं को पृथक रखना चाहता था। चाहता था कि दिल्ली की सेना या हर सैनिक को कड़ा में गंगा पार करनी पड़े, और जब वे उस पार मानिकपुर पहुँचें, तब उसे इनसे सरलता से निबटने का पर्याप्त समय मिल सके। सुल्तान जलालुद्दीन फ़िरोज़ जब कड़ा में गंगा नदी पार करके, मानिकपुर की ओर बढ़ा, उस दिन रमज़ान की 17वीं तारीख़ थी। मगर यह तारीख़ इतिहास में सुल्तान के रक्त से लिखी जायेगी, यह उसे कत्तई कल्पना नहीं थी। गंगा वैसे भी उफान पर थी, मानो किसी अनहोनी

का संकेत दे रही हो... किसी की महत्वाकांक्षा के उबाल की प्रतीक-सी! किसी के ख़ून के उबाल-सी। वह यह संकेत भी दे रही थी कि शायद किसी का ख़ून भी इसी तरह फैल जायेगा। रुकी हुई बारिश भी ठीक उसी समय पूरे वेग से होने लगी, जब सुल्तान ने अपने बेड़े से कड़ा की धरती पर पैर रखा ही था। जैसे पूरी प्रकृति संकेत देने लगी। बादल गरजकर बरसने लगे, जैसे उन्हें आज के बाद बरसना ही न हो। बादलों की वजह और साथ में बिजली के चमकने से समझ नहीं आ रहा था कि दिन के कितने पहर बीत गये हैं, और कितने बचे हैं? बादलों से आच्छादित आकाश में अजब-सा अँधेरा छाया हुआ था। कुछ को अल-सुबह का तो कुछ को देर शाम का एहसास हो रहा था। अजब-सा माहौल था। किसी को न कुछ साफ़ दिख रहा था और न ही कुछ साफ़ समझ आ रहा था। हर ओर अफरा-तरफरी का माहौल था! और अगर इस माहौल में कोई एक शान्त और स्थिर था तो वो था सुल्तान जलालुद्दीन और उसका पाक-साफ़ दिल, और उस दिल की धड़कन! बाकी सब षड्यंत्रकारी थे या उसके पक्षधर थे, झूठे थे, हत्यारे थे! एक निर्दोष, उदार, सहृदय और सब पर विश्वास करनेवाले सुल्तान के बेवजह दोषी बनने को आतुर!

इसीलिए, जब दबे स्वर में सुल्तान ने अल्मास से इस बात की शिकायत की कि कम से कम कड़ा पर तो अली को उसके औपचारिक स्वागत या इश्तक़बाल के लिए आना चाहिए था, तब भी अल्मास योजना के अनुसार, अली के भयभीत होने का ही बहाना बनाता रहा। इतना ही नहीं, अल्मास ने सुल्तान को यह यकीन दिलाने का सफल प्रयास किया कि जितने सैनिक आदि उसके साथ उस पार जायें, वे सब निःशस्त्र ही जायें, वर्ना अली अब भी ख़ौफ़ज़दा होने के कारण आत्मोत्सर्ग न कर बैठे! सुल्तान ने नदी के उस पार अली की पूरी सेना को सुसज्जित देखा और यहीं उसके सैनिकों और सैन्याधिकारियों ने उसे आगाह भी किया। यह देखकर अब शायद पहली बार, उसका भी दिमाग़ चकरा गया होगा। पहली बार उसके दिमाग़ में भी किसी अनहोनी ने दस्तक दी होगी! किन्तु, वह तो स्वयं सबके मना करने पर इस आत्महत्या के मार्ग पर चल पड़ा था! आशंका इसलिए भी होने लगी होगी, क्योंकि उसे खुद यह बात सालने लगी थी, और कोई हल्का-सा ही सही, भय हो रहा था कि अहमद चप के नेतृत्व में उसकी अपनी सेनाएँ अभी कड़ा से बहुत दूर थीं! क्या उससे कोई भूल या असावधानी हुई थी? यदि वह अपने इस भतीजे के परामर्श को मानकर, उस पार मानिकपुर में अपने दूसरे भतीजे से मिलने नहीं जाता तो युद्ध या उसकी ओर से प्रत्यक्ष युद्ध की चुनौती मानी जा सकती थी। पर अभी तक तो अली की ओर से ऐसा एक भी संकेत नहीं मिला है। तो क्या वह अपने साथ चलनेवाले सैन्याधिकारी और सैनिकों की सलाह माने? अब उससे क्या होगा? उसे साफ़ समझ में आ गया कि अब वह साँप-छछूंदर की स्थिति में फँस चुका है।

एक ओर खाई तो दूसरी तरफ़ खंदक थी!

इस कशमकश में अब आगे बढ़ने और अपने प्रारब्ध की प्रतीक्षा करने के अलावा और कोई विकल्प नहीं था। वह दोबारा दो नावों में निःशस्त्र साथियों, जिनमें वकील-ए-दार पद पर नियुक्त मलिक ख़ुर्रम, मलिक फ़ख़ुद्दीन कूची, मलिक अमाजी अखुरबेग, मलिक जमालुद्दीन (जिसे बरनी ने भूलवश, कमालुद्दीन लिखा है), अबुल माँ'आली, मलिक नसीरुद्दीन कुहरामी, उप-वकील-ए-दार मलिक इख़्तियारुद्दीन एवं ताश्तदार तुरमाती प्रमुख थे। इन्हीं गिने-चुने और निःशस्त्र अमीरों के साथ सुल्तान किसी बलि के बकरे के समान निरीह-सा कड़ा से मानिकपुर की ओर चला जा रहा था। किन्तु, शायद भाग्य के ही भरोसे? क्योंकि अब वह आसन्न अनहोनी के चलते ही शाही नाव के एक कोने में बैठकर क़ुरान शरीफ़ का पाठ करने लगा था। साथ में आये गिने-चुने अमीरों, सैन्याधिकारियों और सैनिकों को भी अपना जीवन समाप्त प्रायः दिखने लगा था। उन्हें स्पष्ट दिखने लगा था कि वे एक जटिल और मजबूत जाल में फँस गये हैं और इससे निकल पाने का अब कोई रास्ता नहीं है। अब वे ऊपर से शान्त, किन्तु भीतर से बेहद उद्विग्न थे। अब उन्हें यह भी समझ आने लगा था कि यदि वे कोई उथल-पुथल करते हैं, तब भी और कुछ न करें तब भी नरसंहार तय है। न तो वे इतने सैनिक थे कि प्रतिरोध कर सकें और न ही इतनी शक्ति, वक़्त और संसाधन उनके पास था कि पलायन करके अपनी जान बचा सकें।

उन्हें साफ दिख रहा था कि वे 'मरता क्या न करता' वाली स्थिति में फँस चुके हैं, और वह भी सुल्तान के एक जज़्बाती निर्णय के चलते। काश, उसने राजनीतिक ढंग और ठण्डे दिमाग़ से, सबकी राय सुनकर निर्णय लिया होता? वे समझ चुके थे कि अब यदि भागेंगे तब भी मरेंगे! लड़ेंगे तब भी मरेंगे। सुल्तान स्वयं उनके चेहरों के भावों से सबकुछ समझ रहा था। और अब पहली बार उसके दिल-दिमाग़ में एक अजब-सा अवसाद और निराशा छाने लगी थी। अमीर भी सोचने लगे थे कि अब मरना ही है, तो सुल्तान के वफादार होकर ही क्यों न मरें। ऐसे निर्दोष, निश्छल और इंसानियत से भरपूर सुल्तान के साथ, जो अब भी अपने प्रारब्ध के भरोसे क़ुरान शरीफ़ के पाठ में संलग्न है। सोचता था कि मरने के बाद क़यामत के रोज़ तो कम से कम उसे इंसाफ मिलेगा? आख़िर वे सभी निराश और जैसे जापानी 'हाराकीरी' करते हैं, बिलकुल उसी तरह आगे बढ़े। कोई और विकल्प शेष भी नहीं था। सुल्तान की मासूमियत, मलिका-ए-जहाँ की कुटिल चालों, उसकी पुत्री की बदजुबानी व बदमिजाजी और अली गुर्शस्प या भावी अलाउद्दीन की महत्वाकांक्षा ने उन निर्दोष लोगों को बेवजह ही इस कंटकाकीर्ण मोड़ पर लाकर खड़ा कर दिया था।

अल्मास अब भी सुल्तान को आश्वस्त करते हुए कह रहा था कि ये सेनाएँ तो आपकी हैं, आपकी अगवानी के लिए ही प्रस्तुत हैं, पूरे औपचारिक रूप से आपके

स्वागत की तैयारी है। अली गुर्शस्प आपका वही वफ़ादार, अनुशासित तथा आज्ञाकारी भतीजा, दामाद और गवर्नर है। आख़िर जैसे ही सुल्तान की नाव मानिकपुर घाट पर लगी और सुल्तान जलालुद्दीन ने ज़मीन पर पहला पाँव रखा, वैसे ही उसके प्रिय भतीजे ने पूरी शिद्दत और औपचारिकता सहित परम्परा और नियमतः ज़मीन पर लेटकर उसे 'सज़दा' किया। सुल्तान ने भी अपने प्रिय भतीजे को पूरे विश्वास और प्रेम से आलिंगनबद्ध कर लिया। फिर जैसे वह अली गुर्शस्प के साथ बचपन से करता आया था, उसने उसके गाल पर स्नेह भरा चुम्बन लिया। पल-भर के लिए उसे लगा भी होगा कि वह बेवजह अपने आज्ञाकारी भतीजे और कर्तव्यनिष्ठ प्रान्तपति पर शक कर रहा था। सुल्तान ने उसे अपने ही चाचा और स्नेही प्रश्रयदाता सुल्तान पर शक़ करने और भयातुर होने के लिए स्नेह भरी झिड़की भी दी, तथा अपने प्रेम और विश्वास से उसे आश्वस्त करना चाहा। शायद इस संकट के क्षण में भी वह आश्वस्त होना चाह रहा होगा? मगर, अगले ही क्षण सब कुछ बदल गया। अली गुर्शस्प द्वारा एक हल्का-सा इशारा करने पर मोहम्मद सलीम ने अपनी तलवार का भरपूर वार सुल्तान की गर्दन पर किया, पर सुल्तान के झुक जाने से उसके दायें कन्धे पर ज़ख़्म लगा। अब वह दर्द से अधिक षड्यन्त्र और विश्वासघात से कराह उठा। उसने एक ही साँस में अली को कृतघ्नता और एहसानफ़रामोशी के लांछनों से लाद दिया। लेकिन जब तक वह आगे कुछ और सोच और कह या कर पाता, आगे भागते हुए सुल्तान पर इख़्तियारउद्दीन हूद ने प्राणघातक वार किया और सुल्तान का सर कलम करके अली गुर्शस्प को सौंप दिया।

इसके बाद सुल्तान के कटे हुए सर को बरछी की नोक पर रखकर सारे शिविर में घुमाया गया। 695 हिजरी में बुधवार के दिन और रमज़ान की सोलह तारीख को, अर्थात 19 जुलाई, 1296 को सुल्तान जलालुद्दीन की नृशंस हत्या कर दी गयी। वो भी उस भतीजे द्वारा, जो उसका दामाद ही नहीं, अपितु अपने पुत्रों से भी अधिक प्रिय था, क्योंकि वह उनसे अधिक योग्य एवं सक्षम था। उसके तमाम साथियों को भी उसी के साथ सुनियोजित ढंग से मौत के घाट उतार दिया गया। अब तक आसमान पर छाये घने बादल छँटने लगे थे, और दूर उफ़क़ पर डूबता सूरज दिख रहा था। ठीक वैसे ही वहाँ उपस्थित लोगों को दिल्ली के खलजी वंश के संस्थापक का राजनीतिक सूरज अस्त होते दिखने लगा था। अली के लोगों ने अब कुछ ही देर पहले तक सुल्तान जलालुद्दीन फ़िरोज़ खलजी के सर के ऊपर जो शाही छत्र तना हुआ था, उसे अली गुर्शस्प के सर पर तान दिया और उसे उसी क्षण नया सुल्तान भी घोषित कर दिया गया। अब, एक ही पल में सुल्तान अलाउद्दीन खलजी अपनी कर्कशा पत्नी और षड्यन्त्रकारी कुटिल सास व मलिका-ए-जहाँ तक से मुक्त और पूरी तरह से स्वतन्त्र हो चुका था।

इसके बाद वह जितनी जल्दी हो सका, मानिकपुर के अपने किले में सीधे हरम और महक के पास पहुँचा! महक अब भी गहरे ज़ख़्मों और उनसे भी गहरे अवसाद से उबर नहीं पायी थी। शायद परिस्थितियों की इस नयी पेचीदगी ने उसे और असामान्य कर दिया हो। शायद सोच रही हो कि उसके द्वार पर और उसी के कारण यह राजनीतिक संघर्ष या षड्यन्त्र हुआ है? सबकुछ उसके कारण ही तो शुरू हुआ था। और क्या से क्या हो गया। उसने अपने प्रेमी से इतना ही तो पूछा था कि वह उससे अधिक कहीं सुल्तान-पुत्री अपनी विवाहिता से तो प्रेम नहीं करता? और, सब कुछ साफ़-साफ़ दिखाने-समझाने के लिए वही प्रेमी उसे दिल्ली ले गया। न वे दिल्ली जाते और न ही ये दिन देखने पड़ते। उस दिन से एक दिन भी वह आराम से नहीं रह पायी और न ही उसका प्रेमी! उसने सोचा होगा कि दक्खन विजयोपरान्त शीघ्र ही वह अपनी प्रेयसी को आराम के लिए बंगाल ले जायेगा और इसकी सारी तैयारी भी हो गयी थी। मगर, अब लगता है, कुछ भी हासिल नहीं होनेवाला। मौसम भी कुछ अलग संकेत दे रहा था। वह बहुत घबराई हुई थी। सभी चिकित्सकों ने घबराहट को संकट का संकेत बताया था, मगर ऐसी परिस्थितियों में दिल की धड़कन सम्हालना न उसके बस में था और न सुल्तान की हत्या और उससे उठे कोलाहल को उस तक आने से रोका जा सकता था! वह उद्विग्न, बेचैन होकर कसमसाती रही। उसकी तबियत पल-पल बिगड़ती ही जा रही थी। बस एक सहेली और अली गुर्शस्प के मित्र अल्प खाँ की बहन, महरू ही उसकी निगरानी में कुछ सेविकाओं के साथ मौजूद थी।

ऐसे में हाँफता हुआ, अली गुर्शस्प उस कक्ष में दाखिल हुआ और उसने एक ही साँस में सुल्तान की हत्या और अपने सुल्तान बनने का सन्देश बिना रुके महक को सुना दिया। उसने सोचा था, शायद इस ख़बर से वह एकाएक पूरी तरह ठीक हो जाये! हकीमों, वैद्यों और यूनानी चिकित्सकों ने उससे यही तो कहा था। किन्तु, लगभग छह माह से अस्वस्थ और अवसादग्रस्त चल रही महक ने सन्तोष की एक गहरी साँस ली और जब तक अलाउद्दीन खलजी कुछ समझकर उसकी ओर झपटता, वह उसी की बाँहों में झूल गयी। शायद वह इसी एक पल के लिए मौत से संघर्ष कर रही थी... अपने स्वामी के सुल्तान बनने की ख़बर अपने कानों से सुनने के लिए! अलाउद्दीन खलजी गहरे दुःख, क्षोभ, अफ़सोस, असहाय, अतिरेक, क्रोध और कष्ट में डूब गया। उसके समक्ष अगर मलिका-ए-जहाँ अथवा उसकी पुत्री होती तो शायद वह अपने हाथों उन्हें मौत के घाट उतार देता! महक के लिए ही तो उसने इतनी तेजी से सबकुछ किया था। किन्तु अन्ततः उसके हाथ क्या लगा? अब हासिल क्या है? उसको कुछ भी समझ में नहीं आया कि अब वह क्या करे! आज वह वीर योद्धा शायद पहली बार करुणा का पात्र हुआ था! पहली ही बार उसके आँसू स्वतः

निकल पड़े और वह एक चीख मारकर रो पड़ा!

अब उस कक्ष में मृत महक, वो और महरू ही थे। किसी तरह महरू ने ही इस नये सुल्तान को सँभाला और उसने उसे अपनी मृत प्रेयसी और उसकी आत्मा या रूह को और अधिक दुःख न देने की सलाह दी। यही नहीं, एक मलिका के रूप में उसे शाही विदाई देने की सलाह भी दी, जिसकी वह वाक़ई हकदार थी! इससे अभी-अभी मृत उसकी प्रेयसी की रूह को सुकून और सुख मिलेगा। रोते और अवसादग्रस्त सुल्तान को महरू ने सँभाला और उसे कन्धा भी दिया। यही नहीं, अपने दुपट्टे से उसकी आँखें पोंछकर दुनिया के आगे उसके रुदन को जाहिर नहीं होने दिया। इसी अस्त-व्यस्त-त्रस्त अवस्था में सुल्तान अलाउद्दीन खलजी वापस मानिकपुर के उस घटनास्थल पर पहुँच गया, और उसने अनेक अमीरों को भी मौत के घाट उतारने का आदेश दिया। साथ ही अपनी सेनाओं को गंगा पार करके, सुल्तान जलालुद्दीन के साथ आये सैनिकों के नरसंहार का आदेश भी दे डाला! इस पर भी उसका क्रोध, दुःख कम नहीं हो रहा था। तब उसने और किसी के न होने पर यह गुस्सा भी मृत सुल्तान पर ही निकाला! एक साधारण कैदी की भाँति उसने उसके सर को न केवल बरछी की नोक पर मानिकपुर और कड़ा में चारों ओर किसी विजयी 'ट्रॉफी' की तरह घुमाया, अपितु अवध में भी उसी तरह घुमाया गया।

शेरशाह : सैनिकों के साथ स्त्रियों का योगदान

शेरशाह सूरी का नाम दिमाग़ में आते ही अविभाजित पंजाब से अविभाजित बंगाल तक जानेवाली 'ग्रैंड ट्रंक रोड' ज़ेहन में सबसे पहले आती है। उसका नाम ही 'शेरशाह सूरी मार्ग' हो गया है। एक ऐसा व्यक्तित्व जो थोड़े ही समय में भारतीय इतिहास में अपनी चमक बिखेरकर सदा के लिए अमर हो गया। बहलोल लोदी के काल में अफ़गानिस्तान के 'रोह' क्षेत्र से आये एक वीर, योग्य व कर्मठ सैनिक के पौत्र और सहसराम के साधारण जागीरदार के पुत्र के रूप में जन्म लेनेवाला फ़रीद बचपन से ही कुशाग्र बुद्धि था। फ़रीद का रुझान पढ़ाई के साथ कोई महत्त्वपूर्ण कार्य करने और ज़िन्दगी में कुछ हासिल करने की ओर शुरू से ही था। कभी-कभी परिस्थितियाँ भी मनुष्य के व्यक्तित्व को ढालने में अपनी महती भूमिका अदा करती हैं। फ़रीद के साथ भी ऐसा ही हुआ। उसके अपने पिता हसन से कभी अच्छे सम्बन्ध नहीं रहे। यह भी एक कारण रहा फ़रीद को वह बनाने में, जो वह बना, और जैसी भूमिका उसने बाद में अदा की। अपने सैन्याधिकारी पिता के विलासी जीवन, खासतौर से अपनी माँ के साथ उसके अन्यायपूर्ण व्यवहार से वह बहुत क्षुब्ध रहता था। इससे उसमें अपनी पृथक पहचान और उसे अर्जित करने की अभिलाषा जन्म ले चुकी थी और जैसे-जैसे वक़्त बीतता गया, यह धारणा और सशक्त होती गयी, और फिर एक जुनून बन गयी।

बिना स्त्री के किसी का जन्म ही सम्भव नहीं है। अतः हर व्यक्तित्व के निर्माण में किसी न किसी महिला का योगदान अपरिहार्य-सा ही है। शेरशाह भी इसका कोई अपवाद नहीं था। उसके जीवन में भी हर मोड़ पर महिलाओं की महत्त्वपूर्ण भूमिका रही। सबसे पहले जिस व्यक्तित्व का असर सबके ऊपर पड़ता है, वह माँ ही होती है, और वही पहली गुरु होती है। समाजीकरण की पहली पाठशाला भी जीवन जीने के लिए बीज-रूपी मूल्य बच्चे में वही डालती है, जो जीने का ढंग सिखाने के

साथ ही आगे चलकर उसके व्यक्तित्व का विकास करते हैं। भोजन करने से लेकर सोचने-विचारने तक के संस्कार सिर्फ़ माँ की देन होती है। वही बच्चों के जीवन में अमिट छाप छोड़ती है। अपनी विशेष घरेलू परिस्थितियों के चलते शेरशाह पर अपनी माँ का प्रभाव कुछ ज़्यादा ही पड़ा था।

फ़रीद के पिता हसन के सम्बन्ध उसकी अफ़गान माँ से अच्छे नहीं थे, अतः उसने एक के बाद, दूसरा और तीसरा निकाह भी किया, और अन्त में एक उप-पत्नी भी रखी। पहली पत्नी से फ़रीद और निज़ाम नामक दो पुत्र हुए; और दूसरी से अली और युसूफ़ नामक दो पुत्र; तीसरी से ख़ुर्रम एवं सादी खाँ, और अन्तिम से, जिससे उसने प्रेम-विवाह किया था, दो पुत्रों की प्राप्ति हुई—सुलेमान एवं अहमद। इन्हीं आखिरी दो भाइयों तथा उनकी माँ की ईर्ष्या के चलते उसके अपने पिता से अच्छे सम्बन्ध नहीं रह पाये। पिता, समर्पणवाला व्यक्ति था और रोह से नारनौल होते हुए, सहसराम तक की अपनी जीवन-यात्रा से सन्तुष्ट भी। जीवन के इस मोड़ पर वह न केवल चौथी पत्नी या उप-पत्नी के मोह से ग्रस्त था बल्कि पूरी तरह आसक्त भी था। वह हर वक़्त उसी के इशारों पर नाचने लगा था। ख़ैर, अपने पिता के इस व्यवहार का लाभ अन्ततः फ़रीद को ही मिला। हसन के साथ-साथ उसकी यह तीसरी पत्नी न अपने इस ज्येष्ठ व योग्यतम पुत्र का इतना विरोध करती न ही वह प्रतिकूल परिस्थितियों से पार पाने की शिक्षा व प्रशिक्षण प्राप्त करता। उसी के चलते वह प्रतिरोधों का सामना करने में निपुण हो गया। वह जानती थी कि इससे पार पाना कठिन ही नहीं, असम्भव है। अतः वह फ़रीद के लिए ताउम्र अवरोध ही खड़े करती रही, और वह विरोध, अवरोध का प्रतिरोध करने में दक्ष होता चला गया। साथ ही उसका व्यक्तित्व निखरता रहा और वह सीढ़ी-दर-सीढ़ी सफल होता चला गया।

ज़ाहिर-सी बात है, अपने पति द्वारा परित्यक्त वह अफ़गान महिला निश्चित ही स्वतन्त्र व निर्भीक व्यक्तित्व की स्वामिनी रही होगी। उसने सबकुछ स्वीकार करके, स्वतन्त्र जीवन-यापन भी किया होगा और अपने दोनों बेटों के हक के लिए खड़ी भी रही होगी। कम से कम, शेरशाह या बाल्यकाल के फ़रीद के प्रारम्भिक जीवन से तो यही जानकारी मिलती है। वह जब बिलकुल छोटा था, तो कैसे उसने यह ज़िद की थी कि तत्कालीन पंजाब के गवर्नर से उसका पिता बात करे, और उसे भी सेवा करने का अवसर मिले। पूत के पाँव पालने में ही दिखते हैं। इतनी कच्ची उम्र में परिपक्त बातें और साथ में बाल-हठ! आख़िर वह अपने पिता हसन के साथ, पंजाब के तत्कालीन गवर्नर या वली से मिलकर ही माना। यह सब जहाँ उसके चरित्र की मौलिक विशेषताओं को उजागर करता है, वहीं उस माँ की शिक्षा-दीक्षा को भी रेखांकित करता है, जो उसकी परवरिश कर रही थी, और इस पूरे प्रकरण

में उसके साथ खड़ी थी।

घर में अपनी माँ के साथ हो रहे बर्ताव से वह शुरू से ही नाराज़ था, और धीरे-धीरे यह नाराज़गी बढ़ती गयी। उम्र के साथ कटुतर भी होती चली गयी। अतः हसन ने अपने पुत्र व घर की शान्ति के हित में एक निर्णय लिया और फ़रीद को शिक्षा ग्रहण करने के बहाने जौनपुर भेज दिया। जौनपुर कुछ समय पूर्व शर्की वंश के शासकों की राजधानी होने के कारण 'पूर्व के शिराज़' नाम से शिक्षा तथा संस्कृति के उच्च केन्द्र के रूप में विख्यात हो गया था। वहाँ से उच्चतम शिक्षा प्राप्त व्यक्ति, एक प्रतिष्ठित विद्वान के रूप में अपना जीवन प्रारम्भ करके, उलेमा जगत् व विद्वत्-मण्डली के शिखर पर शीघ्र स्थापित व प्रतिष्ठित हो सकता था। वह ऐसी ही क्षमता, मेधा व सम्भावनाओं की खान था। किन्तु, फिर समय-चक्र ने अपना कमाल दिखाया, और हम उच्च-शिक्षित फ़रीद को पिता की जागीर सासाराम या सहसराम की प्रशासनिक व्यवस्था करने में गुरुतर भाव से व्यस्त पाते हैं। उसने अपने अध्ययन से भारतीय परम्पराओं और इस्लामी सिद्धान्तों का सर्वश्रेष्ठ सम्मिश्रण किया और एक ऐसी बुनियादी शासन-व्यवस्था प्रदान की, कि 'कीन' जैसा पाश्चात्य इतिहासकार भी यह स्वीकार करने को बाध्य हुआ कि जितनी प्रशासनिक क्षमता और दूर-दृष्टि इस मध्ययुगीन पठान ने प्रदर्शित की, उतनी तो प्रशिक्षित श्रेष्ठ ब्रिटिश शासकों-प्रशासकों ने भी प्रदर्शित नहीं की थी! इसीलिए अकबर ने उसी की प्रशासनिक व्यवस्था को मानक और आधार के रूप में स्वीकार किया था—बस उसमें थोड़े-से परिवर्तन किये थे।

उसकी उच्च शिक्षा भी उसके प्रारम्भिक मूल्यों-प्रतिमानों पर हावी नहीं होने पायी, अतः इस शिक्षा के उपरान्त भी वह कोई सुविधाजीवी बुद्धिजीवी नहीं बना। चाहता तो वृत्ति-भोगी उलेमा वर्ग के सदस्य के रूप में शान्ति और सुकून से अपना जीवन गुज़ार सकता था। किन्तु, उच्च शिक्षा ने उसे आरामतलब न बनाकर, उसकी प्रतिकूल परिस्थितियों के चलते एक शान्त, सन्तुलित, त्वरित निर्णय की क्षमता लेनेवाले व्यक्तित्व के रूप में विकसित कर दिया था। उसके विकासमान व्यक्तित्व में उसकी माँ और असहज बाल्यकाल का प्रभाव स्पष्ट दिखाई देता था। सहसराम के प्रशासन द्वारा भी वह अपने पिता से एक तरह का विरोध ही जता रहा था। किन्तु, निहायत सकारात्मक ढंग से। वह इस शिद्दत से काम में डूबा और उसने ऐसे प्रशासनिक सुधार किये, जैसे उसे अपने पिता को यह दिखाना, बताना या जताना था कि वह उसके बिना भी कितना योग्य व सक्षम प्रशासक है। वह (उसका पिता) एक भोगी है, जबकि वह स्वयं योगी है। जिस जतन से उसने वहाँ की जनता को सुशासन से राहत दी, उससे सहसराम की जनता वाह! वाह! करने लगी और धीरे-धीरे उसके यश व सुशासन की चर्चा बिहार में फैलने लगी। जब उसके सुशासन से सहसराम की जागीर सुव्यवस्थित और समृद्ध हो गयी और उसका यश फैलने लगा तब उसकी

उस कुमाता (पिता की चौथी पत्नी) ने अपने बच्चों, यथा सुलेमान व अहमद को इन जागीरों का प्रबन्धन दिलवाने के लिए हसन से ज़िद की। यहाँ तक कि आत्महत्या की धमकी देकर उसे इसके लिए विवश कर दिया।

अर्थात, चाहे-अनचाहे फिर से एक महिला उसके भविष्य की राह तय कर रही थी, अब फ़रीद के पास कोई और विकल्प नहीं बचा था और वह अपनी सौतेली माँ के चलते सहसराम छोड़ने को अपने ही पिता द्वारा बाध्य कर दिया गया था। किन्तु वह तो प्रतिकूल परिस्थितियों में जीना माँ की कोख से ही सीखकर आया था। रही-सही कसर माँ की गोद में पूरी हुई और बाकी सौतेली माँ के शत्रुतापूर्ण व्यवहार ने पूर्ण कर दी। असल में तो वह हार मानने वाले व्यक्तित्व का स्वामी था ही नहीं। उसके आत्म-विश्वास की झलक तो हम बचपन में ही देख चुके थे, जब वह ज़िद करके पंजाब के वली या गर्वनर से मिलने जा पहुँचा था और राज्य की सेवा करने की हठ कर रहा था। उसके इसी आत्मविश्वास ने उसे इस विपरीत परिस्थिति से निबटने का भी हौसला दिया। आखिर अपने छोटे भाई निज़ाम को अपनी हित-रक्षा के लिए सहसराम में छोड़कर अपने वैधानिक हक के लिए वह दिल्ली-सुल्तान के दरबार में फरियाद करने आगरा रवाना हो गया। कहाँ एक अदना-से जागीरदार का प्रबन्धक फ़रीद और कहाँ दिल्ली-आगरा का सुल्तान! उसके पास इतना वक़्त कहाँ था कि वह इस छोटे-से मसले में प्रत्यक्ष रूप से हस्तक्षेप करता? यह मामला तो परगना स्तर पर सुलझने वाला था या फिर सरकारी स्तर पर। बहुत होता तो बिहार प्रान्त के अधिकारी इसे सुलझाते। बिना इन निचले स्तरों से न्याय की गुहार लगाये वह सीधे सुल्तान से क्या और क्यों प्रत्याशा कर रहा था? इस समय तो दिल्ली-आगरा का सुल्तान इब्राहिम लोदी यों भी अमीरों के विरोध और विद्रोहों का सामना कर रहा था। उसके दोनों हाथ अपने उमरा की समस्या से इस क़दर भरे थे कि फ़रीद की फ़रियाद सुनने और इंसाफ़ करने की गुंज़ाइश ही नहीं थी।

ख़ैर, फ़रीद भी कौन-सा माननेवाला था? वह अन्त तक प्रयत्नशील रहा, और अन्ततः प्रारम्भिक ना-नुकुर व मना करने के बाद सुल्तान इब्राहिम लोदी से अपने पक्ष में फ़रमान या आदेश पारित करवाने में सफल रहा! इब्राहिम लोदी इस समय आम अफ़गान नेताओं व सरदारों की मुखालफ़त का सामना कर रहा था। आज़म हुमायूँ सरवानी, मियाँ बुवा, पंजाब का वली (गवर्नर), दौलत खाँ लोदी, उसके अपने चाचा, आज़म खाँ लोदी जैसे सभी प्रमुख अमीर उसके विरुद्ध हो गये थे। उसे लगा होगा कि शायद यही एक परीक्षा हो कि वह दिल्ली के सुल्तान के नाते किसी भी शरणागत को निराश नहीं कर रहा? उसे शायद इसमें भी अपनी सत्ता का सन्देश देने का मौक़ा मिला हो। शायद वह दिखाना चाह रहा था कि ख़्वामख़ाह ही कुछ अमीर व अधिकारी उससे नाराज़ हो रहे हैं! वह तो सबके साथ इंसाफ़ करने की

कोशिश करता है। सम्भवतः इससे अच्छा और कोई प्रकरण न होता उसे यह सब स्पष्ट करने के लिए। इसीलिए अन्ततः सुल्तान इब्राहिम लोदी ने फ़रीद के पक्ष में सन् 1526 में शाही फ़रमान ज़ारी कर दिया! उसने इसमें भी अपनी निरंकुशता व शासन की पकड़ और सुल्तान के दैवी स्वरूप की अवधारणा के अनुसार ही कार्य किया और फ़रियादी फ़रीद के हक में इंसाफ़ दिया।

किन्तु, सुल्तान इब्राहिम लोदी का यह फ़रमान भी फ़रीद का भला नहीं कर सका। क्योंकि, इसी साल (1526) लड़े गये पानीपत के युद्ध ने सब कुछ बदल दिया था। इस युद्ध में जैसा कि हम सब जानते हैं, बाबर ने तोप और तुलुग्मा तकनीक के प्रयोग से इब्राहिम लोदी की सेनाओं के छक्के छुड़ा दिये थे। इब्राहिम युद्ध-क्षेत्र में लड़ते हुए शहीद हुआ और फ़रीद के लिए फिर वही ढाक के तीन पात! उसे इतनी मेहनत-मशक्कत के बाद भी हासिल कुछ नहीं हुआ। जब फ़रमान जारी करनेवाला ही न रहा और न उसकी सत्ता रही, तब वह निरर्थक ही हो जाना था, और हुआ। बाबर ने इस युद्ध के उपरान्त भारत में मुग़ल सत्ता की स्थापना कर दी, और साम्राज्य की नींव मज़बूत करते हुए उसके विस्तार के लिए प्रयासरत हो गया। दूसरी ओर, हसन के बेटों और फ़रीद के भाइयों की पारिवारिक कलह का लाभ उठाने के लिए, रोहतास के चौंध परगना के रसखूदार जागीरदार मुहम्मद खाँ की नजर सहसराम की जागीर पर अटक गयी और अन्ततः उसने इस पारिवारिक कलह में हस्तक्षेप के बहाने उसे हड़पने की योजना बना डाली! उसे साफ़ लगा कि फ़रीद के भाई तो किसी लायक हैं नहीं, और हसन के लिए सहसराम की जागीर अतिरिक्त धनागम के एक अन्य स्रोत के सिवा कुछ नहीं है। फ़रीद की उपस्थिति ने सहसराम में सुख-शान्ति-समृद्धि-सुरक्षा की ऐसी मिसाल कायम कर दी थी कि वह मुहम्मद खाँ सूर की ईर्ष्या की वजह भी था। मुहम्मद खाँ को कितना सुकून मिला होगा, जब फ़रीद से यह ज़िम्मेदारी वापस ली गयी होगी? उसी वजह से अब एक अवसर आया था, जब वह अपने राजनीतिक प्रभुत्व का विस्तार कर सकता था। वरना फ़रीद के रहते तो वह सपने में भी ऐसा नहीं सोच सकता था। उलटे, उसी के बढ़ते प्रभाव से मुहम्मद खाँ जैसे जागीरदार बेचैन हो रहे थे।

इस पूरे मामले में, इब्राहिम लोदी के शासन-काल में भी, और अब तो और भी, बिहार के अफ़गान शासक को न्याय करना चाहिए था। यह उसका अधिकार-क्षेत्र व अफ़गान एकता का मसला था, जिसे बाबर के रूप में अब मुग़ल सत्ता से भी संघर्ष करना था। अतः ऐसे प्रतिकूल समय में जब अफ़गान एकता की सबसे ज्यादा ज़रूरत थी, तब भी वह अपने दायित्व से बच रहा था। सम्भवतः वह अपनी स्थिति व पद बरकरार रखने के लिए बिहार में अपनी सत्ता बनाये रखने जैसे संकीर्ण विषय पर ही सोचता रह गया! इसीलिए बिहार का तत्कालीन अफ़गान शासक सुल्तान

मुहम्मद, अफ़गानों में भी सूर कबीलाई की इस आपसी लड़ाई में फँसने से बच रहा था। अतः शेर खाँ ने ऐसी विषम परिस्थिति में अपने लिए एक नये अवलम्ब की तलाश की। वह हताश होने वाला जीव था ही नहीं। अतः वह एक नया राजनीतिक समीकरण बनाने से नहीं चूका। उसने पानीपत के निर्णायक युद्ध में इब्राहिम लोदी की पराजय की स्थिति में इस शक्तिशाली जागीरदार, मुहम्मद खाँ सूर की समस्या से निबटने के लिए, दरिया खाँ लोहानी के पुत्र सुल्तान मुहम्मद की सेवा करने का मन बना लिया। वह समझ गया था कि बिना सेवा के मेवा नहीं मिल सकती। अतः वह दरिया खाँ लोहानी के पुत्र बिहार खाँ का प्रश्रय प्राप्त करने में भी सफल रहा। बिहार खाँ को भी इस बदलती परिस्थिति में सशक्त साथियों, सहयोगियों, सैन्याधिकारियों व समर्थकों की आवश्यकता थी, अतः फ़रीद ने अपनी स्थिति सुरक्षित करने में कोई कोर-कसर नहीं छोड़ी।

इस तरह, अपनी रणनीति के तहत उसे भारत के पूर्वी क्षेत्र के अफ़गानों के नये सरदार, बिहार खाँ की शरण में जाने के लिए बाध्य होना पड़ा। इसी ने फ़रीद को भविष्य में एक बड़ी भूमिका के लिए तैयार भी किया, जब उसे बड़े रंग-मंच को देखने-समझने और सक्रिय भूमिका अदा करने का अवसर मिला। उसके लिए क्षेत्र, सोच व क्षितिज का विस्तार लाभप्रद रहा। उसका फ़लक अब सहसराम से आगे तक फैल गया। इधर बदली परिस्थितियों व मुग़लों से मोर्चा लेने की नज़र से एक कुशल नेतृत्व की तलाश में, पूर्व के अफ़गानों ने इसी बिहार खाँ को इब्राहिम लोदी के स्थान पर अपना नया नेता स्वीकार कर लिया था। अब वह सुल्तान मुहम्मद था। फ़रीद इसी सुल्तान मुहम्मद की सेवा में जाकर उसका सबसे विश्वसनीय सेवक बन गया। इसी सुल्तान ने शेर से लड़कर उसे मौत के घाट उतारने के साहसिक प्रदर्शन पर फ़रीद को 'शेर खाँ' के खिताब से नवाज़ा था। उसी ने 'शेर खाँ' या फ़रीद को अपने पुत्र जलाल खाँ का शिक्षक और संरक्षक नियुक्त कर दिया था। परिस्थितियाँ कितनी और किस तरह बदलीं! जो मुहम्मद इस मामले में फ़रीद की नहीं सुन रहा था, वही अब उसके विपक्षियों की भी नहीं सुन रहा था। चौंध के मुहम्मद खाँ सूर ने बारहा कोशिश की, किन्तु सुल्तान मुहम्मद ने शेर खाँ के विरुद्ध कुछ भी सुनने से इंकार कर दिया। हस्तक्षेप करना तो दूर की बात।

किन्तु, अब मुहम्मद खाँ सूर ने मौक़ा देखकर आक्रमण करने का निर्णय किया, ताकि सहसराम की जागीर में से टांडा एवं मल्हार की सह-जागीरें जीतकर, शेर खाँ के दोनों भाइयों—सुलेमान व अहमद को दे सके, क्योंकि शेर खाँ किसी भी समझौते के लिए तत्पर नहीं था। स्वाभाविक रूप से इसका नतीजा युद्ध था, और इसमें जैसा कि निश्चित था, शेर खाँ की पराजय हुई। अब उसने फिर से इस पराजय और अन्याय के विरुद्ध प्रतिशोध का नया मार्ग चुना। बदली परिस्थिति में उसने

हिन्दुस्तान के नये शासक एवं भारत में मुग़ल सत्ता के संस्थापक बाबर से मिलने की योजना बनाई। वह बाबर के ताकतवर वज़ीर, मीर खलीफ़ा के छोटे भाई जुनैद बर्लास के पास पटना जा पहुँचा, जिसे इन पूर्वी प्रान्तों में मुग़ल शासन व आधिपत्य की स्थापना के लिए नियुक्त किया गया था। दोनों को एक-दूसरे की ज़रूरत थी, वही इस समझौते का आधार बनी। शेर खाँ को तो सत्ता के सहयोग की ज़रूरत थी ही। उधर, जुनैद बर्लास ने भी शेर खाँ से सम्बन्ध बनाने में मुग़ल हित देखा। और, जहाँ बर्लास को पूर्वी क्षेत्रों में एक अफ़गान समर्थक मिल गया, वहीं शेर खाँ ने मुग़ल सैन्य की मदद से मुहम्मद खाँ को पराजित ही नहीं किया, बल्कि अपनी जागीर भी प्राप्त कर ली। उसने सिर्फ़ सहसराम ही नहीं, अपितु उससे भी अधिक विस्तृत क्षेत्र जागीर-स्वरूप प्राप्त कर ली। जागीर की सीमा और क्षेत्रफल भी उसने बढ़ा लिया। अब यह उसकी अर्जित जागीर थी, न कि उसके पिता हसन द्वारा प्रदत्त। अतः अब इसका कोई अन्य दावेदार नहीं हो सकता था।

उसने मुग़ल प्रशासक व पूर्वी प्रान्तों के प्रभारी, जुनैद बर्लास के साथ ही मुग़ल सेवा करते हुए, चन्देरी के युद्ध (1528) में भी भाग लिया था, और बाबर की नज़र उस पर पड़ी थी। बाबर भी प्रतिकूल परिस्थितियों की पाठशाला में पला-बढ़ा था, अतः उसने अपने वज़ीर, मीर खलीफ़ा को इस 'चतुर अफ़गान सरदार' से सदैव सतर्क रहने की चेतावनी दी थी और वह चेतावनी कैसे सही साबित हुई, हम सभी जानते हैं। वह उसी के पुत्र और उत्तराधिकारी की राह में सबसे बड़ा काँटा बना, और उसकी पराजय व हिन्दुस्तान से पलायन का कारण भी बना!

अब इस मोड़ पर आकर शेरशाह या फ़रीद के जीवन में फिर से एक महिला का पदार्पण हुआ। निश्चिन्त शेर खाँ सहसराम की नयी, विस्तृत जागीर के प्रशासन में व्यस्त था कि उसे अपने संरक्षक व पुराने स्वामी सुल्तान मुहम्मद की आकस्मिक मृत्यु की ख़बर मिली, और लगभग उसी के साथ उसकी विधवा रानी दुदू का गुप्त सन्देश भी प्राप्त हुआ। दुदू की पारखी नज़रों ने शेर खाँ को पति के जीवनकाल में ही पहचान लिया था कि उस जैसा निष्ठावान और राज्य को समर्पित एक शूरवीर किसी भी राज्य के लिए वरदान हो सकता है। पति के मृत्योपरान्त, मुग़ल विस्तार का प्रतिरोध करने हेतु, बिहार के लिए एक कुशल प्रशासक व सेनानायक की सख्त ज़रूरत थी। शेर खाँ सैन्याधिकारी व प्रशासनिक दोनों ही स्तरों पर एक अव्वल उदाहरण था। अतः वह रानी दुदू के आग्रह पर बिहार राज्य की सेवा में पुनः जा पहुँचा, और उसे रानी दुदू ने पुराने पद अर्थात युवा हो रहे पुत्र जलाल खाँ का सहायक, शिक्षक व संरक्षक नियुक्त कर दिया। अब वह पूरी शिद्दत और निष्ठा से राज्य की सेवा में जुट गया। उसे अब वाकई विस्तृत पटल पर अनुभव प्राप्त करने

और अपने प्रशिक्षण-अनुभव-ज्ञान को मूल्यांकित करने का सुनहरा अवसर मिल गया। उसके सु-शासन व अनुशासन से राज्य में शान्ति और समृद्धि होनी ही थी। अतः बिहार का वह राज्य संगठित, समृद्ध, सुखी व सुदृढ़ होने लगा। प्रदत्त शक्तियों का उपभोग उसने कभी अपने व्यक्तिगत हितों की पूर्ति के लिए नहीं किया। वह सिर्फ़ और सिर्फ़ राज्य के हितों को ध्यान में रखकर कार्य कर रहा था। इसी का यह परिणाम हुआ कि कुछ समय बाद रानी दुदू ने उसकी उपलब्धियों व योग्यताओं को पुरस्कृत करते हुए उसे 'नायब' या उप-सुल्तान नियुक्त किया, ताकि वह प्रशासन को अपनी समस्त क्षमताओं व राज्य की आवश्यकताओं के अनुरूप दुरुस्त कर सके। रानी दुदू ने अपने विवेकशील निर्णय से राज्य-हित में न्यायोचित व तार्किक निर्णय लिया था। लेकिन शेष महत्वाकांक्षी अमीर तो इस नियुक्ति से नाराज़ हुए ही। उन्हें इस सूर का उत्कर्ष फूटी आँखों नहीं सुहाया।

अब 'नायब' या उप-सुल्तान होने के नाते राज्य और राजनीति पर शेर खाँ ने अपनी पकड़ मजबूत की। उसने भू-राजस्व के निर्धारण व वसूली की व्यवस्था को दुरुस्त, वैज्ञानिक एवं न्यायपरक बनाया। वही पट्टा-क़बूलियत की व्यवस्था स्थापित की, जिससे सहसराम के कृषक सुरक्षित थे। यहाँ के कृषक अब पहले से जानते थे कि कितना देय है, अतः अतिरिक्त वसूली बन्द हुई। ज़ाहिर है, इससे भी बिहार के कुछ स्वार्थी तत्त्व, जो इसका लाभ उठाते रहे होंगे, उससे कुपित हुए होंगे? उनके आय के स्रोत पर प्रतिबन्ध जो लग गया था। जिन्स के मूल्यों पर आधारित 'रई' के अनुसार किसानों को फसल के बदले तुरन्त धन प्राप्त होने लगा। इससे उनकी माली हालत में सुधार व ज़िन्दगी में स्थिरता और सुख आया। इसी तरह अपने कठोर प्रशासन से उसने पूरे क्षेत्र में जनता को कानून-व्यवस्था व न्याय प्रदान किया। उसके सुशासन से उसकी लोकप्रियता भी बढ़ी और इससे पुराने अमीर लोगों के मन में उसके प्रति ईर्ष्या बढ़ने लगी, क्योंकि वह धीरे-धीरे राज्य के व्यापक हित में कार्य करते हुए, स्वार्थी अधिकारियों को नियन्त्रित करके, उन्हें निष्प्रभावी कर रहा था अथवा वे स्वयं निहितार्थ में डूबे हुए सत्ता-लोलुप अमीरों के रूप में बेनकाब होते जा रहे थे। उन्हें यह एहसास भी होने लगा कि रानी दुदू को प्रभाव में लेकर वही बिहार का वास्तविक शासक बन बैठा है।

चूँकि वह राज्य के हित में कार्य कर रहा था और उसने एक भी प्रमाण अपनी व्यक्तिगत स्वार्थसिद्धि या निहितार्थ की पूर्ति का नहीं दिया था, अतः वह स्वाभाविक रूप से ही रानी दुदू का विश्वासपात्र होता चला गया। चूँकि प्रशासन की पूरी बागडोर उसके हाथों में थी और रानी दुदू अपने पुत्र जलाल खाँ की संरक्षिका थी, अतः वे प्रायः ही एक-दूसरे से मिलने, राय-मशविरा करने को बाध्य थे। उसे पूरे समय महल में आने की छूट दी गयी थी। फिर बाद में तो सारी व्यवस्था ही उसके अधीन हो

गयी। अतः अब अमीरों, स्वार्थी तत्त्वों और सत्ता-लोलुप व्यक्तियों को उसके ख़िलाफ़ ज़हर उगलने का अवसर मिल गया। उन्होंने उनकी इस निकटता और प्रगाढ़ता को दूसरे ही रूप में चित्रित करना शुरू किया। वही हथियार जो अमीरों और इल्तुतमिश के तुर्क-दास अधिकारियों ने रज़िया के ख़िलाफ़ इस्तेमाल किया था, वही पूरे पैनेपन के साथ फिर से प्रयुक्त हुआ। परिणामस्वरूप शेर खाँ और रानी दुदू के न जाने कितने कपोल-कल्पित क़िस्से बिहार से लेकर पूर्वी उत्तर प्रदेश के समस्त क्षेत्र में फैल गये। आमजन की राय का तो इसमें कोई महत्त्व था ही नहीं। अमीर-उमरा तो बस राजमहल की राजनीति और राजनीतिक शक्तियों को प्रभावित व प्रदूषित करने में लगे थे ताकि किसी भी तरह रानी दुदू और उसके विश्वासपात्र नायब शेर खाँ का समीकरण बिगड़ जाये, और उन्हें अपने राजनीतिक स्वार्थ की रोटी सेंकने के अवसर मिल सकें।

पर ये अमीर जब कुछ भी हासिल नहीं कर पाये, तब धीरे-धीरे रानी दुदू और शेर खाँ के अनैतिक सम्बन्धों की अफ़वाह फैलाने लगे। षड्यन्त्रकारियों का यही सबसे सरल और घिनौना हथियार सदियों से रहा है। रज़िया से लेकर लगभग हर प्रसिद्ध महिला इसका शिकार हो ही जाती है। कमज़र्फ़ लोगों का प्रायः यही हथियार होता है। इसी आधार पर वे तमाम तत्त्व रानी दुदू और शेर खाँ के ख़िलाफ़ अमीरों का एक गुट बनाने में कामयाब हुए और फिर कुछ दिनों बाद शेर खाँ के विरुद्ध युवा शासक जलाल खाँ को भी अपनी ओर करने में सफल हुए। उन्होंने जलाल को समझाया कि यदि शेर खाँ इसी तरह बिहार की राजनीति में हावी रहा, तो वह स्वयं कभी वास्तविक शासक नहीं बन पायेगा और हमेशा शेर खाँ के हाथ का खिलौना बना रहेगा। यहाँ तक कि कभी अपना स्वामी भी नहीं हो पायेगा, और शेर खाँ ही उसका संरक्षक व नियन्त्रक बना रहेगा। अपनी ऐसी ही चालों से उन लोगों ने न सिर्फ़ राज्य को षड्यन्त्रों में फँसाया, अपितु पूरे पूर्वी क्षेत्रों की राजनीति को भी अस्थिर कर दिया। बाबर द्वारा नियुक्त प्रभारी जुनैद बर्लास पहले से ही इन पूर्वी क्षेत्रों में मुग़ल सत्ता प्रसार के लिए ताक लगाये बैठा था। यह तो शेर खाँ की कूटनीति का ही कमाल था कि वह इस मुग़ल अधिकारी को पूर्ववत धन और भेंट देकर सन्तुष्ट किये रहा और अपनी ओर से ध्यान हटाए रखने में भी कामयाब था। जुनैद की धन-लोलुपता से वह भली-भाँति परिचित था। इसी से रानी दुदू और जलाल खाँ का राज्य बचा रहा।

किन्तु, मध्ययुगीन बिहार की राजनीति में एक और जटिलता थी। और वह थी भौगोलिक या भू-राजनीतिक कारक तत्त्व के चलते। उस समय बिहार का एक बड़ा क्षेत्र भी बंगाल के सैयद शासकों की विजयों और विस्तारवादी नीतियों के चलते बंगाल साम्राज्य का अविभाज्य अंग हो चुका था। अर्थात बंगाल का राज्य बिहार

तक फैल हुआ था। वास्तव में, पटना से 40 मील पूर्व तक के तमाम क्षेत्र बंगाल राज्य के अन्तर्गत ही थे। शेर खाँ ने बिहार के इन क्षेत्रों को (जो बंगाल ने बलात विजित किये थे) बंगाल के आधिपत्य से मुक्त कराने की अपनी भावी योजना के तहत, बंगाल राज्य के एक महत्त्वपूर्ण अमीर और हाजीपुर के गवर्नर मखदूम आलम से मित्रता कर ली! वह जानता था कि सिर्फ़ सुशासन से ही काम नहीं चलनेवाला, अपितु बंगाल के आधिपत्य से बिहार के क्षेत्र को मुक्त करा कर वह एक साथ कई उद्देश्य प्राप्त कर सकता है। इससे वह एक तो बिहार की जनता का भरोसा जीत सकता था या उसे और बढ़ा सकता था, अगर वे इन अमीरों और षड्यन्त्रकारी भ्रष्ट अधिकारियों की अफ़वाहों से थोड़ा भी प्रभावित हुए हों। दूसरा, वह राज्य-भर में अपने उस प्रतिद्वन्द्वी राजनीतिक गुट को निष्प्रभावी कर सकता था; और तीसरे, बिहार की राजनीति में भी एक बड़ी लकीर खींचकर और मिसाल कायम करके, अपने तमाम आलोचकों, शत्रुओं, प्रतिद्वन्द्वियों आदि को हमेशा के लिए शान्त कर देगा।

उधर बंगाल के शासक नुसरत शाह ने भी सुल्तान मुहम्मद की मृत्यु के उपरान्त अस्थिर हो रहे आन्तरिक सत्ता-समीकरण का लाभ उठाने की नीयत से बिहार पर आक्रमण करने का निर्णय लिया। उसे बिहार के ही स्वार्थी तत्त्व सूचना देकर अपने हित साधने के लिए प्रयासरत हुए। कहीं न कहीं वे पहले से ही राजद्रोही तो थे ही। अपने निहितार्थों के लिए वे किसी भी हद तक जाने को तत्पर थे। अतः बंगाल के शासक को पल-पल की ख़बर रहती थी। उसने यही सोचा कि जब तक शेर खाँ अपनी पकड़ और मज़बूत करे या इस प्रतिद्वन्द्वी गुट का सफाया करके उसके इस अवसर को ही समाप्त कर दे, उससे पहले उसे सक्रिय हो जाना चाहिए। ये अमीर एक बार बाबर को आमन्त्रित करके भुगत चुके थे, फिर भी सुधरने को तैयार नहीं थे। अतः अब बिहार में अफ़गान सत्ता की जड़ खोदने को बंगाल के शासक को आमन्त्रित कर रहे थे। नुसरत शाह ने भी बिहार के अमीरों का निमन्त्रण स्वीकार करते हुए बिहार पर आक्रमण करने का फैसला किया। दूसरी ओर शेर खाँ भी कहाँ चुप बैठा था। उसने भी स्वयं अपना प्रभुत्व बढ़ाने की योजना बनाते हुए, हाजीपुर के शक्तिशाली सैन्य-प्रभारी या गवर्नर से मित्रता गाँठ ली थी, और उससे किसी भी स्थिति में तटस्थ रहने का वादा ले लिया था। दोनों ने ही क़ुरान-शरीफ़ पर हाथ रखकर एक-दूसरे की दोस्ती बनाये रखने की शपथ ली थी।

अतः जब बंगाल के सैयद शासक ने मुंगेर के गवर्नर क़ुतुब खाँ को इस अभियान के नेतृत्व के साथ रवाना किया, तब हाजीपुर के गवर्नर और शेर खाँ के मित्र, मखदूम आलम ने इस अभियान में भाग लेने से इंकार कर दिया, और शेर खाँ की जीत को सुनिश्चित कर दिया। शेर खाँ ने अपनी सामरिक समझ, कूटनीति और श्रेष्ठ रणनीति से एक स्थापित सेना और सैन्य-संगठन के ऊपर विजय प्राप्त

की थी। उसने सैयद-वंशी शासक को पराजित करके, अफ़गान अस्मिता को एक नयी और ज़बरदस्त शक्ल प्रदान की थी। बाबर व मुग़लों के हाथों पराजय पर यह बहुत प्रभावी मरहम थी। बिहार के लोगों में उसकी लोकप्रियता बढ़ गयी और वह रातों-रात वहाँ की जनता का दुलारा नायब हो गया। इतना ही नहीं, इस विजय से बिहार व पूर्वी क्षेत्रों की राजनीति में शेर खाँ का अपना कद बहुत बढ़ गया और उधर, रानी दुदू का निर्णय भी तार्किक व न्यायप्रिय सिद्ध हुआ। थोड़े समय के लिए असन्तुष्ट अमीर दल के मुँह भी बन्द हो गये। बंगाल की सेना के विरुद्ध इस विजय अभियान से शेर खाँ को इतनी धन-सम्पदा भी प्राप्त हुई कि वह भविष्य की योजना को क्रियान्वित करने के लिए भी पर्याप्त थी। किन्तु इस धन ने शत्रुता भी बढ़ा दी। जीत या लूट का तमाम धन स्वयं अपने पास रखने के चलते उसे लोहानियों का समर्थन मिलना बन्द हो गया। वास्तव में इस्लामी क़ानून एवं परम्परा के अनुसार राज्य सिर्फ़ इसका पाँचवाँ भाग ही 'ख़ुम्स' (कर) के रूप में रख सकता था, शेष अमीरों, सेनापतियों व सैनिकों में वितरित होता था। आख़िर शेर खाँ यह धन उनको देता भी क्यों? उसे तो भय था कि उसके विरोधी इस धन का दुरुपयोग उसी के ख़िलाफ़ करेंगे।

इधर उसकी बढ़ी हुई आर्थिक शक्ति से भयभीत जलाल खाँ के दरबारियों ने शेर खाँ के विरुद्ध निर्णायक कार्यवाही करने का मन बनाया। वे समझ गये थे कि इसे हटाना कितना दुष्कर कार्य है और उससे कहीं अधिक आवश्यक। किन्तु वे उसकी सतर्कता के चलते उसे मार्ग से हटा नहीं सकते थे। उनके षड्यन्त्र भी पूरे राज्य में उसके नियन्त्रण और चौकसी के चलते निष्प्रभावी ही रहे थे। अतः, थक-हारकर दरबारियों ने जलाल को ऐसी योजना में फँसा दिया, जो उनके मानसिक व सामरिक दिवालियेपन की ही द्योतक थी। शेर खाँ के संरक्षण से मुक्ति की कोई युक्ति न देख उसने अमीरों के परामर्श पर बंगाल भागने का निर्णय लिया। वह बंगाल के शासक से बिहार के बदले बंगाल में सिर्फ़ एक जागीर माँग रहा था। इस ख़बर के सार्वजनिक होते ही बिहार व समस्त पूर्वी क्षेत्र के लोगों की संवेदनाएँ, सहानुभूति और समर्थन रातों-रात इस युवा शासक व उसके समर्थक अमीरों के स्थान पर शेर खाँ के साथ हो गया, और जो थोड़ी-बहुत क़सर बाकी थी, वह भी पूरी हुई, यानी वह सर्वमान्य जन-नायक बन गया! अतः जब पराजित और मारे गये क़ुतुब खाँ के पुत्र व सेनानायक इब्राहिम खाँ के नेतृत्व में बंगाल की सेनाओं ने बिहार पर दुबारा आक्रमण किया, तब उसने वापस लौटने की रण-नीति से बंगाल की सेनाओं को ऐसा चकमा दिया कि वे उसकी चाल में फँस गये और फिर घेरकर उन्हें पूर्णतः पराजित कर दिया। जो इब्राहिम अपने पिता की हार और मृत्यु के प्रतिशोध की अग्नि में जलता हुआ शेर खाँ को पराजित करने और जलाल खाँ को ताज सौंपने

आया था, वह स्वयं पराजित और वीरगति को प्राप्त हुआ। लोग इस सामरिक सूझ और साहस भरे सैन्य-अभियान से अचम्भित रह गये थे। उसने बंगाल की सेना को दूसरी बार अपनी सूझ-बूझ व सैन्य-प्रतिभा से पराजित किया था।

शेर खाँ के नेतृत्व में बंगाल के विरुद्ध अर्जित की गयी यह विजय सैन्य-इतिहास की एक महान विजय मानी जाती है। इसने शेर खाँ का रुतबा एकाएक बढ़ा दिया। किन्तु अब उसके सामने एक दूसरी बड़ी समस्या मुँह बाए खड़ी थी। इस बीच, जलाल खाँ के बंगाल पलायन से कुछ ही पूर्व रानी दुदू की मृत्यु हो गयी थी, और इसने उसके दायित्व को और अधिक बढ़ा दिया था। भले ही वह अब इस पूरे क्षेत्र का एकछत्र शासक था। अब उसे अपने नये व विस्तृत दायित्व के अनुरूप एक बड़ी सेना के रख-रखाव की भी आवश्यकता थी, एक ऐसी सेना की, जो उसकी नितान्त वैयक्तिक हो! इसके लिए पर्याप्त धन व संसाधन भी चाहिए थे। अब वह बिहार पर निर्भर न रहकर अपने स्वतन्त्र अस्तित्व के विषय में सोच रहा था। उसकी इन उपलब्धियों ने उसका कार्य-क्षेत्र व महत्वाकांक्षा को ज़बरदस्त विस्तार दे दिया था। अब वह स्वतन्त्र शासक था। शासक जलाल खाँ तो बंगाल पलायन कर गया था और रानी जीवित नहीं थी।

ख़ैर, जैसी परिस्थितियों का निर्माण हुआ, और जो बंगाल की सेना के ऊपर विजय से निर्मित हुईं, उससे उसे न केवल समस्त बिहार का राज्य व राजस्व प्राप्त हुआ, अपितु एक और महिला का भी उसके जीवन में प्रवेश हुआ। यह महिला धनाढ्य थी तथा महत्त्वपूर्ण क्षेत्र और अभेद्य दुर्ग की उत्तराधिकारी भी थी। किन्तु वह नितान्त अकेली और भारत के इसी पूर्वी क्षेत्र में स्थित चुनार दुर्ग व उससे सम्पृक्त विस्तृत क्षेत्र की मलिका थी। भारत का यह पूर्वी क्षेत्र अफ़गानों के नित बदलते समीकरणों के चलते अस्थिरता और असुरक्षा का केन्द्र हो चुका था। इसी से वे तमाम परिस्थितियाँ इस असहाय महिला और एक उभरते हुए ताकतवर अफ़गान सरदार को एक साथ लाने में सहयोगी रहीं। बदलते हुए सत्ता-समीकरणों और राजनीतिक अस्थिरता के चलते जो वातावरण बना, उसने उस मलिका और बिहार के वास्तविक स्वामी को करीब ही नहीं, साथ आने पर विवश कर दिया। शेर खाँ अपने शौर्य व साहस से चूँकि अब इस क्षेत्र में किसी को प्रश्रय देने की स्थिति में आ गया था, अतः इस महिला (लाड़ मलिका) ने अपना सारा धन और चुनार के दुर्ग को उसे समर्पित करना अपने अस्तित्व और धन-सम्पत्ति के रक्षार्थ सबसे बेहतर समझा होगा। ख़ैर, उसके पास उन हालात में शेर खाँ के अवलम्ब के अतिरिक्त कोई और विकल्प था भी नहीं।

वास्तव में, इब्राहिम लोदी के शासन-काल में चुनार का दुर्ग ताज खाँ के अधीन था, जिसका अपनी पत्नी लाड़ मलिका से विशेष लगाव था। ज़ाहिर है, उसका अपनी

इस पत्नी के साथ अतिशय आसक्ति भरा व्यवहार उसकी अन्य पत्नियों तथा उनके बच्चों को पक्षपातपूर्ण लगता था, और कतई रास नहीं आता था। लाड़ मलिका बेहद खूबसूरत और होशियार भी थी, अतः उसके प्रति ताज खाँ का आकर्षण सहज था। उसकी सुन्दरता, विवेक और बहादुरी के क़िस्से लगभग सभी ऐतिहासिक दस्तावेज़ों में मिलते हैं और सभी इतिहासकारों ने एक स्वर से लाड़ मलिका की भूरि-भूरि प्रशंसा की है। वह एक बुद्धिमती व समझदार स्त्री के रूप में ही तत्कालीन इतिहास में दर्ज़ है। अतः लाड़ मलिका और शेर खाँ प्रकरण को हमें संवेदना से इतर, तर्क और व्यवहार के आधार पर भी समझने की ज़रूरत है। तो आइए, इस कथा के सिरों को फिर से पकड़ा जाये और आगे बढ़ा जाये।

एक दिन जब ताज खाँ की पहली पत्नी से जन्मे ज्येष्ठ पुत्र ने अपनी सौतेली बड़ी माँ रूपी इस पारिवारिक समस्या को जड़ से ख़त्म करने के लिए उस पर प्राण-घातक आक्रमण किया, तभी अपनी प्रिय लाड़ को बचाने में ताज अपनी जान गँवा बैठा। लाड़ मलिका ने इस हृदय-विदारक घटना के कुछ दिन बाद तक तो बड़ी होशियारी से अपने दुर्ग और धन को बचाये रखा। चुनार के लोगों के मन में पुराने शासक ताज खाँ के प्रति स्वामी-भक्ति और हत्यारे ज्येष्ठ पुत्र के प्रति घृणा थी ही, किन्तु जनता को अपनी सुरक्षा की चिन्ता भी सताने लगी। क्या यह खूबसूरत, बुद्धिमती विधवा उन्हें दीर्घकालीन शान्ति-सुरक्षा प्रदान कर पायेगी? क्योंकि, उस समय पूर्वी क्षेत्रों में अफ़गानों के पारस्परिक झगड़ों, युद्धों के साथ अब मुग़लों का संकट भी बढ़ता जा रहा था। लाड़ विधवा को भी इस प्रकरण और ताज खाँ की आकस्मिक मृत्यु (हत्या?) के बाद, अपने सौतेले पुत्रों से डर लगने लगा था। उनके अपने समर्थक व सहानुभूति रखनेवाले भी अमीर थे। और, जैसा हर राजघराने और दरबारों में होता है, चुनार के दुर्ग में भी आन्तरिक राजनीति और षड्यन्त्रों का बोलबाला था। अतः लाड़ मलिका भी अपने-आप् को अब आन्तरिक एवं बाह्य संकटों से घिरा महसूस कर रही थी। अतः उसे एक सशक्त सम्बल की सख़्त व तुरन्त ज़रूरत थी। यही एक व्यावहारिक विकल्प हो सकता था।

ताज खाँ के तीन प्रमुख व विश्वसनीय तुर्कमान अमीर थे, जो ताज खाँ व लाड़ मलिका की नजदीकियों के चलते, लाड़ मलिका को ही स्वामिनी का दर्ज़ा देते थे। अतः वे तीनों अपने दिवंगत स्वामी की अन्य पत्नियों की तुलना में उससे अधिक नज़दीक थे। यदि, अब उनके स्वामी के बाद, चुनार में कोई सत्ता-समीकरण बदलता, तो उन तीनों का भी राजनीतिक व प्रशासनिक पराभव होना तय था। उनकी मान-प्रतिष्ठा पहले ताज खाँ और अब लाड़ मलिका पर निर्भर थी। अतः वे उसके पक्के पक्षधर हो चुके थे। वे इस बात को भली-भाँति जानते थे कि यदि उन्हें राज्य में अपने स्थान व पद-प्रतिष्ठा को बनाये रखना है, तो इसके लिए लाड़ मलिका

का सत्ता में रहना भी आवश्यक है। इन तीन अमीरों और लाड़ मलिका में एक अन्योन्य-सा राजनीतिक सम्बन्ध स्थापित हो गया था। दोनों ही पक्षों को एक-दूसरे की निर्भरता और आवश्यकता थी। लाड़ मलिका ने उन तीनों को संयुक्त रूप से चुनार राज्य का 'नायब' नियुक्त किया था। वे अपने पद को तभी बचा सकते थे, जब लाड़ मलिका ही चुनार की स्वामिनी बनी रहती। किन्तु, यह स्थिति अब दुष्कर ही नहीं, असम्भव-सी प्रतीत हो रही थी। अतः अब सबसे ज्यादा आवश्यक था, अपने राजनीतिक पद-प्रतिष्ठा व प्रभुत्व को बनाये रखने के साथ ही अपने अस्तित्व को बनाये रखना। ताज खाँ की मृत्योपरान्त बदलती परिस्थितियों में चुनार को सुरक्षित रखना ही असम्भव नहीं, तो दुष्कर अवश्य लग रहा था। सब ओर संकट के काले बादल मँडरा रहे थे। उसके तीनों प्रमुख तुर्कमान अमीरों को भी अपनी पद-प्रतिष्ठा बनाये रखने का एकमात्र मार्ग शेर खाँ से मिल जाने में नज़र आने लगा था। वही एकमात्र ऐसा अफ़गान नेता था, जो उनको सुरक्षा व सम्बल प्रदान कर सकता था। उसके पास शक्ति भी थी और नाम-कीर्ति भी। अतः, इसी विकल्पहीनता की स्थिति में वे शेर खाँ से जा मिले।

चुनार के इन तीन तुर्कमान अमीरों से मिलकर शेर खाँ को तो मानो मन-माँगी मुराद मिल गयी। उसे इस प्रस्ताव में लाभ ही लाभ दिख रहा था। चुनार दुर्ग के रूप में उसे एक अन्य सुदृढ़ आधार मिल रहा था। उसे बिहार के प्रतिद्वन्द्वी अमीरों के साथ ही, देर-सबेर मुग़लों से होनेवाले सम्भावित संघर्ष के लिए ऐसे ही दुर्गों की आवश्यकता थी। यह दुर्ग तो मुग़लों को धता बता ही चुका था। बाबर से हुई सन्धि के बावजूद ताज खाँ ने चुनार का दुर्ग उन्हें सौंपा नहीं था। बस मुग़ल अधीनता और बाबर की सम्प्रभुता ही स्वीकार की थी। यह किला किसी मुग़ल किलेदार के सुपुर्द नहीं किया था और न ही वह इसके लिए राज़ी था। मुग़ल सम्राट भी जानते थे कि इस अभेद्य दुर्ग को जीतना इतना सहज नहीं है। अतः, ताज खाँ मुग़ल अधीनता स्वीकार करने के बावजूद अपनी अर्ध-स्वतन्त्रता व राजनीतिक स्वायत्तता बरकरार रख सकता था। ऐसा मजबूत दुर्ग यदि उसे प्राप्त हो जाये तो उसे बिना माँगी मुराद ही मिल रही थी। चुनार का यह दुर्ग आगे के संघर्ष में निहायत उपयोगी साबित हो सकता था, और इतिहास गवाह है कि ऐसा ही हुआ भी। शिक्षा-प्रशिक्षण से लैस यह 'आलिम' सिर्फ़ इसे ईश्वरीय कृपा और अल्लाह-ताला का फ़ज़ल ही मान रहा था। एक तो ऐसा सुदृढ़ दुर्ग और ऊपर से चुनार व उसकी स्वामिनी लाड़ मलिका का अपार धन। सोने में सुहागा! उसने उन तीनों तुर्कमान अमीरों को सदैव अपना प्रश्रय प्रदान करने का आश्वासन भी दे दिया। दोनों पक्षों को एक-दूसरे से लाभ की सम्भावना दिखी, अतः उनके बीच एक स्वाभाविक मित्रता व प्रगाढ़ सम्बन्ध

स्थापित होने में देर नहीं लगी। इन तीनों प्रमुख अमीरों के शेर खाँ से मिल जाने के बाद घटना-चक्र तेजी से घूमा।

इन तीनों ने आकस्मिक रूप से विधवा और अकेली हो चुकी लाड़ मलिका को यही समझाया कि यदि इस समय उसे कोई सुरक्षा प्रदान कर सकता था, तो वह शेर खाँ ही है। इन तीनों, यथा—मीर अहमद, मीर इशाक़ एवं मीर दाद, जो लाड़ मलिका के सबसे विश्वसनीय थे, शेर खाँ द्वारा अपनी ओर पहले ही मिला लिए गये थे। वैसे भी प्राचीन काल से ही वैवाहिक गठबन्धन की कूटनीति का सबसे प्रगाढ़ व प्रभावी उपाय था। इसी से सम्बन्धों को सुदृढ़ता मिलती थी और राजपरिवारों का पारस्परिक सम्बन्ध ही साम्राज्य-निर्माण और विस्तार का सर्वमान्य तरीका रहा। फिर, लाड़ मलिका के पास विकल्प ही क्या था? ये तीन अमीर ही तो उसके साथ थे। शेष अफ़गान अमीरों के विषय में वह जानती थी कि जिधर भी पलड़ा भारी होता दिखेगा, वे उधर ही जा मिलेंगे। किन्तु ये तुर्कमान थे, अफ़गानों के लिए विदेशी। और, इसीलिए अविश्वसनीय। उनको अगर आश्रय और गरिमापूर्ण जीवन की आशा थी तो वह सिर्फ़ और सिर्फ़ लाड़ मलिका से थी। उधर लाड़ मलिका भी चुनार के अन्दर सम्भावित राजनीतिक संघर्ष में इन तीनों पर ही मुख्यतया निर्भर थी। मगर, ये तीनों ताज खाँ के बाद खुद भी अपनी स्थिति बनाये व बचाये रखने के लिए व्याकुल थे। ऐसे में शेर खाँ से मुलाकात और आश्वासन ने उनमें पुनः जीवन्तता भर दी और शरीर में रक्त व ऊर्जा का संचार कर दिया।

इधर लाड़ मलिका भी सोचने के लिए बाध्य थी। यदि लाड़ मलिका के पुत्र सत्ता-संघर्ष में विजयी होते, तो उसकी क्या दशा होती। अगर जान बच भी जाती, तो स्वाभिमान से तो समझौता करना ही पड़ता। कहाँ वह ताज की सबसे लाड़ली व सबसे बड़ी मलिका, सत्ता व धन-धान्य से परिपूर्ण, और कहाँ अब इस ढलती उम्र में उसका धन भी छिन जाने की आशंका से इंकार नहीं किया जा सकता था। क्या उसकी सौतें जो उससे ईर्ष्या करती रही थीं, कोई कोर-कसर छोड़ेंगी उसे नीचा दिखाने में? क्या वह बत्तीस दाँतों के बीच में जीभ की तरह अपना अस्तित्व बचा पायेगी? ताज किस दुर्घटना में मारा गया, वह प्राण-घातक वार तो उसके बड़े लड़के ने अपनी सौतेली माँ के ऊपर ही किया था। अब तो उसको बचानेवाला ताज स्वयं नहीं बचा, बचे थे तो ऐसे ही लोग, जिनमें से अधिकांश उससे, उसकी ताज से निकटता व सुन्दरता, बुद्धि, बहादुरी व उच्च स्थान से सिर्फ़ जलते ही थे। ऐसे लोगों के बीच रहना अपने-आप में एक निरन्तर तनाव का कारण था। कभी और कैसी भी, ज़रा-सी चूक उसके लिए घातक सिद्ध हो सकती थी। अतः वह भी इस असामान्य व अनिश्चित-सी राजनीतिक स्थिति से निजात पाने को उत्सुक थी।

वैसे भी, चाहे जो भी हो, लाड़ मलिका जितनी भी बहादुर और विवेकशील हो,

उसे आसन्न आन्तरिक तथा बाह्य संकट स्पष्ट दिख रहे थे। उसके मृत पति का ज्येष्ठ पुत्र और उसके साथी, समर्थक, सहानुभूति रखनेवालों के प्रति तो आशंका थी ही, और फिर निरन्तर षड्यन्त्रों का कोई भी राज्य या शासिका कब तक सामना कर सकती थी, अगर वे महल या दुर्ग के अन्दर ही हो रहे हों? दूसरी बात थी, बाह्य संकट की। हमें ज्ञात ही है कि भले ही ताज खाँ ने बाबर की अधीनता स्वीकार कर ली हो और जुनैद बर्लास बिहार का सैन्य-गवर्नर नियुक्त हो गया हो, परन्तु चुनार जैसे अभेद्य दुर्ग का कार्यभार कभी भी मुग़लों को सौंपने की बात नहीं हुई थी। अब ताज खाँ के जाते ही मुग़ल शासन सिर्फ़ शाब्दिक राजनीतिक समर्पण के स्थान पर किले पर वास्तविक नियन्त्रण व प्रशासन का इच्छुक हो गया। ताज के मृत्योपरान्त यह भय भी था और उस पर यह पारिवारिक कलह किसी को भी हस्तक्षेप करने की छूट या प्रलोभन दे सकती थी अतः चुनार की आन्तरिक व बाह्य दोनों ही स्थितियाँ विषम, अस्थिर और अनिश्चिततापूर्ण थीं, और यही सबकी चिन्ता का कारण और परेशानी का सबब था।

उसे यह भी ज्ञात हो चुका था कि स्वयं शेर खाँ की ललचाई नज़र इस दुर्ग पर लगी हुई है। येन-केन-प्रकारेण यदि उसने इस दुर्ग पर अधिकार करने का प्रयास किया, तो सम्भवतः सफल हो भी जाये। इसमें शक नहीं था कि स्थानीय सत्ता और शक्ति-सन्तुलन उसी के पक्ष में था। उसका पलड़ा निश्चित ही भारी था। और फिर वह लाड़ मलिका को ताज़ खाँ के समय की मान-मर्यादा, पद-प्रतिष्ठा सबकुछ को लेकर आश्वस्त भी तो कर रहा था। उसने तीनों तुर्कमान अमीरों को भी आश्रय व पूर्व राजनीतिक-प्रशासनिक गरिमा बनाये रखने का वचन दे दिया था। उसपर अविश्वास और उसके चलते उसका प्रस्ताव स्वीकार न करना, अपने-आप में युद्ध का आमन्त्रण भी तो होता, जैसा कि उस काल का आम प्रचालन और मान्य परिपाटी थी। इस समय तक तो मुग़ल भी इतने सशक्त नहीं थे कि वे प्रत्यक्ष हस्तक्षेप कर सकते थे, किन्तु हाँ, बाबर बड़े लड़के को छोड़कर शेष नाबालिग बच्चों को तो सत्ता हरगिज़ नहीं सौंपता और बड़े बेटे के ऊपर पितृहन्ता होने का कलंक था। ताज खाँ की शेष पत्नियों को इस ज्येष्ठ पुत्र का सिंहासनारोहण एक बार गवारा हो भी जाता, किन्तु उसकी ज्येष्ठ विधवा लाड़ मलिका को यह कत्तई मंजूर नहीं होता। और, इसी आधार पर बाबर भी हस्तक्षेप का अवसर पा जाता! उसका प्रतिनिधि, जुनैद बर्लास तो इसीलिए घात लगाये बिहार में बैठा था। जो दुर्ग मुग़ल अधीनता स्वीकार करने के बावजूद मुग़लों को प्रत्यक्ष नहीं सौंपा गया था, वह अब कैसे सौंप दिया जाता? यह लाड़ मलिका के स्वाभिमान व दूरदर्शिता को गवारा नहीं हुआ।

ऐसे हालात में अगर चुनार दुर्ग को किसी भी कीमत पर बचाया जा सकता था, तो शेर खाँ से प्रगाढ़ सम्बन्ध बनाना ही वह कीमत थी। वैसे भी वैवाहिक

गठबन्धन उस काल तक कूटनीति का सर्वमान्य ढंग और विश्वसनीय मार्ग था। अतः वह बुज़ुर्ग विधवा अपने व्यापक हितों के मद्देनज़र शेर खाँ के साथ प्रस्तावित निकाह के लिए तैयार हो गयी।

जैसा हम देखते हैं, इस घटना को अंजाम देनेवाले भी तीन पक्ष थे—लाड़ मलिका, उसके तीन विश्वसनीय अमीर और शेर खाँ; और तीनों ही पक्ष इस बात से सहमत थे। अतः अत्यन्त सहजता से शेर खाँ के साथ मलिका का निकाह तय हो गया। फिर शेर खाँ एक दिन सुबह ही बाकायदा दूल्हे के लिबास में अपने घोड़े पर अपने विश्वसनीय व चुनिंदा सैनिकों के साथ चुनार के दुर्ग में दाखिल हुआ। तीनों अमीरों ने दुर्ग का द्वार खुलवा दिया था। शेर खाँ के लश्कर (फ़ौज) का काज़ी, जो कभी उसके साथ जौनपुर में विद्यार्थी रहा था, इस निकाह को सम्पन्न करवाने व अपने पुराने सहपाठी की बारात में शामिल होने की गरज़ से ही आया था। वे सब अल-सुबह ही चुनार के राजप्रासाद में पहुँच गये। उस समय ऐसा लगा, जैसे सार्वजनिक शाही सहरी आयोजित होनेवाली हो। खाने-पीने से लेकर दावत-ए-वलीमा के सारे शाही इन्तज़ाम पूरे हो चुके थे। पूरा हरम, फिर राजमहल और फिर चुनार आँख मलते हुए विश्वास नहीं कर पा रहे थे कि वे सपना देख रहे हैं या यह कोई हक़ीक़त है? किसी ने ऐसी सुबह की कल्पना तक नहीं की थी। ताज के अन्य अमीर, उनकी पत्नियाँ, रिश्तेदार, बच्चे-कच्चे सभी अचम्भित रह गये। लाड़ मलिका ने अपने विश्वसनीय तुर्कमान अमीरों को साथ लेकर अपनी चतुराई से उन सबको फिर मात दे दी थी। उनकी राजनीतिक षड्यन्त्र की सफलता की सम्भावनाओं पर पूरी तरह पानी फेर दिया था। उनको इस असम्भव से क़दम से बिल्कुल निरुत्तर कर दिया था। एक ऐसा विवाह जो उसे सिर्फ़ शक्ति, सुदृढ़ता व सत्ता प्रदान करता था, वह विधिवत सम्पन्न हो चुका था। और फिर जले पर नमक की तरह यह दावत और जश्न!

जो लोग मन ही मन उस लाड़ली लाड़ मलिका से अनुगृहीत व प्रसन्न थे या तटस्थ थे, वे सब उसकी प्रशंसा किये बिना नहीं रह सके। एक ही चाल से उसने न केवल अपना अस्तित्व बचा लिया था, अपितु उसे पूरी तरह सुरिक्षत कर लिया था। उसने इस दुःसाहसिक 'निकाह' से अपनी स्थिति और सुदृढ़ कर ली थी। वह अपने राजनीतिक प्रभुत्व को बनाये रखने में कामयाब होने के साथ उसे बढ़ाने में भी सफल हुई थी। अभी तक सिर्फ़ चुनार दुर्ग की मलिका बने रहने की हसरत वाली लाड़ मलिका एक ही झटके में चुनार की वास्तविक मलिका बन चुकी थी। शेर खाँ को तो पूरे बिहार व पूर्वी क्षेत्रों को देखना था। उसे चुनार में व्यावहारिक सत्ता सँभालने वाले सर्वाधिक विश्वसनीय अपनों की ज़रूरत थी। और ऐसा ही

हुआ भी। शेर खाँ चुनार दुर्ग पर काबिज होकर भविष्य के सन्दर्भ में भी आश्वस्त हुआ था। बिहार में तो वह अन्य अफ़गान सरदारों से संघर्षरत था ही, बंगाल और मुग़ल शासकों से सम्भावित युद्धों के माहौल में एक ऐसा दुर्ग हस्तगत करने में भी अब सफल हुआ था, जो उसका और अफ़गानों का इतिहास बदलनेवाला साबित हो सकता था और अन्ततः यही दुर्ग शेर खाँ-हुमायूँ संघर्ष में महत्त्वपूर्ण भूमिका अदा करके तारीख बदलनेवाला साबित हुआ भी। उधर शेर खाँ को एक सुन्दर, बुद्धिमती, अनुभवी व बहादुर पत्नी ही नहीं मिली, बल्कि इस निकाह के फलस्वरूप अपार धन के साथ ही एक ऐसा सुरक्षित व सुदृढ़ दुर्ग भी हासिल हुआ, जिससे वह अपनी भावी योजना को सरलता से क्रियान्वित कर सकता था।

इस विवाह-प्रकरण का एक और दिलचस्प पहलू भी था। हमें ज्ञात है कि शेर खाँ की उम्र इस समय 44 वर्ष थी, जबकि लाड़ मलिका उसकी माँ की उम्र से कुछ ही कम थी। मियाँ-बीवी राज़ी तो क्या करेगा काज़ी? और जब विवाह करनेवाला व्यक्ति स्वयं काज़ी होने की अर्हता रखता हो, और क़ाबिल भी हो तो कौन-सा अवरोध टिकता। शेर खाँ तो जौनपुर से शिक्षित-प्रशिक्षित 'आलिम' था, अतः उसने निकाह को खुदा के पैगम्बर के विवाह के उदाहरण से समझा और समझाया! उसे पैगम्बर जैसा आचरण करने का अवसर मिल रहा था और वह इस निकाह को 'सुन्नत' की नज़र से देख रहा था। जब शेर खाँ के इस आशय का यह सन्देश मीर अहमद ने लाड़ मलिका को दिया होगा, तब वह ऐसे पाक सम्बन्ध का 'सबाब' खुद भी प्राप्त करने की आकांक्षी हो गयी होगी! उसने उम्र के इस अन्तर की पैगम्बर साहब के दृष्टान्त से तुलना करके, लाड़ मलिका के बचे-खुचे सन्देह व उसके समर्थकों और खास रिश्तेदारों को सन्तुष्ट कर दिया होगा। इसी दृष्टान्त के सहारे आम लोगों को भी समझाने में उलेमा को सफलता मिली होगी। आलिम शेर खाँ ने बताया था कि जब खदीजा से मोहम्मद साहब का विवाह हुआ था, तब उनकी उम्र 25 और खदीजा की आयु 40 से कुछ अधिक थी और कई बच्चों की माँ थी। इसके उपरान्त वे 26 वर्ष तक विवाहित रहे थे।

अतः इस विवाह-प्रकरण में भी शेर खाँ ने अपनी शिक्षा-दीक्षा का प्रत्यक्ष लाभ उठाया था। ऐसे लोग जो इस बेमेल निकाह पर थोड़ा-बहुत माथा सिकोड़ रहे थे या विरोध में फुसफुसा रहे थे, वे भी इस तर्क से सन्तुष्ट नहीं तो ख़ामोश तो हो ही गये होंगे। और जब 'उलेमा' सन्तुष्ट तो आमजन भी सन्तुष्ट! वे भी 'निकाह' को 'बेमेल' न मानकर 'सबाब' मानकर उत्साहित ही हुए होंगे। शेर खाँ के तो धन से भी वारे-न्यारे हो गये थे। उसे 250 बहुमूल्य रत्न, डेढ़ मन स्वर्ण, 7 मन मोती तथा बहुत-सी मुद्राएँ व आभूषण भी प्राप्त हुए। चुनार-दुर्ग की जनता जब तक उठकर मुँह-हाथ धोती, तब तक शेर खाँ चुनार का स्वामी हो चुका था। दुर्ग की प्राप्ति से उसे अपने साम्राज्य की स्थापना के स्वप्न को साकार करने का एक ठोस आधार

मिल गया था। उसने तत्काल इस धन से संघर्ष के लिए एक बड़ी सेना के गठन की तैयारी प्रारम्भ कर दी, ताकि बंगाल को जीता जा सके।

एक पुरानी कहावत है कि जब ऊपर वाला देता है तो छप्पर फाड़ कर देता है! शेर खाँ के साथ भी यही हुआ। लाड़ मलिका से निकाह करके, अभी (1530 में) उसने चुनार का किला और ढेरों धन प्राप्त किया ही था, कि एक अन्य स्त्री उसके सौभाग्य के द्वार पर आ खड़ी हुई। इस महिला का नाम था, गोहर गोसाईं। वह ग़ाज़ीपुर के वीर सेनानी, नासिर खाँ लोहानी की विधवा थी। लोहानी वीर की मृत्यु 1529 में हो गयी थी। शेरशाह के आधुनिक इतिहासकार एवं विद्वान कालिका रंजन कानूनगो ने लिखा है, "सन् 1530 में शेर खाँ का दूसरा भाग्यशाली विवाह हुआ।" ज़ाहिर-सी बात है, जब एक-एक करके सभी महत्त्वपूर्ण अफ़गान अमीर, इब्राहिम लोदी (1517-1526) की नीतियों से रुष्ट होकर उसके विरोधी होते जा रहे थे, तब नासिर खाँ लोहानी भी अपवाद नहीं था, और उसने भी ग़ाज़ीपुर में विद्रोह का परचम लहराया था। जिस समय उसकी मृत्यु हुई थी वह अस्सी (80) वर्ष का था। उसने भी मध्यकालीन सामन्तवादी (मिथ्यापूर्ण मर्दवादी) सोच के चलते अनेक विवाह किये थे, और सबसे अन्त में एक हिन्दू ब्राह्मण स्त्री से जो विवाह किया था, उसका नाम था गौहर गोसाईं। ज़ाहिर-सी बात है, ढल चुकी उम्र में भी अपने पौरुष का रौब ग़ालिब करने के लिए किया गया यह एक बे-मेल विवाह था। अतः, गौहर गोसाईं निस्सन्तान ही रही। इस कमी की पूर्ति के लिए नासिर लोहानी ने उस पर सर्वाधिक प्रेम उड़ेला। इसीलिए उसका सारा धन इस सबसे छोटी विधवा गौहर के पास ही संचित था।

गौहर वैसे ग़ाज़ीपुर क्षेत्र की ही रहनेवाली थी और शेर खाँ को उसी ज़माने से जानती थी, जब वह फ़रीद के रूप में उसके पति नासिर की सेवा में रहा था—उसके ख़ुलूस के एक सरदार के रूप में, क्योंकि तभी उसका विवाह नासिर से हुआ था। अब संयोग से काल-चक्र पूरा घूम चुका था और वह फिर उसे उसी फ़रीद के सामने खड़ा कर रहा था। स्वाभाविक है कि गौहर और शेर खाँ के बीच कोई शारीरिक आकर्षण भी रहा हो, क्योंकि गौहर नव-यौवना और फ़रीद एक बाँका नौजवान, जबकि नासिर खाँ लोहानी खासा उम्रदराज बुज़ुर्ग! किन्तु, इस पूरे प्रकरण में परिस्थितियों ने भी महत्त्वपूर्ण भूमिका अदा की थी। हुआ यह कि जैसे ही नासिर खाँ लोहानी की मृत्यु हुई, उसका पुत्र फ़रीद खाँ बाबर की अधीनता स्वीकार करते हुए उसकी सेवा में उपस्थित हो गया। बाबर ने भी एक फ़रमान जारी करके उसके पिता की जागीर का कुछ भाग उसके नाम कर दिया। इससे गौहर गोसाईं का भयभीत होना स्वाभाविक था। मुग़ल सत्ता का विस्तार उसके घर-आँगन तक हो चुका था। कौन

जाने कि कब बाबर एवं पूर्वी प्रान्तों में उसके अमीर व अधिकारी, यथा मुहम्मद ज़मां मिर्ज़ा (जौनपुर) और जुनैद बर्लास (बिहार), उसके राज्य और सम्पत्ति को हड़प लें या सौतेले पुत्र ही क़ब्ज़ा कर लें। वह आशंकित, असुरक्षित और असहज हो गयी थी। अनिश्चितता और अस्थिरता ने उसे बुरी तरह घेर लिया था।

ज़ाहिर-सी बात थी कि अब वह उतना सुरक्षित महसूस नहीं कर रही थी और न ही कर सकती थी। अतः, सहज रूप से, पहली वरीयता उसने अपनी जान और सम्पत्ति की सुरक्षा को दी। यही स्वाभाविक भी था, तार्किक और न्यायोचित भी। पूर्वी क्षेत्रों में ऐसा एक ही अफ़गान सरदार था, जो उसको संरक्षण व सुरक्षा प्रदान कर सकता था। और वह जिसे पहले से जानती थी, और विश्वसनीय भी था। यह तर्क और परिस्थितियाँ लगभग वैसी ही थीं, जैसी लाड़ मलिका के समक्ष आन खड़ी हुई थीं। जैसी परिस्थितियाँ ताज खाँ की मृत्योपरान्त लाड़ मलिका के सामने थीं, ठीक वैसी ही परिस्थितियाँ गौहर के समक्ष भी उपस्थित थीं। बल्कि, गौहर की स्थिति उसके ज्येष्ठ सौतेले पुत्र ने मुग़ल अधीनता स्वीकार करके और संकटपूर्ण कर दी थी। दोनों प्रकरणों में एक और अन्तर भी था। जहाँ लाड़ उससे उम्र में बहुत बड़ी थी, वहाँ गौहर गौसाईं उसकी ही हमउम्र। दूसरे, वह लाड़ मलिका के विवाह में पैगम्बर साहब और खदीजा बेग़म के पवित्र निकाह का उदाहरण दे चुका था, लेकिन 25 वर्षीय पैगम्बर साहब ने जब खदीजा से विवाह किया था, तब वे अगले 26 वर्ष तक उसी विवाह-बन्धन में बँधे रहे थे। अतः, उसने उस प्रकरण की भाँति इस विवाह के औचित्य पर कुछ भी न कहना ही उचित समझा। एक चुप... हज़ार सच और तर्कों से बेहतर। साथ ही, यह एक व्यावहारिक और राजनीतिक-कूटनीतिक विवाह से कुछ अधिक भी था। दोनों के मध्य कोई अधूरा और अतृप्त-सा विषयी या शारीरिक आकर्षण भी रहा था। तब वह भी अपने यौवन के शिखर पर था और, गौहर तो अतृप्त और सुलगती हुई-सी ज्वालामुखी ही थी!

उसी साल (1530 में) भारत में मुग़ल साम्राज्य के संस्थापक बाबर की मृत्यु ने एक बार फिर से भारत को राजनीतिक अस्थिरता के दौर में ला खड़ा किया था। अफ़गान फिर से सत्ता-प्राप्ति की होड़ में सम्मिलित हो चुके थे और मुग़ल सत्ता के सातत्य को चुनौती देने को तत्पर थे। ऐसे में पूर्वी भारत का यह पूरा इलाका ही एक संक्रमणकालीन रण-क्षेत्र में तब्दील हो चुका था। इस क्षेत्र में चूँकि बर्लास को छोड़कर शेष मुग़ल सैन्याधिकारियों ने अफ़गानों के बाहुल्य और आक्रामकता को अस्वीकार ही किया था, अतः यहाँ अफ़गानों का ही बाहुल्य था। जाहिरा तौर पर इस क्षेत्र में ज़ोर-आजमाइश शुरू हो रही थी। वैसे भी उसके घर में सौतेले पुत्र के रूप में शत्रु या विभीषण मौजूद था, जो बाबर से फ़रमान प्राप्त करके, मुग़ल सेवक हो चुका था। वहीं लोहानी सरदार की मृत्यु का लाभ उठाने की नीयत से कई लोगों

की नज़र उसकी जागीर व धन पर लगी थी। उसके पुत्र को जागीर प्रदान करने वाला बाबर भी तो अब नहीं था। अतः गौहर गोसाईं की स्थिति बहुत विषम थी। अतः वह एक ऐसे अवलम्ब की तलाश में थी, जो उसको, उसके धन व क्षेत्र को सुरक्षा, संरक्षण व सुदृढ़ता प्रदान कर सके और वह सिर्फ वही शेर खाँ था। ख़ैर, इस प्रकरण में एक पूर्व तत्त्व भी संलग्न था। गौहर गोसाईं शेर खाँ से पूर्व-परिचित भी था। अतः उसके पास शेर खाँ पर विश्वास करने के पर्याप्त कारण भी थे। उसे इस पूरे काल में एक वाकया भी नहीं भूला था। उस दिन को वह भूल ही नहीं पायी थी, जब गाज़ीपुर से अपने पति के साथ बिहार जाते हुए, उसकी पालकी कहारों की लापरवाही से कीचड़ में धँस जाने से डगमगा गयी थी। तब फ़रीद ने पलक झपकते ही गौहर को अपने घोड़े पर बैठा लिया था और फिर उसे 500 गज आगे चल रहे लोहानी सरदार के पास सुरक्षित पहुँचा दिया था। वह सावधानी और एक संरक्षक का जो भाव उसने उस वक़्त प्रदर्शित किया था, वह भी गौहर के मन-मस्तिष्क में रहा होगा, और आँख झपकते ही घोड़े पर सटी-सहमी 500 गज की वह यात्रा! उन्हीं क्षणों में उसे न जाने क्या-क्या एहसास हुए होंगे, उस अफ़गान युवा से सटकर बैठने में! उसने तो आदर और गम्भीरता के साथ ही गौहर से उसे कसकर पकड़कर बैठने को कहा था, मगर उतनी-सी यात्रा में उसके तन-मन में क्या कुछ हुआ, उसे न वह कह पायी, न ही उसकी पूछने-समझने की अवस्था थी।

उस पूरे प्रकरण के दौरान, जिसकी स्मृति सदा ताज़ा रही, उसका संरक्षक भाव और एक शूरवीर की पीठ का स्पर्श, उसे एक साथ कई तरह के भावों में ले गये! अब वह आश्वस्त थी शेर खाँ के साथ और उसकी सरपरस्ती में। इस विवाह से शेर खाँ के आधिपत्यवाले क्षेत्र में विस्तार तो हुआ ही, उसे एक बार फिर अपार धन भी प्राप्त हो गया! गौहर गोसाईं के साथ हुए इस निकाह से शेर खाँ के कोष में अभूतपूर्व वृद्धि हुई। गौहर से उसे 300 मन सोना प्राप्त हुआ था! यदि कानूनगो साहब की गणना को माना जाये कि तब मन में सिर्फ़ 30 सेर होते थे, तब भी यह स्वर्ण-भण्डार कम नहीं था। शेर खाँ तो इससे ज्यादा अपनी ज़िन्दगी से कुछ माँग भी नहीं सकता था। अतः 1530 में वह अफ़गान अमीरों (पद में) में सबसे अमीर (धन-सम्पदा में) हो गया था। वह सबसे बुद्धिमान, बहादुर, श्रेष्ठ योद्धा और सेनानायक तो था ही।

शेर खाँ को लगभग 44-45 वर्ष की आयु में ही एक ऐसा पुष्ट आधार, धन-सम्पदा व संसाधन प्राप्त हो गये कि वह मनोवांछित कामना को मूर्त रूप प्रदान कर सके। उसके पास नाम, सुशासन, सफल युद्धों का अनुभव, आयु का सही पड़ाव और अब मुग़ल संस्थापक की मृत्यु! वह अपने को एक ऐसी स्थिति में पा रहा था, जहाँ से पूरा भारतीय आकाश अपनी मुट्ठी में कर सके। मन ही मन गौहर गोसाईं

भी प्रसन्न हुई होगी? पुरुष का वो प्यार जिसे वह लोहानी सरदार से नहीं पा सकी थी, अब इस शूरवीर से मिलेगा। उम्र के इस मोड़ पर बाकी तो वह सन्तुष्ट और समृद्ध थी ही। उसने शेर खाँ को बहुत करीब से अपने पति के लश्कर में शिकार से लेकर अभियान तक, सब में शरीक देखा था। वह उसका कितना विश्वसनीय था कि लोहानी सरदार ने अपने केन्द्रीय सैन्य दल का नेतृत्व उसी को सौंप दिया था! इस नाते वह मन्त्रणा भी इसी से किया करता था। ऐसे में उसकी वह सबसे प्रिय मलिका भी सदैव उसके निकट हुआ करती थी। अब यह जानबूझकर था या अनजाने में, कहा नहीं जा सकता।

अब उसकी आर्थिक स्थिति सुदृढ़ हो चुकी थी, और वह अपने लक्ष्य की ओर बढ़ सकता था। अपनी महत्वाकांक्षा की पूर्ति के लिए आवश्यक संसाधन भी जुटा सकता था। उसका एकमात्र अवरोध धन की कमी ही थी, जो 1530 में इन दो निकाहों ने दूर करके, उसका मार्ग निष्कंटक कर दिया था। शेर शाँ को बदलती परिस्थितियों ने भी अपनी नयी-नवेली पत्नी के साथ समय गुज़ारने का अवसर प्रदान कर दिया। वर्ष 1530 अनेक परिवर्तनोंवाला वर्ष साबित हुआ, और कुछ ऐसा भी हुआ कि एक बार फिर उसे मार्ग लुप्त होता दिखा। पर जब-जब भी मार्ग विलुप्त होने लगता था, या कंटकाकीर्ण होने लगता था, वह अपने भाग्य की पतंग की डोरी दुगनी शक्ति और दृढ़ता से थाम लेता था।

26 दिसम्बर, 1530 को बाबर की मृत्यु हो गयी और अफ़गान सरदारों ने एक बार फिर अपने राज्य की स्थापना का प्रयास तेज़ कर दिया। पारस्परिक ईर्ष्या व द्वेष के चलते, पूर्वी अफ़गान शेर खाँ को फूटी आँख पसन्द नहीं करते थे। फिर बंगाल-युद्ध के बाद लूट की सम्पत्ति में लोहानी आदि किसी भी जनजातीय वर्ग को हिस्सा न देने का काँटा उनके दिलों में अब तक नासूर का रूप धारण कर चुका था! मुग़लों की तुलना में अफ़गान संख्या-बल में ही अधिक नहीं, अपितु अधिक शक्तिशाली भी थे। अतः सुल्तान महमूद लोदी को उन्होंने अपना शासक घोषित कर दिया। एक तीर से दो शिकार हो गये! मुग़लों के साथ संघर्ष में सुल्तान महमूद लोदी का हक वैधता के सिद्धान्त के चलते बनता था, क्योंकि वही लोदी राजपरिवार का सदस्य था। शेर खाँ को नव-निर्मित अफ़गान परिसंघ को इस आशय के फ़रमान से सन्तुष्ट करना पड़ा था कि जब वे मुग़ल अधिकार से जौनपुर को छीन लेंगे तब शेर खाँ द्वारा बंगाल को पराजित करके विजित किया गया बिहार का क्षेत्र वापस कर दिया जायेगा।

यानी, लबों तक प्याला पहुँचने ही वाला था कि फिर से शराब छलक गयी, और उसकी प्यास आँखों से दिल में उतरकर रह गयी! ख़ैर, उसके पास गौहर गोसाईं का मनभावन साथ था। और वह शेर खाँ जैसी ही महत्वाकांक्षी भी थी। उसने भी अपने

आपको भारत की मलिका के रूप में देखना शुरू कर दिया था। शेर खाँ को भी उसने अपने पास संचित मनों सोने से वे तमाम साधन-संसाधन एकत्रित करने के लिए राज़ी कर लिया, जो उनकी भविष्य योजना को अमल में लाने के लिए ज़रूरी ही नहीं, अपरिहार्य थे। अन्ततः शेरशाह ने इस अपार धन से पूर्वी क्षेत्रों के कृषकों की एक ऐसी विशाल सेना संगठित की कि आगे चलकर उसका सपना साकार होता दिखने लगा। उन्हें सिर्फ़ कृषि-कार्यों से अपने खाली समय में सैन्य सेवा करनी थी। उसने इन कृषकों को अपने आरक्षित दल के गठन में ही लगाया। शेष सेना तो वह दशमलव प्रणाली पर संगठित कर ही चुका था। अब उसकी संख्या धीर-धीरे बढ़ाता चला गया। और कोई काम भी तो नहीं था। रही-सही कसर इस विवाह से प्राप्त अपार स्वर्ण-सम्पदा ने पूरी कर दी थी। अब तो धन की भी कोई कमी नहीं थी। वह इन भरती हुए सैनिकों को नगद वेतन दे सकता था और देकर प्रशिक्षित व नित्य अभ्यास कराने लगा था।

गौहर गोसाईं के साथ के चलते ही शेर खाँ ने यह शपथ भी ले ली कि वह अब सिर्फ़ अफ़गान साम्राज्य का स्वप्न नहीं देखेगा, अपितु अपने अधीन इस साम्राज्य की स्थापना करेगा और अपनी सैन्य श्रेष्ठता से यह मुकाम हासिल करेगा। गौहर गोसाईं ने उसे आगे बढ़ाने में अपने स्वर्ण-भण्डार का मुँह खोल दिया। और उसे धन की किसी भी प्रकार की कोई कमी का एहसास नहीं होने दिया और सब कुछ खुशी-खुशी! एक प्रसन्न और तृप्त स्त्री को इससे अधिक की इच्छा और थी भी क्या। उसके तो सारे अरमान ही बिना माँगे पूरे हो रहे थे। उसने इतने धन और स्वामित्ववाले क्षेत्र पर अधिकार के साथ नये फ़ौजी दस्तों के साथ एक संकल्प भी ले लिया। वह मुग़लों को न केवल पराजित करेगा, अपितु उन्हें भारत से ही खदेड़ देगा। इसी योजना के तहत उसने यह समझौता किया था कि बिहार राज्य को वह अफ़गान राज्य के मुद्दे पर उस समय तक छोड़ रहा है, जब तक वे जौनपुर राज्य को विजित नहीं करते हैं, और उसे अपनी जागीर सहसराम लौटाकर पश्चिमी सीमा की सुरक्षा व्यवस्था करने के लिए छुट्टी दे दी जाये।

उसने इस प्रतिकूल परिस्थिति में भी अपना एक लाभ तो देखा ही। उसे इस सम्भावित अफ़गान-मुग़ल संघर्ष में अपने संसाधनों को भविष्यत महत्वाकांक्षा की पूर्ति के लिए सुरक्षित-संरक्षित रखने का भी अवसर मिल गया, अन्यथा उसकी सब अर्जित पूँजी, जो निकट अतीत में प्राप्त हुई थी, खर्च करनी पड़ती। फिर वह चाहे अफ़गानों से युद्ध करने में होती या मुग़लों के विरुद्ध अफ़गान परिसंघ की ओर से युद्ध करने पर। वहीं, अब वह अफ़गान साम्राज्य के हित में एक त्यागी व्यक्तित्ववाले योद्धा के रूप में स्थापित हो गया! यानी एक प्रतिकूल और विपरीत परिस्थिति को उसने कितनी सरलता से अपने पक्ष में मोड़ दिया। शेर खाँ इसीलिए अद्‌भुत था।

असम्भव को सम्भव करने की क्षमता से परिपूर्ण! अद्वितीय! किन्तु, मुग़ल-अफ़गान संघर्ष के फलस्वरूप जो 'दोराह का युद्ध' लड़ा गया, उसमें अन्ततः शेर खाँ की तटस्थता के चलते अफ़गानों की पराजय व मुग़लों की जीत हुई। इस 'दोराह के युद्ध' में शेर खाँ ने अपनी महत्वाकांक्षा भी स्पष्ट कर दी थी। युद्ध के लिए जबरदस्ती उसे अफ़गान परिसंघ द्वारा लाया तो जा सकता है, किन्तु उसके सक्रिय योगदान के बिना कोई युद्ध सरलता से जीता नहीं जा सकता, खासतौर से मुग़लों के विरुद्ध।

'दोराह के युद्ध' की विजय के उपरान्त हुमायूँ ने पूर्वी क्षेत्रों में मुग़ल सत्ता पुनर्गठित करने की नीयत से गंगा और घाघरा के मध्य का क्षेत्र अफ़गान विद्रोहियों से साफ़ किया। बस एक चुनार का दुर्ग ही उसे किसी फाँस की तरह गड़ रहा था। अतः उसने चुनार के दुर्ग की घेरेबन्दी हेतु अपने कुछ अधिकारियों को भेजते हुए पीछे-पीछे स्वयं भी नवम्बर, 1531 में वहाँ पहुँचने का निर्णय किया। किन्तु, शेर खाँ के सौभाग्य से गुजरात ने हुमायूँ का ध्यानाकर्षण किया। ऐसे में इतना समय हुमायूँ चुनार के लिए नहीं दे सकता था। परिणामस्वरूप ऐसे मनोवैज्ञानिक क्षणों में दोनों पक्षों ने सन्धि कर ली।

इस सफल प्रतिरोध ने शेर खाँ को मुग़लों के विरुद्ध अफ़गानों को संगठित व ध्रुवीकृत करने वाले केन्द्र-बिन्दु में परिवर्तित कर दिया। अफ़गान शौर्य व सफलता के पुजारी थे, अतः शेर खाँ, जो अफ़गान हित के विरुद्ध जाकर 'दोराह के युद्ध' में तटस्थ रहकर और मुग़लों की जीत का एक कारक बनकर खलनायक हो गया था, इस सफलता के चलते उनका नायक हो गया। ख़ैर, उस समय और कोई अफ़गान सरदार था भी नहीं, जो मुग़लों को टक्कर दे सके। जौनपुर के पूरे पुराने (शर्की) राज्य व बिहार के एक क्षेत्र पर मुग़लों का आधिपत्य था। ऐसे में विरोध का स्वर कहीं से निकला और सफल हुआ तो वह शेर खाँ का ही था। अब वही अफ़गान-आशाओं की एकमात्र किरण था। किन्तु, इस पूरे प्रकरण से एक बात और निश्चित हो गयी कि अफ़गान और मुग़ल संघर्ष अपरिहार्य है। बंगाल और मुग़ल शासकों के बीच फँसे बिहार के इस क्षेत्र पर अपनी पकड़ बनाये रखने और निकट भविष्य में अपनी योजना अनुसार बंगाल और मुग़ल राज्यों से युद्ध करने के लिए भी सेना और संसाधनों की ज़रूरत थी।

जैसा कि विदित है, बंगाल राज्य उस समय पटना से 40 मील पूर्व तक फैला हुआ था। लोहानी सरदारों ने बंगाल के शासक को भड़काकर युद्ध के द्वारा समस्त बिहार पर विजय का भरोसा दिलाया। उन्होंने यही सोचा कि इस युद्ध में शेर खाँ को पराजित करके, उससे मुक्ति पाकर वे स्वयं बिहार में स्थापित हो सकेंगे। शेर खाँ को अपमानित और पराजित करने के लिए जिस तैयारी से वे आये थे, उससे अपना

अस्तित्व बचाने के लिए शेर खाँ को पूरे मनोयोग और शक्ति से लड़ना पड़ा। वह इस युद्ध को सम्भावित मानकर न जाने कब से तैयारी में जुटा था। उन्होंने तो सिर्फ़ योजना ही बनाई थी, शेर खाँ उनसे निर्णायक युद्ध करने की पूरी तैयारी कर चुका था। इसका परिणाम हुआ 'सूरजगढ़ का युद्ध' (मार्च-अप्रैल, 1534)। शेरशाह के आधुनिक व आधिकारिक इतिहासकार डॉ. कालिका रंजन कानूनगो तो सूरजगढ़ के युद्ध को सर्वाधिक महत्त्वपूर्ण मानते हैं। उनके मतानुसार यदि उसने सूरजगढ़ की लड़ाई नहीं जीती होती, तो वह शेरशाह न बनता, न ही कभी भारतीय राजनीतिक क्षितिज पर छा सकता था। इस युद्ध ने शेर खाँ के सैन्य नेतृत्व तथा राजनीतिक भविष्य को निश्चित कर दिया। उसने खड़गपुर पहाड़ी की तलहटी व किउल नदी के तट पर बढ़ (जो अब बिहार में है, तब बंगाल का क्षेत्र था) नामक स्थान पर मिट्टी का परकोटा बनाया और उसके पीछे सेना सुसज्जित की। यह युद्ध किउल नदी से लेकर मुंगेर के मध्य क्षेत्र में लड़ा गया था। इस लड़ाई का सबसे निर्णायक मोर्चा इस स्थान से थोड़ा और आगे सूरजगढ़ में खोला गया था, क्योंकि यही एक जगह थी, जहाँ बंगाल की सेना बोतल की गर्दन जैसे सँकरे मार्ग में फँसकर, बेबस हो सकती थी। शेर खाँ ने यही किया और एक असम्भव जीत हासिल की।

इस युद्ध के बाद शेर खाँ बिहार के ताजविहीन शासक के रूप में, और अफ़गानों के एकमात्र नेता के रूप में स्थापित हो गया। शेर खाँ की ख्याति दूर मुग़ल राजधानी तक गूँजी, और इस ख़बर ने मुग़ल बादशाह हुमायूँ को बुरी तरह से परेशान कर दिया। इस विजय से उसे अपनी सत्ता को ललकारने वाला सबसे सक्षम दावेदार दिखने लगा और उसकी आहट स्पष्ट सुनाई देने लगी। बिना विचलित हुए वह नहीं रह सका। अब पूरे अफ़गान समाज में शेर खाँ की तूती बोलने लगी थी। अब वही अफ़गान आशा की एकमात्र किरण था, जिसने लोहानी और बंगाल की विशाल व सुदृढ़ सेना को अकेले अपने दम पर पराजित किया था। सूरजगढ़ की इस विजय ने शेर खाँ को अपने गन्तव्य, अपनी मंज़िल के और निकट पहुँचा दिया। अब वह बिहार का वास्तविक शासक था। जून 1534 के इस युद्ध के बाद उसका कोई विरोधी नज़र नहीं आ रहा था। बिहार और पूर्वी उत्तर प्रदेश या जौनपुर तक के मुग़ल अधिकारियों को भी साँप सूँघ गया था। जैसे ही 'सूरजगढ़ के युद्ध' में शेर खाँ के हाथों बंगाल की पराजय की सूचना मुग़ल राजधानी आगरा तक पहुँची, हुमायूँ ने अविलम्ब ठोस क़दम उठाते हुए, तत्काल युद्ध की तैयारी शुरू कर दी। 1534 के पतझड़ में हुमायूँ की इस तैयारी का समाचार शेर खाँ तक आया।

अब फिर अधिक धन की आवश्यकता उसे सताने लगी। उसे धन चाहिए था, और ऐसे में फिर एक महिला उसके काम आयी! वैसे तो पानीपत (1526) और घाघरा (1529) के युद्धों के उपरान्त अधिकांश अफ़गान गुजरात, बंगाल व कुछ

बुन्देलखण्ड के भट्टा-रीवा के राज्यों में शरण लेने चले गये थे, किन्तु पूर्वी प्रान्तों में बसे हुए परिवार, जो वहाँ पीढ़ियों से नियुक्त होने के चलते, जागीरों की देखभाल से लेकर धन-सम्पदा और घर-परिवार के साथ मौजूद थे, वे वहीं फँसे रहे। यही वजह थी कि जब मुग़लों के ख़िलाफ़ पराजित व मृत अन्तिम लोदी सुल्तान इब्राहिम लोदी के भाई महमूद लोदी ने अपना परचम लहराया था, तब उसे भी चित्तौड़ से यहीं पूर्वी प्रान्तों की ओर आना पड़ा था। अफ़गानों का सबसे बड़ा और सशक्त आधार अब भी यही पूर्वी प्रान्त थे। इनमें से भी अनेक परिवार हुमायूँ द्वारा 'दोराह के युद्ध' में अफ़गान पराजय के उपरान्त बुन्देलखण्ड जाने को विवश हुए थे। पलायन करनेवाले इन परिवारों में से कुछ को शेर खाँ यह समझाने में सफल रहा था कि उन्हें बुन्देलखण्ड की ओर जाने की ज़रूरत नहीं है। वह उनका ख़याल रखेगा और उन्हें सुरक्षा व संरक्षण प्रदान करेगा।

इन अफ़गान परिवारों में से एक ख़ास परिवार भी था, और वह था, सुल्तान बहलोल लोदी की भांजी और प्रसिद्ध अफ़गान योद्धा 'काला पहाड़ फ़र्मूली' की पत्नी बीबी फतेह मलिका का परिवार। फतेह मलिका अपने समय में बेहद खूबसूरत और आकर्षक तथा बुद्धिमती थी। यह काला पहाड़ जिस क्षेत्र का स्वामी था, वह पूर्वी क्षेत्रों के धनागम का मुख्य मार्ग व कोषागार रहा था। फतेह मलिका के पिता को भी इस इलाके का इतना महत्त्वपूर्ण दायित्त्व इसीलिए सौंपा गया था कि वह एक प्रमुख फ़र्मूली सरदार ही नहीं, अपितु बेहद योग्य, निष्ठावान तथा मितव्ययी था। कोष ऐसे ही मितव्ययी और सशक्त सैन्याधिकारी के पास सुरक्षित रह सकता था। ऐसे मितव्ययी पिता की एकमात्र पुत्री 'काला पहाड़' से हुए अपने निकाह में मिले दहेज़ में ही 100 मन सोना लायी थी। उसका श्वसुर, शेख मुस्तफ़ा फ़र्मूली, अवध का प्रसिद्ध व प्रतिष्ठित सैन्याधिकारी रहा था। अपने समधी से अधिक उच्च पदस्थ। उसके पुत्र मोहम्मद फ़र्मूली से फतेह मलिका का निकाह हुआ था, जो बाद में 'काला पहाड़' के उपनाम से ज्यादा प्रसिद्ध हुआ।

इसी राज-परिवार की विधवा, फतेह मलिका को शेर खाँ ने पूरी सुरक्षा व प्रतिष्ठा के साथ शपथ लेकर, बुन्देलखण्ड जाने से रोका था। इस तरह से वह फ़र्मूली एवं लोदी वंशों के अफ़गानों को अपने परचम तले, दिखावे के लिए ही सही, लाने में कामयाब हुआ। इतना ही नहीं, उसने इस प्रौढ़ा फतेह मलिका से जो वादा किया था, उसका पूरा ख़याल रखा और अक्षरशः अनुपालन भी किया। उसका एक पुत्र, जलाल खाँ जो जांबाज़ सैनिक व अनुभवी सैन्याधिकारी हो चुका था, किसी समय इसी फतेह मलिका की एक पौत्री, मेहर सुल्तान को दिल दे बैठा था। मामला निकाह तक जा पहुँचा। मगर फतेह मलिका का गरूर इसमें निश्चित ही आड़े आया। उसे श्रेष्ठ फ़र्मूली-लोदी राज-परिवार की एक कन्या का विवाह साधारण सूर सेनापति से

मंज़ूर नहीं था। रस्सी जल चुकी थी, किन्तु उसका बल नहीं गया था। ख़ैर, शेर खाँ तो दूरदृष्टि वाला व्यक्ति था। उसने इस विवाह से उपजी परिस्थितियों के परिणामों का तुरन्त आकलन करते हुए फैसला लिया और नियाज के बर्ताव पर खरे उतरते हुए, अपने पुत्र जलाल खाँ को उसकी बिना मर्ज़ी निकाह न करने के लिए तैयार कर लिया। ख़ैर, जलाल खाँ भी तो उसी का पुत्र था और उसे उसकी बातों के निहितार्थ समझने में देर नहीं लगी। उसने दीर्घकालीन राजनीतिक लाभ के लिए अपने दिल पर पत्थर रखना मंजूर किया। दिल की जगह दिमाग़ जीत लिया। वस्तुतः यह बात फतेह मलिका के मन-मस्तिष्क से उपजी प्रतिष्ठा से जुड़ी थी, और शेर खाँ बहुत दूर की सोच रहा था। यह सोच जलाल खाँ के बस की नहीं थी, लेकिन पिता के समझाने पर उसे भी अपना हित-अहित समझ आ गया।

वस्तुतः काला पहाड़ मोहम्मद फ़र्मूली की इस विधवा फतेह मलिका की कोई अपनी सन्तान नहीं थी, बल्कि उसने बचपन में ही इस बच्चे को गोद लिया था, जिसका नामकरण हुआ था सुल्तान नियामुकी। शेर खाँ के पुत्र जलाल खाँ का दिल इसी सुल्तान नियामुकी की पुत्री, मेहर सुल्तान पर आ गया था। देखें तो वह तो विधिवत निकाह की इजाज़त माँग रहा था, और पूर्व विवाह में आयी पत्नी भी इस सम्बन्ध का विरोध नहीं कर रही थी। अतः शरियत के अनुसार भी कोई गड़बड़ नहीं थी। किन्तु, अफ़गान राज-परिवारों में सूरों और नियाज़ियों को सबसे निम्न माना जाता था। वे सत्ता और संस्कृतिकरण के सबसे निचले पायदान पर माने जाते थे। अतः लोदी वंश और राज-परिवार से जुड़ी इस विधवा के मिथ्या स्वाभिमान और सम्मान का उसने पूरा ख़याल रखा और अपने बेटे को अपने जज़्बात को काबू करने के लिए तैयार कर लिया। उसके लिए इस समय कोई भी गलत निर्णय और भावनाओं में बहकर लिया गया फैसला सारी मेहनत पर पानी फेर सकता था। वह किसी भी अवरोध को अपने और अपने लक्ष्य के बीच नहीं आने देना चाहता था।

शेर खाँ यह भी जानता था कि किसी भी वास्तविक शासक को सिंहासनारोहण के लिए ज़रूरी होती है जन-मान्यता और वैधता। शेर खाँ फतेह मलिका का इस्तेमाल इसी वैधता के औचित्य को साबित करने के लिए करना चाह रहा था। इसीलिए उसने इस राज-परिवार की विधवा को खर्चे आदि के लिए अनेक ग्राम आवंटित किये थे। दूसरी ओर, उसकी नज़र फतेह मलिका के मनों सोने पर थी। वह जानता था कि बहलोल लोदी की यह भांजी अफ़गान साम्राज्य की पुनर्स्थापना के नाम पर कोई भी त्याग कर देगी। अतः अपने पुत्र को फतेह मलिका की पौत्री से विवाह न करने के लिए राज़ी करके उसने उस विधवा का पूर्ण विश्वास जीत लिया था। इसके लिए उसने अपने बेटे को कुछ तो नाराज़ भी किया होगा। इसी सब को ध्यान में रखते हुए वह भी उसके सपने को साकार करने के लिए तत्पर हो गयी होगी। यदि

इस पूरे प्रकरण को इसी दृष्टिकोण से विश्लेषित करें तो हम पाएँगे कि शेर खाँ की दूरदृष्टि का कोई सानी नहीं था। अब फतेह मलिका को विश्वास हो चुका था कि यदि कोई भी उसके अपने वंश (लोदियों) द्वारा स्थापित प्रथम अफ़गान साम्राज्य को उखाड़ने का प्रतिशोध बाबर के उत्तराधिकारियों से लेने में सक्षम है, तो वह यही शेर खाँ है। इसलिए उसने अफ़गान प्रतिष्ठा की पुनर्स्थापना के कार्य में धन देकर अपनी भूमिका अदा करने में कोई कोताही नहीं की।

शेर खाँ ने जब फतेह मलिका से धन की माँग की, तो उसने काफी सोना शेर खाँ को बिना संकोच सौंप दिया। वह सहज समझ सकती थी, शेर की सहृदयता। वह चाहता तो सारा सोना ज़ब्त कर लेता या हड़प लेता या हत्या करवाकर रख लेता। किन्तु उसने तो उसे संरक्षण, प्रतिष्ठा और आय के नियमित साधन के रूप में अनेक गाँवों का भू-राजस्व भी दिया था। अतः शेर खाँ को धन देने का फैसला उसने पल-भर में ही ले लिया। यदि खुदा न खास्ता, 'दोराह के युद्ध' के बाद ही, और आगे भी, मुग़ल कामयाब हो जाते हैं, तब भी तो यह धन चला ही जायेगा। अतः दोराहे पर फँसे एक जुआरी की तरह उसने सोचा और निर्णय लिया। मुग़लों के हाथ में धन या स्वर्ण जाने से अच्छा है कि वह अफ़गान उद्देश्य के किसी काम आये। शेर खाँ ने भी फतेह मलिका से प्राप्त धन का तुरन्त सदुपयोग करते हुए, बदले हुए परिदृश्य का लाभ उठाते हुए, स्वयं बंगाल विजित करने का मन बनाया।

यह समस्त धन, जो उसे गौहर गौसाईं से निकाह के बाद अब फतेह मलिका से प्राप्त हुआ था, उसका अन्दाज़ा तो लगता ही है, शेर खाँ द्वारा उसके सदुपयोग का अन्दाज़ा भी उसके द्वारा संगठित सेना से लगता है। जिस समय शेर खाँ ने बंगाल के विरुद्ध अपने पहले अभियान का नेतृत्व किया था, उसकी नवगठित विशाल सेना में 40,000 घुड़सवार, 2,00,000 पैदल सैनिक, 1500 हाथी, 300 नावों का नाविक-बेड़ा व तोपें थीं! इतनी विशाल सेना को खड़ा करना, उसका रख-रखाव कितना खर्चीला था, यह स्वतः स्पष्ट है। अतः यह धन जो शेरशाह को इन दो स्रोतों से प्राप्त हुआ, यदि न हुआ होता तो उसके लिए अपने स्वप्न को साकार करना कभी सम्भव न होता।

शेर खाँ को फतेह मलिका से प्राप्त यह अतिरिक्त धन बंगाल-अभियान के लिए बहुत उपयोगी साबित हुआ। इस अभियान के साकार रूप ग्रहण करते ही उसे अपना भविष्य बदलता दिखने लगा और अपना सपना सच होता प्रतीत हो रहा था। वह बंगाल विजय के उपरान्त भारत का सुल्तान बनने की योजना को साकार होते देख रहा था। उसे महत्वाकांक्षा की पूर्ति सम्भव दिखने लगी थी। उसने आनन-फानन में, प्राप्त धन से अपनी विशाल सेना सुसज्जित की और निकल पड़ा बंगाल-अभियान पर। वह जानता था कि हुमायूँ और बहादुरशाह एक-दूसरे के साथ युद्ध में उलझ गये हैं, और उसे भाग्य से समय और अवसर प्राप्त हो गया है। अतः मई 1535 में

शेर खाँ ने सुसज्जित सेना के साथ मुंगेर की ओर प्रस्थान किया। सर्वप्रथम आक्रमण करके उसने वर्षा ऋतु से पूर्व मुंगेर पर क़ब्ज़ा कर लिया। 1536 में उसने तेलिया (अब्बास) की गढ़ी छीन ली। फिर उसने 1536 के जनवरी माह में मुंगेर के शिविर से राजमहल की ओर ओडिशा जाने वाले निर्जन क्षेत्र से होते हुए, गंगा पार की। वह इस दुर्गम, कठिन व प्रयुक्त न होनेवाले मार्ग से बंगाल में घुसा। इधर बंगाल की सेना राजधानी को शेर खाँ के इस सम्भावित आक्रमण से सुरक्षित करने के लिए गढ़ी छोड़ गयी, जिसे जलाल खाँ ने विजित कर लिया। अन्ततः राजधानी गौड़ की घेरेबन्दी के फलस्वरूप, दोनों के मध्य सन्धि-वार्ता भी प्रारम्भ हुई। इसमें महमूद को 'ओल' या 'युद्ध-दण्ड' देना पड़ा, जो पाँच लाख, पच्चीस हज़ार 'पर्दोआ' या स्वर्ण-मुद्राएँ थीं। यही नहीं, क्यूल से लेकर सँकरी गली तक का क्षेत्र (90 मील लम्बा और लगभग 30 मील चौड़ा) समर्पित करना पड़ा। साथ ही गढ़ी पर विजय से उसे बंगाल प्रवेश की कुंजी और मुख्य-द्वार पर आधिपत्य मिल गया। इस विजय से शेर खाँ को धन तो मिला ही, उसकी प्रतिष्ठा में भी चार चाँद लग गये।

इसके बाद शेर खाँ मार्च 1536 तक चुनार पहुँच कर स्थिति पर नज़र बनाये हुए था, और बंगाल से प्राप्त धन से अपनी आगे की तैयारियाँ करता रहा। इसी बीच पुर्तगालियों ने पूर्वनियोजित ढंग से विश्वासघात करते हुए, गुजरात के शासक बहादुर शाह की हत्या (फरवरी 13, 1537) कर दी। अब हुमायूँ फिर कशमकश में फँस गया। वह गुजरात की ओर जाये या बिहार-बंगाल की ओर? इसी का लाभ उठाकर, शेर खाँ ने फिर फुर्ती दिखाते हुए, बंगाल पर दूसरा आक्रमण कर दिया। शेर खाँ के इस आक्रमण ने पूरा समीकरण ही बदल दिया। बहादुर शाह के जाने से उसके मार्ग का अन्तिम अवरोध हट चुका था। अब उसका और मुग़लों का संघर्ष अपरिहार्य था। दूसरी ओर, हुमायूँ चिन्ताग्रस्त हो गया कि अब तो पानी सर के ऊपर बहने लगा है। यह व्यक्ति जो कुछ दिन पूर्व अपने को मुग़ल सम्राट का स्वामिभक्त सिद्ध कर रहा था, वही दूसरे बंगाल-अभियान से उसे चुनौती दे रहा है। तो क्या शेर खाँ जान-बूझकर हुमायूँ को बिहार-बंगाल में निमन्त्रित कर रहा था? आगे की घटनाओं के निष्पक्ष विश्लेषण से तो ऐसा ही प्रमाणित होता है।

शेर खाँ ने अपने ज्येष्ठ पुत्र जलाल खाँ और श्रेष्ठ सेनानायकों में से एक, ख्वास खाँ (वरिष्ठ) के नेतृत्व में एक बड़ी सेना बंगाल के द्वार तेलियागढ़ी में छोड़ रखी थी। गौड़ से चुनार की दूरी 464 मील थी और इसीलिए यह बड़ी व गहन चिन्ता का विषय था। उसने सही निर्णय लिया और पूरी फुर्ती से गौड़ पर पुनः झपट्टा मारा! इस पूरे अभियान के दो अपरिहार्य तत्त्व थे। प्रथम, यह अभियान तुरन्त होना था, यानी हुमायूँ के अपने बिहार-बंगाल अभियान से पूर्व और पुर्तगालियों द्वारा गौड़ या महमूद को सहायता पहुँचाए जाने से पूर्व। अतः इसके दो अंग थे। एक, फुर्ती और

दूसरा एक प्रत्यक्ष बहाना। क्योंकि, उसका और महमूद शाह का पहले ही समझौता या सन्धि हो चुकी थी। वह उल्लंघनकर्ता माना जाता! शेर खाँ बिना विकल्पों के युद्ध शुरू नहीं करता था, अतः उसने एक मँजे हुए खिलाड़ी की तरह शतरंज की बिसात बिछा कर अपना द्वितीय अभियान शुरू करने से पूर्व ही एक वर्ष के बकाये खिराज की माँग कर दी। यह माँग इतनी ज्यादा थी कि बंगाल के शासक के बस के बाहर थी। शेर खाँ यही तो चाहता था। तभी तो युद्ध सम्भव हो सकता था।

अन्ततः, गौड़ की घेरेबन्दी दिसम्बर, 1537 के प्रथम सप्ताह में ही प्रारम्भ हो गयी। अब बात करते हैं उस विकल्पीय व्यवस्था या रणनीति की, जिसके कारण शेर खाँ इतिहास में शेरशाह हुआ, और मुग़लों को एक बार तो भारत से पलायन करने को बाध्य कर ही दिया। उसने जलाल एवं ख्वास को गौड़ के दुर्ग की घेरेबन्दी की ज़िम्मेदारी सौंपी और स्वयं द्रुत गति से चुनार की तरफ पलटा! मात्र तीन सप्ताह में वह चुनार के दुर्ग जा पहुँचा। उसे हुमायूँ के आसन्न ख़तरे से भी बचाव का कुछ उपाय करना था। अपने कोष और अफ़गान अमीरों के परिवारों को उसने भर-कुंडा के वन-चेष्टित, पर्वतीय व सुरक्षित दुर्ग में पहुँचा दिया। यह दुर्गम दुर्ग चुनार से पचास मील दक्षिण में स्थित था। शेर खाँ ने चुनार को असुरक्षित भी नहीं छोड़ा! उसने वहाँ अस्त्र-शस्त्र, रसद-आपूर्ति आदि की इतनी व्यवस्था कर दी थी कि यह दुर्ग गौड़ जीतने तक मुग़लों का छह माह तक सफलतापूर्वक प्रतिरोध कर सके। यह तो उसका दुर्भाग्य था कि उसकी अनुपस्थिति ऐसी प्रेरणा चुनार-दुर्गवासी सैनिकों को नहीं दे सकी और उन्होंने तीन माह में ही मुग़ल बादशाह के समक्ष समर्पण कर दिया।

लेकिन, इसके बाद का घटनाचक्र बहुत तेज़ गति से घूमा। हुमायूँ भी बंगाल पहुँचा। जब हुमायूँ गढ़ी पर तोप से गोले बरसा रहा था, तब शेर खाँ बंगाल की राजधानी गौड़ से अपना राज्यारोहण कर रहा था, और शेरशाह हो गया था। किन्तु, इससे पहले कि कुछ और होता, वह बंगाल छोड़कर वापस बिहार चला गया! हुमायूँ ने विजयी भाव से बंगाल में प्रवेश किया। यही वह सामरिक चाल थी, जिसमें शेरशाह हुमायूँ को फँसाना चाहता था और इसमें वह सफल भी रहा। उसने हुमायूँ का बंगाल से आगरा लौटने का मार्ग अवरुद्ध कर दिया, जिसके परिणामस्वरूप, जून 26, 1539 में चौसा का युद्ध हुआ और हुमायूँ की भारी पराजय! शेरशाह ने अब अगले निर्णायक युद्ध से पूर्व, बंगाल पर फिर आक्रमण किया (1540) और बंगाल विजित करके, अपना दूसरा राज्याभिषेक किया। अब वह बंगाल से लेकर पूर्वी उत्तर प्रदेश व बिहार तक का विधिक शासक था। अब उसने हुमायूँ के ख़िलाफ़ निर्णायक युद्ध की तैयारी की और यह युद्ध 17 मई, 1540 को 'बिलग्राम' में गंगा तट पर लड़ा गया। शेरशाह की इसी विजय ने उसकी सत्ता की स्थापना और भारत से हुमायूँ व मुग़लों के पलायन का मार्ग प्रशस्त किया। अब शेरशाह भारत का सुल्तान और भाग्य-विधाता था।

बाबर : कोमल एवं भावुक पक्ष और उसके वैवाहिक सम्बन्ध

जब भी भारतीय इतिहास के सशक्त शासकों का उल्लेख होता है तो मध्यकालीन शासक एवं भारत में मुग़ल साम्राज्य के संस्थापक बाबर का ज़िक्र अवश्य होता है। वस्तुतः 'बाबर' के 'बाबर' नामकरण के पीछे भी एक मज़ेदार क़िस्सा है। जब बाबर का जन्म हुआ, तब उसके पिता उमर शेख मिर्ज़ा ने अपने श्वसुर, यूनुस खाँ (जो चंगेज़ के वंशज व उस समय मंगोलों के क़ाखाना या बड़े खाँ थे) को भी ख़बर भिजवाई थी। प्रसिद्ध मंगोल विजेता चंगेज़ खाँ का यह वंशज व उत्तराधिकारी, सत्तर वर्षीय महान मंगोल खाँ (या क़ाखान) अपने नवासे के मुण्डन संस्कार पर अपने पुत्री-दामाद की इस ख़ुशी में शामिल होने व नये जन्मे शिशु को आशीर्वाद देने की नीयत से फ़रघना आया था। चूँकि मंगोल इन तुर्कों के समान सुशिक्षित व सुसभ्य नहीं थे, अतः उन्हें उमर शेख मिर्ज़ा द्वारा अपने शिशु-पुत्र को दिये हुए नाम, ज़हीरुद्दीन मुहम्मद के उच्चारण में बहुत दिक़्क़त होती थी, इसीलिए उन्होंने अपनी सुविधा के अनुसार उसका नया और संक्षिप्त नामकरण 'बाबर' कर दिया। और फिर संयोग से इसी महान योद्धा मंगोल क़ाखान यूनुस खाँ की पत्नी और बाबर की नानी, एहसान दौलत खानम ने अपने दामाद, उमर शेख मिर्ज़ा की आकस्मिक मृत्यु के बाद अपने साढ़े ग्यारह वर्षीय नवासे (बाबर) के फ़रघना राज्य का दायित्व सम्हाला था। बाबर का पिता जब युद्धों और अपने राज्य में शत्रुओं से घिरा हुआ था, तभी एक दुर्घटना का शिकार हुआ और चल बसा। अतः उसके प्रशासनिक दायित्वों का निर्वहन करते हुए उसकी नानी अपने खास अनुचरों-परिचरों के साथ फ़रघना में काफ़ी समय रही थी। उसने अपने मंगोल कुल के सदस्यों द्वारा दिये गये नाम 'बाबर' से ही उसको सम्बोधित किया होगा। इसी से यह नाम ज्यादा प्रचलित हुआ और इसीलिए उसके अरबी नाम, ज़हीरुद्दीन मुहम्मद के साथ, और उसके अन्त में चस्पा हो गया। किन्तु, उसके नाम का शुरू या पूर्व वाला अंश तो बस किताबों और ऐतिहासिक दस्तावेज़ों में ही क़ैद होकर रहा। हालात यहाँ तक हैं कि

इतिहास के विद्यार्थी भी एक बार ज़हीरुद्दीन मुहम्मद के नाम से उसे तुरन्त चिह्नित न भी कर पाएँ, मगर बाबर नाम से पहचानने में कभी कोई दुविधा नहीं रहती। वे ही नहीं, सामान्य पाठक भी इस नाम से ही ज्यादा परिचित हैं। यानी, ननिहाल-पक्ष द्वारा दिया गया नाम ही अधिक लोकप्रिय व प्रचलित हुआ। वास्तव में, यह सहज ही अमरत्व प्रदान करनेवाला प्रतीत होता है।

यही ज़हीरुद्दीन बाबर न केवल भारतवर्ष में मुग़ल साम्राज्य की स्थापना के लिए ज़िम्मेदार है, अपितु हमें और हमारे देश को तोप के प्रयोग के साथ-साथ तुलुग़मा जैसी नवीन मध्ययुगीन युद्ध-तकनीक से भी अवगत कराने वाला था। जहाँ बाद में अकबर ने मुग़ल साम्राज्य को सुदृढ़ करके उसे एक नया कलेवर दिया, वहीं बाबर ने अपनी आयुध श्रेष्ठता व बेहतर युद्ध-तकनीक द्वारा प्राप्त विजयों से मुग़ल साम्राज्य की स्थापना का श्रेय हासिल किया। उसने महज़ चार वर्षों में चार महत्त्वपूर्ण युद्ध लड़कर अफ़गानों और राजपूतों को बुरी तरह तथा पूरी तरह से पराजित किया था। इनमें से पानीपत (1526) एवं घाघरा (1529) युद्ध अफ़गानों की शक्ति को नेस्तनाबूद करने के लिए लड़े गये थे, वहीं खाण्डवा (1527) तथा चन्देरी (1528) के युद्ध राजपूतों को पराजित करने के लिए लड़े गये। इसके बाद शीघ्र ही मात्र अड़तालीस (48) वर्ष की आयु में (1530) उसकी मृत्यु हो गयी। उसके बाद अनेकानेक कारणों के चलते उसका पुत्र हुमायूँ निरन्तर असफल होता चला गया। उसे पूरब और पश्चिम दोनों ही दिशाओं के अफ़गानों क्रमशः शेर खाँ (बाद का शेरशाह) और शाह गुजराती का सामना करना पड़ा। उसके पास न तो तोप जैसा कोई नया हथियार था, जिससे भारतीय अनभिज्ञ हों और न ही अब भारतीय तुलुगमा युद्ध तकनीक से अनभिज्ञ थे। अतः जहाँ बाबर अपने से कमज़ोर प्रतिद्वन्द्वियों को हराकर भारत में मुग़ल साम्राज्य की स्थापना में कामयाब हुआ था; वहीं दूसरी ओर हुमायूँ को सैन्य व सामरिक आयामों में भी अपने बराबर वालों से लड़ना पड़ा था। अतः बराबर के युद्ध लड़ते हुए वह असफल ही रहा। अपनी सैन्य असफलताओं के चलते ही उसे शेरशाह के विरुद्ध चौसा और गंगा-तट के युद्धों में पूर्ण पराजय का सामना करना पड़ा। इन पराजयों के चलते ही उसे भारत से पलायन करने के लिए बाध्य होना पड़ा था, जिसके फलस्वरूप एक बार पुनः शेरशाह ने सूर-वंश के राज्य के साथ-साथ उत्तर भारत में द्वितीय अफ़गान साम्राज्य की स्थापना की थी। ख़ैर, संघर्षशील हुमायूँ वापस भारत आया और उसके बाद उसका योग्य पुत्र अकबर गद्दी पर बैठा। अकबर ने मुग़ल सत्ता की पुनर्स्थापना की और अपने कार्यों से 'महान' कहलाते शासन-काल को भारतीय इतिहास का स्वर्णिम अध्याय बना दिया! किन्तु, मुग़ल साम्राज्य की शुरुआत तो बाबर ने ही की थी, अतः उसका नाम भारतीय इतिहास में सदा के लिए दर्ज़ हो गया है। तो आइए, उस वीर योद्धा और मुग़ल

राजवंश के संस्थापक के कोमल पक्ष को विश्लेषित करके उसके चरित्र व मज़बूती को परखा जाये। आख़िर वे कौन से तत्त्व और विशेषताएँ थीं, जिनसे वह बाबर हुआ, और ऐसा हुआ।

भारतवर्ष में मुग़ल साम्राज्य की नींव रखने वाले इस चगताई या बर्लास तुर्क शासक ने स्वयं अपनी मातृभाषा तुर्की में अपनी आत्मकथा 'तुजुक-ए-बाबरी' लिखकर अपने बारे में हमारे अध्ययन को बहुत आसान कर दिया है। वह जितना अच्छा सेनानायक था, उतना ही कुशल प्रशासक, साहित्य-सृजक, कवि-हृदय, कलम का सिपाही और एक नेकनीयत इंसान भी था। उसके लेखन की सबसे बड़ी खासियत यही है कि वह बेबाकी से अपनी आत्मकथा में सबकुछ सच-सच बयान करता है। अतः उसके वैवाहिक जीवन के विषय में हमें समस्त जानकारी उसकी 'तुजुक' से प्राप्य है, और रही-सही बातें उसकी उतनी ही विदुषी पुत्री, गुलबदन बेग़म की कृति 'हुमायूँ-नामा' में प्राप्त हो जाती हैं। बाबर ने अपने एक करीबी दुग्लात रिश्तेदार के पिता की पुरानी शत्रुता भुलाकर उसे न केवल शरण व पितृतुल्य स्नेह दिया, अपितु शिक्षित, सुसंस्कृत किया और कश्मीर में स्वायत्त-शासी राज्य की स्थापना की आज़ादी भी बख्शी थी। इसी मिर्ज़ा हैदर दुग्लात ने 'तारीख़-ए-रशीदी' में इन मध्येशियाई परिवारों के साथ-साथ बाबर व हुमायूँ के विषय में बड़ा सुन्दर व प्रथम-दृष्टया विवरण दिया है। वस्तुतः इन तमाम कृतियों से हमें बहुत दिलचस्प जानकारी मिलती है, और बाबर के व्यक्तित्व के अनोखे पक्ष भी खुल जाते हैं। उसी से उसका व्यक्तित्व सम्पूर्णता एवं समेकित रूप से समझ में आता जाता है। हमें उसके वैवाहिक जीवन के साथ उसके सामजिक, सांस्कृतिक व कूटनीतिक सरोकार भी समझ आने लगते हैं, क्योंकि प्राचीनतम काल से विवाह जैसा सम्बन्ध या संस्था कूटनीतिक, राजनीतिक सम्बन्धों की स्थापना से लेकर विजय की 'ट्रॉफी' की तरह प्रयुक्त होती रही है।

बाबर की आत्मकथा में हमें उसकी प्रथम पत्नी के रूप में आयिशा सुल्तान बेग़म का उल्लेख मिलता है। यह भी बाबर की भाँति चगताई या बर्लास तुर्क जनजाति या नस्ल की थी। इन दोनों का विवाह बहुत पहले से दो भाइयों के पारिवारिक सम्बन्ध को सुदृढ़ करने की नीयत से तय हो चुका था, जब वे दोनों बच्चे ही थे। वास्तव में, मंगोलों के रिश्तेदार होने के कारण चगताई मंगोलों के नातेदार भी चगताई तुर्क कहलाये, वरना थे तो वे 'बर्लास तुर्क' ही। जिस समय इन दोनों का विवाह तय हुआ था, उस समय बाबर की आयु मात्र 5 वर्ष थी, अर्थात यह विवाह उसके बाल्यकाल में ही 894 हिजरी सन् या 1488-79 में निश्चित हो गया था। यह बात उस वक़्त की है, जब बाबर सम्भवतः अपनी याददाश्त में पहली बार फ़रघना के बाहर यात्रा पर समरकन्द गया था। तभी वहाँ के शासक और बाबर के ताऊ सुल्तान अहमद मिर्ज़ा की इस पुत्री से उसका विवाह तय हुआ था। यह विवाह दोनों के पारिवारिक

बुज़ुर्गों द्वारा निर्धारित हुआ था। गुलबदन बेग़म हमें सूचित करती है कि आयिशा बेग़म सुल्तान अहमद मिर्ज़ा मिरां शाही एवं उसकी पत्नी कुतुक (कुतक?) अथवा खतक बेग़म की तृतीय पुत्री थी। यह सुल्तान अहमद मिर्ज़ा और कोई नहीं, बाबर के पिता उमर शेख का सबसे बड़ा भाई था। इन दोनों के विवाह के इस निर्धारण के दस वर्ष पश्चात जब वे कुछ बड़े हो गये, तब हिज़री सन् 905 के शाबान माह या 1499 में उनका निकाह मध्येशिया के खोजन्द में सम्पन्न हुआ था। इस समय फ़रघना का युवा शासक बाबर मध्य एशिया में खुसरू शाह तथा अहमद तम्बोल जैसे शासकों व सैन्य-वीरों के साथ राजनीतिक प्रभुत्व-विस्तार एवं अपने राज्य के अस्तित्व की सुरक्षा के लिए संघर्षरत था। आयिशा बेग़म का यह पूर्व-निर्धारित विवाह एक वीर शासक के साथ उस समय सम्पन्न हुआ था, जब बाबर स्वयं अपने अस्तित्व की सुरक्षा के लिए भयंकर, रक्त-रंजित युद्धों में फँसा हुआ था।

हमें यह नहीं भूलना चाहिए कि इन दोनों की शादी तय होने और विवाह सम्पन्न होने के दस वर्ष की अवधि के बीच में आमू व सीर दरियायों से बहुत सारा पानी बह चुका था। परिस्थितियाँ बहुत बदल गयी थीं। 1494 में इसी सुल्तान अहमद मिर्ज़ा ने अपने छोटे भाई से हुई अनबन के चलते अपने साले महमूद खाँ (जो इत्तेफ़ाक से जिस पर आक्रमण किया जा रहा था, उस उमर शेख मिर्ज़ा का भी साला था) के साथ ही फ़रघना की घेरेबन्दी किये हुए था। इसी समय उमर शेख मिर्ज़ा की अख्शी में एक पर्वत पर स्थित अपने कबूतरखाने के ढह जाने से मृत्यु हो गयी। उसका राज्य उसके अपने बड़े भाई और साले की सेनाओं से घिरा हुआ था, और वह उस वक़्त अख्शी के अपने प्रिय कबूतरखाने में मौजूद था, जब वह ढह गया। उसकी आकस्मिक मृत्यु के बाद उसकी सास ने फ़रघना का कार्यभार सम्हाल लिया और बाबर की ओर से राज्य के इन दोनों शत्रुओं को सन्धि-पत्र भी भेजा। तब भी अहमद मिर्ज़ा आसानी से नहीं माना था। बाबर ने तो इस औपचारिक राजकीय पत्र-व्यवहार के अतिरिक्त उसे अलग से एक व्यक्तिगत पत्र भी लिखा, जिसमें उसने अपने इस ताऊ, सुल्तान अहमद मिर्ज़ा से निवेदन किया कि चूँकि, इस समय उसकी दुःख और संकट की घड़ी है, अतः वह इस दुःख की घड़ी में तरस खाकर अपने निरीह भतीजे के राज्य पर जारी घेरेबन्दी को उठा ले! बाबर ने तो यहाँ तक लिखा कि वह निवेदक बाबर को अपना पुत्र, सेवक या दास मानते हुए उसे माफ़ कर दे और इसकी एवज़ में एहसान मानते हुए वह सदैव सुल्तान अहमद मिर्ज़ा का अधीनस्थ शासक व वफ़ादार सेवक बना रहेगा। हमें याद रखना चाहिए कि सुल्तान अहमद मिर्ज़ा की पुत्री आयिशा बेग़म से बाबर की शादी पक्की हो चुकी थी और बर्लास तुर्कों के रिवाज़ और सगुन या शुभ-लक्षण या टोटके के विश्वास के चलते बाबर से इस नन्ही-सी दुल्हन का नक़ाब उतारने की रस्म भी अदा करवाई गयी थी।

अतः दोनों ताऊ-भतीजे होने के साथ, श्वसुर-दामाद के करीबी रिश्ते से भी बँधे हुए थे। इसीलिए बाबर ने उनके अधीनस्थ एक वाइसराय की हैसियत से फ़रघना पर शासन करते रहने की दरखास्त की थी। वह उससे युद्ध समाप्त करके घेरेबन्दी उठाने की प्रार्थना कर रहा था।

हम पाते हैं कि बाबर के इस व्यक्तिगत पत्र में समर्पण, निष्ठापूर्ण व्यवहार की शिद्दत से की गयी ईमानदार अपील तो थी ही, उसमें अपनत्व व दीनता के समर्पण भाव की भी कोई कमी नहीं थी। किन्तु इस प्रतिकूल परिस्थिति में सुल्तान अहमद मिर्ज़ा के दिमाग़ में अपना स्वार्थ हावी हो गया और एक बदमज़गी के चलते उन्होंने घेरेबन्दी नहीं उठायी। सम्भवतः सुल्तान अहमद मिर्ज़ा के दिमाग़ में राजनीतिक प्रभुत्व के विस्तार की आकांक्षा व लिप्सा ज़ोर मार रही हो। इन भाइयों में तैमूर की विरासत के लिए निरन्तर लड़ाइयाँ और युद्ध होता रहता था और वर्तमान युद्ध भी उसी कड़ी में ज़ारी था, जबकि बाबर के पिता के दुर्घटना में गुजरने से वह शासक बन गया था। अतः ऐसी परिस्थिति में सुल्तान अहमद मिर्ज़ा को लगा होगा कि भाई की मृत्यु के अवसर का फायदा उठाकर वह फ़रघना को अपने अधीन करके इस समस्या का स्थायी समाधान कर ले। इसी से सुल्तान अहमद मिर्ज़ा ने अपने होने वाले दामाद और इस अल्प-वयस्क भतीजे, बाबर के दूत-सन्देशवाहक को फटकार कर अपने शिविर से भगा दिया था और अपना स्पष्ट सन्देश भिजवा दिया था। उसने आक्रमण को ज़ारी रखते हुए अंदिजन पर अपनी घेरबन्दी को और कड़ा कर दिया। मगर ऊपरवाले को कुछ और ही मंज़ूर था। सुल्तान अहमद मिर्ज़ा के सैन्य-शिविर और फ़रघना के अंदिजन शहर के मध्य एक मामूली-सा दरिया पड़ता था। दुर्भाग्य से अहमद के सैनिकों के चलने के कारण उक्त दरिया पर निर्मित पुल टूट गया। पुल क्या टूटा, सैनिकों ने इसे अशुभ लक्षण मानते हुए, उज्बेकों के साथ तैमूरियों की एक पूर्व-युद्ध-विभीषिका का स्मरण करते हुए आगे बढ़ने से इनकार ही कर दिया। शायद परवरदिगार बाबर के साथ था। बाबर का राज्य इस अनहोनी के चलते बच गया और उसका ताऊ और सम्भावित श्वसुर अपना-सा मुँह लेकर वापस समरकंद लौटने को विवश था। उसके लाख समझाने पर भी सैनिक और सैन्य-अधिकारी अब आगे बढ़ने को तैयार नहीं थे। वे इसे अशुभ संकेत मानकर बेवजह आत्महत्या के लिए तैयार नहीं थे। अगर सुल्तान अहमद मिर्ज़ा के सिपाहियों के बोझ से अंदिजन का वह सँकरा पुल न टूटता और उसे अहमद मिर्ज़ा के सैनिक व सेनापति अपशकुन या अशुभ पूर्व-संकेत न मानते तो न जाने क्या होता। किन्तु अहमद मिर्ज़ा और नये शासक बाबर के मध्य युद्ध तो अपरिहार्य दिख ही रहा था।

वाकई, अंदिजन के उस सँकरे पुल का टूटना अपशकुन या अशुभ पूर्व-संकेत ही था, क्योंकि सेनापतियों व सैनिकों की हठधर्मिता के चलते सुल्तान अहमद मिर्ज़ा बड़े

बेमन से अंदिजन से वापस अपने राज्य समरकन्द लौटने को बाध्य हुआ। सम्भवतः वह अपने प्रमुख सेनापतियों के माध्यम से उन सबको भला-बुरा कहते और अनेक अप्रिय बातें सुनाते तथा अपने सैनिकों के अन्ध-विश्वास को कोसता हुआ भारी मन से समरकन्द लौट रहा था। और संयोग देखिये, समरकन्द पहुँचने से पूर्व ही मार्ग में उसकी मृत्यु हो गयी और पूरे बर्लास तुर्क-मंगोल इलाके में यह समाचार और पूरा प्रकरण आग की तरह फैल गया। शायद सभी को यह समझ आने लगा था कि बाबर को परवरदिगार ने ही फ़रघना के शासन के लिए चयनित किया है और अल्लाह उसके ऊपर पूरी तरह मेहरबान है। हमें याद रखना चाहिए कि बाबर के पास इस समय अंदिजन से लेकर अख्शी और उनके सम्बद्ध क्षेत्रों का लगभग अस्सी मील क्षेत्र का ही राज्य शेष रह गया था! इस बीच समरकन्द का शासक, सुल्तान अहमद मिर्ज़ा जीवित नहीं रहा था, अतः अमीर तैमूर की इस परम्परागत राजधानी पर उसके वंशज बाबर की नज़र जाना और समरकन्द-विजय का उसके लिए सपना और महत्वाकांक्षा हो जाना एक अपरिहार्य-सी स्थिति थी। अतः हमें इस पृष्ठभूमि में सहज ही यह समझ आता है कि बाबर-आयिशा के पारस्परिक सम्बन्ध किस जटिलता में शुरू होने वाले थे। और शायद इसीलिए इनकी शादी टलती गयी और दोनों के पिताओं या उन दोनों सगे भाइयों के आकस्मिक देहान्त के तीन-साढ़े तीन वर्ष बाद जाकर सम्पन्न हुई। आमू व सीर दोनों दरियायों में इस बीच बहुत पानी बह चुका था।

विवाह होते ही बाबर ने एक नया अनुभव किया। अपने परिवार की महिलाओं, विशेष रूप से अपनी माँ और नानी के साथ सम्पर्क-सम्बन्ध के अतिरिक्त घर के बाहर की, और वो भी कम उम्र की किसी महिला के साथ बाबर का इतना नज़दीकी और नये किस्म का पहला वास्ता था। विपरीत लिंग के किसी व्यक्ति के साथ यौनाकर्षण से उपजा या उसे कहीं उकसाता हुआ-सा निहायत ही असमंजस पैदा करता नैकट्य या प्रगाढ़-सा सम्बन्ध-सम्पर्क। उससे पहले वह महिलाओं को निहायत आदर और अदब से देखता और उनसे पेश होता रहा था, अतः वह समझ ही नहीं सका कि उसका व्यवहार पत्नी-रूपी इस महिला के साथ कैसा हो? अभी तक वह प्रतिकूल राजनीतिक परिस्थितियों से जूझता हुआ सिर्फ़ युद्धों, संघर्षों, लड़ाइयों के विषय में ही करीब से, गहनता से जानता था। उसे विपरीत लिंग के साथ सम्बन्धों का अनुभव नहीं था। इसी तरह उसे मदिरा चखने का अवसर भी बहुत बाद (हेरात) में मिला था। अतः युद्ध-तकनीकों, रणनीतियों, आयुधों, अस्त्र-शस्त्रों से लेकर कूटनीतिक चालों में फँसा यह युवा शासक सिर्फ़ राजनीतिक शतरंज का आदी और अभ्यस्त था। अभी उसे संवेदनाओं, भावनाओं, प्रेम, वासना या यौनाकर्षण किसी का कुछ सही भान ही नहीं था। उसके लिए यह सब इतना अनजाना, अजब-सा सम्बन्ध था,

जिसके लिए अलग किस्म की परिपक्वता की ज़रूरत थी। पिता की जल्दी मृत्यु से उपजी प्रतिकूल परिस्थितियों ने जितनी जल्दी उसे युद्धों, प्रशासन, सामरिक समझ और शूरवीरता दी थी, इस ओर उसका दिमाग़ न तो गया था और न ही उसके लिए उसके पास अवकाश या ऊर्जा शेष थी। फिर उसे समझ नहीं आया होगा कि क्या यह भी किसी शत्रुता-भाव से जीतने वाली जंग है अथवा कोई क़िला फ़तेह करने जैसा है! इसकी विधि और तौर-तरीके से न तो वह वाकिफ़ था और न ही इतनी पक्की उम्र थी कि वह इस दाम्पत्य-सम्बन्ध का वास्तविक अर्थ समझ पाता।

अपने ही बनाये सामरिक जाल और निमन्त्रित किये गये युद्ध में फँसे बाबर के पिता के इस तरह अचानक हादसे में गुज़र जाने के चलते, उसने अपने-आप को इन प्रतिकूल परिस्थितियों में राज्य का शासक बनते ही शत्रु-सेनाओं से घिरा पाया, जिसमें से एक सेना उसके अपने ताऊ (भावी श्वसुर) की थी और एक मामा की। उसके पिता व ताऊ के अतिरिक्त एक अन्य चाचा की, यानी तीन भाइयों की शादी अहसान दौलत या बाबर की नानी की तीन बेटियों से हुई थी। अर्थात बाबर की दो चाचियाँ उसकी मौसी भी थीं। अतः रिश्तेदारी व सम्बन्धों की भी जटिलताएँ कम नहीं थीं, जो इनके पारस्परिक सम्बन्धों को भी अपने बनते-बिगड़ते समीकरणों में उलझाये रहती थीं। अतः पूर्व में की गयी एक सन्धि का उल्लंघन करते हुए, जब बाबर के पिता उमर शेख मिर्ज़ा ने अपने भाई के अधिकार वाले कुछ भू-क्षेत्र पर अनधिकृत स्वामित्व स्थापित किया था, तब दोनों भाइयों के मध्य यह युद्ध अपरिहार्य हो गया। उसका साला भी गुटबन्दी या पहले से तय कूटनीतिक सम्बन्धों के चलते अपने दूसरे बहनोई के पक्ष में बाबर के विरुद्ध मोर्चा सम्हाले हुए खड़ा हो गया। उसी युद्ध के दौरान पर्वत की चोटी के सिरहाने पर निर्मित उक्त कबूतरखाने के भवन के अचानक ढह जाने से उसका पिता अपने छोटे से राज्य को युद्धरत शत्रुओं से घिरा छोड़कर चल बसा था। ये तो भला हो उसकी नानी का जो उसके रक्षार्थ हाज़िर हुई और अपने दामाद की आकस्मिक मृत्यु से उत्पन्न परिस्थितियों से अपनी प्रिय बेटी का घर व राज्य बचाने के लिए बाबर के राज्यकार्य में सहायता प्रदान करने लगी। उसी ने अपने दामाद एवं अपने लड़के को फ़रघना की घेरेबन्दी ख़त्म कर लेने या उठा लेने के लिए बाध्य किया। उसी ने मात्र साढ़े ग्यारह वर्षीय बाबर के राज्य को बचाने का बीड़ा उठा लिया।

यदि बाबर की नानी ने राज्य का कार्य न सँभाला होता तो फ़रघना का सीमित और छोटा-सा राज्य भी तभी उसके हाथ से निकल जाता जब उसके पिता जी की मृत्यु हुई थी और फ़रघना राज्य शत्रु-सेनाओं से घिरा हुआ था। अतः बाबर की नानी ने ही अप्रत्यक्ष रूप से सत्ता सँभाल कर अपने पुत्र और दामाद को लिख भेजा कि वे अपनी सेनाएँ फ़रघना से वापस ले जायें, क्योंकि जिससे उनकी शत्रुता थी, वह

काल-कवलित हो चुका है। अब तो सत्ता नाम-भर के लिए ही बाबर के, पर वास्तव में उसकी नानी एहसान दौलत खान के हाथों में थी। अतः उनका पुत्र, महमूद खान एवं दामाद, सुल्तान अहमद शेख मिर्ज़ा (बाबर के पिता, उमर शेख मिर्ज़ा के बड़े भाई) दोनों की घेरेबन्दी समाप्त करने के लिए कहलवा भेजा। उसका मन्तव्य यही था कि वे अपनी सेनाओं के साथ अपने राज्यों की ओर लौट जायें। इसके बाद एहसान दौलत ने बाबर के राज्य को दुरुस्त किया। बाबर को भी उसने धीरे-धीरे शासन-प्रशासन का अभ्यस्त किया। उसे अपरिहार्य रूप से लड़े जा रहे युद्धों के लिए पर्याप्त समय देते हुए नानी ने राज्य के प्रशासनिक दायित्वों का पूरी ऊर्जा के साथ निर्वहन किया। तम्बल जैसे विश्वासघाती सरदारों, छोटे भाई के षड्यन्त्रों व उज़्बेकों व अन्य मिर्ज़ाओं की महत्वाकांक्षाओं के बीच युद्धों की निरन्तरता में फँसे बाबर के स्थायित्व, सैन्य-शक्ति व शक्ति-समीकरण को दुरुस्त करने के नज़रिए से, उसके विषय में भी सोचना बाबर की नानी का कर्तव्य था। अतः स्थानीय शक्तियों से सम्बन्ध बनाने की कड़ी में उसकी चचेरी बहन, आयिशा सुल्तान बेग़म से पूर्व में तय हुआ उसका विवाह अब सम्पन्न किया गया। सबने यही सोचा होगा कि कम से कम दो भाइयों के परिवारों में वैवाहिक सम्बन्धों की स्थापना से पारिवारिक प्रतिद्वन्द्विता एवं कटुता कुछ कम होगी तथा एका बढ़ेगा और बाबर को राहत, शक्ति, संसाधन व किसी राज्य का साथ भी मिलेगा। अब दोनों के पिता नहीं थे अतः पारिवारिक शत्रुता पर एक विराम-सा लग गया था। एहसान दौलत की दोनों पुत्रियाँ उसकी बात सुनने को राज़ी रही होंगी और वे स्वयं पारस्परिक मधुर सम्बन्धों की भी आकांक्षी रही होंगी, अतः यह विवाह सम्भव हुआ होगा। बाबर एवं उसके राज्य के लिए भी यह फ़ायदे का सम्बन्ध था। राज्य के एक ओर, एक मोर्चा बन्द होगा तो दूसरी ओर इससे राजनीतिक व सैन्य मजबूती भी आयेगी। अतः इस समय बाबर के राजनीतिक हितों को देखते हुए ही यह विवाह बिना विलम्ब सम्पन्न करने का निर्णय लिया गया था; और इस दौर में शैबानी के नेतृत्व में उज़्बेक तैमूरी विरासत के समक्ष एक बड़ी और गम्भीर चुनौती खड़ी कर रहे थे। अतः तैमूरी परिवारों की एकता ज़रूरी ही नहीं, अपरिहार्य भी थी।

चूँकि, इस उम्र तक बाबर का विपरीत लिंग के साथ, माँ और नानी के अलावा, किसी अन्य स्त्री से कोई सम्पर्क-सम्बन्ध नहीं रहा था, अतः वह इस सम्बन्ध को न तो समझ सकता था और न ही बिना समझ और परिपक्व दृष्टिकोण के उसका निर्वहन कर सकता था। इसलिए वह अपनी नव-ब्याहता के समक्ष सदैव सकपकाता ही रहा। उसकी हिचक, झिझक एवं अनाड़ीपन से उपजे शर्मीलेपन ने उसके व्यवहार को कोई सुनिश्चित और पति-पत्नी का सुपरिभाषित स्वरूप ही नहीं ग्रहण करने दिया। इससे वह स्वयं भी दाम्पत्य सुख एवं संवेदनाओं से अछूता रहा और अपनी पत्नी

को भी उसके वैवाहिक अधिकार, पति के प्यार, दुलार, स्पर्श, संवेदनाओं व दैहिक आवश्यकताओं की संतृप्ति, दाम्पत्य-सुख, सन्तोष व पूर्णता से वंचित रखा। उसके इस अधकचरे व्यवहार ने उस बेचारी को अतृप्त व असिंचित ही नहीं रखा होगा, अपितु व्यथित भी रखा होगा। कुछ उसकी उम्र, कुछ हालात और कुछ पारिवारिक मन-मुटाव, जिसमें सभी भाइयों की सन्तानें अपने-आप को दूसरे से अधिक श्रेष्ठ समझतीं और आगे निकलने या साबित करने के लिए प्रयासरत रहती थीं, उसने भी बाबर के इस दाम्पत्य-सम्बन्ध को प्रतिकूल रूप से प्रभावित किया होगा।

आयिशा सुल्तान बेग़म अपनी पीढ़ी में अमीर तैमूर के सबसे ज्येष्ठ वंशज और बाबर के पिता के सबसे बड़े भाई की पुत्री तो थी ही, साथ ही चूँकि उसका पिता ज्येष्ठता के चलते अमीर तैमूर की राजधानी समरकन्द जैसे समृद्ध व सुप्रसिद्ध क्षेत्र वाले राज्य का स्वामी था, अतः उसका अभिमान भी उच्च था! उसने बाबर के पिता के साथ ही अपने पिता की मृत्यु के बाद हुए अपने विवाह को न जाने किस विवशता का परिणाम माना। उसे लगा होगा कि दोनों परिवारों के बीच जो रिश्ता कायम हुआ था, वह सम्पन्न तब हुआ जब दोनों ही परिवार प्रतिकूल परिस्थितियों से जूझ रहे थे। अपने दोनों लोगों में ज्यादा बदतर स्थिति किसकी थी, इसका आकलन उसने शायद बाबर के युद्धों में उलझे रहने के आधार पर ही किया होगा। उसे लगा होगा कि यदि यह पूर्व-नियोजित और तयशुदा वैवाहिक सम्बन्ध आड़े न आता तो उसका विवाह किसी भी समकालीन मध्येशियाई शासक से हो सकता था। वे सब उस वंश से वैवाहिक सम्बन्ध स्थापित करते हुए न केवल गौरवान्वित होते, अपितु अपने सामाजिक-राजनीतिक स्तर को सुदृढ़ व सुधारने का भी अवसर पाते। आख़िर, चंगेज़ खाँ के परिवार की लड़कियों से इनके वंशजों के विवाह को चंगेज़ के परिवार अपना गौरव मानते ही थे। ज़ाहिर है कि शेष शासकों के लिए तो इससे अच्छा सम्बन्ध कुछ हो ही नहीं सकता था। ऐसे में अगर परिवार के एक लड़के और नव-सिंहासनारूढ़ बाबर के साथ उसका पूर्व-निर्धारित विवाह सम्पन्न हो रहा था, तो भी उसकी नज़र में यह बाबर के लिए एक लाभदायक सम्बन्ध ही था। वह राजनीतिक उतार-चढ़ाव के अनिश्चितता भरे दौर से गुज़र रहा था। उसे इस विवाह से अधिक लाभान्वित होने की आशा थी। अतः आयिशा बेग़म को उम्मीद ही नहीं, विश्वास भी रहा होगा कि बाबर ही नहीं, उसका परिवार भी इस रिश्ते के लिए उसका और उसके परिवार का कृतज्ञ होगा; और उसे हाथों-हाथ लिया जायेगा। आख़िर वह तैमूर वंश के ज्येष्ठतम भाई की पुत्री जो थी और ज्येष्ठ उत्तराधिकारी की पुत्री।

किन्तु यह भी सत्य था कि अब समरकन्द का यह महत्त्वपूर्ण और समृद्ध राज्य भी उज़्बेकों की बढ़ती शक्ति और शैबानी खाँ के नेतृत्व में उनकी बढ़ती, घनीभूत व सशक्त होती राजनीतिक प्रभुता के चलते संकटग्रस्त हो चुका था। उस पर अस्तित्व

के संकट के बादल उमड़ने लगे थे। अतः उस परिवार को भी तो एक वीर शासक की ज़रूरत थी, जो उनके दामाद के रूप में एक परिजन की तरह मज़बूत संबल और सहायता के लिए खड़ा हो सकता था, और साहस से इस नयी जाग्रत उज़्बेक शक्ति का सफलतापूर्वक सामना करने की हैसियत वाला होता। वास्तविकता भी यही थी। बाबर ने दो बार उज़्बेकों को पराजित करके, समरकन्द पर अपना आधिपत्य स्थापित करके यह प्रमाणित भी किया था कि पूरे मध्येशिया में जब मंगोल (महमूद खाँ) व बर्लास तुर्क (तैमूरी वंशज) दोनों ही इस नयी उभरती शक्ति से पराजित हो रहे थे, वही एक व्यक्ति था जो उज़्बेकों के नेता शैबानी खाँ को पराजित करने की क्षमता, योग्यता व साहस रखता था। प्रत्यक्षम् किं प्रमाणं? बाबर ने तो यह साबित किया ही था। अतः दोनों तरफ़ की सौदेबाज़ी का ही नतीजा था यह वैवाहिक सम्बन्ध। इसीलिए इनके दाम्पत्य-जीवन के शुरू से ही इसमें ग्रहण के चिह्न भी परिलक्षित हो रहे थे। जहाँ विवाह कूटनीतिक कारणों से होते हैं, वहाँ पारस्परिक आदान-प्रदान का छोटे से छोटा हिसाब भी रखा जाने लगता है। ये सम्बन्ध या रिश्ते दिल से नहीं, दिमाग़ से उन परिवारों या उस सम्बन्ध के लिए ज़िम्मेदार बुज़ुर्गों द्वारा चलने या चलाये जाने लगते हैं। इस तरह से संचालित होते सम्बन्ध, जहाँ दोनों पक्षों—वर एवं वधु में बहुत पारस्परिक मिलन और संवाद न होता हो या बहुत कम होता है, वहाँ दाम्पत्य-प्रेम और सुख प्रतिकूल रूप से प्रभावित होता है। अतः शुरू से ही यह विवाह अपने असली दाम्पत्य-स्वरूप में कभी आ ही नहीं सका। इसके चलते तनाव और घनीभूत होता चला गया, गलतफ़हमियाँ बढ़ती गयीं। दोनों पक्षों की ठंडे, वस्तुनिष्ठ या सन्तुलित, दिल व दिमाग़ से सोचने-समझने की शक्ति कमतर होती चली गयी, और छोटी-छोटी बातें बड़ा स्वरूप ग्रहण करने लगीं। स्वाभाविक है कि ऐसे में हर बात बतंगड़ बन गयी होगी।

वास्तव में आयिशा बेग़म की उम्र, सुन्दरता और नव-यौवना की स्वाभाविक अल्हड़ता के साथ-साथ अपने खानदानी स्वाभिमान के साथ ही एक नव-विवाहिता की ख़्वाहिशें, इच्छाएँ, ऐषणाएँ, सपने भी उसके साथ साये की तरह चिपके होंगे। बाबर की इस चचेरी बहन और अब पहली पत्नी के तो पाँव ही जैसे ज़मीन पर नहीं पड़ रहे होंगे। शायद बाबर को समझ ही नहीं आया कि वह एक पति है अथवा कोई दास या फिर अथाह प्रेम में डूबा कोई प्रेमी? वह किस भूमिका में रहे और अपनी इस नयी ब्याहता को लुभाए? वह स्वयं किस भूमिका में पति को देखना चाहती है, इसका संकेत भी तो नहीं दे रही थी। अपनी पत्नी की इच्छा भी उसे समझ नहीं आ रही थी। उसे समझ ही नहीं आ रहा था कि इस नव-यौवना, इस नव-विवाहिता की आकांक्षाएँ और इरादे क्या हैं? उससे वह क्या अपेक्षाएँ कर रही है? अतः दोनों ही एक-दूसरे को समझने में नाकामयाब रहे, और इसीलिए बाबर अपनी नव-ब्याहता

से बचने की कोशिश करता रहा। यह उसकी स्वाभाविक प्रतिक्रिया ही मानी जानी चाहिए। पर इस उम्र और ऐसी परिस्थितियों में क्या कोई भी पति ऐसी ही प्रतिक्रिया दिखाता? ज़ाहिर-सी बात है, जब कहने-सुनने का कोई सबब न हो तब वह क्या और कैसे बात करे। इस उधेड़-बुन में ही दिन-रात व्यतीत हो जाते और बाबर अपनी इस पहली ब्याहता से मिलने का न तो साहस करता, न ही उसमें कोई उमंग जगती। इसीलिए वह उससे मिलने का मन भी नहीं बना पाता था। उलटे किसी न किसी बहाने से उससे मिलना टालता रहता था। बाबर और उसकी पत्नी, दोनों इसी उधेड़-बुन और अनिश्चितता के शिकार थे।

बाबर खुद अपनी आत्मकथा में इस तथ्य को स्वीकार करता है कि जब उसकी माँ उसे अपनी पत्नी से बेवजह दूर रहने के लिए उलाहना देती, तब वह बमुश्किल उसके पास जाता। किन्तु यह मिलन भी आधा-अधूरा ही होता और वह भी माह में मात्र एक-आध बार! ज़ाहिर है कि आयिशा सुल्तान बेग़म की अपनी ख़्वाहिशें, खुशियाँ और सुखी दाम्पत्य-जीवन के सपने भी रहे ही होंगे, और वह भी मध्यकालीन मध्य एशिया के उभरते हुए एक योद्धा और साढ़े ग्यारह वर्ष की आयु में ही फ़रघना के शासक हो गये एक वीर की पत्नी होने जा रही थी। उसने जो भी सपने देखने शुरू किये, वे सब स्वाभाविक रूप से इसी एक व्यक्ति के इर्द-गिर्द बुने हुए थे। इस रिश्ते को लेकर उसके हृदय में जो भी ख़याल उठते थे, वे इस तरह से बिखर जाएँगे, उसने सोचा भी नहीं होगा। बाबर की बेरुखी और अपने प्रति उसके आकर्षण की कमी से अपमानित भी महसूस करती रही होगी। अपनी नज़रों और अपेक्षाओं में वह रोज़ ही मरती रही होगी। उसके परिवार की अन्य महिलाएँ, खासतौर से बाबर की नानी और माँ उसका जिस प्रकार से ख़्याल रखती थीं, वह भी इस कमी को और गहरा करता होगा?

वैसे सभी पत्नियाँ अपने पति पर अधिकर और अपने समर्पण के एवज़ में पति के प्यार, दुलार, अपनत्व, पूरकता की प्रत्याशा करती हैं। वे चाहती हैं कि उनका पति उनका पूरा-पूरा ख़याल रखे और सभी ख़्वाहिशें पूरी करे। मगर नये वैवाहिक सम्बन्ध में तो आशा ही नहीं, एक प्रकार का विश्वास होता है कि ऐसा ही होगा। इतना ही नहीं, यहाँ तो मसला ऊँची नाक और ज्येष्ठ परिवार की बेटी होने से भी प्रभावित था। आयिशा अपने-आप को बाबर से और अपने परिवार को बाबर के परिवार से श्रेष्ठ समझती और मानती थी। और उस दौर की असलियत भी, जब यही थी तो वह लड़की इस तथ्य को अपने ज़ेहन से कैसे जुदा कर सकती थी? उसे यही भरोसा, विश्वास और आशा थी, अतः वह उस विचार से कभी पृथक ही नहीं हो सकी, और सब अर्थ का अनर्थ होता रहा। उसने अपने-आप को बदलने या नये सम्बन्ध में ढालने की न ज़रूरत समझी, न अहमियत ही समझी और न उसे

इसका कोई अवसर मिल पाया। शायद घर-परिवार वालों, माँ आदि से सम्बन्ध में वार्ता सम्भव होती, तो वे उसे समझाने का प्रयास करतीं और स्थितियाँ बदलतीं। किन्तु यहाँ तो युद्धों की निरन्तरता और राजनीतिक अस्थिरता ने सम्पर्क, सम्बन्ध, यात्राएँ, संचार-व्यवस्था काफ़ी हद तक अव्यवस्थित कर दी थी। उस बृहद् परिवार में पारस्परिक प्रतिद्वन्द्विता और निरन्तर हो रहे युद्धों ने ऐसा कुछ सम्भव नहीं होने दिया। अतः वह जिस विश्वास के साथ बाबर से ब्याही जाने के वक़्त आयी थी, उन्हीं विचारों से लैस, अपने-आप को क्यूँकर और कैसे बाबर से कमतर आँकती?

दूसरी ओर, उस मध्यकालीन युद्धपरक परिस्थितियों के सामन्तवादी समाज वाली सोच में भला कोई पुरुष किसी महिला से निम्न कैसे माना जा सकता था? जहाँ महिलाएँ युद्ध-विजय की पहली और अमूल्य 'ट्रॉफी' के रूप में मान्य हों, वहाँ आयिशा बेग़म के ख़याल किसी भी पुरुष के अहम् को चोट पहुँचाने वाले ही हो सकते थे। बाबर इतनी-सी उम्र में वो सबकुछ हासिल करने में कामयाब हुआ था, जो उम्र के परिपक्व से पड़ाव पर अथक मेहनत और अनेक प्रयासों के उपरान्त मिल पाता है। संयोग से ही उसे अपने पिता की मृत्यु के बाद उस फ़रघना के शासक का पद हासिल हो गया था। यह उपलब्धि किसी का भी दिमाग़ ख़राब कर सकती थी और फिर जनजातीय सरदार और उनका उसके समक्ष अधीनस्थ भाव? अनेक सरदारों का समर्पण और अपनी बहनों, पुत्रियों के साथ विवाह-प्रस्तावों की बौछारें। ये तमाम बातें बाबर के दिमाग़ में शासक होने के गुरूर को ज़रूर पैदा करती रही होंगी। उसमें अपनी पत्नी का अपने-आप को श्रेष्ठ व ज्येष्ठ कुल का साबित करना और वैसा ही व्यवहार, क्या बाबर के गले उतरा होगा? किन्तु यह तमाम ख़याल जब उन दोनों के ख़ून के क़तरे-क़तरे में रचे-बसे हों, तब पति-पत्नी के रूप में मिलन बड़ा असहज और असम्भव-सा हो जाता है। शायद इस नवयौवना के सारे विचार, ख़याल, इरादे और सपने बाबर के अलग स्तर का होने की वजह से भी अधूरे रहे हों?

ख़ैर, बाबर की अपनी मानसिकता के साथ-साथ उसकी परिस्थितियाँ भी काफ़ी हद तक पत्नी के प्रति उसकी बेरुखी के लिए ज़िम्मेदार थीं। वह महीनों तक युद्धों में व्यस्त व उलझा रहता और दीर्घ अन्तराल के बाद ही सुकून के कुछ पल हासिल कर पाता था। किन्तु इन सुकून के पलों का भी इस्तेमाल वह दाम्पत्य-जीवन के लिए नहीं कर पाता था। यह निश्चित ही चिन्ताजनक एवं अफ़सोस की बात थी और एक गम्भीर विवाद का विषय भी। आयिशा ने बाबर से कोई ज़बरदस्ती तो विवाह किया नहीं था, बल्कि वह दो परिवारों की समझ और रज़ामन्दी का नतीजा था। तब फिर उसे एक विधिक रूप से निकाह करके लायी गयी पत्नी के सुख, अधिकार, संतृप्ति क्यों नहीं प्राप्त हो रहे थे? उसके समर्पण, सुख प्रदान करने या प्रेमपूर्ण सद्व्यवहार में क्या कमी थी? औरों से भी वह किसी रूप में कम नहीं थी।

बाबर की यह पहली पत्नी एक सुसंस्कृत व सम्पन्न आभिजात्य परिवार से ही नहीं थी बल्कि समकालीन परिवेश में तो वह बाबर से बेहतर स्थितिवाले परिवार से ताल्लुक रखती थी। उसका पिता बाबर के पिता का बड़ा भाई होने के साथ ही, अमीर तैमूर की प्रसिद्ध व समृद्ध राजधानी समरकन्द का शासक था, और यही समरकन्द सभी बर्लास या चगताई तुर्कों के लिए उनके पूर्वज अमीर तैमूर की असली विरासत थी। ख़ैर, परिवार के ज्येष्ठ भाई की पुत्री होने के नाते तो उसका एक स्थान था ही, स्वयं आयिशा बेग़म का आकर्षण भी किसी से कम नहीं था। न जाने कितने पुरुषों को उसने अपनी ओर मुखातिब पाया था और कितने अब भी किसी आकर्षण के वशीभूत उसे अपलक देखते रहते थे। उसकी चाल-ढाल, रहन-सहन, संस्कार-युक्त व्यवहार-आचरण एवं प्रशिक्षण सब कुछ उसे एक आकर्षक व्यक्तित्व का धनी बनाते थे। अतः बाबर का उसके प्रति यह अनाकर्षण या उपेक्षा भाव, एक प्रकार से उसे अकारण दण्डित, अपमानित व प्रताड़ित किया जाना नहीं तो और क्या था। उस खास दौर में बाबर की तुलना में वह अधिक जागरूक, परिपक्व और समझदार महिला थी। उसने तभी तक यह सब बर्दाश्त किया, जब तक जायज़ था। वैसे दोनों ने ही अपने संकुचित और कुण्ठाग्रस्त विचारों के चलते एक-दूसरे को समझने, सुलझने और बदलने का कोई अवसर न दिया। उसने भी अपनी ओर से खुद को बदलने की न तो कोशिश की और न ही अपने दाम्पत्य-सम्बन्ध समाप्त करने की हड़बड़ी या जल्दबाज़ी दिखाई। मगर वह अनन्त काल तक उसके अपरिवर्तनीय और अपरिवर्तनशील व्यवहार के लिए प्रतीक्षा नहीं कर सकती थी। और फिर किस प्रत्याशा में? आमू और सीर नदियों से जब बहुत जल बह चुका, तो उसका धैर्य जवाब देने लगा। किन्तु तभी, 1501 में एक नन्ही-सी परी ने जन्म लेकर, कम से कम, आयिशा बेग़म के इस दुःख को कुछ तो कम किया होगा। तो भी जितने भी लोग यह मान रहे थे कि इस नये मेहमान के आगमन से पति-पत्नी के बीच की दूरी को कम करने के लिए वह सेतु का काम करेगी, सब गलत साबित हुए।

वस्तुतः सन्तानोत्पत्ति पारिवारिक पूर्णता के साथ दाम्पत्य की भी नयी ऊर्जा और स्पन्दन देने में कामयाब होती है। प्रायः ऐसे दम्पति जो किन्हीं कारणों से अपने मध्य किसी पारस्परिक दूरी का अनुभव करते हैं, वे भी किसी अनजान-सी डोर से प्यार और समझ के नये बन्धन से बँध जाते हैं। सन्तान के प्रेम और संरक्षक की भूमिका के चलते उस शिशु के प्रेम, वात्सल्य में अपने-आप को एक ही केन्द्र से जुड़ा पाते हैं और ज़ाहिर है, मिलने का एक सूत्र व केन्द्र भी होता है। हाँ, माताओं के लिए तो सन्तानोत्पत्ति निश्चय ही सम्पूर्णता प्रदान करनेवाली घटना होती है। वे स्नेह, कोमलता, समर्पण, प्यार, भावनाओं की नयी सरिता में तैरने लगती हैं। वे तमाम प्रकार के अवसाद से उबर आती हैं। वे एक नये आयाम से सृष्टि-कर्ता के

भाव व दृष्टिकोण से पूरी कायनात को देखने में भी सक्षम हो जाती हैं। वे निहायत उदारता, सहिष्णुता, विशालता के भाव से परिपूर्ण हो जाती हैं। ख़ैर, इन सबके अलावा एक नन्ही-सी जान की परवरिश में माँएँ इतना अधिक व्यस्त हो जाती हैं कि समय के अभाव के चलते वे अन्य बातों पर ध्यान ही नहीं दे पातीं। इसीलिए एक माह का समय कब उड़ गया, आयिशा बेग़म को भी ज्ञात नहीं हुआ। मगर उसके बाद जो हुआ, वह शून्य को जन्म दे गया—एक ऐसे शून्य को, जिसे भरा ही नहीं जा सकता था।

आयिशा बेग़म की वह ख़ुशी जो बेटी की शक्ल में आयी थी, एक ही माह की मेहमान थी, और वह चल बसी! एक माँ के लिए अपनी औलाद वह भी छोटी-सी बेटी या नन्ही-सी जान का यूँ चले जाना ऐसे ही था, जैसे प्राण का शरीर से निकल जाना। ऐसी माँ के लिए तो यह सूनापन और भी खलनेवाला था, क्योंकि वह पहले से ही अकेली, दुखी, अशान्त मन, बेसहारा जैसी थी। ऐसे में स्त्री का, वह भी कम उम्र पत्नी का एक ही संबल हो सकता था। जो सान्त्वना और शान्ति पति के सीने से लिपट कर रोने में मिलती और जो सन्तोष उसके चुप कराने और संवेदना को सम्हालने में मिलता, जब वह उससे भी महरूम हुई, तब उसका शोक कई गुना अधिक हो गया। ऐसे में उसे लगा होगा कि पति ज़रूरी होकर भी उसके लिए अप्राप्य है। ज़ाहिर है, उसका अवसाद और बढ़ गया। तब वह यही सोचने को बाध्य हुई होगी कि ऐसे पति से क्या वास्ता? उसका ही वह कितना ख़याल रखता है और उससे उसका वास्ता ही कितना है? ऐसे पति से तो उसका न होना ही बेहतर है। खासतौर से ऐसी प्रतिकूल परिस्थिति में, जिसमें अब आयिशा बेग़म अपने-आप को पा रही थी। अनेक वर्षों तक इस प्रतीक्षा में कि शायद सम्बन्धों में कोई सुधार हो, कोई स्थिरता आ जाये, इस सदमे से टूटी आयिशा को सारी उम्मीदें बेमानी ही नज़र आयीं, और वह पूरी तरह अवसाद-ग्रस्त और असन्तुष्ट होकर मुक्ति के लिए छटपटाने लगी। किन्तु इस दुःख, क्षोभ, असन्तोष की अग्नि में घृत का काम किया, उनके समरकन्द में होने ने! वह अपने-आप को अपने घर में सुरक्षित ही नहीं, सशक्त महसूस कर रही होगी और इसीलिए उसने वह फ़ैसला लेने का हौसला दिखाया होगा? अन्ततः उसने दिल पर पत्थर रखकर वह कठोर निर्णय ले ही लिया। जब उसे अपने पति के बर्ताव में परिवर्तन के कोई चिह्न नज़र नहीं आये तब उसने इस दुश्चक्र से निकलने में ही अपनी मुक्ति और भलाई देखी, और 1503 में दोनों का तलाक़ हो गया।

बाबर को बाद में यह एहसास तो हुआ कि उसने अपनी पत्नी के साथ पूरी तरह से एक पति का फ़र्ज नहीं निभाया। इस अपराध-बोध के पर्याप्त सबूत और संकेत वह अपनी आत्मकथा, 'तुज़ुक-ए-बाबरी' में हमें देता है। उसकी बातों से ही यह एहसास होता है कि वह स्त्री-पुरुष और पति-पत्नी सम्बन्धों के विषय में

अनभिज्ञ और अनाड़ी था। फिर दोनों में अपने-आप को एक-दूसरे से श्रेष्ठ साबित करने का बचपना और अपरिपक्व व्यवहार भी इस ऊहापोह और नासमझी के लिए कम उत्तरदायी नहीं था। दोनों के मध्य पारस्परिक दूरी और इससे उपजी कटुता की रही-बची कसर समकालीन युद्धपरक परिस्थितियों ने पूरी कर दी, जिन्होंने उसे इस बात का विशेष अवकाश भी नहीं दिया कि वह अपने दाम्पत्य-जीवन पर कुछ अधिक समय और बेहतर ध्यान दे सके। इसीलिए वह सफाई देते हुए, अपनी अनुभवहीनता, कम उम्र, स्वाभाविक शर्मीले स्वभाव के साथ व्यस्तताओं को भी अपने विवाह-विच्छेद के लिए ज़िम्मेदार मानता है। यानी वह एक प्रकार से इस सम्बन्ध-विच्छेद और उसमें अपनी भूमिका का औचित्य भी साबित कर रहा है और अपनी सफाई भी पेश कर रहा है। वह किसी भी तरह से अपने माथे पर लगे इस कलंक को धो देना चाहता था। यहाँ तक कहता है कि वह तो मात्र उन्नीस वर्ष का था, जब उसकी पुत्री का जन्म और मृत्यु भी हो गयी। फिर सामन्तीय परिवेश में इस पारिवारिक दुर्घटना के लिए वह स्त्री-पुरुष सम्बन्धों की भी दुहाई देने से नहीं चूकता, ताकि हम उसकी इस गलती को नज़रअन्दाज़ कर सकें और उसे व्यापक परिवेश में देखते हुए, पूरी उदारता और समझ के साथ इस सम्बन्ध-विच्छेद के लिए उसे क्षमा कर दें। वस्तुतः बाबर को अपनी गलती का एहसास तब और अधिक हुआ, जब वह उसे छोड़ कर सदा के लिए चली गयी। शायद यह उसका सबसे बड़ा अपमान था जो वह कर सकती थी, यही सबसे बड़ी सजा थी, जो बाबर को मिल सकती थी। और वह भी ऐसे समय, जब वह अपना एक ख्वाब पूरा कर चुका था, समरकन्द को विजित कर चुका था। किन्तु शैबानी खाँ के बढ़ते दबाव के चलते भी वह उसे छोड़ने को बाध्य हुआ। आयिशा ने भी मौक़ा देखा और सम्बन्ध-विच्छेद के बाद बाबर के साथ न जाकर समरकन्द में ही रुक गयी। ख़ैर, बाबर को बाद के विवाहों के उपरान्त यह भी भान हुआ कि उसने किसी भी कारण से सही, अपनी पहली बीवी के साथ अन्याय तो किया ही था। इतना ही नहीं, बाद के विवाहों ने ही उसे यह एहसास कराया कि आयिशा बेग़म इन सब पत्नियों से कहीं अधिक सुघढ़, बेहतर, सुन्दर, आकर्षक और कमनीय थी। तब यह सम्बन्ध-विच्छेद उसे और असहनीय हो गया होगा।

ख़ैर, पारिवारिक झगड़ों, नस्लीय प्रतिद्वन्द्विता और मध्येशियाई युद्धों ने इनके खानदानों के मध्य भी कटुता और तनाव पैदा कर दिया था, जिसका प्रभाव इस दाम्पत्य जीवन पर पड़ना ही था। इन दोनों के परिवारों के पूर्ववर्ती मैत्रीपूर्ण सम्बन्ध भी कटुता से भर चुके थे तथा शत्रुतापूर्ण हो गये थे। किन्तु इसके लिए भी बाबर ही ज़िम्मेदार था। वह अपने श्वसुर और पिता के सबसे बड़े भाई के राज्य तथा अमीर तैमूर की राजधानी समरकन्द को ही जीतने की महत्वाकांक्षा पाले हुए था। इसलिए

जब वह समरकन्द विजित करने निकला, तो इनके सम्बन्ध उस युद्ध में और उलझ गये। उनके दाम्पत्य-जीवन की जटिलता और सघन हो गयी। अतः इस बात का असर भी इस दम्पति के जीवन और पारस्परिक सम्बन्धों पर पड़ना ही था। आख़िर इसी सबने उनको सम्बन्ध-विच्छेद के सिरहाने तक पहुँचा दिया। तो क्या यह सिर्फ़ औचित्य-निर्धारण था या वास्तव में इन सबका प्रभाव उनके पारस्परिक सम्बन्धों पर पड़ा और बाबर के ससुरालवालों को यह अवसर मिला, ताकि वे अपनी लड़की को एक फ़िज़ूल के बन्धन से मुक्त करा सकें। सम्बन्ध तो उनके वैसे भी पति-पत्नी जैसे थे ही नहीं, और जब सबसे ज्यादा आयिशा को बाबर की ज़रूरत थी, तब भी वह उसके लिए उपस्थित नहीं था। संबल, सन्तोष, सान्त्वना और दिलासा तो क्या देता? अतः आयिशा बेग़म का असन्तोष, नैराश्य, क्रोध व रोष अपने पति के प्रति खीज भरे व्यवहार में अभिव्यक्त होता होगा। उसने अपनी आत्मकथा में इसका उल्लेख भी किया है।

बाबर लिखता है कि वह जीवन-पर्यन्त पत्नियों के प्रति सशंकित रहा कि वे 'कर्कशा, जिद्दी व लड़ाकू' होने की कैफ़ियत वाली होती हैं। अपने-आप को दोषी मानते हुए यह जो एक महीन-सा इशारा है, वह उसके संस्कारों, सभ्य आचरण के साथ-साथ उसकी प्रथम पत्नी के साथ उसके असन्तुलित एवं अस्वाभाविक व्यवहार की कहानी की समस्त परतें खोल देता है। वह लिखता है, "हे परवरदिगार, हर अच्छे आस्थावान (सच्चे) मुस्लिम को इस दौर से बचाना... तू बड़ी रहमत वाला है। अपनी इस पूरी क़ायनात में एक भी चिड़चिड़ी, गुस्सैल व असन्तुष्ट पत्नी न छोड़ना!" अल्लाह से अकेले में की गयी बाबर की यह प्रार्थना काफ़ी-कुछ कहती है और हमें काफ़ी कुछ समझाने के लिए ज़रूरी ही नहीं, अपरिहार्य भी है। इसीलिए इसे पूरे प्रसंग के आख़िर में दिया गया है।

बाबर ने काफ़ी सफाई देने की भी कोशिश की है और उसकी साफ़गोई उसकी आत्मकथा में स्पष्टतः झलकती है। पत्नी-विमुख बाबर का आकर्षण एक लड़के के प्रति भी इसी दौर में ही हुआ था। बाबरी नामक लड़के के प्रति बाबर का यह आकर्षण भी शायद इस सम्बन्ध-विच्छेद के लिए उत्तरदायी हो। शायद बाबर के साथ आयिशा का सम्बन्ध स्वाभाविक व प्राकृतिक होता तो बाबरी के प्रति यह अस्वाभाविक से आकर्षण वाला प्रकरण भी उसके जीवन में न घटता। वास्तव में तो यह 'हरम' का सत्य खुद-ब-खुद दफ़न हो गया होता, यदि बाबर इसके विषय में स्वयं अपनी आत्मकथा में इतना खुलकर न लिखता। बाबरी नामक इस सुन्दर व आकर्षक युवा के साथ बाबर के प्रेम-सम्बन्ध का सिलसिला, 905 हिजरी सन् या अगस्त 8, 1499 से जुलाई 28, 1500 की अवधि में चला था। बेहतर है कि हम बाबर के शब्दों को ही उद्धृत करें। बाबर लिखता है, "उस समय उर्दू-बाज़ार में

एक लड़का था। उसका नाम था बाबरी। हमनामी का यह लगाव भी क्या लगाव निकला! उससे एक अजीब लगाव पैदा हो गया है।" बाबर इतना लिखने के बाद अपने दिल की बात अभिव्यक्त करने के लिए एक शेर का सहारा लेता है—"मीन आनक़ा ग़रीब मेहर पैदा क़ीलदीम/बल्कि आनक़ा उज़ीनी ज़ारो-शैदा क़ीलदीम!" यानी, "उस परी-चेहरे पर हुआ शैदा/बल्कि अपनी खुदी भी खो बैठा!"

बाबर उस दौर में किस मानसिक स्थिति या भावातिरेक में रहता था, उसे भी स्वयं व्यक्त करता है। अपनी आत्मकथा में वह अपना हाल कुछ इस तरह बयान करता है—"इससे पहले मैं किसी पर मुग्ध या आसक्त न हुआ था। सच तो यह है कि तब तक किसी के प्यार और मोहब्बत की बात तक नहीं हुई थी। दिल-लगी का नाम तक न सुना था। अब हाल यह हुआ कि फ़ारसी में प्यार के एकाध (स्व-रचित) शेर तक कहने लगा। उनमें से एक शेर यह है—'हेच कस चूँ मन ख़राबो आशिक़ी रुसवा मबाद/हेच महबूबे चु तू बेरहमो बेपरवा मबाद।'" बाबर बाबरी नामक उस युवा के प्रेम में इस क़दर डूब गया कि वह स्वयं स्वीकार करता है कि वह शायर हो गया! वस्तुतः मोहब्बत में लोग शेर कहने ही लगते हैं। बाबर भी उसी तरह की बात कहते हुए कत्तई नहीं हिचक रहा है। इस शेर का अर्थ कुछ इस प्रकार है—"कोई आशिक़, नंगे-खुद, बर्बाद मुझ-जैसा न हो/और तुझ-सा बुत कोई बेरहम बेपरवाह न हो!" उसे इस बाबरी नामक युवक से कैसा लगाव और कितनी मोहब्बत हो गयी थी, यह बिना छुपाये वह लिखता है—"लेकिन हाल यह था कि अगर कभी बाबरी मेरे सामने आ जाता था तो लाज और सकुचाहट के मारे मैं उसकी ओर आँख-भर देख भी नहीं सकता था ... उसके आगे अपने दिल का हंगामा बेपर्द करना तो दूर, दिल की घबराहट और बेचैनी का आलम यह था कि उसके आने का शुक्रिया तक अदा नहीं कर पाता था। ... अपने-आप पर इतना भी बस में नहीं था कि वह आये और मैं मामूली तक़ल्लुफ़ भी बरत सकूँ। आशिक़ी और दीवानगी के उन्हीं दिनों में ... उन दिनों प्यार और मोहब्बत का ऐसा ज़ोर, जवानी और जुनून का ऐसा हंगामा मुझ पर सवार था कि कभी-कभी मैं नंगे पाँव मुहल्लों-मुहल्लों, बाग़ों-बाग़ों और बागीचों-बागीचों टहलता ही रह जाता था। न अपने या पराये के लिए कोई शिष्टता रह गयी थी और न अपनी या दूसरे की कोई परवाह।" वह एक तुर्की शेर का सहारा लेकर अपना हाल बयाँ करता है। इस शेर के शब्दों में—"आशिक़ ऊजग़ाच बेखुद व दीवाना बूलदूम बीलमादूम/कीम परी-रुखसारालगर इश्क़ेग़ बू इरमीश ख़ास।" इसका नजदीकी तर्जुमा कुछ यूँ है—"न था मालूम, यह गत आशिक़ी में मैं बना बैठा/परी चेहरों का आशिक़ बेखुदो-दीवाना होता है!"

इतना ही नहीं, बाबर अपनी आत्मकथा में तो यहाँ तक स्वीकार करता है—"न तो भटकते फिरने पर अपना बस था और न ही मन मारे बैठे रहने पर। न चलने

में चैन मिलता था न ठहरने में।" और वह अपने इस विवरण को फिर एक शेर से ख़त्म करता है। सम्भवतः इस पूरे विवरण में उसने शेरों की झड़ी ही लगा दी। मोहब्बत की बातें शायद कविता के लफ़्ज़ों में सबसे सही ढंग से अभिव्यक्त होती हैं। हमने तो इसमें से बस कुछ अश'आर ही उदाहरण के लिए उद्धृत किये हैं। वह इस विवरण के समापन पर भी एक शेर लिखता है—"नी बागे रग़ा कुवतीम बार नी तूरमाग़ा ताक़तीम/बीज़नी बूहालतक़ सीन क़ील-दीनक गिरफ़्तार ऐ कूंकूल!" सरल भाषा में इसका तर्जुमा कुछ यूँ है—"जाऊँ, न वह कूवत रही, ठहरूँ नहीं वह ताब/क्या और तू ऐ दिल मुझे बेहाल करेगा।" शायद पत्नी से शय्या-सुख का अभाव और शारीरिक-भौतिक आवश्यकता बाबर को इस ओर ले गयी। शुरुआत तो अपने नामराशि वाले से मिलने की इच्छा से हुई, किन्तु कब यह इच्छा अप्राकृतिक यौनाकर्षण में ढल गयी, वह स्वयं भी समझ न सका और न ही व्यक्त कर सका! जहाँ किसी युवा से कभी, कहीं और कैसे भी उसे मिलने में कोई दिक्कत नहीं थी, वहीं समलैंगिक सम्बन्ध की स्वीकारोक्ति और लोगों द्वारा भी उसे स्वीकारना इतना सहज नहीं था। अतः यह सम्बन्ध उसके गले की हड्डी बन गया। उसके चरित्र पर इसने जो भी प्रश्नचिह्न अंकित किये हों या न किये हों, मगर अफ़वाहों का बाज़ार गर्म हो चुका था। पूरे फ़रघना राज्य में यह चर्चा आम हो चुकी थी। अतः देर-सबेर यह ख़बर आयिशा के कानों तक भी जा पहुँची।

ज़ाहिर-सी बात है कि कोई भी पत्नी अपने पति के इस प्रकार के अप्राकृतिक आचरण से आश्चर्यचकित और शर्मिन्दगी महसूस क्यों न करती? निश्चित ही उसने बाबर के इस अनैतिक व अप्राकृतिक प्रेम को सहज स्वीकार न किया होगा। वह चिन्तित भी हुई होगी और क्षुब्ध भी। युवा शासक से सम्बन्धित होने के कारण सम्भवतः यह अपने समय का एक बड़ा 'स्कैण्डल' भी रहा हो? जिन नस्लीय या जनजातीय सरदारों के विवाह-प्रस्तावों पर वह विचार नहीं कर रहा होगा, वे भी इस अवसर को भुनाने से नहीं चूके होंगे। वे अवश्य कहते होंगे कि अब समझ आया कि वह इन लोगों के साथ वैवाहिक-सम्बन्ध की स्थापना से क्यों नज़र चुरा रहा है? अतः लोगों ने उस छोटे से संकीर्ण समाज और अपने-अपने निहितार्थों के चलते भी इसकी ख़ूब चर्चा बाधा-चढ़ाकर भी की होगी। ज़ाहिर है, आयिशा बेग़म को शादीशुदा बाबर का यह व्यवहार निश्चित ही अपयशकारक, बदनामी भरा और अपमानजनक भी लगा होगा। और फिर, यदि बाबर उसे उसके हक या हिस्से का प्रेम देता रहता, तब भी शायद बात इतनी न बिगड़ती। लेकिन बाबर का उसके प्रति ऐसा व्यवहार, जहाँ वह महीने में बमुश्किल एक दफ़ा अपनी पत्नी से मिलने का वक्त निकाल पाता था या जानबूझकर निकालता था। उसने तो अपनी अनदेखी के लिए अपने पति का बाबरी के साथ अप्राकृतिक यौन-सम्बन्ध को ही ज़िम्मेदार

माना होगा और बाबर को दाम्पत्य के लिए अक्षम व अनमना। उसने यह नहीं सोचा होगा कि दाम्पत्य-सम्बन्धों की दरार और शारीरिक आवश्यकताओं की प्रबल इच्छा के चलते ही ये सम्बन्ध बने होंगे, अपितु उसने इस सम्बन्ध को अपने प्रति बाबर की अनिच्छा को ही आधार माना होगा।

इसी परिवेश और पृष्ठभूमि में विजेता के रूप में उत्साह और उमंग से भरा बाबर समरकन्द पहुँचा और अगला वर्ष समरकन्द पर आधिपत्य और शैबानी खाँ द्वारा उसकी पराजय और समरकन्द पर उसके पुनः अधिकार में गुज़र गया। मगर बिल्ली के भाग्य से छींका भी टूटा। बाबर ने अपनी माँ और परिवार के सारे लोगों को समरकन्द बुला लिया। वह यही तो साबित करना चाहता था कि तैमूरी वंशजों में वही श्रेष्ठतम है। अपनी पत्नी के तंज़ और व्यवहार का शायद उसे यही एक माकूल जवाब लगा था। बाबरी के साथ सम्बन्ध के लिए भी वह आयिशा को उत्तरदायी मानता रहा होगा। यदि वह उसे अपनत्व, प्रेम, समर्पण के भाव से अपनाती तो वह ऐसा अप्राकृतिक सम्बन्ध बनाने की न तो गलती करता और न ही उसके लिए मजबूर होता। अतः दोनों एक-दूसरे को न केवल दोषी मानते थे, अपितु उनके बीच किसी प्रकार भी न मिटनेवाली कटुता भी उभरी होगी। जहाँ बाबर को अपनी पत्नी का व्यवहार शूल-सा चुभता रहा होगा, वहीं वह उसे घृणित अप्राकृतिक यौनाचार का दोषी मानती होगी। एक तो करेला ऊपर से नीम चढ़ा। इसी ने बाबर की समरकन्द विजय की महत्वाकांक्षा को और गति प्रदान की होगी। अतः वह समरकन्द पर विजय प्राप्त करने की इच्छा और सपने के बावजूद उसे विजित करने में इतनी शिद्दत से न जुटता, जितना वह इस बार जुटा। बाबर समरकन्द की विजय के बाद के समय का वर्णन करते हुए लिखता है–"मैंने आदमी भेजकर सबको (माँ, पत्नी, नानी आदि) समरकन्द बुला लिया। उन्हीं दिनों मेरी पहली बीवी आयिशा सुल्तान बेग़म के लड़की हुई। उसका नाम फ़खरून्निसा बेग़म रखा गया। यही मेरी पहलौठी औलाद थी। उस समय मैं कुल उन्नीस बरस का था। चिल्ला (या चालीस दिनों) के भीतर ही यह लड़की मर गयी।"

इस पृष्ठभूमि में अगर हम देखें तो पुत्री के आगमन से जो थोड़ा-बहुत सहारा आयिशा बेग़म को मिला होगा, वह भी जाता रहा। बाबर युद्ध में ही फँसा रहा, क्योंकि शैबानी खाँ की फ़ौजें समरकन्द के बाहर ही उचित व उपयुक्त अवसर की ताक में बैठी थीं, ताकि बाबर से समरकन्द वापस छीन लें। शुरू में तो वह पराजित होकर समरकन्द से पलायन कर बुखारा चला गया था। फिर उसने देखा कि बाबर ने जब सब तैमूरी वंशजों से तैमूर के साम्राज्य के इस समान शत्रु के विरुद्ध लड़ने के लिए सहायता माँगी, तब उसने जिस छोटे भाई जहाँगीर के लिए फ़रघना का राज्य छोड़ दिया था, उसने मात्र 100 सैनिक सहायतार्थ भेजे और उसके मामा

मंगोल महान खान, महमूद खाँ ने कुछ सौ और शेष मध्येशिया के शासक ने, जिन्हें शैबानी खाँ और उसके उज़्बेकों से सबसे अधिक ख़तरा था, कोई सहायता देना ठीक नहीं समझा। अन्ततः बाबर शैबानी खाँ के साथ 'सर-ए-पुल' के युद्ध में 'तुलुग़मा' युद्ध-पद्धति के कारण पराजित हुआ और समरकन्द छोड़ने को बाध्य हुआ। बाबर उज्बेकों से सिर्फ़ समरकन्द ही नहीं हारा, बल्कि अब आयिशा सुल्तान बेग़म ने भी अपने गृह-निवास समरकन्द में ही रुकने और बाबर से सदा के लिए रुख़्सती का फैसला कर लिया था। अतः वह अपने दाम्पत्य-जीवन को भी हारा था। इसके विषय में हम पहले भी चर्चा कर आये हैं। बाबर भले ही अपनी साली को इसके लिए उत्तरदायी माने, मगर समस्त विवरण और उसकी अपनी स्वीकारोक्ति से यह सत्य प्रतीत होता है कि इस सम्बन्ध-विच्छेद के लिए उसका अपना व्यवहार, आचरण व परिस्थितियाँ भी उत्तरदायी थीं। कहा जा सकता है कि जैसे आयिशा बेग़म और बाबर का साथ ख़त्म हुआ या यह प्रकरण समाप्त हुआ, उसी तरह बाबर ने दो बार समरकन्द जीता और दो बार ही हारा।

अन्ततः इधर बाबर को शैबानी खाँ के साथ एक समझौता करना पड़ा, जिसमें उसे समरकन्द से जाने पर सुरक्षा का आश्वासन दिया गया, और अपनी बड़ी बहन, खानज़ादा बेग़म शैबानी को सौंपनी पड़ी। बहनवाली दूसरी शर्त उसके लिए शायद काफ़ी अपमानजनक थी, अतः इसे वह अप्रत्यक्ष रूप से लिखता है, जबकि उसी की पुत्री, गुलबदन बेग़म अपनी कृति 'हुमायूँनामा' में इसका सही विवरण देती है कि यह विवाह खानज़ादा बेग़म एवं उसकी माँ की मर्ज़ी और समझदारी का परिणाम था, अन्यथा बाबर का समरकन्द से सुरक्षित निकलना सम्भव न हुआ होता। बाबर इस प्रकरण का विवरण देते हुए यह ज़रूर स्पष्ट करता है कि उसकी पत्नी उसके साथ समरकन्द से नहीं निकली थी, क्योंकि साथ आनेवाली महिलाओं में उसका कोई उल्लेख नहीं है। यहीं बाबर-आयिशा बेग़म प्रकरण का पटाक्षेप हो जाता है। उसके बाद बाबर सिर्फ़ यायावरी का जीवन व्यतीत करने को बाध्य था। शायद आयिशा बेग़म का अभिशाप उसके ऊपर असर कर रहा था। उसकी बद्दुआ तो उसने हासिल की ही थी, वरना अपनी आत्मकथा में वह इतनी सफाई नहीं दे रहा होता। फिर उसकी आत्मकथा 'तुजुक-ए-बाबरी' में दिसम्बर, 1502 से जून, 1504 के मध्य का विवरण भी ग़ायब है। किन्तु उससे पूर्व वह हमें यह बताने से भी नहीं चूकता कि कैसे उसकी दादी, जो चगताई मुग़ल खानों की माँ भी थी और समरकन्द से भागते समय वहीं छूट गयी थी, उससे ऊरातीबा के प्रवास के दौरान आकर मिल गयी—"कई दिन बाद मेरी नानी तशरीफ़ लायी। भगदड़ में वह नहीं निकल पायी थीं, समरकन्द में ही रह गयी थीं।" यदि अब भी आयिशा बेग़म का बाहर आना होता तो वह आती या बाबर इसका कोई उल्लेख करता, मगर उसने इसके बाद उसका

कोई उल्लेख नहीं किया है। ज़ाहिर है, न अवसर था न आवश्यकता।

जैसा कि हम ऊपर कह चुके हैं, बाबर इस तलाक़ की ज़िम्मेदारी न लेते हुए, इसके लिए अपनी एक साली को जिम्मेदार मानता है। उसके अनुसार, उसकी बड़ी साली ने उसकी पत्नी को भड़का कर यह सम्बन्ध-विच्छेद करवाया था! सम्भवतः वह सलीक़ा बेग़म—जिसका पूरा नाम सालिहा-सुल्तान बेग़म था—को इसके लिए उत्तरदायी मानता था। इसका विवाह उसके पिता के मृत्योपरान्त, बाबर के विवाह से पूर्व, सुल्तान महमूद मिर्ज़ा के ज्येष्ठ पुत्र से सम्पन्न हुआ था। बाबर को वैसे इस सम्बन्ध-विच्छेद की कसक ज़िन्दगी-भर रही और इसकी कुछ भरपाई करने की गरज़ से ही उसने आयिशा की सबसे छोटी, किन्तु सौतेली अविवाहित बहन, मासूमा बेग़म (जो उसकी सौतेली माँ, हबीबा सुल्तान बेग़म की पुत्री थी) से निकाह किया था। वह बताता है कि जब 1506 में वह खुरासान गया था, तब मेरी नज़र उस पर पड़ी थी और मैं पहली नज़र में ही दिल हार बैठा था। मैंने उसका हाथ माँगा और उससे निकाह करके 1507 में काबुल चला आया। मासूमा ने एक पुत्री को जन्म दिया था और प्रसव-पीड़ा में ही उसका देहावसान हो गया था। तब यही नाम उसकी पुत्री को दे दिया गया।

अक्टूबर 1504 आते-आते बाबर काबुल विजित करने में कामयाब हो चुका था और पहली पत्नी से तलाक को भी दो वर्ष बीत चुके थे। उसने अपने सैन्य दम-ख़म पर काबुल विजित कर लिया था और वहाँ का शासक बन गया था। प्रतिकूल परिस्थितियों में काबुल राज्य के विजेता-शासक होने के चलते बाबर की प्रतिष्ठा बहुत बढ़ चुकी थी और उधर शैबानी खाँ के नेतृत्व में उज़्बेक शक्ति के मध्य-एशिया में बढ़ते प्रभाव से हार कर तैमूरी वंशज भी मध्येशिया छोड़ने और काबुल के इस नये तैमूरी शासक के यहाँ शरण लेने के लिए अपने-आप को विवश पा रहे थे। शैबानी खाँ के आक्रमणों की प्रचण्डता के चलते उनका मध्येशिया के अपने इलाकों व राज्यों से पलायन करना अपरिहार्य हो गया था। किन्तु, उज़्बेकों को अपने राज्य हार-हार कर वे जाते कहाँ? ज़ाहिर है, जब उनके ख़ानदान का एक चिराग उस परिवार की सत्ता और प्रतिष्ठा को काबुल में स्थापित कर चुका था, तब उसी के स्थापित और शनैः-शनैः सुदृढ़ होते राज्य में ही जा सकते थे। ऐसी परिस्थितियों में तैमूरी वंशजों और बाबर के परिवारीजनों व रिश्तेदारों के आने के बाद तलाकशुदा युवा शासक बाबर की शादी का प्रश्न भी उठ खड़ा हुआ होगा? रिश्तेदारों, नातेदारों और परिवारीजन अपने-अपने विवाह प्रस्तावों के साथ भी उपस्थित हुए होंगे? उसमें से कुछ की तो उस शासन-सत्ता में शरीक़ होकर प्रतिष्ठित और अपनी राजनीतिक स्थिति मजबूत करने की भी कोशिश रही होगी? अतः बाबर और उसकी माँ के ऊपर उसके विवाह

के लिए एक सामाजिक दबाव भी बनने और बढ़ने लगा था। अतः अब उसकी माँ ने अपने पुत्र बाबर पर विवाह के लिए पुनः दबाव बनाया, ताकि अब राजनीतिक स्थिरता के चलते उसका परिवार भी शुरू हो सके। वैयक्तिक सत्ता को वंशीय सत्ता से सातत्य मिलना यों भी आवश्यक था। आख़िर बाबर की माँ स्वयं चंगेज़ ख़ाँ के सुप्रसिद्ध वंश की थी और वंशीय सत्ता तथा राजवंशियों के रिवाजों से भली-भाँति परिचित भी थी। अब उसने जैनब़ सुल्तान बेग़म से बाबर का विवाह किया। ज़ैनब, सुल्तान महमूद मिर्ज़ा और उसकी पत्नी खानज़ादा बेग़म की पाँचवीं पुत्री थी।

हमें स्मरण रखना चाहिए कि चूँकि बाबर के तमाम रिश्तेदार एवं परिवारीजन अब उसके पास उसके ही राज्य काबुल में शरण लिए हुए थे, अतः उसके ही किसी रिश्तेदार से शादी की बात स्वाभाविक रूप से ही मज़बूत शक्ल अख़्तियार करने लगी। इसी तरह, यह भी याद रखना चाहिए कि सुल्तान महमूद मिर्ज़ा बाबर के पिता उमर शेख से तुरन्त बड़ा वाला भाई था। बाबर अपनी आत्मकथा में साफ़-साफ़ लिखता है कि उसकी नयी पत्नी ज़ैनब आदतन बहुत खुश-मिजाज़, मिलनसार और व्यवहार-कुशल महिला नहीं थी। अतः उससे भी बाबर के पति-पत्नी वाले सहज प्रगाढ़ दाम्पत्य-सम्बन्ध नहीं बन पाये। वो अपनी आत्मकथा में लिखता है कि दो-तीन वर्ष बाद ही चेचक के प्रकोप से उसकी मृत्यु हो गयी। अर्थात दूसरी पत्नी से भी बाबर के सम्बन्ध सहज और स्वाभाविक नहीं हो पाये, जबकि अब न तो उसकी ज़िन्दगी में उतनी अस्त-व्यस्तता थी और न ही वैसी राजनीतिक अस्थिरता! बल्कि बाबर राजनीतिक रूप से स्थिर और कहीं अधिक व्यवस्थित, सन्तुलित एवं सुरक्षित था। किन्तु, सम्भवतः चाचा के परिवार वाले उसकी सफलता से अन्दर ही अन्दर ईर्ष्या करते रहे हों, और पारम्परिक पारस्परिक झगड़ों की चिंगारी कहीं न कहीं दिलों में नये ढंग से सुलग रही हो। वे बाबर की इस सफलता को सहज ढंग से स्वीकार ही न कर पा रहे हों? और, शायद उसके अधीन इस तरह शरण लेने के लिए बाध्य होने को अपने अपमान स्वरूप ले रहे हों? किन्तु यह सब एक विवशता थी, जो शायद कुण्ठाओं को ईर्ष्या के रूप में और भी घनीभूत कर रही थी। अतः सम्भव है, उसकी इस नयी ब्याहता ज़ैनब ने कभी इस विवाह को दिलों के मिलन के रूप में नहीं देखा हो। वह भी इसे विवशता में बने रिश्ते के रूप में ही देख रही हो, अतः उसने इसे कभी सहजता और स्वाभाविकता से लिया ही न हो? इसीलिए वह बाबर और उसके परिवार, यानी ससुरालवालों से ज़्यादातर कटी-कटी ही रही। इसीलिए बाबर अपनी आत्मकथा में लिखता है कि उसकी यह नयी पत्नी न तो मिलनसार थी न व्यवहार-कुशल! अतः जैनब का दृष्टिकोण एकपक्षीय, कुण्ठाग्रस्त, दबाववाला, अस्वाभाविक और असन्तुलित-सा ही रहा होगा। और, इसी का प्रभाव उसके व्यवहार पर पड़ा होगा, जो बाबर को भी असहज और अस्वाभाविक ही लगा होगा?

शायद ज़ैनब बेग़म को यह मुगालता भी रहा हो कि प्रतिकूल परिस्थितियों में सम्पन्न हुआ उनका यह विवाह बाबर के लिए कोई विजय की 'ट्रॉफी' जैसी तो नहीं थी। उस दौर के ऐसे नाज़ुक मोड़ पर मध्येशिया का पूरा मावारनहर क्षेत्र अपने परम्परागत शासकों—तैमूरी वंशजों के हाथ से जा चुका था! मंगोल, बर्लास तुर्क, चगताई तुर्क के साथ ही हिस्सार-कुन्दुज़ का खुसरू शाह, तम्बल जैसे शूरवीर आदि सभी शासक और आभिजात्य वर्ग के सदस्य या तो शैबानी खाँ के नेतृत्व वाली उज़्बेक शक्ति के समक्ष नतमस्तक हो चुके थे या फिर होने ही वाले थे। समस्त मध्येशिया का क्षेत्र इस नयी शक्ति के कब्ज़े में आ चुका था और रहा-सहा भी उनके प्रभाव-क्षेत्र में आता जा रहा था। उनकी राजनीतिक सत्ता और सम्प्रभुता इस पूरे क्षेत्र में स्थापित ही नहीं, सुदृढ़ हो चुकी थी। अतः ज़ैनब बेग़म को यही लगा कि कहीं बाबर और उसकी माँ कुछ (अपनी श्रेष्ठता) साबित करने के लिए ही तो यह विवाह नहीं कर रहे? उसे यह भी लगता था कि वह शायद अबू सईद मिर्ज़ा (अपने बाबा, या पिता के पिता) के खानदान में अपने-आप को सबसे अधिक योग्य और सफल साबित कर रहा है। इससे उपजी ईर्ष्या व कुण्ठा की ये मिश्रित ग्रन्थि ही इन दोनों के स्वाभाविक सम्बन्धों में दरार डालती रही। वहीं दूसरी ओर, अपनी एक अन्य चचेरी बहन से हुआ बाबर का सम्बन्ध-विच्छेद और उसके उपरान्त एक अन्य चचेरी बहन से सम्पन्न हुआ यह विवाह शायद पारिवारिक ईर्ष्या और प्रतिद्वन्द्विता की गुत्थी में भी उलझकर रह गया था और कभी भी सहज और स्वाभाविक नहीं हो पाया। काबुल जैसे (फ़रघना-से) बड़े राज्य का शासक होने के बाद बाबर भी शायद कुछ गुरूर में तो आ ही गया होगा। दूसरी बात, जब सब तैमूरी वंशज पतनशील थे, तब वह एकमात्र अपवाद के रूप में सशक्त राज्य स्थापित करने में कामयाब रहा। फिर इतने बड़े राज्य को पुनर्गठित व अपने अनुसार व्यवस्थित करने में समय व ऊर्जा, दोनों ही अधिक खर्च हो रहे होंगे, और उसके पास समय का अभाव निश्चित ही रहा होगा, और यह उसके लिए एक बाध्यता भी थी। शायद समय का अभाव भी फिर एक बार मुँह बाए खड़ा था, क्योंकि इधर काबुल को फ़तह किया और उधर ज़ैनब से विवाह सम्पन्न हुआ।

ज़ाहिर है कि इस दौर में भी बाबर का दिल और दिमाग़ राज-कार्यों में अधिक लगा रहता होगा और यह स्वाभाविक भी था। भले ही वह एक बड़े-से राज्य का अपने बल-बूते शासक हुआ था, मगर उसके साथ ही, उसके दायित्व और कार्य भी उसी अनुपात में बढ़े होंगे। ज़ाहिर है, समय और संसाधन शुरू में तो सीमित ही थे। वह तो फ़रघना के निकटवर्ती क्षेत्र से मुहर्रम के माह (जून, 1504) में लगभग खाली हाथ और ढेरों मंसूबे लेकर खुरासान जाने के लिए हिस्सार के इलाके में रुका था। यहीं उसकी उम्र का तेईसवाँ वर्ष शुरू हुआ था और तभी बाबर ने दाढ़ी बनानी शुरू

की थी। उसके सैन्याधिकारियों, साथियों, सहयोगियों, अनुचरों की संख्या भी दो-ढाई सौ ही रही होगी। फिर कैसे बाबर के क़ाफ़िले में धीरे-धीरे ये संख्या बढ़ी, यह भी दिलचस्प है। मध्येशिया क्षेत्र के खुसरू शाह जैसे शासक का भाई तक शैबानी खाँ के बढ़ते प्रभाव में अपने भाई को छोड़कर बाबर के साथ हो गया। बाबर के अपने भाइयों के साथ ही उसके कुछ चचेरे भाई-बहन भी अब उसके शरणागत थे। अब चगताई या बर्लास तुर्कों के अतिरिक्त, मंगोल, हज़ारा व एमक कबीलाई लोग भी उसके साथ हो लिए थे। उन्हें बाबर की अनिश्चितता में भी कहीं कुछ तो भरोसा था और शैबानी खाँ के चलते अपना देश छोड़ने में उन्हें ज़रा भी मोह नहीं हुआ। इस तरह घुर्बंद में उसने अपनी शिविर-सेना, साथियों के साथ हिन्दुकुश की चढ़ाई चढ़ी और हूपियान के दर्रे से काबुल घाटी में प्रविष्ट हुआ।

काबुल में इस बीच वहाँ के शासक और रिश्ते में बाबर के एक चाचा, उलुघ बेग की मृत्यु 1501 में हो चुकी थी और उसका युवा पुत्र रज़्ज़ाक खाँ वहाँ का शासक बना था। किन्तु, कन्धार के एक अर्घून मंगोल, मुकीम बेग ने विद्रोह करके उसे अपदस्थ करके सत्ता हस्तगत कर ली थी। अतः जब काबुल घाटी में प्रविष्ट होकर बाबर ने काबुल को घेरा, तब काबुल के अर्घून मंगोल ने उसकी श्रेष्ठ सैन्य-शक्ति के समक्ष आत्म-समर्पण कर दिया और इस तरह बाबर एक विजेता के रूप में अक्टूबर, 1504 में काबुल राज्य में प्रविष्ट हुआ। अतः इस नव-विजित राज्य को संगठित व सुव्यवस्थित करने में उसकी व्यस्तता स्वाभाविक ही थी। शायद कुछ अरसे बाद स्थिरता और स्थायित्व के उपरान्त यदि यह विवाह सम्पन्न होता, तब इसकी नियति निश्चित ही कुछ और होती। सम्भव है कि ऐसी सकारात्मक व सुखद दाम्पत्य-जीवन की सम्भावना अधिक होती। बाबर का अपनी पहली पत्नी से हुआ सम्बन्ध-विच्छेद उसकी अनेक यादों के साथ उसके दिल पर छाया हुआ था। पर अब उसे अपनी इस पत्नी द्वारा उस शून्य या कमी को भरने की आशा अधिक हो गयी होगी। अब जो छवि उसके मन में अपनी पहली पत्नी की उबर रही थी और जो कमी उसे अब महसूस हो रही थी, जब वह कमी ज़ैनब बेग़म पूरी नहीं कर सकीं, तब ज़ाहिर-सी बात है, दोनों के मध्य अन्तर्विरोध का अभिव्यक्त व प्रकट होना अपरिहार्य हो गया। क्या यही बाबर के व्यक्तित्व के विकास के अनेक चरण या पायदान हैं, जिनसे गुज़रकर वह एक अत्यन्त, संवेदनशील, सन्तुलित, सुसंस्कृत कवि हृदय सृजनशील रचनाकार के रूप में उभरता है? क्या इन अनुभवों ने ही उसे परिपक्व बनाया और वह संवेदनशील होता चला गया? मानव-व्यवहार और सन्तुलित आचरण का आग्रही होता चला गया? ज़ैनब की कौन-सी ऐसी बात उसे इतना अखर गयी थी कि उसने उसके सन्दर्भ को अपनी आत्मकथा में मात्र एक-दो वाक्यों में ही निबटा दिया था? या आयिशा जैसी पत्नी रूपी दूध का जला बाबर अब ज़ैनब को भी

छाछ की भाँति फूँक-फूँक कर पी रहा था। क्या पारिवारिक झगड़ों और पारस्परिक शत्रुता और युद्धों के चलते, वह अपने खानदान की लड़कियों को संशय की नज़र से देख रहा था अथवा महज़ 'ट्रॉफी' मान रहा था? ख़ैर, जो भी हो, बाबर को इस नये वैवाहिक-सम्बन्ध में भी दाम्पत्य-सुख नसीब नहीं हुआ।

सम्भवतः बाबर के मन में यह बात भी घर कर गयी थी कि ज़ैनब के घरवालों ने तब तक उसकी शादी का कोई विचार नहीं किया था, जब तक वह काबुल का शासक नहीं बना था। ज़ाहिर-सी बात है, कोई भी माँ-बाप अपनी पुत्री को सुखी, सन्तुष्ट व समृद्ध देखना चाहते हैं, और यह एक सहज, स्वाभाविक मानवीय वृत्ति है। इसमें उनकी कोई कमी या त्रुटि खोजना गलत ही नहीं, न्यायपूर्ण भी नहीं है। वे अनिश्चित राजनीतिक भविष्य वाले बाबर से अपनी बिटिया का विवाह कैसे कर सकते थे? जब उसकी राजनीतिक स्थिति सुदृढ़ हुई, तब उन्हें अपनी लड़की से उसके साथ विवाह में कोई हर्ज़ नहीं दिखा। तो क्या बाबर के दिमाग़ में यही बात चल रही थी? क्या वास्तव में, वह इस वैवाहिक-सम्बन्ध को लेकर किसी पूर्वाग्रह से प्रभावित था? जबकि उससे बड़ी बहन (जिसका नाम अस्पष्ट क्या, उल्लिखित ही नहीं है) की शादी बाबर के छोटे भाई, जहाँगीर मिर्ज़ा के साथ सम्पन्न हो गयी थी, क्योंकि वह बदख़्शां में स्थापित था, भले ही बाबर की ही बदौलत! बाबर ने समरकन्द विजित करने के बाद अपने छोटे भाई को स्वयं बदख़्शां शासन करने के लिए दे दिया था। फिर भी उससे अपनी सबसे छोटी बेटी के विवाह को उसके चाचा-चाची तैयार नहीं थे, क्योंकि वह समरकन्द विजित करने के बाद भी अन्ततः उज़्बेक नेता, शैबानी खाँ से लड़ते हुए समरकन्द हार गया था। चूँकि वह अपने छोटे भाई को दिया हुआ राज्य माँगना न्यायोचित, नैतिक एवं तार्किक नहीं मानता था, अतः उसने इस ओर ध्यान ही नहीं दिया।

एक शूरवीर की भाँति उस दानवीर ने अपने छोटे भाई को जो दे दिया, उसे वापस माँगना या विजित करना उसको मर्यादित नहीं लगा? किन्तु उसके छोटे भाई की स्वार्थपरता और स्व-केन्द्रित मानसिकता भी स्पष्ट होती है। उसने बड़े भाई के बड़प्पन और उच्च आदर्शों व मूल्यों का नाजायज़ लाभ ही उठाया। और कुछ नहीं तो शैबानी की शक्ति के सम्मुख पराजित भाई को उसी के द्वारा प्रदान किये गये फ़रघना राज्य का कुछ भाग तो वह दे ही सकता था। वास्तव में फ़रघना का संवैधानिक मालिक और शासक बाबर ही था। किन्तु अपने छोटे भाई के छोटेपन और संकीर्णता के विपरीत बाबर कहीं उच्च आदर्शों को व्यवहृत करने वाला था। इसीलिए इतिहास में वह अमर भी है। वह बल-प्रयोग द्वारा छोटे भाई को दिया गया फ़रघना का राज्य वापस लेने का इच्छुक नहीं था, वरना समरकन्द के विजेता के लिए, अपने भाई जहाँगीर मिर्ज़ा को पराजित करना किसी भी तरह असम्भव नहीं

था। बस परिस्थितियों के चलते, चूँकि बाबर किसी राज्य का स्वामी नहीं था, एक दुर्भाग्यशाली सेनानायक से वे अपनी बिटिया का विवाह क्यूँकर रचा देते? स्वाभाविक ही था कि वे जानबूझकर अपनी पुत्री को किसी अन्धकारमय कुएँ में नहीं धकेल सकते थे। यदि बाबर अमीर तैमूर का वंशज था, तो वे भी उसी विरासत के स्वामी थे, उसी के सगे चाचा।

ख़ैर, यह भी सत्य है कि बाबर को दुबारा कलंकित होने से भाग्य या संयोग ने बचा लिया, वरना यह दूसरा विवाह भी उसी राह जाता, जैसे पहला गया था। अपने पिता की भतीजियों से हुए उसके विवाह उसे फले ही नहीं। किसी न किसी कारण या परिस्थितियों के चलते, वे सफल साबित नहीं हुए। ख़ैर, इसके लिए बाबर के पिता के भाइयों के आपसी झगड़े और पारस्परिक प्रतिद्वन्द्विता भी कम ज़िम्मेदार नहीं थी। अतः भाइयों के मध्य आक्रामक शत्रुता एक सामान्य-सी बात थी, जिसके चलते वे सामान्य बन्धुत्व वाले व्यवहार से महरूम ही रहे। शायद इसी ने बाबर के पारिवारिक अन्तर्विवाहों को भी सफल नहीं होने दिया, जबकि विवाह सम्बन्ध अन्तःसम्बन्धों को मजबूत करने के लिए ही किये जाते थे। यहाँ तो अबू सईद मिर्ज़ा (बाबर के बाबा) के परिवार में इन अन्तर्विवाहों के चलते एकता के स्थान पर विघटन और विवाह-विच्छेद ही देखने को मिल रहा था। सम्बन्ध सुधरने के स्थान पर बिगड़ने के कगार पर पहुँच रहे थे। बाबर-ज़ैनब के पारस्परिक दाम्पत्य-सम्बन्ध स्वतः टूटने के कगार पर थे, पर भला हो चेचक के प्रकोप का, जिसने बाबर को दुबारा कलंकित होने से बचा लिया। वरना दुबारा दाम्पत्य-जीवन का दुखद अन्त होना सुनिश्चित था। इसीलिए उसने अपनी आत्मकथा में बस एक-दो वाक्यों में इस प्रकरण को समेट दिया और कुछ भी विस्तार से नहीं लिखा, क्योंकि ज़ैनब के साथ पारस्परिक सम्बन्धों और दाम्पत्य-जीवन के विषय में लिखने को शायद उसके पास कोई मधुर यादें/बातें थीं ही नहीं। बाबर-ज़ैनब के दाम्पत्य सम्बन्धों की शुरुआत ही एक खटास के साथ हुई थी, तो उसकी परिणति शायद ऐसी ही होनी थी। शायद इस पूरी पृष्ठभूमि में यह नयी शुरुआत सम्भव भी नहीं थी। पर चेचक ने ज़ैनब को मृत्यु के आगोश में लेकर इस विवाह को कलंकित होने से बचा लिया।

इस विवाह-सम्बन्ध के उपरान्त 1506 में हम बाबर को महिम बेग़म के साथ विवाह-सूत्र में बँधते हुए पाते हैं। यह वही बेग़म थी, जिससे बाबर को 1508 में हुमायूँ के रूप में अपना वारिस या वली-अहद मिला था। बाबर को इस नयी पत्नी में वह सब मिला, जो सम्भवतः एक पत्नी से उसकी अपेक्षाएँ थीं। अपनी पत्नी में जिस व्यवहार-कुशलता, मिलनसार आचरण के साथ ही उसके मृदुभाषी होने की प्रत्याशा वह करता था; जिस प्रेमपूर्ण समर्पण और शय्या-सुख की कल्पना करता था,

वह सब इस परिपक्व पत्नी ने उसे बिना माँगे ही दिया था। उसने एक मध्ययुगीन पत्नी के रूप में अपने पति बाबर के ऊपर अपने-आप को पूरी तरह से निछावर कर दिया। विवाहोपरान्त उसके जीवन का केन्द्र बाबर ही हो गया था। वह एक पुरुष या पति को अपने वैवाहिक-जीवन की धुरी मानकर अपना जीवन सार्थक समझने वाली सामन्तवादी, मध्ययुगीन सोच वाली स्त्री थी। इसीलिए वह हर तरह बाबर को खुश और सन्तुष्ट रखना ही अपना धर्म मानती थी। फिर उसकी शादी किसी ऐरे-गैरे से नहीं, एक सुशिक्षित, सुसंस्कृत, साहित्यिक व्यक्तित्व और शूरवीर विजेता बाबर से हुई थी। फिर क्यूँ नहीं ऐसे होनहार, मर्यादित और विशाल हृदयवाले व्यक्ति को दिल-ओ-जान से चाहती? और बाबर के जीवन में जो शून्य दो बार की दाम्पत्य-असफलता से उबरा था, वह इस समर्पण और भक्ति-भाव के समक्ष निर्मूल-सा हो गया होगा। अतः उसे भी ऐसी पत्नी से प्यार होना सहज और स्वाभाविक ही था? उसका सारा प्रेम और पौरुष इस समर्पण के समक्ष घुल गया। वर्षों के शून्य को महिम बेग़म ने इस क़दर भरा था, जैसे गहरी लम्बी उमस के बाद पूरा आकाश ही पत्नी-प्रेम से आच्छादित होकर बरसता रहा हो। महिम की उससे न कोई विशेष अपेक्षा थी, न ही वह महत्वाकांक्षी थी। न ही उसके सुखी दाम्पत्य जीवन से अधिक की कुछ इच्छा ... बस उसके लिए सब कुछ बाबर ही था। वैसे भी वह इस समय काबुल के शासक के रूप में एक सुदृढ़ राज्य का स्वामी हो चुका था।

जहाँ तक महिम बेग़म का प्रश्न है तो उसका परिवार जाम के प्रसिद्ध और प्रतिष्ठित शेख अहमद से सम्बद्ध था। इधर इस परिवार की समृद्धि और राजनीतिक स्थिति कुछ अवनति पर अवश्य थी, किन्तु था तो वह भी मध्येशिया के आभिजात्य व शाही परिवारों में से एक! और, अब इस दौर में तो यही हाल तैमूरी खानदान का भी था, जिससे उसका परिवार गुज़र रहा था। बाबर के अपवाद को छोड़कर सभी तैमूरी वंशजों के राज्य, सत्ता, सिंहासन एक के बाद एक शैबानी खाँ के नेतृत्व में उबरी उज़्बेक शक्ति के समक्ष नतमस्तक हो रहे थे। सम्भवतः बाबर की माँ को समझ आ गया हो कि खानदान की शादियाँ पारस्परिक प्रतिद्वन्द्विता, पूर्वाग्रहों एवं झूठे अभिमान के चलते टिक नहीं पा रही हैं, अतः इस विवाह के लिए उसने बाबर को तैयार किया था। विवाह-सम्बन्धों के माध्यम से यह परिवार पहले से ही सुल्तान हुसैन मिर्ज़ा के परिवार से सम्बद्ध था, अतः बाबर के मिरां-शाही परिवार के ये भी सम्बन्धी ही थे। वे तैमूरी परिवार से पहले ही वैवाहिक सम्बन्धों में बँधा हुआ परिवार था, अतः किसी को भी इस पुराने कुलीन परिवार से सम्बन्ध स्थापित करने में उनके 'अभिजात' होने के चलते तो कोई संशय या प्रश्न था ही नहीं। ज़ाहिर है, महिम बेग़म एक निहायत अच्छे व कुलीन परिवार से थी, जैसा कि हम ऊपर ही पढ़ चुके हैं।

यह सुशील, सुशिक्षित, सुसंस्कारित व सुसभ्य महिला महिम बेग़म कितनी खुश हुई होगी, जब उसे ज्ञात हुआ होगा कि उसका विवाह अमीर तैमूर के एक प्रतापी वंशज से हो रहा है, जो अपने बलबूते काबुल जैसा अलग राज्य विजित करके उसका शासक बन बैठा है। एक तो यशस्वी परिवार और ऊपर से शूरवीर साम्राज्य-निर्माता! अपने उच्च संस्कारों के चलते महिम बेग़म इस वैवाहिक गठबन्धन को अपना सौभाग्य मान रही थी। वैसे भी उस समय बाबर के पूरे खानदान के सदस्यों और मध्येशिया के तमाम कबीलों, राज-परिवारों के सदस्यों को बाबर द्वारा स्थापित इस शान्त, स्थिर, स्थायी काबुल के राज्य में शरण और प्रश्रय की तलाश और आकांक्षा थी; और बाबर सहृदयता और बड़प्पन का परिचय देते हुए इन सबको आश्रय, पद, प्रतिष्ठा प्रदान कर रहा था। उसे भी तो उस नये राज्य के प्रशासन और सैन्य दायित्वों के निर्वहन में 'अपने' विश्वसनीय लोगों की आवश्यकता थी। यह बात अलग है कि कितने कम लोग 'अपने' और विश्वसनीय साबित हो पाये। इसी पृष्ठभूमि में बिना किसी व्यक्तिगत अभिमान के आयी महिम बेग़म बाबर के प्रति नतमस्तक रही और बाबर का दाम्पत्य और वैवाहिक जीवन इतना सरल, सरस और मधुर बना दिया कि वह सारी कटुता, श्रेष्ठता, ज्येष्ठता, अभिमान भूल बैठा। उसके हरम का माहौल इतना सहज और सामान्य हो गया कि उसे हरम और पत्नी का सान्निध्य आकर्षित करने लगा! कहाँ तो वह उधर मुँह करने में कतराता और बगलें झाँकता था और कहाँ अब 'हरम' के लिए वक़्त निकालने की जुगत में रहता।

तभी, कुछ अर्से बाद, हुमायूँ के जन्म (काबुल में 6 मार्च, 1506 को, बाबर के अनुसार, जब सूर्य मीन राशि में था) से उसकी खुशी में चार चाँद लग गये और उसने उसी अवसर की खुशी में 'पादशाह' या 'बादशाह' का खिताब या विरुद धारण किया। हुमायूँ के जन्म के उपरान्त, महिम बेग़म को एक के बाद एक चार सन्तानें और हुईं, परन्तु शैशव काल में ही उनकी मृत्यु हो गयी। अतः वह अपने जीवित पुत्र या एकमात्र सन्तान हुमायूँ से जान से भी ज्यादा प्यार करती थी और सदा उसकी सलामती की दुआएँ माँगती रहती थी। अपने पति के साथ अपने इस इकलौते पुत्र से उसका लगाव उम्र के साथ बढ़ता ही चला गया। चूँकि, बाबर का भी अपनी इस पत्नी से विशेष लगाव और प्रगाढ़ प्रेम था, इसी कारण हुमायूँ बाबर का भी स्नेह-पात्र हो गया था, जिसे वह बार-बार अपनी आत्मकथा में स्वीकार करता है। ख़ैर, हुमायूँ में इंसानियत और गहरे मानवीय मूल्य कूट-कूट कर भरे थे। वह विशाल और उदार हृदय व्यक्ति था, अतः बाबर को भी वह इसी के चलते बहुत पसन्द था। उसका छोटा कामरान योग्य तो था, किन्तु महत्वाकांक्षी अधिक था, और थोड़ा उद्दण्ड भी। बाबर को पूरा भरोसा था कि कामरान तो कभी भी अवज्ञाकारी हो सकता है, किन्तु हुमायूँ नहीं। बाबर के शेष पुत्र, कामरान का सगा छोटा भाई अस्करी एवं हुमायूँ व

कामरान दोनों का एक अन्य सौतेला भाई हिंदाल काफ़ी कम उम्र के थे।

बाबर का झुकाव महिम बेग़म की ओर कुछ ज्यादा था ही, और जब उसकी एक के बाद एक चार सन्तानें शैशव में ही काल-कवलित हुईं, तब उसका दिल रखने लिए उसने दिलदार बेग़म की सन्तानें उसको सौंप दीं! महिम की इच्छा चूँकि और सन्तानों को पालने की थी और उसकी सन्तानें जीवित नहीं बच पा रही थीं, तो स्वाभाविक ही वह गहरे अवसाद में डूब गयी थी। अतः दिलदार बेग़म की दो सन्तानें महिम को सौंपकर उसने दिलदार बेग़म का दिल तोड़ने में भी गुरेज़ नहीं किया। ख़ैर, महिम बेग़म के शिशुओं की आकस्मिक व हृदयविदारक मृत्यु से पूर्व इनके नामकरण हो चुके थे, जैसा कि गुलबदन बेग़म के 'हुमायूँनामा' से हमें ज्ञात होता है। हुमायूँ के जन्म के उपरान्त सबसे पहले हुए पुत्र का नाम बार्बुल या बार्बुद रखा गया; उसके बाद दो पुत्रियाँ हुईं, जिनके नाम मिहर-जहाँ तथा इसान-दौलत रखे गये, और फिर चौथा भी एक पुत्र था, जिसका नाम फ़ारूक़ रखा गया था। इनकी मृत्यु से घोर अवसाद में पड़ी महिम बेग़म ने दिलदार बेग़म की दोनों सन्तानों, यथा हिन्दाल को 1519 में तथा गुलबदन बेग़म को 1525 में गोद लिया और बाबर ने उसे ऐसा कर लेने दिया। उसने एक बार भी दिलदार बेग़म का ख़याल नहीं किया। पर क्या दिलदार बेग़म के दिल नहीं था? अथवा 'दिलदार' नाम होने के चलते उससे बाबर 'यथा नाम तथा गुण' की आशा कर रहा था! क्या वह यही सोच रहा था कि वह तो दिलदार है ही, उसके दिल पर कोई असर नहीं होगा। या कि वह अपने नन्हे से बच्चों से बिछड़ने का सदमा बर्दाश्त कर लेगी? बाबर यह क्यूँकर सोचता था कि दिलदार बेग़म अपने कलेजे के टुकड़ों को अपने से अलग करने में कोई तकलीफ़, पराजय, अपमान, अपूर्णीय रिक्तता और दर्द नहीं महसूस करेगी? भला हो गुलबदन बेग़म का, जिसने कलम उठाया और इस पूरे प्रकरण पर पर्याप्त प्रकाश डाला और महिला होने के नाते उसने अपनी संवेदनाओं को बहुत अच्छे से, सन्तुलित व मर्यादित ढंग से समेटा और चित्रित किया।

अपनी महत्त्वपूर्ण ऐतिहासिक कृति, 'हुमायूँनामा' में गुलबदन बेग़म लिखती है—"बाबर की पटरानी होने के चलते, महम (महिम बेग़म) 'शाही हरम' की प्रमुख थी। मुग़ल रनिवास में अपनी सर्वोच्च स्थिति के चलते ही, हरम के अन्य सदस्यों पर उसके सुपरिभाषित और असीमित अधिकार भी थे। सम्भवतः, इसी स्थिति के चलते दिलदार की सन्तानों, यथा हिंदाल एवं गुलबदन को गोद लिया जाना औचित्यपूर्ण व परम्परागत अधिकार की कार्यवाही मानी जा सकती है। मगर उस माँ के दिल पर क्या गुजरी, यह न बाबर और न ही महिम ने सोचा, और बाद में अकबर के शासन-काल में इन भावों को अपने विवरणों में उसने पूर्णता में न्यायपूर्ण तथा तार्किक स्थान दिया। बाबर बस यही स्वीकार करता है कि चूँकि महिम बेग़म

की एक के बाद एक चार सन्तानें नहीं रही थीं, अतः वह असीम दुख के चलते गहरे अवसाद में डूब गयी थी और असन्तुलित व्यवहार कर रही थी। उसको मानसिक रूप से सन्तुलित करने तथा आशा की किरण जगाने के लिए उसने यह क़दम उठाने में अपनी स्वीकृति प्रदान की थी। किन्तु वह महिम के साथ दिलदार का भी पति था। क्या उसके प्रति उसका कोई उत्तरदायित्व नहीं था, जिससे कि वह दिलदार के प्रति अधिक मानवीय, संवेदनशील व्यवहार करता। वैसे भी राजत्व की परिभाषा के चलते, उसे (एक शासक के नाते, ईश्वर के प्रतिनिधि होने के चलते) एक संरक्षक की तरह सबके साथ निष्पक्ष, विविध तथा समतापूर्ण व्यवहार करना चाहिए था। उसे सिर्फ़ न्याय करना ही नहीं था, अपितु ऐसा व्यवहार करना चाहिए था ताकि उसका प्रत्येक निर्णय प्रत्यक्षतः न्यायपूर्ण प्रतीत भी हो। किसी भी प्रकरण में सभी पक्षों को यह साफ़-साफ़ लगे कि उनके साथ वाकई न्याय हुआ है। तो क्या वह सिर्फ़ एक पत्नी या पटरानी की इच्छाओं और भावनाओं के संरक्षण और सन्तुष्टि के लिए ही उत्तरदायी था। दूसरी ब्याहता पत्नी के प्रति उसका कोई दायित्व नहीं था? उसके प्रति क्या वह जवाबदेह नहीं था? क्या उसकी परवाह के प्रति भी उसे सचेत और प्रयासरत नहीं होना चाहिए था?

क्या दिलदार के छोटे बच्चों को माँ से अलग करके उन बच्चों के साथ और उनकी माँ के साथ न्याय हुआ था? न्याय की शुरुआत तो घर से ही होती है, और जब हरम में ही न्याय नहीं तब शासक की न्यायप्रियता पर प्रश्नचिह्न स्वतः ही लगने थे। आम पाठकों और इतिहास के विद्यार्थियों के लिए यह प्रश्न और मुद्दा अवश्य सबको परेशान करता है कि बाबर ने इतना सब करते हुए भी महिम का पर्याप्त उल्लेख अपनी आत्मकथा में क्यों नहीं किया? क्या उसे लगता था कि पत्नियों का उल्लेख सामन्तवाद और कबीलाई परम्पराओं के अनुसार सीमित और अति संक्षिप्त ही होना चाहिए? बाबर का परिवेश, उसकी तरबियत, प्रशिक्षण कुछ भी ऐसी भावना को जाग्रत करने वाला नहीं था। ऊपर से बाबर की लेखन-शैली ऐसी थी, जिसमें वह बहुत विस्तार से सभी बातें दर्ज करता है। तो फिर पत्नियों के उल्लेख में शब्दों, वाक्यों और अभिव्यक्ति की यह कंजूसी क्यों? यह संक्षिप्तता तो उसकी अपनी लेखन-शैली के भी प्रतिकूल ही थी। किन्तु जहाँ प्रेम, प्रश्रय व विशाल हृदय वाले शाही व्यवहार का मामला है, वहाँ बाबर कोई कोताही नहीं करता। इसीलिए अपने महिम-हुमायूँ प्रकरण में भी वली-अहद या घोषित वैध-उत्तराधिकारी पुत्र हुमायूँ के प्रति अपने न्यायपूर्ण आचरण की छवि ही चित्रित करता है। इसीलिए इस प्रकरण को वह ज़रूर विस्तार से वर्णित करता है। जहाँ राज्य और राजनीतिक मसला था, वहाँ वह शब्द और अभिव्यक्ति की कोई कोताही नहीं बरतता। वह उस पूरे प्रकरण का बहुत ही विस्तृत वर्णन करता है, उसी के हवाले से हमें यह आभास होता है कि

जब वह अस्वस्थ हो गया था, तब महिम ने ही अपने पुत्र के हितों के रक्षार्थ उसे बाबर और अपने निकट, काबुल से आगरा बुला भेजा था। हालाँकि बाबर काबुल के दायित्व को इस तरह छोड़कर हुमायूँ के आगरा-आगमन को अपने निर्धारित दायित्व के प्रति लापरवाही और राजाज्ञा के उल्लंघन के रूप में ही देख रहा था। सम्भवतः वह हुमायूँ को दण्डित करने के विषय में भी सोचने लगा। किन्तु महिम के प्रभाव और दबाव के चलते अन्ततः वह हुमायूँ से रुष्ट व असन्तुष्ट होने के बावजूद उसे माफ़ कर देता है।

इतना ही नहीं, वह महिम से कहता है कि उसका ख़याल करते हुए ही उसने उसके पुत्र और अपनी सबसे बड़ी सन्तान को वली-अहद या अपना विधिक उत्तराधिकारी नामित किया है। यहाँ फिर हरम के अन्दर की राजनीति स्पष्ट करते हुए गुलबदन हमें बताती है कि इधर बाबर बीमार पड़ा और उधर सिंहासन की चिन्ता में हुमायूँ बिना बाबर की आज्ञा एवं संस्तुति के ही काबुल के महत्त्वपूर्ण दायित्व को छोड़कर अपने उत्तराधिकार के हितों को सुनिश्चित करने के लिए आगरा के लिए चल पड़ा था। चूँकि हुमायूँ ने काबुल में अपने दायित्व की ओर से बिना राजाज्ञा के मुँह मोड़ा था, अतः बाबर का उससे नाराज़ होना स्वाभाविक था। उसे यह कत्तई बर्दाश्त नहीं हुआ, किन्तु महिम ने पहले से ही बाबर को हुमायूँ के इस अप्रत्याशित आगमन के प्रति अपनी चिन्ता को आधार बनाकर हुमायूँ के आने की बात कहनी शुरू कर दी थी। वह उससे कहती रही कि वह अपने पति के स्वास्थ्य के चलते परेशान है और चाहती है कि ऐसे में उसके जयेष्ठ पुत्र को सेवा-शुश्रूषा हेतु अपने पिता के निकट रहना चाहिए। वह अपने पुत्र से अधिक किसी और पर भरोसा भी तो नहीं कर सकती थी और यह तार्किक व कायदे का निर्णय था कि ऐसे में ज्येष्ठ पुत्र होने के नाते हुमायूँ ही अपने रुग्ण पिता के निकट रहे। किन्तु गुलबदन साफ़ शब्दों में कहती है कि महिम का वास्तविक उद्देश्य अपने पति के मृत्योपरान्त अपने पुत्र के हितों की रक्षा का भाव था और यह स्वाभाविक एवं सहज समझ आता है। गुलबदन चूँकि महिम की गोद ली पुत्री थी, अतः उसे निश्चित ही हरम के अन्दर की विश्वस्त और महत्त्वपूर्ण जानकारियाँ थीं। हम उसके विवरणों के चलते ऐसी अनेक सूचनाएँ पाते हैं, जिनसे अन्यथा हम सब इन जानकारियों से अनभिज्ञ ही रह जाते। ख़ैर, सिर्फ़ महिम की वजह से ही हुमायूँ अपने पिता व बादशाह बाबर के कोप व राजदण्ड से बच सका। साथ ही उसकी माँ ने उसके राजनीतिक हितों को साधने में सहायता प्रदान करने और उत्तराधिकार के समय सिंहासन के निकट उसकी उपस्थिति सुनिश्चित की थी, कि कहीं वह दूर (काबुल में) होने के चलते उत्तराधिकार व सिंहासनारोहण से वंचित न रह जाये। राजनीतिक संक्रमण के उस काल में कब क्या अनहोनी घट जाये, कहा नहीं जा सकता था।

वास्तव में, अनेकानेक कारणों से बाहर का वज़ीर-वकील या प्रधानमन्त्री मीर खलीफ़ा बाद में षड्यन्त्र भी करता है कि मुग़ल वंश के इस वली-अहद और ज्येष्ठ पुत्र हुमायूँ को उसे अधिकार से वंचित करके, बाबर के दामाद, मेंहदी ख्वाजा को नया बादशाह बना दिया जाये। ज़ाहिर है, हरम की प्रधान होने के नाते महिम को समस्त सूचनाएँ मिलती ही थीं, और फिर बाबर के अस्वस्थ होने के चलते सभी सूचनाएँ व सम्पर्क वहीं हरम में सम्भव थीं। पटरानी होने के कारण हरम पर पूर्ण नियन्त्रण, महिम बेग़म का ही था। अतः उसे सभी गुप्त सूचनाएँ मिलती रहती थीं। उसने उसके और उसके पुत्र के हित में जो भी उपयुक्त और उचित था, वही किया। गुलबदन के विवरण में वस्तुनिष्ठता है, उसमें कहीं भी कोई असन्तुलन, अनावश्यक कटुता और स्वार्थ नहीं है और न ही उसने अपनी इस माँ, महिम बेग़म के विरुद्ध ही कुछ लिखा है। उसने तो महिम के इस क़दम को तार्किक, न्यायिक व औचित्यपूर्ण ही स्थापित किया है। वह महिम की राजनीतिक सूझ-बूझ, दूरदृष्टि, परिपक्वता व कूटनीतिक समझदारी की प्रशंसा ही करती है। गुलबदन के विवरणों से ही स्पष्ट होता है कि बाबर-महिम के प्रगाढ़ व सुखी दाम्पत्य में सहजता तो थी ही, किन्तु यह भी लिखा है कि कैसे ये दाम्पत्य-सम्बन्ध और 'मुग़ल हरम' इसी समय से समकालीन मुग़ल राजनीति और घटनाक्रम को प्रभावित करना शुरू कर देता है।

अपनी विशिष्ट, विस्तृत वर्णनात्मक शैली के अनुरूप बाबर ने अपनी सिर्फ़ एक पत्नी के सन्दर्भ में लिखा है, और वो है हेरात की निवासी मासूमा मिरांशाही। बाबर ने इससे 1508 में विवाह किया था—हुमायूँ के जन्म से पहले वह इस विवाह का उल्लेख करता है। कन्धार-विजय के तुरन्त बाद अर्थात हिज़री वर्ष 913 (मई 1507 से मई 1508 के मध्य) में यह विवाह सम्पन्न हुआ, जब बाबर ने अपनी इस मंगेतर को हेरात से काबुल अपने पास बुलवाया था। मगर वहाँ (हेरात में) तो सब अस्त-व्यस्त हो चुका था। शैबानी खाँ की उज़्बेक सेनाएँ हेरात को लगभग जीतने के कगार पर थीं, जब मिर्ज़ाओं के काफ़ी परिवारीजन वहाँ से पलायन करने में सफल रहे थे। अतः बाबर लिखता है कि कैसे अपनी माँ हबीबा सुल्तान बेग़म (बाबर की मौसी, जिसे वह 'यिंका' कहकर पुकारता था) के साथ मासूमा उसके पास आ गयी थी। इस समय बाबर स्वयं कन्धार की घेरेबन्दी की तैयारी में था और वे माँ-बेटी उससे उसके युद्ध-शिविर में मिलीं और बाबर ने उन्हें सुरक्षित स्थान में ठहराया। इस दल में आये कुछ अन्य लोगों का भी वह साथ में उल्लेख करता है। उसके अनुसार, खुसरू कुकल्दाश, सुल्तान कुली चुनाक और गदाई बलाल भी इस दल के साथ आये थे। वह यह भी बताता है कि यह दल कैसे तून या कैन तथा मशहद होते हुए उसके पास तक पहुँचा था। बाबर ने इसे अच्छा सगुन भी माना होगा, क्योंकि इसी के बाद

वह अब्दुल रज़्ज़ाक से कन्धार विजित करने में सफल हुआ था। इतना ही नहीं, जब वह अपने छोटे भाई नासिर मिर्ज़ा को कन्धार में नियुक्त करके वापस काबुल आया, तब उसने अपने चाचा सुल्तान अहमद मिर्ज़ा और अपनी मौसी हबीबा सुल्तान बेग़म की पुत्री मासूमा के साथ अपना निकाह सम्पन्न किया।

शैबानी खाँ ने इसी के बाद कन्धार आ घेरा था और समस्त मध्येशिया को विजित करके उसका अगला निशाना काबुल ही था, जो तैमूरी वंशज के अधीन था। उसने तैमूरी वंशजों से समस्त मध्येशिया लगभग छीन ही लिया था। अतः उसकी महत्वाकांक्षी योजना के अनुसार अब इसके बाद काबुल ही उसका लक्ष्य था। बाबर के लिए यह बहुत बड़ा संकट था। यदि यह वीर किसी अन्य शूरवीर से हारा था, और वह भी दो-दो बार, तो वह यही उज़्बेक नेता शैबानी खाँ था। अतः उसका भय अकारण नहीं था। इसीलिए वह काबुल छोड़कर तुरन्त हिन्दुस्तान-विजय के लिए निकल पड़ा। किन्तु कुछ दूर जाने पर ही जब उसे यह सूचना मिली कि शैबानी खाँ कन्धार की घेरेबन्दी उठा कर वापस लौट गया है, तो उसने बड़ी राहत महसूस की होगी। अब उसे यह भी विश्वास हो गया कि मासूमा उसके लिए निश्चित ही भाग्यशाली साबित हुई है। एक बार (कन्धार विजय) तो किस्मत का पासा पलटना संयोग हो सकता है, किन्तु हर बार नहीं। बाबर और उसके वंशज ज्योतिष, खगोल शास्त्र से लेकर शकुन-अपशकुन तक में यकीन करते थे। अतः दूसरी बार जब शैबानी खाँ जैसा शत्रु कन्धार से वापस लौट गया और काबुल तथा उसका अकेला तैमूर वंशी शासक बच गया, तो यह मासूमा के भाग्य का ही कमाल था। बाबर का प्रेम इससे और परवान चढ़ गया, जो स्वाभाविक ही था।

वास्तव में, मासूमा और बाबर की प्रेम कहानी की शुरुआत होती है, 1506 में। इस समय बाबर ने सुल्तान हुसैन मिर्ज़ा के आह्वान पर शैबानी खाँ के ख़िलाफ़ बन रहे तैमूरी वंशजों के व्यापक सैन्य संघ में शरीक होने का फैसला किया। जिस तरह से शैबानी के नेतृत्व में उज़्बेक, तैमूरी वंशजों के नेतृत्व वाले बर्लास तुर्कों के शासित इलाकों और राज्यों को नेस्तनाबूद करते जा रहे थे, उससे ऐसा लगने लगा था कि तैमूरी विरासत ही मध्येशिया के इस क्षेत्र से लुप्त हो जायेगी। उसका नामो-निशाँ मिटा देने के लिए शैबानी कृतसंकल्प दिख रहा था। अतः अस्तित्व की आखिरी लड़ाई लड़ने का संकल्प-सा लिया गया। बिल्कुल 'मरता क्या न करता' वाली स्थितियाँ थीं। वैसे भी बाबर अपने इस दुर्दान्त शत्रु से बदला लेने की फ़िराक़ में था। उसी की वजह से बाबर अपना वतन छोड़कर काबुल में रहने को बाध्य हुआ था। उसने दो बार समकन्द विजित किया था और दोनों बार शैबानी ने तैमूर के इस वंशज से तैमूर की प्रसिद्ध व समृद्ध राजधानी समरकन्द छीन ली थी। शैबानी ने उससे समकन्द ही नहीं छीना था, अपितु उसका सपना, उसकी अदम्य इच्छा व लालसा को

सदा के लिए दफना-सा दिया था। बाबर को सुल्तान हुसैन मिर्ज़ा के इस आमन्त्रण में एकबारगी अपना सपना पूरा करने का सुनहरा अवसर दिखने लगा। उसके भीतर समरकन्द पर स्थायी रूप से राज्य करने की अदम्य इच्छा कुलबुलाने लगी। उसके उत्साह ने जोर मारा और वह जून, 1506 में अपनी सेनाओं का नेतृत्व करता हुआ काबुल से समरकन्द के लिए चल पड़ा। उत्साह की उसी अवस्था में वह राह में हेरात राज्य में पहुँचा। शिबेर्तू व देन्दान-दर्रे से गुज़र कर वह कहमर्द की चोटियों से नीचे उतरा, फिर एमक देश होते हुए सुल्तान हुसैन के दोनों पुत्रों से (अक्टूबर 1506 में) जा मिला। वे संयुक्त रूप से न केवल राज्य कर रहे थे, अपितु इस समय मुर्ग़ब नदी तट पर सैन्य शिविर लगाये शैबानी के उज़्बेकों के विरुद्ध डटे हुए थे। किन्तु इसी बीच, 1506 के बसन्त में उनके पिता सुल्तान हुसैन की मृत्यु हो गयी।

सुल्तान हुसैन का अपनी पत्नी से जन्मा ज्येष्ठ पुत्र बादि-उज़-ज़मां था और सबसे प्रिय रखैल खदीज़ा बेग़म से उसका पुत्र था मुज़फ़्फ़र। किसी भी राजनीतिक द्वन्द्व और पारिवारिक कलह से बचने के लिए ही इन दोनों को संयुक्त रूप से राज्य की बागडोर सौंपी गयी थी, ताकि हेरात एकजुट होकर शैबानी जैसे शत्रु का सामना कर सके। परन्तु ये दोनों ही शान-शौकत-सुविधा में पले-बढ़े शासन तो कर सकते थे, किन्तु युद्ध और उसकी प्रतिकूलता से पूर्णतः अनभिज्ञ थे। अतः युद्ध को अगले वर्ष बसन्त तक टाल दिया गया। साथ ही उत्साही बाबर अपने अधूरे सपने के साथ ही वापस काबुल की ओर लौट गया। मगर इस 'अभिशाप में भी एक वरदान' अन्तर्निहित था। शायद किस्मत उसे मासूमा से मिलाने के लिए ही हेरात ले आयी थी। शैबानी के ख़िलाफ़ संघ को शक्ति प्रदान करने आया बाबर जब हेरात में प्रवास कर रहा था, तब उसने मासूमा को देखा और पहली ही नज़र में वह उस 'मासूमा' को दिल दे बैठा। देखते ही वह अपनी मौसी की इस बेटी पर फ़िदा हो गया। दिल को वह इस क़दर हारा कि उसे ख़याल ही न रहा कि उसने इसी घर की एक लड़की को बे-आबरू करके तलाक के लिए विवश कर दिया था। वही जो बाबर की पहली ब्याहता पत्नी आयिशा थी, और मासूमा और कोई नहीं, आयिशा की सौतेली बहन ही तो थी। मगर अब समरकन्द, हेरात, फ़रघना का हाल बेहाल था। शैबानी खाँ ने तैमूरी वंशजों के शासकों से उनके राज्य और राजनीतिक सत्ता छीन ली थी, और शेष उसके सामने ठहर पाने लायक नहीं थे। तभी तो सुल्तान हुसैन ने अपने मरने से पहले सबसे इल्तज़ा की थी कि सभी लोग अपने पैतृक राज्य का अस्तित्व बचाने के लिए ऐड़ी-चोटी एक कर दें।

बाबर अपनी आत्मकथा में लिखता है कि कैसे इन दोनों भाइयों (संयुक्त शासकों) के कहने पर वह बीस दिनों तक हेरात में रहा और वहीं मासूमा को दिल हार बैठा। उसके अनुसार, यह सिर्फ़ बाबर के दिल हारने का ही मामला नहीं था,

अपितु यह दोतरफ़ा प्रेम था। वे दोनों ही एक-दूसरे की मुहब्बत में गिरफ्त हो गये थे। मासूमा अपने इस चचेरे/मौसेरे भाई की शौर्य-गाथा से प्रभावित थी, वहीं बाबर पर पहली बार मदिरा सेवन का एक नया सुरूर तारी था। एक स्वतन्त्र राज्य के संस्थापक के रूप में उसकी प्रतिष्ठा और एक शूर-वीर के रूप में उसकी प्रसिद्धि इस कमसिन का होश उड़ाने के लिए बहुत थी। बाबर जैसा सुसंस्कृत, सुशिक्षित व व्यवहार-कुशल तथा किसी भी महफ़िल की शान, पहली ही नज़र में किसी को भी आकर्षित कर सकता था। वह स्वयं भी मासूमा के रूप-गुण, चाल-ढाल, अदाओं का कायल हुए बिना नहीं रह पाया और 24 दिसम्बर, 1506 को हेरात छोड़ने से पहले वे एक-दूसरे को कभी न छोड़ने की कसम खा चुके थे। ज़ाहिर है, यह रिश्ता किसे नाामंज़ूर होता? अतः सबकी रजामन्दी से इन दोनों की सगाई हो गयी और मन से दोनों एक-दूसरे के हो गये। वस्तुतः इसी हेरात-यात्रा में एक रोज़ मुज़फ्फ़र की दावत में बाबर ने पहली बार मदिरा को हाथ लगाया था! और उसी मद में वह न जाने कब उस स्थान 'तेरेबखाना' (सफ़ेद बाग़) से उठकर अपने ठिकाने की ओर चला गया, उसे स्वयं पता नहीं रहा। वह उस दुमंज़िली इमारत के उत्तरी कक्ष में सजी महफ़िल से जब चला तब महफ़िल अपने शबाब पर थी। किन्तु किसी को उसकी ख़बर नहीं थी। हाँ, वे सब यह जानते-समझते थे कि उनके दबाव में बाबर ने आज पहली मर्तबा मदिरा को होंठों से लगाया है।

किन्तु मेज़बान परिवार में कोई एक ऐसा ज़रूर था, जिसे खदीज़ा बेग़म का यह प्रस्ताव बिल्कुल अच्छा नहीं लगा था कि वह बाबर को अपने पुत्र मुज़फ्फ़र के पक्ष में करने के लिए तेरेबखाना में उसे यूँ लेकर गयी थी। बाबर जैसा सुसभ्य शासक अपनी माँ समान अपने से कहीं उम्रदराज़ इस महिला के आग्रह और आमन्त्रण को किसी बड़े का आदेश मानते हुए मानने को बाध्य था। और, इसी का लाभ उठाते हुए जिस बाबर ने कभी मदिरा को होठों से नहीं लगाया था, उसे उस जश्न में जान-बूझकर शराब पिलाई गयी, ताकि वह 'बोतल-दोस्ती' और 'मदिरा-गोष्ठी' के बन्धन में बँधकर मुज़फ्फ़र का अभिन्न साथी, सहयोगी और मित्र बन जाये! उसने अपने ख़्वाजा-सरा और अन्य परिचरों को इसीलिए नियुक्त कर रखा था कि बाबर को कोई क्षति न पहुँचे और पहली बार मदिरा के सेवन के उपरान्त वह सुरक्षित अपने ठिकाने पर पहुँच जाये। हालाँकि वह बाग़ भी नजदीक ही था, जिसमें बाबर का आवासीय कक्ष नियत था। जैसे ही बाबर हलके से लड़खड़ाते क़दमों से उस उत्तरी कक्ष से बाहर निकला, उसका दायित्व मासूमा के परिचरों ने सम्हाल लिया। बाबर इस ख़याल रखने वाले बड़प्पन से अभिभूत हो गया। उसने उन सबको अब अपने बड़प्पन और स्वाभाविक आचरण के चलते जब दिल से धन्यवाद ज्ञापित किया तब उन्होंने ही बताया कि वे तो मासूमा बेग़म के अनुचर हैं, जिन्हें उसने खासतौर

से उसकी ख़ातिर को तैनात किया है, अतः वे अपने दायित्व का अनुपालन कर रहे हैं। उन्हीं लोगों ने बाबर को बताया कि वे इसी तरह सबका ख़याल रखती हैं। तैमूर वंशी सभी बड़ों की ख़ातिर-तवज्जोह उनकी आदत में शुमार था। इसीलिए अपने इस अतिथि का भी उन्हें पूरा ख़याल है। किन्तु चिन्ता इसलिए हो गयी थी कि बाबर के विषय में ज्ञात था कि वह मदिरा को हाथ तक नहीं लगाता है और बाकी रिश्तेदार और उसके चचेरे भाई पीते-पीते भोर कर देते थे। अतः मासूमा पहली बार वाकई किसी के लिए चिन्तित भी थी। बाबर की मासूमियत पर मासूमा फ़िदा और मासूमा की फ़िक्र पर बाबर लट्टू!

बाबर को उन लोगों ने जब सकुशल पहुँचाने का अपना कर्तव्य समझाया, तब उन्होंने यह भी बताया कि राजकुमारी इतना अधिक चिन्तित है कि उसने उन लोगों को स्पष्ट और सख़्त आदेश दिया है कि वे बाबर को सकुशल उसके कक्ष तक पहुँचाने के पश्चात उसे सूचित करना न भूलें! बाबर पर मादिरा का प्रभाव था या वह मासूमा की इस मेहमानदारी और ख़याल रखने की अदा पर वाकई फ़िदा हो चुका था, क्योंकि वह भी उसी दल में शामिल हो गया था जो मासूमा को बाबर के सकुशल पहुँचाने की बात बताने जा रहा था। उसने उनसे वादा ले लिया कि वे अपने दल में बाबर की उपस्थिति के विषय में कुछ नहीं कहेंगे। वह तो अपनी ही आँखों से सब देखना और अपने कानों से सब सुनना चाहता था। मासूमा ने जब अनुचरों के दल में बाबर को अपने समक्ष पाया तो वह पानी-पानी हो गयी। बाबर ने स्पष्ट कहा कि इतना ख़याल करने वाली को यदि वह धन्यवाद ज्ञापित न करता तो उसे नींद ही नहीं आती और इसीलिए वह शुक्रिया अदा करने के लिए सामने आने को बाध्य था। बाबर ने यह कत्तई ख़याल नहीं किया कि वह एक शासक है और उसका ख़याल रखा जाना इन लोगों का कर्तव्य है। उसके लिए इन छोटी-छोटी चीज़ों का वस्तुतः बहुत महत्त्व था। यही बाबर का वास्तविक चरित्र व स्वभाव था। उसे पहली बार आज अपने स्वभाव व प्रकृति के अनुकूल एक व्यक्ति मिला था। वह उसके प्रति कृतज्ञता ज्ञापन कैसे नहीं करता? अतः उसने मन ही मन खदीज़ा बेग़म को भी धन्यवाद ज्ञापित किया और मुज़फ्फ़र के प्रति भी, जिसने पहली बार उसे मदिरा पीने के लिए बाध्य कर दिया था। अगर यह सब न होता तो उसे मासूमा के विषय में कैसे पता चलता? अपने प्रति उसके लगाव, आकर्षण और इस तरह ख़याल रखने की भावना का पता तो उसे इसी से चला। अतः बाबर ने इन सभी को दिल से धन्यवाद दिया और मासूमा के प्रति तो अपनी आसक्ति को रोक ही नहीं पाया।

मासूमा बेग़म ने भी अपना फ़र्ज़ ही अदा नहीं किया, बल्कि अपने इस चचेरे भाई के प्रति आकर्षण को छुपाने का कोई भी प्रयास नहीं किया; और अब जब छुपाने को दोनों ओर से कुछ था ही नहीं, तब ज़ाहिर है कि सब कुछ साफ़ और

सहज था। जब मध्येशिया के तमाम क्षेत्र अशान्त, अस्थिर और अव्यवस्थित हो रहे थे, तब एक रिश्तेदार और खानदान का ही यह शूरवीर अपना राज्य कायम किये हुए था, और वह भी अपने बल-बूते। बाबर को किसी विरासत के चलते काबुल का राज्य प्राप्त नहीं हुआ था। इतना ही नहीं, जब सभी तैमूरी वंशजों के राज्य और राजनीतिक इकाइयाँ पतनशील थीं, तब उसके राज्य में स्थिरता, स्थायित्व और शान्ति सब थी। ऐसे व्यक्ति का मासूमा के साथ रिश्ता सबको ही मंज़ूर हो सकता था। उसके हाथ में मासूमा का हाथ देने में किसी को कोई आपत्ति नहीं थी, बल्कि बेहद प्रसन्नता थी। बाबर को पहली ही बार की मदिरा फल गयी, भले ही उसका सरूर उस पर कभी नहीं चढ़ पाया। जब तक मदिरा का नशा छाता, उससे पहले ही उसके ऊपर मासूमा का नशा छा गया था। अतः दोनों की ही किसी तरह करवटों में रात कटी और अगली ही सुबह बाबर ने अपनी दादी शाह बेग़म के हाथों मासूमा के रिश्ते के लिए पैगाम भिजवा दिया था। इस तरह दोनों का विवाह यहीं हेरात में पक्का हो गया। ख़ैर, अभी तो बाबर को वापस काबुल जाना था, अतः जब हेरात की स्थितियाँ शैबानी की चढ़ाई के बाद बदलीं, तब अनेक तैमूरवंशी लोग हेरात छोड़ने को बाध्य हुए थे। उनके पास शरण का एक ही स्थल था, और वह था काबुल, जहाँ तैमूरवंशी बाबर अपना राज्य संगठित व सुदृढ़ किये हुए था, और वह एक सहृदय प्रश्रयदाता भी था। इस तरह मासूमा बेग़म अपनी माँ के साथ कन्धार की घेरेबन्दी के दौरान बाबर के ही सैन्य शिविर में जा पहुँची थी।

वस्तुतः 'मिरांशाही' सम्बोधन से बाबर का मन्तव्य अपने पिता के सबसे बड़े भाई के परिवार से है, जिसे अमीर तैमूर के साम्राज्य का सबसे समृद्ध राजधानी क्षेत्र, अर्थात समरकन्द का क्षेत्रीय राज्य प्राप्त था, और जिसकी ज्येष्ठ पुत्री से उसका प्रथम विवाह और सम्बन्ध-विच्छेद भी हुआ था। जहाँ वह अपनी आत्मकथा में अपनी पटरानी, महिमा बेग़म का भी उतना उल्लेख नहीं करता, वहीं उसकी इस प्रेमिका-पत्नी के निरन्तर उल्लेख हमें 'तुजुक-ए-बाबरी' में प्राप्त होते है, किन्तु यही उल्लेख बाबर के ऊहापोह को भी दर्शाते हैं। एक शासक, शूरवीर व प्रसिद्ध योद्धा किस तरह प्रेम में तो फँसा और विवाह करने की जिद्द भी पकड़ी, मगर क्या एक शासक और प्रतिष्ठित योद्धा को यह स्वीकार करना शोभा देता कि वह किसी कमसिन का इतना दीवाना हो गया है कि उसके दिल को उसके बिना जीना ही गवारा नहीं? क्या मध्ययुगीन पुरुष-प्रधान समाज और राजनीति उसकी इस स्वीकृति को सहज भाव से ले पाती? उसे शायद यह संशय भी था कि अपनी आत्मकथा में की गयी उसकी इस स्वीकारोक्ति को आने वाली पीढ़ी और समाज किस रूप में लेगा? इन प्रश्नों ने उसकी मानसिकता और इस प्रेम-विवाह की अभिव्यक्ति और विवरण को विकृत भी किया। अतः यह बाबर के समकालीन समाज की अपेक्षाओं,

आशाओं और स्त्री-पुरुष सम्बन्धों पर भी काफ़ी प्रकाश डालने वाला प्रकरण है। उस समाज और परिवेश में शासक और राजनीतिक रूप से प्रतिष्ठित विजेता तथा भारत में मुग़ल वंश के संस्थापक से क्या अपेक्षित था, यह भी स्पष्ट हो जाता है। वहीं, यह भी स्थापित होता है कि अपनी सत्ता की वैधता और औचित्य को साबित करने के लिए बाबर को कौन-कौन से पापड़ बेलने पड़े थे।

अपने-आप को श्रेष्ठ राजपरिवार का साबित करने और अमीर तैमूर का वंशज ही नहीं, उसका वास्तविक उत्तराधिकारी होने का दम्भ और दावा भी कहीं न कहीं इस परिवार के पारस्परिक झगड़ों, युद्धों व प्रतिद्वन्द्विता का सबब भी रहा था। वे सब अपने-आप को तैमूर का वास्तविक वंशज और उस विरासत का सहज उत्तराधिकारी मानते थे और अपनी सैन्य श्रेष्ठता के माध्यम से इसे प्रमाणित भी करना चाहते थे। इतना ही नहीं, बाबर के पुत्र, हुमायूँ और पौत्र अकबर में भी यही विशेषता नज़र आती है कि वे इसके लिए बहुत चिन्तित रहते थे कि लोग उनको किस रूप में स्वीकार करते हैं और उन्हें अपने-आप को कैसे चित्रित करना चाहिए? अकबर ने तो अपने शासन-काल के विवरण, 'अकबरनामा' के चार प्रारूप या ड्राफ्ट रद्द करके, पाँचवें को स्वीकृति दी थी। जब तक वह सन्तुष्ट नहीं हो गया, कि अब इस इतिहास में उसके मित्र व दरबारी अबुल फ़ज़ल ने उसका सन्तोषजनक चित्रण कर दिया है, तभी उसने उसे अन्तिम रूप में स्वीकृत किया, और वही 'अकबरनामा' हमें उपलब्ध है। वह प्रत्येक दिन के कार्यों से मुक्त होकर रात्रि में उसके पृष्ठों के पाठ को सुनता था और सुधार व परिवर्तन करवाता रहता था। अर्थात जैसा वह चाहता था, वैसा 'अकबरनामा' प्रकाश में आ पाया। यानी अब वह अमरत्व के योग्य भी प्रतीत हो, और झूठी शान में लिखा हुआ भी न लगे। वह यह साबित करना चाहता था कि लोगों को लगे कि इसमें उसकी भूरि-भूरि प्रशंसा इसीलिए हुई है, क्योंकि वह उसका पात्र था।

हालाँकि सावधान और वस्तुनिष्ठ इतिहास के आग्रही छात्र व शोध-कर्ता 'अकबरनामा' के साथ-साथ, उसके कटु आलोचक अब्दुल कादिर बदायूँनी की कृति, 'मुन्तखाब-उत-तवारीख़' एवं निष्पक्ष एवं तटस्थ निज़ामुद्दीन अहमद की 'तबकात-ए-अकबरी' का भी इसीलिए अध्ययन करते हैं। अबुल फ़ज़ल ने बिल्कुल वैसा ही लिखा, जैसा अकबर अपने-आप को इतिहास में चित्रित करना चाहता था। तभी तो वह उसके पाँच ड्राफ्ट सुन-सुनकर संशोधित, परिवर्तित, परमार्जित करता रहा। वह राजत्व को ही दैवी संस्था नहीं, बल्कि मुग़ल बादशाह को भी एक दिव्य व्यक्तित्व प्रदान करके लोगों को यह एहसास कराना चाहता था कि वे परवरदिगार द्वारा चयनित राजपरिवार हैं। ईश्वर ही उन्हें शासक पद प्रदान करता है। यही उनके राजत्व को दैवी संस्था की मान्यता देता था और आमजन में सहज स्वीकार्य बना देता था।

अतः बाबर से शुरू हुआ यह सिलसिला जहाँगीर की आत्मकथा 'तुज़ुक-ए-जहाँगीरी में भी नज़र आता। उसका नामकरण भी बाबर की आत्मकथा की देखा-देखी हुआ। हालाँकि बाबर की आत्मकथा की भाषा उसकी मातृभाषा तुर्की है, वहीं जहाँगीर ने दरबारी भाषा फ़ारसी में अपनी आत्मकथा की रचना की है। इतना ही नहीं, बाबर की आत्मकथा की विशेषता उसकी सत्यनिष्ठा, साफगोई और ईमानदारी भरा चित्रण है। जहाँ उसने तथ्यों को छुपाने या तोड़ने-मरोड़ने की कोशिश की भी है, वह साफ़ ज़ाहिर हो जाती है, और लोगों को इसका अन्दाज़ा सहज हो जाता है कि इस प्रकरण या बात की सच्चाई वास्तव में क्या है!

अतः मासूमा बेग़म-मीरांशाही के प्रकरण को हमें उपरोक्त आलोक में भी देखना चाहिए। बाबर स्वयं पहली नज़र में मासूमा को पसन्द कर बैठा था और फिर उससे विवाह भी किया। उसकी आकस्मिक मृत्यु तथा अतृप्त प्रेमभाव का 'तुज़ुक-ए-बाबरी' में बार-बार उल्लेख हुआ है। जहाँ उसने अपनी पटरानी, महिम बेग़म का बहुत कम उल्लेख किया है, वहीं मासूमा की याद को बनाये रखने के लिए उससे अपनी बिटिया का नाम भी माँ के नाम पर 'मासूमा बेग़म' ही रखा। साथ ही अपनी आत्मकथा में उसका निरन्तर उल्लेख भी यही साबित करता है कि वह उसकी स्मृति के साथ न केवल जीना चाहता था, अपितु उसे भुला ही नहीं पा रहा था और न ही भुलाना चाहता था। ज़ाहिर है, मासूमा बेग़म बाबर के लिए विशेष स्थान रखती थी। जैसा कि हमने ऊपर शुरू में कहा भी है, वह अपनी पहली पत्नी और मासूमा की सौतेली बहन के साथ हुए अपने विवाह-विच्छेद की भरपाई करना चाहता होगा। वहीं उस परिवार को भी आश्वस्त करना चाहता था कि, वह अपने पिता के सबसे बड़े भाई के परिवार से घनिष्ठता समाप्त करने का कत्तई इच्छुक नहीं है अर्थात, वह सम्बन्ध-विच्छेद एक बुरा स्वप्न था और दोनों पक्षों की नासमझी और अपरिपक्वता का एक अकेला प्रकरण।

इस निरन्तर उल्लेख से ज़ाहिर ही नहीं, स्थापित होता है कि भले महिम उसकी पटरानी थी, पर मासूमा का स्थान बिल्कुल ही फ़र्क और विशिष्ट था। यदि मासूमा प्रसव के दौरान दम न तोड़ती, तो यह देखना दिलचस्प होता कि बाबर कहीं अपनी पटरानी को न बदल ले! वह वली-अहद को जन्म देने वाली माँ को प्रतिष्ठा तो देता, मगर मासूमा की तुलना में उससे सम्बन्ध कैसे होते, यह नहीं कहा जा सकता। क्योंकि उसी के एक वंशज, जहाँगीर या सलीम ने भी मानवती को वली-अहद, मिर्ज़ा खुसरू के जन्म देने पर 'शाह बेग़म' का विरुद या खिताब से नवाज़ा, मगर ऐसा भी कुछ हुआ कि इसी शाह बेग़म ने आत्महत्या भी कर ली। अतः क्या मासूमा के जीवित और दीर्घ आयु की होने पर महिम बेग़म का भी वह रुतबा और स्थान होता जो मासूमा की मृत्योपरान्त उसे मिलता रहा।

मासूमा के अधिक उल्लेख और पटरानी महिम के कम ज़िक्र से कुछ इतिहासकारों में एक भ्रान्ति भी घर कर गयी है कि जैसे महिम पत्नी न होकर निचले पायदान की उप-पत्नी थी या वह उतने उच्च कुल की नहीं थी, और इसीलिए बाबर की आत्मकथा में उतना स्थान नहीं पा सकी। वास्तव में, हम खुद ही जानते हैं कि बाबर की आत्मकथा में अनेक रिक्तियाँ हैं और ये पृष्ठों के उड़ जाने के कारण हुई हैं, अतः उसकी अपनी ही स्वीकारोक्ति है कि चूँकि वह अपने वृत्तान्तों के साथ न्याय नहीं कर पायेगा, इसीलिए वह इसे स्मृति के आधार पर लिखने का जोखिम नहीं उठाना चाहता। दूसरे, यह भी सत्य है कि जब उसकी महिम से नयी-नयी शादी सम्पन्न हुई होगी, तब उसने अवश्य इस सम्बन्ध में अधिक लिखा होगा और अनेक स्थानों पर इस सम्बन्ध का ज़िक्र हुआ होगा। और, चूँकि 1508 एवं 1519 के मध्य के विवरण 'तुज़ुक-ए-बाबरी' में हैं ही नहीं, अतः हम इस वैवाहिक सम्बन्ध के विषय में काफ़ी कुछ जान नहीं पाये हैं। इसी के चलते कुछ इतिहासकारों को यह भ्रम हुआ और उन्होंने इस बात को काफ़ी रेखांकित भी किया कि महिम का स्थान चाहे जो भी हो, वह उच्च कुलीन परिवार की महिला नहीं थी।

महिम यदि उच्च-कुलीन महिला न होती तो निश्चित ही वह 'मुग़ल हरम' की संरक्षिका भी नहीं हो पाती, और जैसा गुलबदन आदि के विवरणों से मिलता है, उसे वह वर्चस्व और सर्वोच्च स्थान भी कभी नहीं मिल सकता था। दूसरी, और अधिक महत्त्वपूर्ण बात यह कि तब निश्चित ही गुलबदन की माँ ने अपने दो बच्चे इतनी सरलता से उसे गोद लेने नहीं दिये होते। इतना ही नहीं, गुलबदन 'अग़ाचा' शब्द का प्रयोग करके उप-पत्नी वाली दो महिलाओं का उल्लेख 'हुमायूँनामा' में करती है। अतः यदि ऐसा होता तो वह ऐसे शब्द का प्रयोग महिम के लिए क्यों नहीं कर रही थी? फिर, गुलबदन के मन में उसके प्रति मिश्रित भाव तो थे ही। उसे दो वर्ष की उम्र में अपनी प्राकृतिक माँ से इसी औरत ने छीन-सा लिया था। उसे इतना उच्च शिक्षण-प्रशिक्षण, शिक्षा-दीक्षा भी इसी कारण प्राप्त हो सकी थी। फिर मुग़ल सम्राट की पटरानी की पुत्री—भले ही गोद ली गयी—होने के चलते मुग़ल हरम की संरक्षिका के बाद उसका भी दबदबा इस 'हरम' और उसकी गतिविधियों में सहज समझा जा सकता है। अतः उसे इस प्रकार गोद में जाने का लाभ भी मिला था। इसलिए यह मान लेना, जैसा कि कुछ इतिहासकारों ने माना है कि कामरान हुमायूँ का इस कारण भी विरोध करता था कि उसकी माँ तो तैमूर खानदान की है, किन्तु हुमायूँ की नहीं। अतः उसका दावा अधिक सशक्त था, यह न तो तार्किक है और न न्याय-संगत। वैसे भी न तो गुलबदन और न ही तैमूर वंशीय मिर्ज़ा हैदर दोग्लात इस बात का कोई ज़िक्र करते हैं।

यदि ऐसी कोई बात होती तो निश्चित ही कामरान पेशावर और लम्घान पर

बलात आधिपत्य स्थापित करने के पश्चात हुमायूँ को उस तरह का ख़त न लिखता, जैसा उसने लिखा था; और न ही हुमायूँ बिना तल्खी वाला उत्तर ही देता। हमें ज्ञात है कि दोनों भाइयों ने किस तरह से कविताओं से अपने इस पत्र-व्यवहार को ओत-प्रोत किया है। दूसरी बात, कामरान जिस चरित्र का स्वामी था और जितना महत्वाकांक्षी था, वह इस बात का निश्चित ही बतंगड़ बनाकर दम लेता। किन्तु ऐसा कुछ नहीं हुआ। इससे यही साबित होता है कि हुमायूँ की माँ महिम एक कुलीन परिवार की स्त्री थी और दोनों का दोनों परिवारों की रज़ामन्दी से निकाह सम्पन्न हुआ था। तीसरी बात, यदि इस बात में कोई तथ्य या दम होता तो बाबर के वकील या प्रधानमन्त्री मेरे खलीफा का षड्यन्त्र यूँ दम न तोड़ देता। हमें ज्ञात है कि वह कैसे हुमायूँ के स्थान पर बाबर के दामाद, मेंहदी ख्वाजा को सिंहासनारूढ़ करने का इच्छुक था। किन्तु यह निर्णय कुलीनता के आधार पर न होकर उसकी व्यक्तिगत पसन्द पर आधारित था। उसे लगता था कि हुमायूँ अधिक सशक्त बादशाह होने के चलते उसे अधिक अधिकार व शक्ति-सम्पन्न नहीं रहने देगा। अपनी महत्वाकांक्षा के चलते ही उसने ऐसा सोचा होगा, और अनेकानेक कारणों के चलते उसने उस योजना का परित्याग भी किया, जैसा कि हमें निजामुद्दीन अहमद अपनी कृति, 'तबकात-ए-अकबरी' में बताता है।

अब हमें बाबर की दो अन्य पत्नियों–दिलदार बेग़म और गुलरुख बेग़म–की ओर अपना ध्यान देना चाहिए। इनके साथ उसके सम्बन्धों के बाद ही उसके कोमल, नाज़ुक या संवेदनशीलता वाले पक्ष का चित्र पूरी तरह उभरकर आयेगा। इन दोनों से बाबर के विवाह हिजरी सन् 914 एवं 925 या सन् 1508 एवं 1519 के मध्य कभी सम्पन्न हुए होंगे, क्योंकि इस काल के पृष्ठ नष्ट होने के चलते उसकी कोई सही, सटीक व आधिकारिक जानकारी हमें प्राप्त नहीं है। अतः हमें उस काल की घटनाओं की पुनर्रचना के लिए एक बार पुनः गुलबदन बेग़म और तारीख-ए-रशीदी के लेखक मिर्ज़ा हैदर दोग्लात पर निर्भर रहना पड़ेगा। यह निश्चित ही हमारा सौभाग्य है कि ये दोनों महत्त्वपूर्ण समकालीन इतिहासकार अपनी रचनाओं से हमारी जानकारी की रिक्तता को भरने के लिए मौजूद हैं। गुलबदन बेग़म का विश्वास करें तो ये दोनों विवाह पूर्व के तीनों विवाहों के समापन एवं उन पत्नियों से 'हरम' में उत्पन्न रिक्तता के चलते हुए। अतः उन विवाहों के बाद ही कभी सम्पन्न हुए थे। ज़ाहिर है, पत्नियों की आवश्यकता और बाबर की बढ़ती राजनीतिक शक्ति, प्रभुत्व और प्रतिष्ठा के चलते राजनीतिक स्थिरता और साम्राज्यीय प्रतिष्ठा के काल के ये विवाह भी उसी स्थिरता के प्रतीक और परिचायक रहे होंगे। उनके ऊपर सम्राट बाबर की इस नयी आत्मविश्वासी और स्वाभिमानी प्रवृत्तियों वाली नयी परिपक्व शख़्सियत का

असर साफ़ दिखता रहा और इसीलिए उस दाम्पत्य-जीवन में स्थिरता और बाबर का वर्चस्व भी स्पष्टतः नज़र आता है। दिलदार बेग़म बाबर के आदेश को मन-मसोस कर मानती है या मानने को विवश है। उसके पास उस माहौल में और विकल्प भी नहीं है। मात्र तीन दिन के शिशु हिन्दाल का मसला हो या उससे चार वर्ष छोटी सगी बहन गुलबदन की बात हो, दोनों को ही बाबर उनकी सगी माँ से अलग करने से गुरेज़ नहीं करता, और अपनी ख़ास रानी को प्रसन्न व सन्तुष्ट करने के लिए इन दोनों शिशुओं को अपनी पटरानी महिम को सौंप देता है। उसे किसी से कुछ पूछना नहीं था, किसी की इच्छाओं को जानना भी नहीं था। मानो उसे इस मामले में संवेदनाओं को नज़रअन्दाज़ करने से भी कोई गुरेज़ नहीं रहा! यह एक निरंकुश शासक का एकपक्षीय निर्णय था, जिस पर अमल कराने का वही एकमात्र सक्षम अधिकारी था, और इस शासकीय, आधिकारिक, बादशाही आदेश का सिर्फ़ पालन ही किया जा सकता था। उस पर प्रश्न-चिह्न अंकित नहीं किया जा सकता था। शासक यानी कि राज्य या राजसत्ता का व्यक्तिवादी रूप–जो उसके मुख से निकला, वही कानून। अतः शासक के निर्णय या आदेश का अनुपालन न करना तो राजाज्ञा का उल्लंघन ही होता, और राजाज्ञा के उल्लंघन की मध्यकाल (प्राचीन काल में भी) में एक ही सज़ा थी। तो कौन जुर्रत करता बादशाही आज्ञा की अवज्ञा करने की? भला कौन मृत्युदण्ड से जीवन से निजात पाने की ख़्वाहिश करता?

शासक या बादशाह ही राज्य-प्रमुख होने के नाते मुग़ल 'हरम' का भी सर्वेसर्वा होता था, और इसी कारण वह हरम के लोगों की ज़िन्दगी और उससे जुड़ी सभी गतिविधियों का वास्तविक संचालक, निर्णायक या स्वामी होता था। भले ही वह अपनी माँ या उसकी अनुपस्थिति में अपनी पटरानी को 'हरम' की संरक्षिका का कार्यभार सौंप देता हो, पर वास्तविक स्वामी वही होता था। अतः जब उसकी पटरानी 'महिम' को ये सन्तानें सौंपी गयीं, तब यह दोनों स्वामियों या स्वामी-स्वामिनी के अधिकार के तहत ही था। इसमें राज्य के किसी अधिकार का अतिक्रमण नहीं था। न ही यह तत्कालीन सामाजिक-सांस्कृतिक परिवेश में कोई अपवाद था। यह क़दम विधि और परम्परा दोनों के ही अनुकूल था। भले ही इसे मानवीय दृष्टिकोण से बहुत सराहनीय क़दम न माना जाये, मगर 'मुग़ल हरम' के रहन-सहन, रीति-रिवाजों, प्रशासन और उसके कार्य-सम्पादन पर अच्छा प्रकाश डालते हुए यह हमें घटनाओं को देखने-समझने का एक नया नज़रिया देता है।

इसी तरह बाबर की एक अन्य पत्नी गुलरुख भी थी। इस पत्नी से बाबर की अनेक सन्तानें हुईं। इनमें से दो पुत्र, शाहरुख़ एवं अहमद थे। ये दोनों शैशवावस्था में ही काल-कवलित हो गये थे। गुलरुख से उसकी एक पुत्री, गुल-इज़ार थी। इसका भी इन्तकाल बचपन में ही हो गया था। किन्तु उसके पश्चात गुलरुख से बाबर की

दो अन्य सन्तानें हुईं, कामरान एवं अस्करी, जिनका उल्लेख हुमायूँ के शासन-काल में हमें निरन्तर मिलता है। जैसा कि स्पष्ट है, अब तक बाबर काबुल में स्थापित व प्रतिष्ठित शासक हो चुका था और भारत पर उसके प्रयास ज़ारी थे। अपनी सुदृढ़ होती राजनीतिक स्थिति के ही कारण शायद अब बाबर अपनी पत्नियों के विषय में कम लिख रहा था। दूसरे उसकी आत्मकथा, तुज़ुक के क़ाफी पृष्ठ भी ग़ायब हैं, अतः इन पत्नियों के सम्बन्ध में ये रिक्तियाँ इस कारण से भी हो सकती हैं। और फिर चूँकि गुलरुख की कोई सन्तान रचनाकार नहीं थी, अतः उसके खास उल्लेख हमें समकालीन इतिहास में नहीं मिलते। फिर कामरान को ही तो पराजित करके हुमायूँ दुबारा भारत में स्थापित हुआ था और ये तमाम इतिहास उसके काल में ही लिखे गये। अतः सम्भव है कि बादशाह की रुचि एवं प्रसन्नता-अप्रसन्नता के अनुसार ही ये वृत्तान्त लिखे गये हों। इतना ऐतिहात रचनाकारों ने अपने हितों की रक्षा के लिए भी सोच-समझकर रखा होगा, और इसीलिए वही लिखा-अनलिखा होगा, जो बादशाह को पसन्द और नापसन्द हो। वे बेचारे तो उन्हीं बातों या प्रकरणों का उल्लेख कर रहे होंगे, जिनसे उनको लाभ दिखता हो। शेष गड़े मुर्दों को उखाड़ने में उन्होंने स्वयं कोई दिलचस्पी नहीं ली होगी।

ख़ैर, यदि एक चीज़ स्पष्ट है तो यही कि गुलरुख बेग़म भी मुग़ल हरम में अन्तिम समय तक रहीं, क्योंकि उनका छोटा पुत्र हुमायूँ के साथ तब तक रहा, जब तक वह स्वयं भारत छोड़कर ईरान नहीं चला गया। तभी अस्करी अपने बड़े भाई कामरान के साथ रहने को मजबूर था। किन्तु तब ज्यादातर मुग़ल हरम भी कामरान के पास ही था। तभी तो उसने हुमायूँ की सेना की काबुल पर हो रही गोलाबारी को रोकने के लिए शिशु अकबर को दुर्ग की दीवार से लटका दिया था। हुमायूँ में अपनी सभी माताओं के प्रति श्रद्धा व आदर का भाव था, अतः वे सब उसी के पास तब तक रहीं, जब तक शेरशाह से पराजित होते-होते वह स्वयं भारत से पलायन नहीं कर गया।

हमें 'मासीर-ए-रहीमी' के लेखक के विवरण से एक बहुत ही दिलचस्प और महत्त्वपूर्ण तथ्य की जानकारी प्राप्त होती है। उसके अनुसार, दिलदार का वास्तविक नाम दिलदार नहीं था, यह नाम तो मुग़ल हरम में प्रवेश के उपरान्त उसे दे दिया गया था, किन्तु यदि ऐसा होता तो वह न तो गुलबदन की जानकारी और न ही उसकी कलम से चूकता। अतः हमें विवाहोपरान्त वधुओं के अपनी ससुराल में नये नामकरण का तो अन्दाज़ा है, मगर दिलदार के साथ भी ऐसा हुआ, यह गुलबदन के साक्ष्य के अभाव में निश्चित या प्रामाणिक नहीं माना जा सकता। यहाँ हम गुलबदन के स्रोत को ही सबसे आधिकारिक सूचना-स्रोत के रूप में मानते हैं, क्योंकि दिलदार

और कोई नहीं, उसकी अपनी माँ थी। बहरहाल, उसके विषय में पूरी, सही व सटीक जानकारी यदि वो नहीं देती तो कौन देता? सम्भवतः 'मासीर-ए-रहीमी' के लेखक ने किसी गफलत में ऐसा लिखा हो? चूँकि, यह नये नामकरण का प्रचलन अकबर द्वारा राजपूत राजकुमारियों के साथ हुए वैवाहिक-सम्बन्धों के बाद मुग़लों में प्रारम्भ हुआ, अतः उसे उसके पूर्व काल पर भी आरोपित कर देना ठीक और तार्किक कत्तई नहीं है।

ख़ैर, दिलदार बेग़म से बाबर को पाँच सन्तानें प्राप्त हुई थीं। सबसे बड़ी बेटी थी गुलरंग, फिर दूसरी बेटी गुलचिरा, फिर एक पुत्र जिसका उल्लेख हम अक्सर हिन्दाल के रूप में करते हैं। इसका पूरा नाम था, अबु-नासिर मुहम्मद, जिसका जन्म 1519 में हुआ था। उसके बाद विदुषी, सुसंस्कृत एवं इतिहासकार के रूप में मशहूर गुलबदन बेग़म पैदा हुई थीं, जिसकी रचना 'हुमायूँनामा' ने उसे अमरत्व प्रदान कर दिया। वह निहायत सुसंस्कृत, साक्षर, सुसभ्य, सुशिक्षित व सन्तुलित व्यक्तित्व की धनी ही नहीं, अपितु एक श्रेष्ठ विदुषी लेखिका थी, जिसने मुग़ल सामाजिक इतिहास पर ज़बरदस्त रौशनी डालकर उस काल के 'हरम' के अनछुए पहलुओं की भी जानकारी देकर हमें समृद्ध किया है। गुलबदन के पश्चात दिलदार बेग़म के एक पुत्र और हुआ था, जिसका नाम अलवर था। उसकी मृत्यु बाबर के बाद मुग़ल हरम के भारत आगमन के पश्चात, अर्थात सन् 1529 में हुई थी।

औरंगज़ेब : प्रेम, राजनीति और सत्ता-संघर्ष

मुग़ल बादशाहों और शहज़ादों के प्रेम, प्रेम-विवाह, विवाहेतर सम्बन्ध और रोमांस के क़िस्सों से मध्यकालीन भारतीय इतिहास भरा पड़ा है, परन्तु उनमें एक नाम ऐसा है, जिसका सम्भवतः अलग-अलग कारणों से विवादित और एक कट्टर धार्मिक बादशाह के रूप में ज़िक्र हुआ है। उसके ऐसे किसी भी क़िस्से को किसी समकालीन या बाद के इतिहासकार ने खोजा ही नहीं। समकालीन इतिहासकारों ने तो इशारों-इशारों में बताया भी, और उस पर प्रकाश भी डाला मगर बाद वाले आधुनिक इतिहासकारों ने अपने मतानुसार औरंगज़ेब के चित्र या चरित्र-चित्रण को सम्भवतः अनुकूल न पाया हो। और यह क़िस्सा जो तथ्यपरक और वास्तविक है तथा जो पहले ही कुछ ही पंक्तियों में सिमटा हुआ था, आधुनिक पुस्तकों के हाशियों तक से गायब है। वैसे औरंगज़ेब के जैसे चित्र उकेरे और रेखांकित किये गये हैं, उससे यह लगता ही नहीं, कि वह कभी प्रेम, भावातिरेक या रोमांस जैसी कोमल भावनाओं से वा-बस्ता भी हुआ होगा। इतिहासकार भूल जाते हैं कि वे जिन चरितनायकों के बारे में लिखते हैं, वे भी इंसान ही होते हैं, और इस नाते संवेदनाओं से कटे या बचे नहीं रह सकते। जैसी उसकी छवि चित्रित हुई है, उसके अनुसार वह एक निहायत अनुशासित व कठोर शासक था, जिसे न संगीत से लगाव था न किसी साहित्यिक-सांस्कृतिक गतिविधि के लिए समय। जहाँ बाकी मुग़ल शहज़ादे व्यसनी, कामी या कामातुर-से दिखाये गये हैं, वहीं औरंगज़ेब के चरित्र को काफ़ी हद तक, राजकुमार (जिन्हें शहज़ादा या सुल्तान कहा जाता था) खुसरू की भाँति चित्रित किया गया है। एक ऐसा शुद्धतावादी समुदाय का कोई सधी राह चलनेवाला व्यक्ति, जिसे चिड़िया की आँख की भाँति मुग़ल सिंहासन के अतिरिक्त कुछ दिखा-सूझा ही न हो।

खुसरू सदैव पतिव्रत स्त्रियों की भाँति, एक पत्नीव्रति रहा था।जबकि औरंगज़ेब को इतना हठी, जिद्दी, धार्मिक, अनुशासनप्रिय व सिर्फ़ प्रशासनिक काम के प्रति समर्पित दिखाया गया है कि विश्वास ही नहीं होता कि वह भी कभी किसी की संवेदना की कद्र करता होगा या किसी के प्रति कोमल भावनाएँ प्रदर्शित कर सकता होगा। उसके चरित्र के विषय में, उसकी कटु आलोचना करने वाले इतिहासकार सर

जदुनाथ सरकार भी यह लिखते हैं : "वह अपने पारिवारिक सम्बन्धों में पवित्र तथा संन्यासी की भाँति सरल और संयमी था। वह बहुत ही कर्मपरायण था तथा उसे आरामतलबी और भोगविलास से घृणा थी।" मगर घर-परिवार में रहकर क्या उसे अपने बड़े भाई के व्यवहार में कुछ बुरा नहीं लगा होगा? और इतना बुरा कि उसने उसका बुरा ही करने का फैसला लिया हो? या एक बहन को उसी बड़े भाई और पिता का साथ देने के लिए षड्यन्त्रकारी समझा हो और पिता के साथ उनकी सेवा के बहाने ही उन्हें भी 'निष्क्रियता की क़ैद' दे दी हो। क्या कभी उसने अपराधियों को दण्डित नहीं किया? क्या कभी किसी को खुश होकर पुरस्कृत नहीं किया? क्या उसने कभी विजयोत्सव से परहेज़ किया? क्या उसने संगीत-नृत्य सहित सभी प्रकार के आयोजनों को बन्द कर दिया? हरगिज़ नहीं; और समकालीन इतिहास इस बात का गवाह भी है। वह स्वयं एक सिद्धहस्त वीणा-वादक था और, उसकी पुत्री ज़ीनत भी उसी की तरह वीणा-वादक थी। यदि संगीत प्रतिबन्धित होता, तो ज़ीनत कहाँ से संगीत सीखती और कैसे अपने पिता की भाँति उस वाद्य के वादन में प्रवीण हो जाती? अतः यह मान लेना कि उसके एक अदद मानव शरीर में दिल की जगह पत्थर था, उसके साथ ही नहीं, अपनी समझ-सोच और विवेक के साथ भी ज्यादती होगी।

हमें औरंगज़ेब के जीवन में दो बार ऐसे प्रकरण मिलते हैं, जब वह भी सौन्दर्य के प्रति आसक्त हुआ था और ऐसा कामान्ध कि किसी को उस समय यकीन ही नहीं हुआ। न आज हो सकता है कि क्या औरंगज़ेब के जीवन में भी ऐसा कुछ हुआ था! शायद, जैसा सब हुआ, यदि वैसा न होता, तो इतिहास और घटना-क्रम कुछ और भी हो सकता था। पहली बार जब उसका दिल पिघलता तो वह विजयोल्लास की ही परम्परा थी। मृत बड़े भाई के हरम की स्त्रियों को संरक्षण देना या विजय के बाद उन्हें 'ट्रॉफी' की तरह वरण करना विजेता की ही विशेषता रही। तो क्या वह अपने पौरुष व शौर्य से परिपूर्ण सफलता की खुशी में अपने-आपको किसी 'पदक' या 'ट्रॉफी' का हकदार मान रहा था? वह दारा, शुजा व मुराद जैसे मुग़ल शहज़ादों को पराजित करके, सिंहासन क़ब्ज़ा करने में सफल हुआ था। अपनी योग्यता, मेहनत कूटनीति व शौर्य से उसने अपने पिता शाहजहाँ से विश्व-प्रसिद्ध 'तख्ते-ताऊस' हासिल किया था। उसी के कारण, शाहजहाँ के जीवित रहते, किन्तु बीमार पड़ने पर, उसके चारों पुत्रों के बीच श्रेष्ठता और सिंहासन के लिए एक लम्बी और रक्त-रंजित लड़ाई लड़ी गयी थी। इतिहासकारों ने भले ही उसे 'उत्तराधिकार का युद्ध' घोषित किया हो, किन्तु बादशाह के जीवित रहते 'उत्तराधिकार' कैसा? अतः वह उसके पुत्रों की सत्ता की प्रतिद्वन्द्विता के अतिरिक्त और कुछ नहीं था। वह एक 'खुला विद्रोह' और सत्ता व राजनीतिक प्रभुता के लिए अमानवीय संघर्ष था।

सिंहासन की इस प्रतिद्वन्द्विता में औरंगज़ेब का सफल होना ही इस बात का

सबूत है कि वह शाहजहाँ के सब पुत्रों या अपने भाइयों में सर्वथा योग्य और उस पद के लायक था। दारा को धार्मिक आधार पर मृत्यु-दण्ड देने वाले औरंगज़ेब ने जब मुग़ल सिंहासन पर अपनी पकड़ मज़बूत कर ली, तभी उसने विजय के जोश में अपने शासक होने की आधिकारिक घोषणा परम्परागत राजनीतिक रिवाज़ से करनी चाही। पराजित एवं धर्मच्युत तथा मृत्युदण्ड के सहारे मार्ग से हटाये गये प्रतिद्वन्द्वी के प्रति अपना औचित्य सिद्ध करने के लिए भी औरंगज़ेब ने वह निर्णय लिया जो आश्चर्य का सबब बना। उसने अपने हाथों पूर्णतया पराजित हुए बड़े भाई की दो उप-पत्नियों (रखैलों), यथा उदयपुरी महल तथा राना-ए-दिल को अपने हरम में सम्मिलित होने का आमन्त्रण दिया था। आइए, इस राना-ए-दिल की बात को आगे बढ़ाते हुए हम इसकी पृष्ठभूमि जान लें, क्योंकि उदयपुरी महल की चर्चा तो साथ में स्वतः हो ही जायेगी और यह चर्चा औरंगज़ेब तथा दारा के साथ इस राना-ए-दिल के अन्तस्सम्बन्धों को समझने में हमारी मदद करेगी? और, हमें औरंगज़ेब व राना-ए-दिल के बीच जो कुछ घटा था, उसे फिर से समझ पाने में कामयाबी भी मिलेगी तभी हम इस पूरी गुत्थी को समझ सकते हैं।

आइए, सबसे पहले दारा और राना के बारे में समझा जाये। दारा की पत्नी का नाम क़रीमुन्निसा था, जो अपने उपनाम 'नादिरा बेग़म' के नाम से ज्यादा प्रसिद्ध थी। इसी क़रीमुन्निसा को दाराशिकोह ने (एक बादशाह की तरह व्यवहार करते हुए) 'नूर महल' का ख़िताब बख़्शा था—अपने बाबा जहाँगीर-नूरजहाँ की तरह, अपने अति विशिष्ट प्यार-भरे सम्बन्धों को दर्शाने के लिए! लेकिन न जाने क्यूँ, कैसे और कब उसका दिल शाहजहाँ-मुमताज़ महल के हरम में सम्मिलित एक कनीज़ राना-ए-दिल पर आ गया। तब बेचारी नादिरा बेग़म पर क्या गुजरी होगी, कह नहीं सकते। किन्तु अनुमान ज़रूर लगाया जा सकता है। अपनी इस बेग़म के साथ दारा की बेमिसाल मोहब्बत की लोगबाग तारीफ़ करते नहीं थकते थे। वे इन लोगों की मोहब्बत की तुलना शाहजहाँ-मुमताज़ वाली मोहब्बत से करते थे। किन्तु 'नूर महल' का अभूतपूर्व प्यार भी वेदान्त और सूफ़ी दर्शन के इस विद्वान राजकुमार को डिगा नहीं पाया। शायद उसे राना-ए-दिल में ज़रूर कुछ अद्वितीय दिखा होगा? ऐसा, जिसके बिना उसे अपने अधूरेपन का एहसास हुआ होगा। और, उसने अपने इस नये आकर्षण को यक़-ब-यक़ प्यार में तब्दील होते देखा होगा। उसके समक्ष खुद को कुछ भी करने तथा कहने में बेबस और लाचार पाया होगा! वह तो बस अनजाने में राना-ए-दिल को दिल दे बैठा था। उसको देखने-समझने के बाद तो उसे फिर खुद का भी होश न रहा था। उसकी सारी शिक्षा, अध्ययन, दर्शन, तर्क और विवेक एक ही झटके में शून्य में विलीन हो गये। दरबारी लोग तक अब कहने लगे कि शहज़ादे की मति मारी गयी है। मुग़ल हरम तो रोज़ नये क़िस्सों-कहानियों और

चटपटी बातों के केन्द्र के रूप में तब्दील हो गया। पहले तो यह 'क़िस्सागोई' दिल बहलाने, जानकारी जुटाने और इतिहास-परम्परा को जानने का माध्यम थी, परन्तु, इस एक घटना ने उसे नया ही रूप प्रदान कर दिया। हरम की निवासिनें सुबह से शाम तक बस इसी एक काम में मशगूल हो गयीं। उनकी दुनिया इश्क के इस नये क़िस्से के इर्द-गिर्द ही सिमट के रह गयी। जैसे-जैसे दारा का जीवनरूपी भौंरा राना जैसी कली के चारों ओर मँडरा रहा था, वैसे-वैसे ही इन महिलाओं की नज़र और दिमाग़ उस रिश्ते के सच-झूठ, अफ़वाह और मन-गढ़न्त क़िस्सों के चक्कर काट रहा था।

वस्तुतः, राना-ए-दिल एक हिन्दू नर्तकी थी, जिस पर दारा पहली ही नज़र में मोहित हो गया था, और उस पहली झलक के बाद उसी के ख़यालों में डूबा रहता था। उसकी आसक्ति इतनी बढ़ गयी थी कि पढ़ाई-लिखाई, अध्ययन-प्रशिक्षण, वस्तुपरकता और विवेकशील निर्णय लेने की क्षमता सभी कुछ प्रतिकूल रूप से प्रभावित होने लगे थे। उसको जिस नज़र ने घायल किया था, उसके बोल भी उसे मीठे लगने लगे थे। फिर, जब उससे शहज़ादे का सामीप्य बढ़ा तब स्पर्श, स्पन्दन और सिर्फ़ साथ रहना एवं समय व्यतीत करना उसे भाने लगा, आनन्दित और आह्लादित करने लगा। इस राना-ए-दिल के प्रति उसका आकर्षण दिनों-दिन बढ़ता चला गया। वह उसके सामीप्य में न अपनी भावनाओं पर, न स्पन्दन पर, न दिल पर नियन्त्रण रख पाता था। फिर तो यह स्थिति आ गयी कि वह उससे आलिंगनबद्ध ही रहना चाहता था, किन्तु इस स्थिति पर पहुँच चुके शहज़ादे को राना-ए-दिल ने ही एक ज़बरदस्त झटका भी दिया, जिसके चलते उसने स्पष्ट कर दिया कि सिर्फ़ मोहब्बत के इज़हार से ही नहीं, अपितु उसे पाक रिश्ते का नाम देकर ही छुआ और प्राप्त किया जा सकता है। उसे एक जायज़ अंजाम तक पहुँचा कर ही मुग़ल शहज़ादा इस कली का खिला रूप प्राप्त कर सकेगा। अर्थात एकमात्र 'निकाह' से ही मुग़ल सत्ता का यह वारिस उसे पूर्णतः प्राप्त करने की आशा कर सकता है। इससे यह पूरा सिलसिला ऐसे नाटकीय मोड़ पर पहुँच गया था कि दारा को राना-ए-दिल से निकाह के बारे में सोचना पड़ा और उसने बिना लाग-लपेट उस कनीज़ से विधि-सम्मत विवाह का निर्णय भी ले लिया।

मुग़ल साम्राज्य की एक अदना-सी कनीज़ ने बिना निकाह बादशाह के इस प्रिय पुत्र, मुग़ल ताज़ और मयूर-सिंहासन के इस 'वली-अहद' या वैध उत्तराधिकारी के समक्ष अपने-आप को यों ही समर्पित होने से इंकार कर दिया था। एक सीमा तक तो उसे कोई ऐतराज़ नहीं था, किन्तु शय्या-सुख प्रदान करने के लिए दारा की विवाहित पत्नी या उप-पत्नी होने की ज़िद कर बैठी! शहज़ादा अब इस सीमा के आगे स्वभावतः ही बेबस था। जो चीज़ निकट होकर भी सहज उपलब्ध न हो, उसकी चाह बढ़ना स्वाभाविक एवं सहज ही था। शहज़ादे की अजब अस्त-व्यस्त हालत से

यह बात गुप्त न रह सकी। बादशाह यह सब देखकर कुछ समझने की कोशिश तो कर रहा था, किन्तु मगर बहुत कामयाब नहीं हुआ। अन्ततः प्रेम और विरह की यह दास्ताँ उस पर स्पष्ट हो ही गयी। अब उसे यह कैसे गवारा होता कि मुग़ल सल्तनत का वारिस या वली-अहद एक कनीज़ के ख़यालों में गुम हो जाये। वास्तव में, उस ज़माने में मुग़ल शहज़ादे—और वह भी ज्येष्ठतम—और जो घोषित-अघोषित 'वली-अहद' हो, बहुतों के लिए बहुत कुछ होता है। फिर चूँकि यह शहज़ादा बादशाह को कमज़ोरी की हद तक प्रिय था, इसलिए ऐसे व्यक्ति-विशेष की पसन्द होना ही किसी कनीज़ के लिए फ़ख्र की बात थी। किन्तु, यह हिन्दू बाला गीत-संगीत के साथ उस समय गहराती भक्ति की धारा और उससे सम्पृक्त सामाजिक-सांस्कृतिक संस्कारों में पगी हुई थी। वरना वह इस प्रकार का हठ इस हद तक नहीं कर सकती थी। न ही वह अपनी बात पर इतने समय तक डटी रहती। न ही शहज़ादे द्वारा सम्भावित वादा-खिलाफ़ी के जवाब में आत्महत्या की बात करती अपनी सखी-सहेलियों से भी वह ऐसा कुछ कहा करती थी, उसके नृत्य और गायन की प्रशंसा करने वाले भी इस बात से अवगत थे तथा पूरा रनिवास उसको और उसके सिद्धान्तों के प्रति दृढ़ आग्रह को भी जानता था। वह भक्ति-आन्दोलन के प्रभाव में न केवल भजन गाती थी, अपितु अपना अगला जन्म सुधारने के लिए, सामान्य से नियम-धरम (धार्मिक अनुष्ठान या अन्ध-विश्वास नहीं) से जैसे-तैसे अपना जीवन-निर्वाह भी करती थी। वह इस जन्म से छुटकारा पाने के लिए और सम्भवतः जन्म-मरण के दुष्चक्र से मुक्ति के लिए सन्तों के भजन तो गाया ही करती थी, उनके दर्शन और साहित्य को भी अपनी समझ-भर पढ़ती, समझती और आत्मसात करती थी। अतः कनीज़ होने के बावजूद, उसने शहज़ादे से साफ़ शब्दों में कह दिया था कि वह उदयपुरी की तरह अपना शरीर शहज़ादे को बिना निकाह के नहीं सौंप सकती।

दारा के लिए इससे बड़ी समस्या उत्पन्न हो गयी। जितना ही राना-ए-दिल ने सशर्त समर्पण की बात पर ज़ोर देना शुरू किया, उतना ही शहज़ादा उस पर आसक्त होता चला गया। महबूबा का इनकार ही आशिक के प्यार को बढ़ाता गया। उसकी हर बार की 'न' ने शहज़ादे के प्यार में इज़ाफ़ा ही किया। अब वह बेख़ुदी की हद भी पार करने लगा। उसने साफ़ शब्दों में कह दिया कि वह उदयपुरी नहीं है और यदि शहज़ादे ने बलात कुछ किया और उसे समर्पण के लिए बाध्य किया, तब वह मृत्यु का वरन करना कहीं श्रेयस्कर समझेगी। दारा ने किसी तरह से उसे समझाया कि वह ऐसा नहीं है, जैसा वह समझ रही है, और वह उसे बलात विवाहेतर सम्बन्ध का दोषी नहीं बनाएगा। बावजूद संशय-सन्देहों के भी राना-ए-दिल ने भी कुछ राहत की साँस ली होगी। अपनी शर्तों पर वह सिर्फ़ बाग़-बगीचों में ही 'सुल्तान दारा' से मिलती और भले ही लोगों की आँखें इससे फटी की फटी रह जातीं; भले ही नूर

महल ख़ून के घूँट पीती रहती, और जितने मुँह उतनी बातें होतीं। आँखों देख कर मक्खी कैसे और कितनी निगली जाये और कैसे इस प्रेम-कथा का अन्त होगा—यह भी सभी के दिलो-दिमाग़ को मथता रहा। किन्तु वह नितान्त अकेले या अँधेरे में मिलने से कतराती थी, और यूँ खुले आम मिलने से बातों-अफ़वाहों का बाज़ार गर्म होता। दारा की इस दीवानगी और प्रेम विह्वलता की बातें फिर भी आम होती रहीं।

लेकिन शहज़ादे का सुख-चैन-नींद सब छिन गया था। वह अपने दिल के आगे बेबस होता गया था और उसका दिल राना-ए-दिल के क़दमों पर बिछ चुका था। उसे अब राना और सिर्फ़ राना की ही चाह रह गयी थी। वह उसका अपनी नज़रों से ओझल होना बर्दाश्त ही नहीं कर पाता था। बादशाह की आँखों का तारा दारा- शिकोह न अब ठीक से खाता, न पीता, न ढंग से बात करता, न ही उसका पढ़ाई-लिखाई में मन लगता, न राज-कार्यों में। जितना-जितना शाहजहाँ उसे राज-कार्यों के दायित्वों के निर्वहन में पारंगत करना चाहता, उतना ही वह इन कार्यों के सम्पादन से जी चुराने लगा था। बादशाह ने अपने इस ज्येष्ठ पुत्र को प्रशासन में दक्ष करने की नीयत से सैन्य-मन्त्रालय का अनौपचारिक प्रधान बना दिया था। उसका दायित्त्व था कि सैन्य मन्त्रालय से सम्बन्धित सभी दस्तावेज़ उसी की नज़र से गुज़रकर, टीप व संस्तुति के बाद ही बादशाह के अन्तिम निर्णय हेतु प्रेषित होते थे। तत्कालीन मीर बख्शी या सैन्य-मन्त्री ने भी बादशाह से शिकायत के लहज़े में कहा कि वो बादशाह के समक्ष पेश किये जाने वाले जो भी सरकारी कागज़ात वगैरह सुल्तान के पास छोड़ आता है, उन्हें बिना शहज़ादे की टिप्पणी के वापस लेना पड़ता है, जबकि पहले सब पर उसकी टीप होती थी, जिससे स्पष्ट होता है कि शहज़ादा अब किसी बात पर ध्यान नहीं दे रहा। न राजकार्य में, न अध्ययन में और न सार्वजनिक जीवन में। शहज़ादे को इस सबसे वितृष्णा-सी हो रही थी।

उसका यूँ उखड़ा-उखड़ा और अनमना व्यवहार हरम में मुग़ल महिलाओं की परेशानी का भी सबब हो रहा था। यही नहीं, चिन्ता में घुलता हुआ दारा दिन पर दिन कमज़ोर होता जा रहा था, सूखता जा रहा था। उसकी हालत बिल्कुल अहमक़ों की-सी होती जा रही थी। मुग़ल साम्राज्य के इस वास्तविक 'वली-अहद' (विधिक उत्तराधिकारी) के बिगड़ते हाल की ख़बरें शीघ्र ही छन-छन कर शाहजहाँ के कानों तक भी पहुँचीं। उसे पहले तो यकीन नहीं हुआ, फिर जब उसने गुप्तचरों, परिचरों, अधिकारियों, रिश्तेदारों और खुद शहज़ादे से बात की तो स्पष्ट हो गया। शाहजहाँ का चिन्तातुर होना स्वाभाविक था। दारा उसके सब पुत्रों से अलग था, इसीलिए वह उसके हृदय में बसा हुआ था। उसने मुमताज़ के दुःख से निकलने में बादशाह की बहुत सहायता की थी। उस पूरे दौर में वह बड़े और ज़िम्मेदार पुत्र की भूमिका में श्रेष्ठ होकर उभरा था। उसने न केवल संवेदना और भावनाओं के स्तर पर अपने

दायित्व का निर्वहन किया था, अपितु राजकार्य के सम्पादन में भी उसका भार वहन किया था। इतना होनहार, समझदार और परिपक्व व्यक्तित्व कैसे मुरझा-सा गया है, बादशाह इसी बात से परेशान था। वह किंकर्तव्यविमूढ़ था। अपने-आप को उसने कितना असहाय महसूस किया होगा। प्रिय बेग़म मुमताज़ महल के मृत्योपरान्त यदि दरबार में कभी गीत-संगीत का आयोजन हुआ था तो वह शहज़ादे दारा की शादी के मौक़े पर। अगर मुमताज़ बेग़म के देहावसान के बाद पहली बार बादशाह खुश हुआ और मुस्कुराया था, तो वह अवसर भी दारा के विवाह का ही था। वह यह देखकर सुखी और सन्तुष्ट था कि वह अपनी नयी नवेली पत्नी के साथ कितना खुश और तृप्त है। इन दोनों का पारस्परिक प्रेम भी मुमताज़-शाहजहाँ के प्रेम जैसा ही माना जाता था। तभी तो अपनी मृत्यु से पूर्व ही मुमताज़ दारा के साथ नादिरा की सगाई तय कर चुकी थी। इसीलिए शाहजहाँ इस शादी को भी अपनी मृत पत्नी व प्रेमिका के स्मारक स्वरूप देखा होगा। मानो वह मृत मुमताज़ की हार्दिक इच्छा की पूर्ति कर रहा हो? उसे इस प्रकार श्रद्धांजलि अर्पित कर रहा हो।

मुमताज़ की मृत्यु से उबरने के बाद बादशाह अब फिर एक बार गहरे अवसाद की क़ैद में जाते-जाते बचा। जिसने उसे उस अवसाद से उबारने में अमूल्य भूमिका निभाई थी, उसी के चलते वह फिर उसी स्थिति में पहुँचने की कगार पर था। उसने अपने विश्वसनीय लोगों से सलाह की और एक विवश पिता व बादशाह ने दारा को तत्काल प्रभाव से इलाहाबाद की प्रशासनिक-राजनीतिक अव्यवस्था का हवाला देकर उस ओर रवाना कर दिया। दारा पहले से ही, यथा 15 जून, 1645 में वहाँ का सूबेदार नियुक्त हुआ था। वास्तव में, मुमताज़ की मृत्यु से पूर्व ही वह अपनी दो बड़ी सन्तानों से बहुत प्रेम करता था–दारा और पुत्री जहाँआरा से। उनके प्रति उसका झुकाव जगजाहिर था। वह अपने इस पुत्र से पहले भी बहुत दूर नहीं रह पाता था और मुमताज़ के देहान्त के बाद तो यही दो सन्तानें उसके दो अवलम्ब बन गये थे। बादशाह उसे अपने निकट ही राजधानी में रखने का सदैव इच्छुक रहता था, जबकि उसके छोटे भाइयों को अपने-अपने सूबों में जाकर, प्रशासनिक दायित्व सम्हालने का आदेश था। दारा उसका सर्वाधिक प्रिय था, और शाहजहाँ उसका अति भावुक पिता। इसीलिए इलाहाबाद का सूबेदार नियुक्त होने के बावजूद दारा दरबार और राजधानी में रहकर, अपने प्रतिनिधि (नायब-सूबेदार) बकी बेग के माध्यम से वहाँ का प्रशासन चला रहा था। यहाँ की बारह वर्षीय (1645-1657) सूबेदारी में वह सिर्फ़ इसी बार कुछ समय के लिए इलाहाबाद गया था या बादशाह द्वारा स्वयं भेजा गया था।

शाहजहाँ ने सोचा था कि इलाहाबाद का यह सूबेदार, वहाँ जाकर, राना-ए-दिल से दूर होकर, बनारस के पंडितों से घिरा, उपनिषदों के अध्ययन में व्यस्त होकर,

कुछ दिनों में उसको भूलने लगेगा। साथ ही इलाहाबाद के सूफ़ी दायरों के प्रसिद्ध सन्तों की संगत में अपने मनपसन्द रूहानी विषयों के अध्ययन में व्यस्त हो जायेगा। लेकिन यहाँ तो मर्ज़ बहुत गहरा था। दूरी ने दर्द को कम तो क्या किया, उसकी याद और कशिश को और अधिक बढ़ा दिया। यह दवा या उपाय भी कोई काम नहीं आया। उलटे बेअसर-सा ही साबित हुआ। दारा आगरा से दूर, इलाहाबाद में भी राना की याद में ही घुलता रहा। सूफ़ी सन्तों से भी वो इश्क़-ए-हक़ीकी और इश्क़-ए-मिजाज़ी के अन्तर पर ही संवाद करता रहा। उपनिषदों की जगह वह श्रीमद्भागवत में कृष्ण की रास-लीलाओं और उसके गूढ़ अर्थों में ही उलझ कर रह गया। प्रशासनिक कार्यों से वह विरत ही रहा। जो थोड़ा-बहुत देखा भी तो अनमने ढंग से, और जो न-काफी ही रहा। बादशाह ने जिस मकसद से भेजा था, वैसा हुआ नहीं। दारा शासकीय प्रबन्धन में डूबा ही नहीं। उसकी इस उपस्थिति से न इलाहाबाद के प्रशासन का कुछ भला हुआ और न शहज़ादे की सेहत का। दिन-ब-दिन वह अपनी प्रेम-विह्वलता में घुलता रहा और कमज़ोर होता गया। इससे बादशाह की परेशानी भी निरन्तर बढ़ती रही। ऐसा लगता था कि जैसे-जैसे इलाज़ हो रहा है, वैसे-वैसे रोग भी बढ़ता जा रहा है।

शहज़ादे की गतिविधियों के जो समाचार इलाहाबाद से वाक़िया-नवीस और ख़ुफ़िया-नवीस द्वारा प्रेषित हो रहे थे, वे बादशाह को उद्वेलित ही कर रहे थे। उनकी गुप्त सूचनाओं से बादशाह परेशान हुए बिना नहीं रह सका। चिन्ता की लकीरें उसके माथे पर उभरने लगीं। वह स्वयं हताश होने लगा था। उसका प्रिय पुत्र, जिससे उसको सबसे ज्यादा स्नेह और घनिष्ठता थी, वही ऐसी राह पर चल पड़ा था कि उसकी हालत बिगड़ती जा रही थी। यह बात शहज़ादे के प्रतिनिधि बकी बेग से लेकर प्रान्तीय दीवान, बख्शी, सद्र सभी के ख़त-खिताबत में मुख्यतः रेखांकित होती थी, क्योंकि बादशाह का भी यही एक सवाल वहाँ के सभी प्रान्तीय अधिकारियों से रहता था। वह रौशनी की एक भी किरण की तलाश और उम्मीद में भटकता रहा। एक चिन्तातुर पिता की बेबसी बढ़ती ही जा रही थी और विकल्प की उम्मीद घटती जा रही थी। उसे इस दौर में बस यही एक चिन्ता खाए जा रही थी। यह मुद्दा राजकीय चिन्ता का रूप धारण करता जा रहा था। शाहजहाँ के पास कोई मार्ग नहीं बचा था, सिवाय इसके कि वह अपने प्रिय शहज़ादे की ज़िद के आगे झुक जाये और दारा को वह करने की मंजूरी दे दे जो उसकी इच्छा थी। अन्ततः दारा को वापस आने पर अपनी महबूबा राना-ए-दिल से विवाह-सूत्र में बँधने का मौक़ा मिल ही गया। उसका राना-ए-दिल से मुत्ता-विवाह हुआ। निकाह तो हो नहीं सकता था, क्योंकि वह हिन्दू थी, मुस्लिम नहीं। दूसरे, क्या नादिरा बेग़म उसके लिए तैयार होती? और बिना पहली पत्नी की सहमति के दूसरा निकाह जायज़ होता? दारा ने

ही शायद इस समाधान को स्वीकृति प्रदान कर दी थी।

राना-ए-दिल को मन माँगी मुराद मिल गयी थी। मुग़ल तख़्त के वारिस से विवाह, और वो भी अपनी शर्त पर। वह समझ गयी कि दारा उससे वास्तव में प्यार करता है, यह सिर्फ़ शारीरिक आकर्षण ही नहीं है। शायद, नादिरा बेग़म को भी शीघ्र समझ में आ गया कि ये दोनों कैसे हिन्दू धर्म आदि पर चर्चा करते हैं, और दारा को अपना एक मन-पसन्द साथी मिला है, सिर्फ़ कोई बाँदी, कनीज़, उप-पत्नी या रखैल नहीं। उन दोनों में जिस प्रकार की चर्चा उसने सुनी, वह दंग रह गयी। तब उसे समझ आया कि यह आध्यात्मिक-बौद्धिक आदान-प्रदान भी है, जिसने दोनों के पारस्परिक आकर्षण को जन्म दिया, और उस आकर्षण को नित्य की मुलाकातों ने पुष्ट और सुदृढ़ भी किया है। घण्टों किसी बाग़ के एकान्त में चर्चा करते रहना और उसमें डूबे रहना अब उसकी समझ में आया। चूँकि दारा डूबकर बातें करता था, इसीलिए लोगों को इसका कारण कुछ अज्ञात होने के कारण कुछ समझ नहीं आया था। वे इसे साधारण भौतिक प्रेम व शारीरिक आकर्षण से ऊपर कुछ और समझ सकने में असफल थे। यही वजह थी कि जब औरंगज़ेब ने दारा को मौत के घाट उतरवा दिया और उदयपुरी तथा राना-ए-दिल को अपने हरम में सम्मिलित होने का आमन्त्रण दिया, तब किसी हिन्दू विधवा की भाँति उसने साफ़ तौर पर इनकार कर दिया। उसी की साथी और दारा की उप-पत्नी बनने को तत्पर उदयपुरी महल ने जब उसे समझाया तब उसके पास उत्तर तैयार था। उदयपुरी तो दारा के पहले इशारे पर ही राजकुमार के आगे बिछ गयी थी, किन्तु वह तो दारा की विवाहित पत्नी थी न कि शरीर समर्पण करके, सुख और धन कमाने वाली कोई निम्नस्तरीय कनीज़। उसने सिर्फ़ शारीरिक, भौतिक, राजकीय सुख और सम्पदा के लिए ही तो मुग़ल शहज़ादे से सम्बन्ध नहीं बनाये थे।

जहाँ तक राना-ए-दिल का सम्बन्ध है, उसे देखकर जैसे दारा का हाल हुआ था, वैसा ही औरंगज़ेब का भी हुआ। उसे अतीत का पूरा हाल मालूम था, इसीलिए वह दिल से राना-ए-दिल को प्राप्त करने का इच्छुक हो उठा। उसे लगा कि ऐसे दृढ़ व्यक्तित्व वाला कोई साथी ही उसके भावी जीवन के लिए श्रेष्ठ होगा। उतना ही हठी, उतना ही ज़िद्दी और अडिग। लेकिन वह तो मुस्लिम फ़िक्क या न्याय या विधि का विद्वान था। उसने इस पूरी प्रक्रिया को एक सामाजिक-न्यायिक-विधिक-अनुष्ठानिक रूप देने का निर्णय लिया। एशियाई परम्परा के अनुसार, ज्येष्ठ भ्राता की विधवा पत्नियों तथा उप-पत्नियों पर छोटे भाई का अधिकार माना जाता था। अतः उसने उदयपुरी और राना-ए-दिल दोनों की माँग की। पर यह एक छलावा था, उसकी वास्तविक इच्छा तो राना ही थी। उदयपुरी ने तो अपने चरित्र का परिचय देते हुए, नये बादशाह के हरम में सम्मिलित होना सौभाग्य ही माना, मगर राना ने अपना उपहास

एवं अपमान। इसी उदयपुरी से औरंगज़ेब को कामबख्श जैसा पुत्र प्राप्त हुआ था।

मगर आगे बढ़ने से पूर्व हमें यह भी स्मरण रखना ज़रूरी होगा कि इस घटना-चक्र से पूर्व ही, 8 अक्टूबर, 1657 को औरंगज़ेब की प्रथम पत्नी, दिलरस बानू की मृत्यु हो चुकी थी। वैसे भी वह ईरानी शाही परिवार की शहज़ादी थी। प्रसिद्ध अमीर शाह नवाज़ खाँ की पुत्री। अतः कहीं न कहीं सुन्नी औरंगज़ेब का शिया राजकुमारी से बहुत भीतर तक मन नहीं मिला होगा। यही नहीं, उसकी दूसरी पत्नी रहमत-उन-निसा थी, जिसकी पदवी 'नवाब राय' थी। वह काश्मीर के राजौरी के राजपूत राजा राजू की पुत्री थी। सम्भवतः पुरानी परम्पराओं में विभिन्न नस्लीय अभिजात के वर्गों के साथ कूटनीतिक-राजनीतिक सम्बन्धों को बनाये रखने के लिए ये विवाह भी मात्र राजनीतिक गठबन्धन ही थे, जो औरंगज़ेब की धार्मिक-सांस्कृतिक विचारधारा से बहुत मेल नहीं खाते थे। ये वैवाहिक-गठबन्धन तो मुग़ल साम्राज्य के परम्परागत सम्बन्धों के निर्वहन के लिए शाहजहाँ द्वारा किये गये थे। उसको अपनी राजनीतिक गुत्थियाँ सुलझानी थीं। मुग़ल शासकों को अपने सामाजिक स्तर को बढ़ाते भी रहना था और बरकरार भी रखना था। और विवाहों से ही ये सम्बन्ध साधे जाते थे। इसमें औरंगज़ेब की पसन्द-नापसन्द की गुंज़ाइश ही कहाँ थी?

मुग़ल शहज़ादों के बीच रक्त-रंजित सत्ता का यह संघर्ष औरंगज़ेब की विजय के साथ ही समाप्त हुआ, और वह मुग़ल साम्राज्य का भाग्य-विधाता बन गया। अब वो कोई भी आदेश पारित कर सकता था। वैसे भी अगर औरंगज़ेब की जगह उसके दोनों भाई मुराद या शुजा रहे होते तो रानी को बलात उठवा लिया होता, क्योंकि विजयोपरान्त तो मुग़ल हरम जायज़ रूप से विजेता का ही था। जहाँगीर या शहज़ादा सलीम की परम्पराओं का पालन करते अन्य मुग़ल शहज़ादों, यथा दानियाल, परवेज़ आदि ने भी यही किया होता। परन्तु वह औरंगज़ेब था। औरों से फ़र्क़। उसने अपना प्रणय-प्रस्ताव पुनः राना के समक्ष विचारार्थ भेजा। आगे बढ़ने से पहले हम यह भी स्पष्ट कर देना चाहते हैं कि राना बला की सुन्दर थी। नर्तकी होने के कारण उसका शरीर-सौष्ठव भी अतुलनीय था। और फिर दारा जैसा साथी—उसके साथ राना का शरीर से अधिक, मन और बुद्धि का मिलन होता था। वह इस साथ से पूरी तरह सन्तुष्ट और तृप्त हुई होगी। अतः उसकी सुन्दरता में चार चाँद ही लगते रहे थे। मन की सुन्दरता उम्र के साथ उसके चेहरे और चेहरे पर प्रदर्शित भावों से चित्रित होने लगी थी। दारा के साथ रहने से, उसके वैचारिक धरातल और आध्यात्मिक विकास ने उसके व्यक्तित्व में वे आयाम भी जोड़ दिये थे, जो उसमें चार चाँद लगाने में सक्षम थे। फिर क्या था, उम्र के इस मोड़ पर न केवल वह, अपितु उसका व्यक्तित्व भी और अधिक निखर आया था। उसका शरीर गदरा-सा गया था। वैसा ही सुन्दर चेहरा, वैसा ही गाम्भीर्य और वैसी ही अजब-सी

शान्त चपलता। अतः औरंगज़ेब यह सब जान, देख-सुनकर विवश-सा हो गया। जैसे कभी दारा हुआ होगा।

इस नये प्रेम-प्रसंग को समझने के लिए हमें समकालीन राजनीतिक द्वन्द्व के प्रत्यक्ष एवं परोक्ष दोनों रूपों को विश्लेषित करना पड़ेगा। इन दोनों भाइयों के संघर्ष में दो बहनों ने भी अपने-अपने पक्षधर भाइयों का साथ देते हुए मुग़ल साम्राज्य को इस दोराहे पर पहुँचा दिया था, जहाँ एक खुला विद्रोह हुआ, और शाहजहाँ के जीवित रहते भी सभी भाई सिंहासन पर क़ब्ज़ा जमाने को आकुल-व्याकुल हो उठे। जहाँ एक ओर जहाँआरा अपने से एक वर्ष छोटे भाई दारा की पक्षधर थी, वहीं दूसरी बहन रोशनआरा का झुकाव और लगाव अपने से एक वर्ष छोटे भाई औरंगज़ेब के प्रति था। इतना ही नहीं, ये दोनों बहनें भी मुग़ल हरम की उलझी हुई राजनीति में स्वयं मोहरा भी थीं और दक्ष खिलाड़ी भी। वास्तव में, शाहजहाँ को अपने जीते-जी अपने कर्मों का फल मिलना था, सो मिल गया। उसने भी अपने पिता जहाँगीर के मरते ही सभी भाइयों-भतीजों को निर्ममता से मरवाने और अपना मार्ग सुरक्षित करने में कोई कसर नहीं छोड़ी थी। अपने मार्ग को सुरक्षित करने हेतु उसने अपने अवयस्क तथा अल्प-वयस्क भाइयों, भतीजों को बलि के बकरों की भाँति बेदर्दी से क़त्ल करवा दिया था। उसके जीते-जी उसके चारों बेटों के बीच सत्ता का अन्धा संघर्ष हुआ और औरंगज़ेब ने न केवल अपने सारे भाइयों को उसी प्रकार मार्ग से हटाया, अपितु शाहजहाँ को भी बन्दी जीवन जीने पर मजबूर कर दिया।

दक्खन की अपनी वायिसरोयल्टी (महाप्रान्तपतित्व) की दूसरी पारी में औरंगज़ेब ने अपने भाई दारा और उसकी पक्षधर बहन जहाँआरा के निरन्तर हस्तक्षेप से दुखी होकर, अन्ततः उसी को साफ़ शब्दों में लिखा था—"यदि बादशाह की यही इच्छा है कि मैं गुमनामी की ज़िन्दगी बसर करूँ, तो उस दृष्टिकोण से मेरे लिए बाग्लाना की जागीर ही पर्याप्त होगी। मैं उसी से सन्तोष करूँगा और पिता के स्नेहाशीष के साथ जीवन बसर कर लूँगा। किन्तु, यदि वह दक्खन के इतने विस्तृत प्रान्त का गुरुतर दायित्व और मुग़ल सुप्रबन्धन-सुशासन का जुआ मेरे कन्धों पर रखना चाहते हैं, तो कोई ऐसा कार्य न करें, जिससे मैं दक्खन के शासकों और अपने सेवकों और उच्चाधिकारियों की नज़र में ही गिर जाऊँ।" यानी, औरंगज़ेब बिना लाग-लपेट के साफ़ शब्दों में केन्द्र सरकार और मुग़ल बादशाह शाहजहाँ को अनावश्यक हस्तक्षेप और बिना मतलब लगने वाले अड़ंगों को रेखांकित कर रहा था। दारा और जहाँआरा के दबाव में आकर बादशाह स्वयं दक्खन के शिया राज्यों, बीजापुर व गोलकोंडा के विरुद्ध उसके अभियान में सम्भावित विजय को रुकवा चुके थे। उसकी खिन्नता इस बात से उतनी नहीं थी कि उसे इन राज्यों के विरुद्ध सम्भावित जीत से और

परिणामस्वरूप उसके मान-सम्मान, यश-कीर्ति में वृद्धि से ही वंचित किया गया; अपितु इस बात से अधिक थी कि इस प्रकार मुग़ल शासन ने अपने हितों व अकबर काल से स्थापित अपनी दक्खन-नीति का परित्याग करके मुग़ल सम्मान को भी अपूर्णीय क्षति पहुँचाई है। साथ ही साथ, ऐसा माहौल पैदा कर दिया है, जिससे दक्खन के राज्यों में मुग़ल छवि धूमिल हुई है तथा सैन्याधिकारियों व सैनिकों का मनोबल भी टूटा है। अतः यदि उसे अपमानित और दण्डित करने के इरादे से इतना बड़ा और कड़ा फैसला लिया गया है तो उससे बेहतर उसे गुज़ारे के लिए एक छोटी-सी जागीर (दिल्ली और उत्तर भारत से दूर रखने के लिए दक्खन में ही बाग्लाना) देकर मुक्ति पाई जा सकती है। इससे वह कोई शिकायत न बादशाह, न बड़े भाई-बहन और न ही अपनी किस्मत से करेगा।

यही नहीं, सामूगढ़ के युद्ध में दारा की पराजय और अन्ततः उसके आगरा से हड़बड़ी में पलायन के उपरान्त जहाँआरा के हस्तक्षेप का संकेत भी हमें मिलता है। औरंगज़ेब ने आगरा में प्रवेश करने से पूर्व, 1 जून, 1658 को 'नूर-मंज़िल' में प्रवास किया था। तब भी जहाँआरा बेग़म ने राजनीति की बागडोर सम्हालने की कोशिश जारी रखते हुए बादशाह और दारा के हितों को साधने की कोशिश की थी। उसने हरसम्भव प्रयास किया, ताकि वह इस हारी हुई बाजी को पलट सके। वह अपने या बड़ी बहन के प्रति औरंगज़ेब के आदरपूर्ण व नरम रवैये को समझने में बुरी तरह असफल रही। जबकि वह बहन के प्रति उदार किन्तु उद्देश्य के प्रति दृढ़ था। वह अपने को बहादुर और बुद्धिमती समझती तो कोई हर्ज़ नहीं था, किन्तु वह तो औरंगज़ेब के शौर्य, सामरिक समझ, चातुर्य, बुद्धिमत्ता और उद्देश्य-पूर्ति के प्रति समर्पण को नज़रअन्दाज़ ही करती रही। वह भूल रही थी कि उसने अपने बड़े भाई और बड़ी बहन का ही नहीं, अपितु उनके प्रभाव में शाहजहाँ जैसे मुग़ल बादशाह का भी सफलतापूर्वक सामना किया था। अपना अस्तित्व भी बचाया था और विधिक तरीकों से अपनी योग्यता व उपलब्धियों से अपनी प्रतिष्ठा पर गम्भीर आँच भी नहीं आने दी थी। जहाँ-जहाँ दारा आदि तमाम भाई असफल रहे थे, वहीं औरंगज़ेब विजयी और सफल होता रहा। फिर चाहे राजपुताना हो, बल्ख-बदख्शां हो या दक्खन! जहाँआरा की हर चाल को वह पहले ही समझ लेता था और एक निष्णात खिलाड़ी की भाँति बेअसर कर देता था।

इस जीत और बड़े भाई के पलायन के बाद भी उसने अपने बड़प्पन का प्रदर्शन करते हुए बादशाह को क्षमा-याचना भरा एक पत्र लिखा था। उस पत्र का उत्तर भी बादशाह से उसे यहीं 'नूर-मंज़िल' में प्राप्त हुआ था। शाहजहाँ ने उसकी इस महत्त्वपूर्ण विजय की स्वीकृति में उसे वह शाही तलवार भी भेंट स्वरूप भेजी, जिसका नाम था, 'आलमगीर' (विश्व-विजेता)। ज़ाहिर-सी बात है, औरंगज़ेब इस

बात से प्रफुल्लित ही हुआ। उसने अन्ततः इसे एक अच्छा सगुन माना और यही ख़िताब या विरुद धारण कर लिया। दूसरे दिन, अर्थात 2 जून, 1658 में जहाँआरा भी अपने इस भाई से मिलने पहुँची। लेकिन दारा के प्रति उसका स्नेह, समर्पण और पक्षधरता के साथ औरंगज़ेब के प्रति उसकी कटुता, उसकी भाषा, अभिव्यक्ति और हाव-भाव में स्पष्टतः झलकी। उसने अब तक की घटनाओं के लिए औरंगज़ेब को ही दोषी करार देते हुए, क्षुब्ध होते हुए, उसे काफ़ी भला-बुरा भी कहा। उसने उसे राजद्रोही के साथ ही अपने पिता का अपमान करनेवाला, नाशुक्रा कुपुत्र और एक बुरा भाई तक कह डाला। औरंगज़ेब ख़ामोश सर झुकाए अपनी बड़ी बहन के उद्‌गारों को सुनता रहा। उसने अपने ठण्डे दिमाग़, परिपक्वता और पौरुष का परिचय दिखाते हुए सब कुछ धैर्य और विनम्रता से सुना। औरंगज़ेब ने इसे एक अभागी पुत्री और बहन की भावुकता के अतिरिक्त कुछ नहीं माना। वह शाहजहाँ और दारा की पक्षधर थी, और ज़िन्दगी-भर औरंगज़ेब के सिंहासन की दौड़ में काँटे ही बिछाती रही थी। दूसरी ओर, इसी जहाँआरा की छोटी बहन रोशनारा थी। जो सदैव औरंगज़ेब की पक्षधर रही, और ताज़, दारा और उसके शासन की विरोधी के रूप में कुख्यात रही। उसने कोई कसर नहीं छोड़ी कि वह अपनी बड़ी बहन की कूटनीतिक चालों को अपनी सतर्कता और बुद्धिमत्ता से निष्फल करती रहे और अपने राजनीतिक व कूटनीतिक निहितार्थों के प्रति औरंगज़ेब की आँखें खोले रखे।

जहाँआरा का मन्तव्य और कुटिलता इसी से ज़ाहिर होती है कि कैसे उसने आखिरी कूटनीतिक चाल के रूप में शाही रनिवास के वरिष्ठतम खोजा अल्मास के माध्यम से औरंगज़ेब को मरवाने की साज़िश रची, ताकि पलायन कर चुके दारा की सहायता की जा सके! किन्तु, राजनीति की पेचीदगियों में दक्ष रोशनारा, उसी खोजा को बहुत पहले से ही धन-पद के लिए आकर्षित करके, चुपके-चुपके, अपने पक्ष में कर चुकी थी। और अब जब उसका पक्षधर भाई औरंगज़ेब ही बादशाह बन बैठा, तो उसी अल्मास को रोशनारा का सगा होने में कोई देर नहीं लगी। मुग़ल राजनीति की इस प्रवृत्ति से न अमीर वर्ग, न उलेमा वर्ग और न ही हरम सुरक्षित था। अपने निहितार्थों के रक्षार्थ वे तुरन्त पाला बदलने में दक्ष थे। सम्भवतः यही उनके अस्तित्व के साथ पद-प्रतिष्ठा बचाये रखने का एकमात्र मन्त्र था। इसी के सहारे वे बचते थे और फिर मुग़ल राजनीति को जटिल बनाते और समीकरणों को भी उलझाते थे। अतः उसी खोजासरा ने रोशनारा को यह राज़ बता दिया कि कैसे औरंगज़ेब को बहला-फुसलाकर आगरा क़िले में अपने बन्दी पिता से मिलने को तैयार किया जायेगा, और मुलाक़ात के वक़्त, प्रशिक्षित एवं हृष्ट-पुष्ट तार्तर, क़लमक तथा उज़्बेक खोजाओं द्वारा उसकी हत्या कर दी जायेगी। इसकी पक्की साज़िश जहाँआरा रच चुकी है! बस अब क्या था, अल्मास ने रोशनारा को और उसने औरंगज़ेब को

सतर्क कर दिया, और वह बच भी गया। उसे इस जीवन-दान का सारा श्रेय खोजा अल्मास और रोशनआरा को ही है।

इतना ही नहीं, रोशनारा जो औरंगज़ेब की दक्खन में उपस्थिति के दौरान, राजधानी आगरा और मुग़ल दरबार में उसके हितों की रक्षा करती थी, कई महत्त्वपूर्ण शाही व्यक्तियों और दरबारियों को दारा के विरुद्ध करती रही थी। वह शासन के असन्तुष्ट तत्त्वों पर नज़र रखती थी और उन्हें अपने दल में सम्मिलित करके, मुग़ल राजनीति में ऐसा मकड़जाल बुन चुकी थी, ताकि उसके गुट में अपने विरोधियों का सामना करने का संख्या-बल व क्षमता रहे। जहाँआरा बेग़म के षड्यन्त्र का ही असर था कि शाहजहाँ ने प्रिय पुत्र दारा को गुप्त पत्र लिखकर, उक्त योजना के अनुसार औरंगज़ेब का वध करके उसका (दारा का) रास्ता साफ़ करने का उसे आश्वासन दिया, और तब तक उसे दिल्ली में ही बने रहने और पंजाब न जाने का निर्देश दिया। यह पत्र भी जहाँआरा की ख़ास और सबसे विश्वसनीय नहर-दिल के हाथों दारा के पास भेजा जाना था, लेकिन औरंगज़ेब की चतुर बहन तो घात लगाये बैठी थी। उसे नहर-दिल को अपना पक्षधर बनाने में कुछ भी देर नहीं लगी। नहर-दिल की आँखें भी वही देख रही थीं जो समूचा मुग़ल साम्राज्य देख रहा था। सत्ता साफ़ तौर पर औरंगज़ेब के हाथों में थी और उसे अब अपदस्थ नहीं किया जा सकता था। नहर-दिल का भी अपना पद, घर-परिवार, हित व स्वार्थ थे अतः उसे समय की नब्ज़ पढ़ने और उसके साथ अपने निहितार्थ समझने में देर नहीं लगी। जैसा कि हमने ऊपर लिखा है, रोशनारा के प्रयासों के चलते ही नहर-दिल भी बदली परिस्थितियों को देखते हुए अपना पाला बदल चुका था। उसने बदली परिस्थितियों में बादशाह का यह अत्यन्त गोपनीय पत्र रोशनारा के आदेश पर औरंगज़ेब को ही सौंप दिया। रोशनारा बार-बार औरंगज़ेब को बचा रही थी, और औरंगज़ेब उसका ऋणी था।

अपने-अपने भाइयों की पक्षधरता इन बहनों की पारस्परिक प्रतिद्वन्द्विता का ही परिणाम थी और इसी ने जहाँआरा-दारा को नीचा दिखाने के लिए औरंगज़ेब की उदयपुरी और राना-ए-दिल की यह माँग पेश करवा दी, ताकि यह स्पष्ट हो सके कि अब स्वामी कौन है! सत्ता किसके हाथों में थी? हरम की चौसर पर शातिर और विजयी चालों की बारी अब रोशनारा की थी! वह उन सभी लोगों से प्रतिरोध की आग में धधक रही थी, जो मुग़ल दरबार में औरंगज़ेब और उसके विरुद्ध ज़हर उगलते रहे थे। हरम में यह भूमिका मुख्यतः जहाँआरा और राना-ए-दिल निभा रही थीं। जब जहाँआरा को बादशाह का ख़याल रखने के बहाने से नज़रबन्द किया जा चुका था, तब ज़ाहिर-सी बात है, अगला प्रहार राना-ए-दिल पर ही होना था। मगर यहाँ रोशनारा को भी अपने भाई के न्याय के प्रति आग्रह का अन्दाज़ न रहा होगा। उसने राना के विषय में अतिशयोक्तिपूर्ण भाषा का प्रयोग किया था, और

उसे राना के दीदार भी करवा दिये थे। ज़ाहिर है, विजयोन्माद और बादशाह के पद पर क़दम रखते ही औरंगज़ेब दिल के मामले में फिसल गया। उसने दिल ही दिल में राना-ए-दिल को दिल दे दिया।

फिर जैसे-जैसे औरंगज़ेब प्रणय-निवेदन करता गया और वह इनकार करती गयी, वैसे-वैसे उसका आकर्षण ठीक उसी तरह बढ़ा, जैसे उसके भाई दारा का बढ़ा था। औरंगज़ेब का पैगाम राना तक पहुँचा, तब पहले राना ने पत्र लिखकर औरंगज़ेब से यह जानना चाहा कि वह ''क्यूँ राना को प्राप्त करना चाहता है? उसकी कौन-सी चीज़ उसे सर्वाधिक आकर्षित करती है?'' तब नये शासक औरंगज़ेब ने अपने उत्तर में स्पष्ट किया था कि "वह राना की ज़ुल्फ़ों का मुरीद है।" औरंगज़ेब एक वास्तविक व क्लासिक प्रेमी जैसा था। जैसा कि पौराणिक व ऐतिहासिक प्रेम-कथाओं व साहित्य में मिलता है, सुन्दरता का एक पैमाना ज़ुल्फ़ें या लम्बी, काली लटें होती हैं। औरंगज़ेब जैसा विद्वान भी उसी पैमाने से प्रभावित था। उसने जब राना को देखा होगा, तब सम्भवतः वह भी उसके लम्बे, काले केशों से प्रभावित हुआ होगा। शायद वही उसके आकर्षण का केन्द्र रहे हों? इसीलिए और कुछ समझ न आने पर उसने केश-राशि की ही प्रशंसा लिख भेजी।

उधर, राना-ए-दिल का भी कोई जवाब नहीं था। राना ने अगले ही दिन औरंगज़ेब की इस तारीफ़ के प्रत्युत्तर में अपने समस्त लम्बे-घने काले बाल काटकर औरंगज़ेब को भिजवा दिये। उसने अपने पत्रोत्तर में बस इतना-भर लिखा—"आपको मेरे ये बाल बहुत प्रिय लगे, अतः आपको समर्पित हैं। आशा है, आप सन्तुष्ट होंगे?" उसने अपने इस व्यवहार व पत्रोत्तर से अपना सन्देश और मन्तव्य बिल्कुल साफ़ कर दिया। उसके मतानुसार, नया मुग़ल बादशाह उस जैसी विधवा से इतना ही प्राप्त करने का अधिकारी था! वह अपने आशिक और प्रणय-निवेदन करनेवाले बादशाह को उसके अधिकार से भी वंचित नहीं कर रही थी। मुग़ल बादशाह और हरम के नये मालिक को खुश करने के लिए उसने अपना कर्तव्य इसी तरह पूरा किया था। बादशाह ने भी तो यही लिखा था कि उसे राना की काली-घनी ज़ुल्फ़ें ही पसन्द हैं। तो आज से ये बादशाह की हुईं? अब उसके गंजे सर को देखकर पूरा हरम अवाक् रह गया। उसके बावजूद वह पूरे अभिमान से मस्तक ऊपर उठाए उन सबके बीच स्वाभिमानी मुस्कान लिए मौजूद थी। मानो उसका दारा ही उसके ख़यालों में हावी हो गया हो। और उधर हरम की नयी मलिका, रोशनारा के दिल पर चाकू चलते रहे। बिना किसी प्रत्यक्ष अपमान के यह औरंगज़ेब पर भयानक और दूर तक असर करनेवाला तीक्ष्ण प्रहार था। यहाँ तक कि उसे सिर्फ़ अवाक् रह जाने का ही विकल्प दे रहा था।

औरंगज़ेब जैसा विवेक, तर्क, फ़िक्क या 'इस्लामी ज्यूरिसप्रूडेंस' का मर्मज्ञ, दीवार पर लिखी इस इबारत को साफ तौर पर समझ तो गया, मगर पहली बार पराजय का सामना करना उसे अच्छा नहीं लगा। अपने शौर्य और उपलब्धियों के लिए विख्यात, न जाने कितने सफल सैन्य अभियानों व युद्धों का सेनानायक और योग्यतम प्रशासकों में शुमार औरंगज़ेब मोहब्बत की पहली ही बिसात पर शह खा गया और मात उसकी ओर मुँह बाये खड़ी थी। कहाँ तो उदयगिरी महल बिना किसी नखरे के उसके समक्ष हाज़िर थी और कहाँ यह राना-ए-दिल? अकेले औरंगज़ेब को ही क्यों, किसी को भी यही लगता कि वह नखरों का खेल खेल रही है। किन्तु कूटनीति और राजनीति का यह माहिर खिलाड़ी भी क्यूँ इतनी जल्दी हार मानता? एक ही वार में वह अपनी शिक़स्त स्वीकार कर लेता क्या? क्या एक सफल सेनानायक और वीर सैनिक के लिए यह सही होता? उसे लगा कि शायद राना-ए-दिल बहुत अधिक मान-मनौव्वल के बाद स्वीकृति प्रदान करे, अतः उसने फिर से दाँव खेला। मध्यकालीन समाज में स्त्रियों के लिए लज्जा और संकोच सहज आभूषण माने जाते थे। तो क्या राना का यह सारा व्यवहार उसी का विस्तृत प्रदर्शन मात्र है? पूरी तरह से गंजी हो चुकी राना के प्रति वह पूरी तरह से आसक्त हो गया था। उसे लगा कि शायद राना उसका जबरदस्त इम्तिहान ले रही है। इसी तरह से उसने उसके बड़े भाई और पिता मुग़ल बादशाह को झुकने पर मजबूर किया था। उसे स्मरण था कि कैसे-कैसे गुल खिले थे, तब जाकर दारा और राना के निकाह को बादशाह की अनुमति मिली थी। कैसे पूरा मुग़ल साम्राज्य हिल गया था? क्या वह एक बार फिर उसी तरह का माहौल बना रही है?

इस पहली असफलता ने उसे न केवल पागल-सा कर दिया, अपितु अब वह इस अनजानी-सी प्रेम-डगर को भी एक सधे हुए योद्धा की तरह सामरिक चालों से जीतने की जुगत में लग गया। लेकिन राना-ए-दिल तो आत्मा से दारा की हुई थी। उसके प्रेमी ने तो उसके ही कारण मुग़लिया राजनीति में उबाल-सा ला दिया था, एक साधारण कनीज़ से विवाह करके उसे घोषित उत्तराधिकारी की पत्नी का दर्ज़ा दिलवाया था! हिन्दुस्तान के बादशाह शाहजहाँ को नाराज़ करने की हद तक ज़िद कर बैठा था दारा। उसने साबित कर दिया था कि उसे राना ही चाहिए थी, चाहे शाहजहाँ रुष्ट हों या उसे सिंहासन से ही बेदखल कर दें। जिसने भी सुना वह अचम्भित रह गया था, क्योंकि पति-पत्नी—दारा-नादिरा बेग़म का प्यार भी शाहजहाँ-मुमताज़ की ही तरह मशहूर था, और ज़िन्दगी-भर रहा। किन्तु राना के मामले में वह पूरी तरह से दिल हार गया था। शाहजहाँ ने तो उसे नादिरा की नाराज़गी का वास्ता भी दिया था कि कहीं वह बुरा न मान जाये और कुछ अन्यथा न कर ले। किन्तु दारा ने ज़िन्दगी-भर नादिरा और राना दोनों को ही दिल से चाहा

और प्रेम में कोई कमी नहीं की। शायद यही वजह बनी कि औरंगज़ेब ने अपनी विजय पर मुहर लगाने की नीयत से राना की माँग की। उसे लगा होगा कि दारा को मार देने के बाद भी दिलो-दिमाग़ से वह उसे तभी मृत स्वीकार कर पायेगा, जब उसका प्रेम, उसकी प्रेमिका भी उसे स्वीकार कर ले। यही उसकी फ़तह का असली और आखिरी परचम होगा!

उसे यह भी लगा होगा कि हरम और जहाँआरा से लेकर शाहजहाँ और साम्राज्य तक यह सन्देश देने का एक अनोखा तरीका है। दारा को हराकर, उसे मौत की सजा सुनाकर और मौत के घाट उतारकर भी जितना सुख-सन्तोष नहीं पहुँचा होगा, उससे कहीं अधिक सुकून यह ख़याल दे सकता था कि दारा की सबसे करीब और प्यारी राना-ए-दिल अब उसकी है। अगर क़यामत तक दारा अपनी कब्र में बेचैन रह सके, तो औरंगज़ेब के दिल को कितनी राहत मिलेगी। शायद इससे अधिक कोई सुख और सन्तोष उसके लिए नहीं हो सकता था। उसने दारा से अपने व्यक्तिगत संघर्ष में राना को आखिरी मोहरा माना। उसने दारा के पक्षधर शाहजहाँ से लेकर जहाँआरा और प्रमुख अमीरों तक को या तो दण्डित किया था या अपने समक्ष समर्पण करने को बाध्य कर दिया था। बस, एक यही राना थी जो अभी तक अड़ियल रुख अख्तियार किये हुए, उसको और उसके प्रणय-प्रयासों को धता बता रही थी। उसे लगा होगा कि क्या वह भी अपने बड़े और अब मृत भाई दारा की तरह मरके भी अपनी रूह में यह सुकूँ महसूस कर पायेगा कि राना उसकी है? राना उसके लिए एक पहेली और सत्ता की जंग की आखिरी बाजी-सी हो गयी थी, जिसे जीतने की इच्छा उसके मन में जाग्रत हो गयी थी। शायद विजयों की शृंखला के बाद उसकी आदत पराजय की रह ही नहीं गयी थी। वह सिर्फ़ जीत का आदी हो गया था। अतः उसने एक और प्रयास करने में कोई हर्ज़ नहीं समझा होगा।

मगर दारा भी तो दारा ही था। उसने राना को ऐसे ही पसन्द नहीं कर लिया था। उसके लिए वह यों ही राज्य और सिंहासन छोड़ने को तत्पर नहीं हो गया था। उसकी वजह से ही वह सूख के काँटा हो गया था और मुग़ल हकीमों तथा हकीम-हुम्माम ने भी हाथ खड़े कर दिये थे। वह उसका विरह बर्दाश्त नहीं कर पा रहा था। दारा राना के लिए मजबूर था, तो शाहजहाँ दारा के लिए; और अन्ततः, दारा और राना सदा के लिए एक हो गये थे। राना ने दारा के मरणोपरान्त भी अपने प्यार को नहीं छोड़ा। बादशाह की बेग़म बनने का लोभ भी उसे आकर्षित नहीं कर सका, और न तोड़ सका। सारा हरम और उसके अपने उसे व्यर्थ ही समझाते रहे। विधि और रिवाज़ की दुहाई तक दी गयी। मगर राना तो राना ठहरी, उसने इनकार कर दिया। फिर भी, जैसे-जैसे वह इनकार करती, वैसे-वैसे रोशनारा औरंगज़ेब से राना की तारीफ़ करती और औरंगज़ेब भी उसी तरह अपना दिल हारता जाता था!

पहली बार दह एक ऐसा खेल खेल रहा था, जिसमें उसकी जीत सुनिश्चित नहीं थी, मगर रण-क्षेत्रों की सामरिक समझ वाला यह खिलाड़ी इतनी सहजता से हार कैसे मान लेता?

ख़ैर, उसने जब दुबारा प्रणय-निवेदन किया, तब उसने स्पष्ट कर दिया कि जब दोनों भाइयों ने 'मीना बाज़ार' में उसे पहली बार देखा था, तब उसका भी दिल उतनी ही जोर से धड़का था। मगर शुद्धतावादी औरंगज़ेब के दिमाग़ में कुछ ही पलों में स्थिति भी साफ़ हो गयी थी। यह सब भी राजनीतिक, विधिक, सामाजिक कारणों के साथ ही, शुचिता व मान्य आचरण या व्यवहार के प्रतिकूल था, अतः उसे चाहकर भी उसने अपने दिल और दिमाग़ को नियन्त्रित कर लिया था। उसके लिए उच्च सामाजिक, नैतिक आदर्श सिर्फ़ दिखावटी मूल्य या प्रतिमान नहीं थे, बल्कि वास्तविक एवं व्यावहारिक आचरण के माप-दण्ड थे। और इन्हीं के अनुसार उसका जीवन निदेशित और निर्देशित होता था। तभी तो उसके समकालीन उसे 'दरवेश' या 'ज़िन्दा पीर' भी कहते थे। पहली ही नज़र में दोनों भाइयों की दशा तो एक जैसी ही थी, किन्तु औरंगज़ेब सँभल गया और दारा, जिसे अपनी भावनाओं और अतिरेक पर कोई नियन्त्रण नहीं था, वह फिसलता चला गया। फिर वह सभी शहज़ादों में सबसे बड़ा था, और शाहजहाँ-मुमताज़ दोनों को अति प्रिय! फिर, मुमताज़ की मृत्यु के उपरान्त वह और उससे वर्ष-भर बड़ी जहाँआरा, दोनों ही पिता के सर्वाधिक नज़दीक हो चुके थे। अतः वह जानता था कि दारा के साथ बर्ताव उसके साथ होने वाले व्यवहार से काफ़ी फ़रक होगा? और ऐसा ही हुआ भी। अतः उसने अपने स्वभाव के अनुसार तुरन्त अपने दिल और उसकी अतिरेकी भावनाओं पर काबू पाना ही व्यावहारिक समझा। यही सही और सात्विक आचरण की माँग भी थी। यही एक मुग़ल राजकुमार से प्रत्याशा भी थी। यही उच्च शिक्षण-प्रशिक्षण की भी अपेक्षा थी। अतः वह गिरते-गिरते सम्हल गया, जबकि दारा फिसलता ही चला गया।

दुबारा भेजे सन्देश में भी उसने प्रणय-निवेदन ही किया—"आपके बालों से वंचित होने पर भी मुझे कोई असर नहीं पड़ता। मैं तो पहली झलक से ही आपकी खूबसूरती का कायल रहा हूँ।" शायद यह सच भी रहा हो। यदि दारा ने प्रेम का इज़हार न किया होता तब तो उसका कसूर होता, किन्तु बड़े भाई की सार्वजनिक स्वीकृति के उपरान्त उसके पास विकल्प ही कहाँ बचा था? पूर्ण सत्य यही है कि वह भी उसी क्षण आकर्षित हुआ था। वह भी उस मौक़े को नहीं छोड़नेवाला था। किन्तु परिस्थितियाँ ही दारा के 'इज़हारे-मोहब्बत' के बाद बिलकुल ही बदल गयी थीं। तब वह विकल्पहीन था। लेकिन अब वक़्त का तकाज़ा था, और वह बादशाह के नाते हरम का स्वामी होकर भी केवल प्रणय-निवेदन ही तो कर रहा था। क्या यह बात राना-ए-दिल को नहीं समझ आ रही थी? यदि वह भी उसी समय से दिल

ही दिल राना-ए-दिल की चाहत न पाले होता तो क्या दुबारा प्रणय-निवेदन करता? बिना गेसुओं वाली राना भी तो राना ही थी। औरंगज़ेब को ज्ञात था कि राना किस मिट्टी की बनी हुई है। तभी तो पूरा मुग़ल हरम और साम्राज्य एक बार पहले भी हिल गया था, और दारा जैसा सन्तुलित, समझदार, सुशील, संयत, आज्ञाकारी पुत्र भी सिर्फ़ उसी की चाहत में घुलता चला गया था। और फिर विवश बादशाह शाहजहाँ अपने इस प्रिय पुत्र के लिए हरम की एक अदना-सी कनीज़ के साथ उसके विवाह की अनुमति देने को बाध्य हुआ था। उसे भय था कि कहीं उसके प्रिय पुत्र को कुछ हो न जाये? पुत्र की हठ के आगे उसने समर्पण कर दिया था, अन्यथा जैसा कि हकीमों ने बताया था, वह अपने प्रिय पुत्र से ही हाथ धो बैठता।

राना-ए-दिल के लगातार इनकार से औरंगज़ेब पर कुछ ऐसा प्रभाव होने लगा, जो निश्चित ही अप्रत्याशित था। कम से कम औरंगज़ेब जैसी शख़्सियत से तो यह उम्मीद नहीं थी। ऐसा लगने लगा, जैसे राना के समर्पण के बिना औरंगज़ेब की सारी की सारी फतहें प्रभावहीन हों। मालूम नहीं, भारत के इस नये बादशाह के दिमाग़ में यह बात क्यों घर कर गयी! न जाने कौन-सी अनचाही इच्छा की पूर्ति उसे राना से मिलकर होने वाली थी? जाने कौन-सा अदृश्य काँटा उसके दिल में चुभा हुआ था। न जाने क्यों उसे और उसकी बहन रोशनारा को लग रहा था कि दारा पर कोई विजय तब तक पूर्ण नहीं होगी, जब तक राना उसके हरम और दिल की रौनक नहीं हो जाती। औरंगज़ेब का लक्ष्य मुग़ल सिंहासन था अथवा राना-ए-दिल? शायद शहज़ादी रोशनारा और बेग़म राना-ए-दिल की अदृश्य प्रतिद्वन्द्विता ही इस अग्नि में घृत का कार्य कर रही थी। क्या राना भी औरंगज़ेब के हाथों दारा की पराजय में रोशनारा का हाथ नहीं देख-समझ रही थी? तो क्या वह भी एक साथ दोनों को पराजित करके कुछ प्रतिशोध लेना चाह रही थी? क्या सिर्फ़ बेग़म नादिरा ही शहज़ादी जहाँआरा के साथ थी! क्या राना उसकी पक्षधर नहीं थी? दोनों, बल्कि तीनों ही एक साथ, और रोशनारा दूसरी ओर। अतः राना को अपनी ओर करना ही रोशनारा की असली जीत होती! मुग़ल हरम पर वह तभी पूरी तरह राज्य कर सकती थी, शासन पर पकड़ मजबूत कर सकती थी। अन्यथा हरम में यह दूसरा पक्ष भी मौजूद रहता और काँटे-सा चुभता रहता। दूसरी ओर, शहज़ादी रोशनारा को यह भी दिख रहा था कि राना का व्यक्तित्व उतना ही दृढ़ और अनुशासित था, जितना उसके अपने भाई औरंगज़ेब का। अतः यह भी सम्भव है कि अपने प्रिय भाई के लिए उसे वही सबसे सही साथी लगी होगी। उसके साथ सकारात्मक और नकारात्मक दोनों ही तरह का भाव उसके मन में आता रहा होगा, और उतना ही वह उसके प्रति आकर्षण महसूस करती रही होगी। यही नहीं राना की उतनी ही बातें वह औरंगज़ेब से करती होगी, जिससे शराब से दूर, सादगीपसन्द, शालीन औरंगज़ेब पर

भी मोहब्बत का नशा चढ़ने लगा था। ऐसा माहौल बनने लगा था, जैसे राना-ए-दिल के इस प्रकरण में हिन्दुस्तान का मुग़लिया सिंहासन दुबारा डोलनेवाला हो! तो क्या इससे मुग़ल ताज पर फिर कोई ग्रहण लगने वाला था?

अपनी लम्बी ज़िन्दगी में औरंगज़ेब भी दिल के हाथों दूसरी बार मजबूर होने लगा था। और, दोनों ही बार प्रौढ़ावस्था में! पूरी किशोर और युवा अवस्था में वह लक्ष्य-सन्धान करता रहा था, अपने गन्तव्य के सफ़र में ही एकाग्रता से लगा रहा था, किसी और चीज़ का उसे कभी ख़याल ही नहीं आया और इसी वजह से उसे यह ऐसा अवसर भी नहीं मिला था। प्रौढ़ावस्था में ही उसे यह वक़्त मिला—पहली बार नैराश्य के तिमिर में, तो दूसरी बार पूर्ण सत्ता के मद में! पहली बार जब उसे लगने लगा था कि बादशाह अपने बड़े पुत्र और बड़ी पुत्री जहाँआरा के प्रभाव में उसके जीवन में सिर्फ़ रोड़े बरसा रहा है और वह विवश, हताश और लाचार था। दूसरी बार जब वह सत्ता के शीर्ष पर पहुँच गया, तब उसे लगा कि भारत के नये बादशाह के नाते और राजसी परम्परा व सामाजिक रिवाज़ के अनुसार वही अब हरम का भी स्वामी है, अतः अपनी शक्ति व सम्प्रभुता का सभी को एहसास कराना चाहिए। ख़ैर, हम उसके पहले आकर्षण की ओर लौटते हैं और उस पूरी पृष्ठभूमि को समझते हैं, जिसमें औरंगज़ेब के मन में प्रेम के अंकुर फूटे थे। उस जैसे खुश्क और सूखे मिजाज़ व्यक्ति का एक नया ही रूप उसके सैनिक-रूप के अन्दर से प्रकट हुआ था। लोगों के साथ शायद वह स्वयं भी अचम्भित रह गया होगा, क्योंकि वह स्वयं अपने व्यक्तित्व के इस आयाम को अपने ध्येय के समक्ष बहुत अरसे तक दबाये-छुपाये रहा था।

पहली बार वह ज़ैनाबादी के अल्हड़पन पर फ़िदा हुआ था, तो दूसरी बार राना-ए-दिल के अक्खड़पन पर! पहली बार उसे शक्ति छिनने के भय के दौर में प्यार ने सहारा दिया था तो दूसरी बार सत्ता मुट्ठी में आने के गुरूर के वक़्त धता बताई थी। एक बार प्यार के इज़हार के बाद कामयाबी मिली तो दूसरी बार नाकामयाबी! दिल तो दृढ़ या हठी राना-ए-दिल पर ही आया था, उदयपुरी तो संग-साथ की एक अपवाद थी, जो शीघ्र ही औरंगज़ेब को प्राप्त भी हुई। दारा की मृत्यु के उपरान्त और औरंगज़ेब के आमन्त्रण पर उसने क्षण-भर में ही अपना निर्णय लिया और समर्पण करके, सुख-सम्मान-सुविधा-सत्ता के उपभोग हेतु उसके हरम का हिस्सा बन गयी। उसके लिए यही वरीयता थी, अतः उसने बिना किसी झिझक और सहजता से इस हक़ीक़त को स्वीकार कर लिया। जीवन जीने के सन्दर्भ में इन दोनों महिलाओं की अपनी वरीयताएँ थीं। इनके नज़रिए में जो फ़र्क़ था, वही फ़र्क़ बादशाह के आग्रह के प्रति उनके स्वीकार-अस्वीकार का भी था और, इसी ने उस एक व्यक्ति के दोनों के

प्रति नज़रिए को भी प्रभावित किया और, वो भी उम्र-भर के लिए। वह जानता था कि 'निकाह' पवित्रता की माँग थी, ताकि दूसरे पक्ष की सहर्ष स्वीकृति मिल सके। वह स्वयं 'फ़िक्क' या मुस्लिम विधि-विधान का विशेषज्ञ था, अतः कोई 'क़ुफ्र' कर भी नहीं सकता था। हाँ, जब तक इसमें उसकी कोई राजनीतिक विवशता न हो। भले ही वह एक के सकारात्मक निर्णय से खुश हुआ हो और दूसरी के नकारात्मक रुख से कुछ रुष्ट, मगर बाद में उसका रुख काफ़ी कुछ बदल भी गया। आलमगीर ने शायद अपने पूरे जीवन में यही एक हार स्वस्थ ढंग से स्वीकार की थी, एक प्रेमी की ही तरह!

जब औरंगज़ेब ने दोबारा राना से प्रणय-निवेदन में उसके सौन्दर्य की प्रशंसा की, तब राना ने जो उत्तर दिया, उससे रक्त-रंजित मार्ग से सत्ता के शीर्ष तक पहुँचा औरंगज़ेब भी घबरा गया था। उसने सपने में नहीं सोचा होगा कि कोई उसकी तरह निर्मम और बेहद निर्मोही भी हो सकता है? वह भी एक कोमल-सी दिखने वाली नारी? अपने ही साथ ऐसा घातक व्यवहार करके वह कई चीज़ें साबित कर गयी और उसका सन्देश स्पष्ट, निश्चित, दृढ़ व अन्तिम था। रक्त-रंजित राजनीतिक चालों में माहिर और रियाज़ी औरंगज़ेब को पहली बार समझ आया कि दूसरे पर कोई ऐसे भी प्रहार कर सकता है कि रक्त उसी व्यक्ति का बहे जो सन्देश देना चाह रहा हो, न कि उसका जिस तक यह सन्देश पहुँचना है। औरंगज़ेब तो अपना अस्तित्व बचाने के लिए सहजता से दूसरों की जान ले सकता था और लेता रहा था, मगर उसका सामना पहली बार एक ऐसी शख़्सियत से हुआ था, जो सहज भाव से अपना खून अपने मृत प्रेमी के लिए बहाकर साबित करना चाहती थी कि वह प्रेम अमर था और उसका स्थानापन्न सम्भव नहीं है। उसके लिए दारा और उसका साथ अन्तिम और पूर्ण था। उसके मध्यकालीन सामन्ती हिन्दू संस्कार, उसके सोच-विचार का परिवेश और उससे जन्मा उसका समर्पण भाव, उसको सती होने की परीक्षा के लिए तैयार करते थे। अतः वह इस सन्देश से इससे बड़ा और दृढ़ सन्देश दे रही थी, और वह था, 'आत्मोत्सर्ग' का। इस पूरे प्रकरण में उदयगिरी महल की तुलना में वह एक साध्वी और पतिव्रता पत्नी के रूप में दृष्टिगोचर होती है, साथ ही औरंगज़ेब सहित हरम व अन्य जानने वालों से प्रशंसा तथा आदर प्राप्त करती है। उसने ऐसा रक्त-रंजित और त्याग का सन्देश दिया कि सभी हतप्रभ व किंकर्तव्यविमूढ़ रह गये।

दारा को मृत्यु-दण्ड क्रियान्वित करने के उपरान्त जब औरंगज़ेब राजप्रासाद में गया था, तब उसे चारों ओर कोलाहल नज़र आया था। महिलाएँ और बच्चे, दास-दासियाँ, नौकर-परिचर सभी दुखी और चिन्तातुर थे। कुछ ज़ोर से रो रहे थे, कुछ सुबुक रहे थे और कुछ हक्के-बक्के थे, एकदम सन्न-से थे। कुछ अनिश्चितता के भय से परेशान, तो शेष कुछ भी कह-सुन सकने की परिस्थिति से परे। जैसे कि

उन सबका दिमाग़ कुछ भी सोचने-समझने की क्षमता से अनभिज्ञ हो। अधिकांश महिलाओं को तो जैसे पक्षाघात हो गया हो। कुछ करीबी रिश्तेदार, बुज़ुर्ग महिलाएँ जो अपने विलाप में औरंगज़ेब के प्रति अपने आक्रोश की अभिव्यक्ति भी कर रही थीं। उसे सामने पाकर उनका रोष फूट पड़ा और वे उसे बद्दुआ देने से भी नहीं हिचकीं। मगर, असीम कोलाहल, अस्त-व्यस्तता और अनिश्चितता के उस तूफ़ान के बीच एक कश्ती शान्त, ख़ामोश, संवेदना का पूरा समुद्र सहेजे अचल व अडिग-सी खड़ी थी। सम्भवतः दारा के प्रति उसके समर्पण ने ही उसकी भावनाओं व संवेदनाओं को एक गहराई प्रदान कर दी थी, कि वह राजनीतिक उथल-पुथल के माहौल में निश्छल, निष्प्रभावी और स्थितप्रज्ञ-सी अपनी भावनाओं के सार्वजनिक प्रदर्शन से परे चुपचाप खड़ी थी—निर्भय, निडर, शान्त और संयत।

उस महिला—राना-ए-दिल ने धर्मत (उज्जैन से 14 मील दूर स्थान) और सामूगढ़ के युद्धों में दारा की पराजयों की खबरें अप्रैल तथा मई 1658 में प्राप्त की थीं। तभी उसके मन में सन्देह होने लगा था कि उसके भाग्य में अब कुछ भी अनहोनी हो सकती है। उसे मन ही मन अपने आसन्न प्रारब्ध का एहसास या इल्हाम होने लगा था और वह सम्भवतः हर प्रतिकूल परिस्थिति के लिए 'स्थितप्रज्ञ' सी तैयार हो चुकी थी। उसे दीवार पर लिखी इबारत साफ़-सी दिखाई दे रही थी। फिर उसने दारा के पलायन में भी उसकी हार के निश्चित लक्षण देखे और पढ़े थे—आगरा से दिल्ली; दिल्ली से लाहौर; लाहौर से मुल्तान; फिर वहाँ से अजमेर; अजमेर से अहमदाबाद; अहमदाबाद से सिन्ध; सिन्ध से भक्कर; और फिर वहाँ से बोलन दर्रे के निकट पश्चिमोत्तर में दादर के ज़मींदार मलिक जीवन के यहाँ शरण, उसके द्वारा विश्वासघात और दारा को बन्दी के रूप में औरंगज़ेब को सौंपा जाना। सभी कुछ उन चंद क्षणों में उसके मन-मस्तिष्क में कौंध गया होगा, जब औरंगज़ेब अचानक ही हरम में राना से रू-ब-रू हुआ होगा। उसने इस पूरे दौर में दारा की मदद करने में कोई कोताही नहीं की थी, और अपने प्रेमी और पति को बचाने के लिए हर-सम्भव प्रयास किया था। उसने जहाँआरा और शाहजहाँ के साथ मिलकर भरपूर कोशिश की थी कि दारा के हितों की क्षति न्यूनतम हो सके या कुछ नहीं तो उसका अस्तित्व ही बचा रह सके। उसे ज्ञात था कि मानव सिर्फ़ प्रयास ही कर सकता है। उसे यह भी पता था कि औरंगज़ेब की इच्छा सिर्फ़ ताज और सिंहासन पर अधिकार तक ही सीमित नहीं रहेगी। वह एक रक्त-पिपासु की भाँति, दारा की हत्या किये बिना नहीं मानेगा। उसे यह सब पूर्व-नियोजित समझ आ रहा था। उसने आगरा में आम लोगों को भी भड़काने और प्रतिरोध का प्रयास किया था। वह तो अमीर-उमराव और उलेमा के दृष्टिकोण से भली-भाँति परिचति थी। उनका तो चरित्र ही सत्ता का साथ देने और रहने का था। अतः बड़ी सहजता से औरंगज़ेब ने दारा

की राजनीतिक हत्या को न्याय और धार्मिक विधि का जामा पहनाकर, उसे एक धर्मच्युत व्यक्ति की तरह मृत्यु-दण्ड दिये जाने के न्यायसंगत और विधिक राजकीय कर्तव्य में परिणित कर दिया!

राना ने यह सब कुछ अपना प्रारब्ध मानकर स्वीकार कर लिया था। मगर वह तीक्ष्ण-बुद्धि महिला, मृत्युदण्ड के उस नाटक के पीछे के प्रतिशोध को भी समझी थी, जिससे उसके पति को मौत के घाट उतारा गया था। औरंगज़ेब ने सिंहासन पर अपनी स्थिति मजबूत करने के लिए ही, दारा को छल-छद्म से 'धर्म-च्युत' घोषित करके, अल्हज्जाज और सरमद की भाँति मौत के घाट उतार दिया था। राना की नज़र में यह एक सोची-समझी, नृशंस हत्या थी। वह अपने शौहर, अपने प्रेमी, अपने पति के हत्यारे से घृणा के अतिरिक्त और कर भी क्या सकती थी? वह उसे षड्यन्त्रकारी और नृशंस हत्यारे से अधिक कुछ मानने को तैयार ही नहीं थी। वह उसे आदर तो दूर, उसके अस्तित्व को भी स्वीकार नहीं कर सकती थी। अतः निहायत लापरवाही से, दुखी मन एक खम्भे से टिकी खड़ी थी, जब नया मुग़ल बादशाह उसके समक्ष आया। न उसे अपने कपड़ों का ख़याल था, न अपनी ओढ़नी का, और न उलझी हुई लटों का। इस क्रूर षड्यन्त्र द्वारा दारा की हत्या के बाद, जैसी उसकी हालत थी, वही हालत उसके वस्त्रों की भी थी। उसे न अपने शरीर का ख़याल था न परिवेश का। ऐसे में वह दूसरे किसी के अस्तित्व को क्या स्वीकारती, जब उसे अपनी ही सुध-बुध नहीं थी। उसके लिए जो औरंगज़ेब एक निर्मम हत्यारा था, बादशाह नहीं, अतः उसने उसे पूरी तरह नज़र-अन्दाज़ किया, और जैसी थी, वैसे खड़ी रही। मानो औरंगज़ेब का कोई वजूद ही न हो। बस वह थी और उसका सूना और उजड़ा हुआ परिवेश, और सामने उस त्रासदी का षड्यन्त्रकारी तथा उसकी स्वयं की प्रतिशोध लेने की असमर्थता! जैसी सूजी हुई उसकी आँखें थीं, उतनी ही साँसें भी फूली हुई थीं। कलेजा मुँह को आता था। जैसे उलझे हुए उसके बाल थे, वैसे ही उलझे-से ख़याल! वैसी ही उधेड़-बुन! उसका उतना ही लापरवाह लिबास था, जितना कि इस समय उसका बेपरवाह नज़रिया! किन्तु, शायद इसी क्षण उसने एक ऐसे प्रतिशोध की परियोजना निर्मित कर ली थी, जिसकी कल्पना मात्र से भी कोई सिहर जाता।

जब राना-ए-दिल के मन में प्रतिकार, प्रतिशोध, धिक्कार, दुत्कार, क्षोभ, क्रोध और अनास्था, अविश्वास के साथ अस्तित्व को ही नकारने के भाव आ-जा रहे थे, औरंगज़ेब की स्मृति में आधे दशक पहले का बुरहानपुर के निकट ज़ैनाबाद का वह दृश्य घूम गया, जब पहली बार उसने ज़ैनाबादी को देखा था और अपना दिल हार गया था। प्रौढ़ावस्था का अनुशासित सेनानायक और दक्खन का सबसे सफल मुग़ल सूबेदार, जो अब तक के जीवन में एक भी युद्ध नहीं हारा था, पहली बार, उम्र के

इस मोड़ पर अपना दिल हार बैठा। ज़ैनाबादी नितान्त अल्हड़पन से एक पेड़ की टहनी पकड़े, पूरी मस्ती में झूल रही थी। उसका यौवन, अंग-अंग से उमड़ रहा था। उसकी मधुर आवाज़ और वो विरह का गीत जो वह पूरी तन्मयता से गा रही थी। उसका लिबास, भाव-भंगिमा, गायन और हल्की बयार से फैलती बाग़ की भीनी-भीनी महक, पूरे माहौल को मदमस्त बनाये दे रही थी। शायद अपने यौवन के इसी मोड़ पर उस बाला को किसी प्रेमी की प्रत्याशा थी। सम्भवतः इसी चाह के साथ उसका यौवन चहक उठा था, जैसे कोमल पत्ती पर पड़ी ओस की कोई बूँद चमक के लिए सूरज की पहली किरण का इन्तज़ार कर रही हो! मगर, ज़ैनाबादी नाम की इस कली की किस्मत को बदा था एक प्रौढ़ सूरज! पूरे शौर्य और उपलब्धियों में दमकता और दहकता हुआ। मुग़ल शहज़ादा औरंगज़ेब, जो अपने यश और पौरुष के पूरे शबाब पर था। जैसे उसकी कीर्ति मध्याह्न के सूरज की तरह चमक रही थी, वैसे ही उसकी उम्र भी प्रौढ़ावस्था की ओर अग्रसर हो रही थी। अपने उद्देश्य की पूर्ति हेतु, सारा ध्यान उस राजकुमार ने अपनी उपलब्धियों पर लगा रखा था। उसने सुरा-सुन्दरी से इतनी दूरी बना रखी थी कि पहली बार इस नाजुक-से क्षण में वह दिल की तेज़ धड़कन से घबरा-सा गया था। इससे पहले कि वह कुछ समझता, अपने दिल के हाथों विवश हो चुका था।

उसे लगा कि वह पहली बार ज़िन्दगी की एक अनजानी राह पर चल पड़ा है। राजपुताना, दक्खन, बल्ख-बदख्शां से लेकर कन्धार तक का यह विजयी योद्ध ा आज हार चुका था। उसके घुटने काँपे, साँसें अस्थिर हुईं। पहली ही नज़र में जो उसने ज़ैनाबादी को देखा तो उसका दिल तार-तार हो गया। "करने गये थे, उससे तगफ्फुल का गिला/कि इक़ नज़र की, बस खाक़ हो गये!" दुखी और निराश मन, संन्यास को उद्यत जैसे औरंगज़ेब को शायद किसी ने उबारा था तो मौसी के घर के इस उद्यान में इस नव-यौवना ने! जिसने मुग़ल राजकुमार, विजयी योद्धा और शाही तौर-तरीकों का ख़याल किये बगैर न केवल अपना गायन ज़ारी रखा, अपितु दाहिने हाथ से आम के वृक्ष की डाली अपनी ओर खींची, और गायन के सुर-लय के साथ डाल का पका, प्यारा-सा एक मीठा आम उसके हाथ में था। वैसे ही उसकी झोली में शहज़ादे का दिल भी पहुँच गया था, उसके अनचाहे या अनजाने बुझे दिल वाले शहज़ादे को जैसे इस अल्हड़ लड़की ने अपनी एक ही हरक़त से जीवन का वह पाठ पढ़ा दिया कि लक्ष्य प्राप्त करना है तो पूरे परिवेश को भूल जाओ। शायद उसके दिल-ओ-दिमाग़ को फल प्राप्त करने का सलीका सिखा दिया—अपना हक जानो। मत सोचो कि आसपास कौन उपस्थित है, अर्जुन की तरह बस अपना लक्ष्य देखो, सफलता प्राप्त करो और पूरे परिवेश से अनभिज्ञ बने रहो। उसे यक़-ब-यक़ नयी रौशनी मिल गयी, नयी शिक्षा भी और, उसके साथ आशा की किरण भी! अब

उसे सिर्फ़ अपने ध्येय—मुग़ल-सिंहासन पर ध्यान केन्द्रित करना था और इसी तरह से झपट्टा मारकर उसे हस्तगत करना था। लेकिन पहले हस्तगत करना चाहिए इतना बड़ा पाठ पढ़ा देने वाली इस शिक्षिका को! न जाने कब चाहे-अनचाहे, जाने-अनजाने वह औरंगज़ेब के हताश होते मन में आशा की नयी किरन का संचार कर गयी!

या कि उस प्रसिद्ध, निष्णात वीणा-वादक औरंगज़ेब के अन्दर बसे संगीत के तार उसके मधुर गायन ने झनझना दिये। या अन्दर का टूटा मन गीत-संगीत के स्वर-तरंग से झंकृत हो उठा। रही-सही कसर उस मृग-उद्यान के फल-फूलों, वृक्ष-पत्तियों और हलकी बयार में उनकी मिली-जुली सुगन्ध ने पूरी कर दी। ऐसे वातावरण में अशान्त से अशान्त मन वैसे ही शान्ति और सुकून महसूस करता है, उस पर एक चुलबुली-सी लड़की की अनजानी-सी मदमस्त स्वर-लहरी, बेबाक और आत्म-विश्वास से भरी हुई। आगे भी ऐसी ही किसी सम्भावना से इनकार नहीं किया जा सकता था कि ऐसे हर नैराश्य के अवसर पर उसे देखकर ही संयम, शान्ति, स्थिरता, स्फूर्ति और लक्ष्य प्राप्ति में खो जाने का मस्त-मौलापन जुनून की एक खुराक खुद-ब-खुद मिला जाये। या यही सुखद अतीत याद आये और फिर अपने लक्ष्य की ओर क़दम बढ़ जाएँ? कभी किसी हाल में भी मन परास्त न हो। वास्तव में, उस दौर में औरंगज़ेब ज़बरदस्त मानसिक, राजनीतिक, मनोवैज्ञानिक दबाव का सामना कर रहा था और उससे उबरने का कोई रास्ता उसे नहीं सूझ रहा था। आइए, उस पूरे परिवेश पर एक नज़र डालें, जिसने औरंगज़ेब के मन-मस्तिष्क को इस क़दर झकझोर दिया था कि वह एकाएक बदल गया और एक बच्चे की भाँति पहले ही प्यार की पहली चाहत पर पिघल गया। बात शुरू हुई कन्धार की दूसरी घेरेबन्दी से, जब औरंगज़ेब को 1652 की शुरुआत में मुल्तान से कन्धार विजय हेतु भेजा गया था। शाहजहाँ स्वयं काबुल के सैन्य-शिविर में रहकर सैन्य-गतिविधियों का नेतृत्व कर रहा था और औरंगज़ेब मात्र द्वितीय सेनापति की हैसियत से काम पर था। सारा कार्य शाहजहाँ के निर्देशों पर हो रहा था। मुग़ल प्रतिष्ठा से सम्बद्ध इस महत्त्वपूर्ण दुर्ग की विजय को आन्तरिक राजनीति के खेल का शिकार होना पड़ा! जैसे ही लगा कि औरंगज़ेब सफल हो सकता है, दारा और जहाँआरा बेग़म ने मिलकर अपने इस भाई को एक और यश अर्जित करने से वंचित करने का कठोर, निर्मम और घातक निर्णय लिया और उसे वहाँ से अपदस्थ करवा कर, वापस दक्खन जाने को विवश कर दिया।

बल्ख-बदख़्शां में, जहाँ दारा व अन्य सभी राजकुमार व सैन्याधिकारी असफल रहे थे, अकेले औरंगज़ेब के सर जीत का सेहरा बँधा था। और वह फिर एक बार अपनी प्रतिष्ठा में वृद्धि करके लोकप्रियता के चरम पर पहुँच सकता था। अतः न केवल अबकी बार उसे कन्धार की सम्भावित जीत से रोका गया, अपितु निश्चित ही उसे नीचा दिखाने के लिए यह निर्देश दिया गया कि वह अपने परिवार को

लेने स्वयं मुल्तान न जाकर किसी और को भेजकर उन्हें बुलवा ले, और फिर बिना समय गँवाए सीधे दक्खन चला जाये। मानो उत्तर भारत में उनको, जिनके हित उसकी प्रतिष्ठा और सैन्य उपलब्धियों की वजह से प्रतिकूल रूप में प्रभावित हो रहे थे उसकी उपस्थिति ही असहनीय हो रही हो। यह तथ्य, जो शाही फ़रमान उसे प्रेषित किया गया था, उसी से सुस्पष्ट और सुस्थापित हो जाता है। वस्तुतः जो फ़रमान उसे भेजा गया था, उसकी भाषा निहायत अपमानजनक और प्रत्यक्ष ज़लील करनेवाली थी, किन्तु औरंगज़ेब ने पूरे संयम का परिचय देते हुए अपनी प्रतिपक्षी और दारा की पक्षधर बहन जहाँआरा को लिखा कि "मैं हर-हाल में बादशाह के आदेश का पालन करूँगा। ऐसा न करना न तो मेरा चरित्र है न मंशा।" यह पत्र 'आदाब-ऐ-आलमगिरी' में संकलित भी है। वास्तव में, यह सब रमज़ान के पाक़ महीने में घट रहा था और औरंगज़ेब जैसे आस्थावान व्यक्ति के लिए इतनी लम्बी यात्रा दुर्गम-सी थी। किन्तु बादशाह और उसके इर्द-गिर्द के अमीर (दारा-जहाँआरा सहित) जैसे उसे दण्डित करने के लिए ही यह सब कर रहे हों। उसे तत्काल दक्खन पहुँचने के आदेश निरन्तर दिये गये, ताकि वह अशान्त और अस्थिर बना रहे। वह जब बढ़ी हुई नदी के कारण चम्बल पार नहीं कर पा रहा था, तब भी बादशाह ने नाराज़ होकर, सुस्ती के लिए डाँटते हुए उसे पत्र लिखा था। ज़ाहिर है, यह पत्र भी अपने प्रियजनों व औरंगज़ेब से ईर्ष्या करनेवालों के दबाव में ही लिखा गया होगा।

इस घटनाक्रम से सहज ही समझ में आता है कि दारा-जहाँआरा के चलते ही शाहजहाँ औरंगज़ेब के पर कतरने की कोशिश करने लगा, ताकि मुग़ल-तख़्त तक दारा का मार्ग निष्कण्टक हो सके। उसने जब यह सुना कि औरंगज़ेब ने अपने बड़े बेटे मोहम्मद का विवाह शाह शुजा की बेटी से तय कर दिया है तो दरबार में दारा गुट को यह समझने में देर न लगी कि इस वैवाहिक-गठबन्धन का भी निश्चित ही राजनीतिक निहितार्थ है। दारा के विरुद्ध लामबन्दी में औरंगज़ेब अपने भाई शाह शुजा को सम्मिलित कर रहा था। अतः उन्होंने यह सम्बन्ध न होने देने का निर्णय लिया, क्योंकि इससे औरंगज़ेब-शुजा दारा की तुलना में अधिक मज़बूत हो जाते। यह कोई आशंका नहीं थी, अपितु यह सब तब स्पष्ट हो गया जब बादशाह ने उसे विरोधी गुट के प्रभाव में आकर, उसे यह सगाई तोड़ने के लिए बाध्य किया। इस ओछी हरकत को राजनीतिक निहितार्थों से सम्पृक्त करने से खिसिया कर औरंगज़ेब को लिखना पड़ा—"आप कहें तो सुल्तान मोहम्मद को आपकी सेवा में, आपके पास मुग़ल दरबार में भेज दें। और मैंने तो सदैव हरसम्भव प्रयास किया है कि हम आपके प्रति आज्ञाकारी बने रहें। आप शेष पुत्रों के विषय में जो भी कहेंगे, मेरे लिए मान्य होगा, परन्तु यह सगाई तोड़ना मेरे और मेरे भाई शुजा के पारस्परिक सम्बन्धों के लिए लाभप्रद नहीं होगा।" ज़ाहिर है, औरंगज़ेब स्पष्ट कर रहा था कि वह अपने भाई

से अच्छे सम्बन्ध रखने के लिए ही यह सगाई कर रहा है। इसका सिर्फ़ रिश्तेदारी निभाना और सामाजिक निहितार्थ है और उसे ख्वामखाह राजनीतिक व गुटबन्दी का रंग दिया जा रहा है। 'आदाब' में संकलित इस पत्र के माध्यम से औरंगज़ेब स्पष्ट कर देना चाह रहा था कि वह बादशाह के आदेश के वास्तविक मन्तव्य को समझ रहा है और यह भी कि कैसे दारा और जहाँआरा के दबाव में यह निर्णय लिया गया है, जबकि इससे मुग़ल साम्राज्य की न तो किसी समस्या का समाधान हो सकता था, और न ही इसका कोई अन्य निहितार्थ समझा जा सकता था।

वास्तव में, यह सगाई तुड़वाने को एक गुट कितना दृढ़-प्रतिज्ञ था, यह अगले शाही आदेश से ही स्पष्ट हो जाता है। इस फ़रमान से न केवल दारा-जहाँआरा की कुत्सित मंशा प्रकट होती है, अपितु वह प्रभाव भी स्पष्ट हो जाता है, जो वे अपने पिता या मुग़ल बादशाह और समकालीन राजनीति पर डालना चाहते। अतः औरंगज़ेब द्वारा अपने ज्येष्ठ पुत्र की सगाई शुजा की पुत्री से न तोड़ने का निर्णय मुग़ल दरबार में प्रभावशाली गुट को निश्चित ही नागवार गुज़रा और एक अप्रत्याशित, अपमानजनक व भेदभावपूर्ण निर्णय लिया गया। इस निर्णय के अनुसार नाराज़ बादशाह शाहजहाँ ने दक्खन के वाइसराय औरंगज़ेब से असीरगढ़ का महत्त्वपूर्ण दुर्ग छीन लिया। दक्खन में इस दुर्ग को छीने जाने से उसकी सामरिक तथा सैन्य स्थिति तुलनात्मक रूप से कमज़ोर हो गयी। उसकी प्रतिष्ठा और छवि धूमिल करने की यह साज़िश थी। क्या इस प्रकार से औरंगज़ेब की स्थिति कमज़ोर करके बादशाह अन्ततः मुग़ल हितों और साम्राज्य को ही नुक़सान नहीं पहुँचा रहा था? क्या मुग़ल बादशाह राजकुमारों की प्रतिद्वन्द्विता में निष्पक्ष नहीं रह सकता था? क्या उसका भेदभाव रहित व्यवहार उचित नहीं होता? तीनों भाइयों की समझ में आने लगा था कि दारा उनके ख़ून का प्यासा है, और उनकी जान तभी तक सुरक्षित है, जब तक शाहजहाँ जीवित है। तीनों भाइयों के बीच अपने अस्तित्व को सुरक्षित रखने के लिए, एक सन्धि भी हुई और मुराद के एक पत्र में इसका उल्लेख भी मिलता है, जो 'फैयाजुल-क़वानीन' में संकलित है। यह औरंगज़ेब के दक्खन जाते समय दोराहा नामक स्थान पर सम्पन्न हुई थी। यह पत्र, चूँकि विश्वास के साथ मुराद ने जहाँआरा को लिख भेजा था, अतः वे दोनों भाई-बहन सचेत होकर आगे की रणनीति पर कार्य कर रहे थे और येन-केन-प्रकारेण इस तिकड़ी को अलग करने के उद्देश्य से, पहले चरण में, औरंगज़ेब-शुजा सम्बन्ध तोड़ने के लिए दृढ़-प्रतिज्ञ हो गये थे। उधर ये दोनों भाई—औरंगज़ेब व शुजा—समझ चुके थे कि अपने अस्तित्व की रक्षा के लिए ही सही, उन्हें एकजुट रहना पड़ेगा।

इतना ही नहीं हुआ, अब केन्द्र या मुग़ल दरबार द्वारा औरंगज़ेब से नाराज़गी के

बहाने ढूँढ़े जाने लगे। और तो और, उसके ऊपर बुरहानपुर में मौजूद 'बादशाह-पसन्द' आम के पेड़ों के फलों को चुराने का घिनौना और निम्नस्तरीय आरोप लगाते समय भी मर्यादोचित व्यवहार की सीमा का उल्लंघन हुआ था। बादशाह शाहजहाँ के इतने कान भरे गये कि उसने अपने मनपसन्द पेड़ों से आम चुराकर खाने का आरोप औरंगज़ेब पर मढ़ा। उसने औरंगज़ेब को यह तक लिखा कि उसकी नीयत में खोट आ गया है, और उसने जान-बूझकर 'बादशाह-पसन्द' आम कम भेजे थे। वास्तव में इतना घटिया पत्र और उसमें वर्णित घटिया आरोप लगाना न तो किसी बादशाह को शोभा देता था और न ही एक पिता को। वास्तविकता औरंगज़ेब के पत्रोत्तर से स्पष्ट है, जिसने साफ़-साफ़ लिखा–"मैंने यह जाँचने के लिए कि फल पक गये अथवा नहीं, गिनती के तीन आम मँगवाये थे। शेष सभी आम आपको बुरहानपुर से सीधे भेज दिये गये थे। अतः मेरे द्वारा उनके उपभोग की बात असत्य है। मैंने तो पूर्व में ही आपको आँधी के चलते आम की फ़सल के नुक़सान के बारे में सूचित कर दिया था कि सिर्फ़ एक ही डाल पर आम बचे रह गये हैं। अतः ये इलज़ाम बेबुनियाद है। मैं अपने उपभोग के लिए ये आम क्यों रखता?" इतना छोटा, घटिया आरोप मुग़ल दरबार की राजनीति के गिरते स्तर का ही द्योतक था। यह घटना और इससे सम्बन्धित सभी पक्षों के अध्ययन से यही स्पष्ट होता है कि औरंगज़ेब की राह में रोड़ा अटकाने और उसे नीचा दिखाने के लिए उसके विरोधी कितने निचले स्तर और टुच्चई पर उतर आये थे। अतः किसी भी स्वाभिमानी और प्रतिष्ठित व्यक्ति, जो अपने परिश्रम, पराक्रम और उपलब्धियों के आधार पर स्थापित था, उसके पास इज्ज़त से जीने का कोई भी विकल्प नहीं छोड़ा जा रहा था।

इन परिस्थितियों और उनसे उत्पन्न विकल्पहीन वातावरण से औरंगज़ेब इतना आहत, दुखी और निराश हो चुका था कि वह दरवेशी जीवन बिताने के विषय में सोचने को विवश हो गया था। उसने इस आशय का पत्र भी जहाँआरा को लिखा था–"यदि बादशाह सलामत को लगता है कि उनके समस्त सेवकों में मैं ही गर्दिश और गुमनामी में अपना जीवन व्यतीत करूँ, तो मुझे यह भी सहर्ष मंजूर है। बस वे एक बार हमसे यह स्पष्ट कह दें, फिर मैं हमेशा को गुमनामी में खो जाऊँगा, और किसी को मेरे कारण कोई तकलीफ़ नहीं होगी। मेरे साथ दस वर्ष पूर्व भी दक्खन की वाइसरॉयल्टी के दौरान यही सब हुआ था।" तीर शायद निशाने पर लगा था और फिर सब दरबारी विरोधी शान्त हो गये, क्योंकि औरंगज़ेब के सिवा किसी और मुग़ल शहज़ादे या अधिकारी से दक्खन को नियन्त्रित रखने की उम्मीद भी नहीं थी। जहाँगीर के काल में जो स्थिति दक्खन के सन्दर्भ में शाहजहाँ की रही थी, वही स्थिति और पकड़ शाहजहाँ के काल में औरंगज़ेब की थी। अतः शाहजहाँ भी जानता था कि एक सीमा के बाद क्या-क्या हो सकता है। क्या उसने अपने पिता को इसी

दक्खन के नाम खुसरू को उसे समर्पित करने के लिए बाध्य नहीं किया था? क्या इसी दक्खन के भरोसे उसने केन्द्रीय सत्ता के विरुद्ध विद्रोह का परचम नहीं लहराया था? क्या दक्खन के नियन्त्रण के बिना मुग़ल साम्राज्य का यह स्वरूप बचा रह सकता था? अतः उसने उस सीमा का अतिक्रमण न करने का निर्णय लिया, जिसमें मुग़ल शासन, सत्ता और साम्राज्य के हित प्रतिकूल रूप से प्रभावित हो सकते थे।

उधर वली-अहद दाराशिकोह फिर से कन्धार-विजय के अभियान में असफल हो चुका था। कहाँ तो औरंगज़ेब के सेनापतित्व में लग रहा था कि कन्धार का दुर्ग गिरने ही वाला है और मुग़ल विजय सुनिश्चित दिख रही थी, वहीं उसके हटते ही और फिर शुजा के हटाये जाने से स्थितियाँ बदल गयीं। रातोरात बाज़ी ईरानियों के हाथ में चली गयी, और इसके लिए दारा की सैन्य दुर्बलता ओर सामरिक नासमझी की भी भूमिका थी। वहाँ की घेरेबन्दी से औरंगज़ेब को इसीलिए हटाया गया था कि दारा को उसकी विजय का श्रेय मिल सके। ठीक उसी तरह, जैसे सब राजकुमारों के असफल होने पर बल्ख-बदख़्शां में औरंगज़ेब सफल होकर आमजन में तो लोकप्रिय हो गया था, किन्तु दारा-जहाँआरा सहित दरबारी राजनीति में प्रभावशाली गुट वालों की आँख की किरकिरी बना हुआ था; वैसे ही दक्खन की हालत थी। वहाँ भी सब असफल थे और अकेले औरंगज़ेब ही अपने शौर्य, कर्तव्यनिष्ठा और लगन से वहाँ की स्थिति को सम्हाल पाता था। वह टोडरमल-अकबर की भू-राजस्व व्यवस्था लागू करवाकर, इतना भू-राजस्व एकत्रित करने लगा था कि मुग़ल दरबार उसकी अनदेखी नहीं कर सकता था। इतना ही नहीं, इस व्यवस्था से वहाँ की किसान जनता को भी बहुत राहत मिली थी और कृषि-कार्य को राजकीय प्रश्रय और प्रोत्साहन भी! यही दक्खन की खुशहाली का कारण बना, और मुग़ल कोष में अभिवृद्धि का कारण भी। इसलिए औरंगज़ेब को तो मजबूरी में दुबारा दक्खन भेजा गया था, ताकि उसकी अनुपस्थिति में चरमरा रही व्यवस्था को पुनः पटरी पर लाया जा सके। और अब यदि, जिससे एकमात्र आशा थी, वही औरंगज़ेब बागडोर छोड़कर संन्यास में प्रवृत्त हो गया तो मुग़ल साम्राज्य के इस अविभाज्य अंग को कौन सम्हालेगा? अब मुग़ल दरबार और शाहजहाँ-दारा-जहाँआरा की गति बिल्कुल साँप-छछूंदर वाली थी। न तो बादशाह, दारा और जहाँआरा के दबाव में औरंगज़ेब को बख़्श पा रहा था और न ही उसके अभाव में शासन-प्रशासन को दुरुस्त रखने में किसी को सक्षम पा रहा था। कम से कम, दक्खन में तो यही स्थिति थी। उसके जैसा न तो उस काल में कोई योद्धा-सेनापति था और न ही योग्य प्रशासक।

ऐसे परिवेश में दक्खन पहुँचकर औरंगज़ेब अपनी मौसी से मिलने की नीयत से, अपने मौसा मीर ख़लील के यहाँ 3 फरवरी, 1653 को ज़ैनाबाद, बुरहानपुर पहुँचा। उसका मौसा मीर ख़लील पहले मुफ्तार खाँ, फिर सिपहदार खाँ और अन्त में

खां-ए-ज़माँ का विरुद या पदवी पा चुका था। बाद में औरंगज़ेब ने अपने शासन-काल में उसे खानदेश का सूबेदार भी नियुक्त किया था। इन मौसी-मौसा से उसका सम्बन्ध अधिक प्रगाढ़ था। उसकी दो मौसियाँ अपने-अपने पति की दक्खन में नियुक्ति के कारण वहाँ मौजूद थीं। वह जब मौसा मीर ख़लील के यहाँ प्रवास कर रहा था, तब अपनी इस मानसिक अस्थिरता के हालत में मन बहलाने की नीयत से घूमने निकला तो घूमते-घूमते ज़ैनाबाद-बुरहानपुर के 'अहू-खाना' या हिरन-उद्यान में जा पहुँचा। इस बाग़ और यहाँ घटी एक महत्त्वपूर्ण घटना का उल्लेख हमें हमीदुद्दीन खाँ बहादुर कृत 'अहकाम-ए-आलमगीरी' में मिलता है, जो एक तत्कालीन कृति है। इसमें इस घटना के सन्दर्भ में विस्तार से लिखा गया है—"ज़ैनाबादी, जिसका संगीत-कौशल इन्द्रियों को बरबस अपनी ओर खींच लेता था और जो चाटुकारिता में भी अद्वितीय थी, खां-ए-ज़माँ की पत्नी (औरंगज़ेब की मौसी) के हरम की अन्य स्त्रियों के साथ वहाँ (अहू-खाना) पर आयी और फलों से लदे हुए आम के एक पेड़ को देखकर प्रसन्नता और प्यार से आगे बढ़ी और गाना गाते हुए, गुनगुनाते हुए उछली और शहज़ादे की उपस्थिति को नज़रअन्दाज़ करते और कोई सम्मान प्रकट न करते हुए, अपनी पसन्द का आम तोड़ भर लिया, और वैसे ही गाते-गुनगुनाते उसे बे-झिझक खाने भी लगी। उसकी इस चेष्टा ने राजकुमार की समझदारी और आत्म-संयम को हर लिया। लज्जाजनक प्रार्थनाएँ कर-कर के, उसने ज़ैनाबादी को अपने मौसा के घर से प्राप्त किया और अपने कठोर इन्द्रिय-दमन, संयम और पवित्र धार्मिक प्रशिक्षण के होते हुए भी वह उसमें पूरी तरह आसक्त हो गया।"

अगर हम इस पूरे प्रकरण को उस पूरी पृष्ठभूमि में देखें और विश्लेषित करें, तभी हम समझ पाएँगे कि वे कौन-सी परिस्थितियाँ थीं, जिनमें औरंगज़ेब ने ऐसा अप्रत्याशित व्यवहार किया था। एकाएक क्या हुआ, जो औरंगज़ेब भावनाओं के प्रवाह में बह गया। उसका अनुशासन, शिक्षा, धार्मिक प्रशिक्षण, स्वभावगत विशेषता और अब तक के व्यवहार का इतिहास उस घटना को अप्रत्याशित ही करार दे रहे थे। ऐसा ही उसके समकालीन लेखन ने चित्रित और विश्लेषित भी किया है। इसीलिए औरंगज़ेब के इस व्यवहार को अप्रत्याशित मानकर, सभी आश्चर्यचकित और स्तब्ध थे। इतिहासकार और समकालीन शासक-प्रशासक, सेनापति, भाई-बहन, रिश्तेदार-नातेदार और अनुचर-परिचर, सुरक्षाकर्मी जैसे आमजन भी। किसी को समझ ही नहीं आ रहा था कि उसके मिजाज़ के ख़िलाफ़ इस चौंकाने वाले व्यवहार पर कैसी प्रतिक्रिया व्यक्त की जाये? शायद इसीलिए इस मामले ने इतना तूल पकड़ा, क्योंकि यह औरंगज़ेब से सम्बन्धित था। शायद उसके जैसे शुद्धतावादी और धार्मिक-नैतिक आचरण पर बल देने वाले राजकुमार से ऐसी प्रत्याशा किसी को नहीं थी। उसने आचरण और विचार के इतने ऊँचे मापदण्ड स्वयं स्थापित कर दिये थे कि कोई उसे

उसके नीचे मूल्यांकित कर ही नहीं पा रहा था। और, सारे राजकुमारों में यही अब अपने बनाये उसूलों से विरत व्यवहार का दोषी लग रहा था। अगर सभी अचरज में डूबे हुए थे, तो इस असमंजस का शिकार अन्ततः औरंगज़ेब भी हो गया।

लेकिन शायद, सत्ता से विरत होने वाले सुल्तान (जैसा कि पहले लिखा है, मुग़ल शहज़ादे सुल्तान कहलाते थे) औरंगज़ेब को ज़ैनाबादी की इस नादान-सी हरकत में रोशनी की एक किरण दिखी थी। उसे एक संबल मिला, एक इशारा दिखा, और अर्जुन ने जो गुरु द्रोणाचार्य के प्रशिक्षण से सीखा था ज़ैनाबादी का यह अन्दाज़-ए-बयाँ औरंगज़ेब को अनजाने में ही सिखा गया। अपने उद्देश्य की पूर्ति हेतु, उस अल्हड़ लड़की को कुछ भी नहीं दिखा था, न दिखना ही चाहिए था। सिवा लक्ष्य के; भले ही वह लक्ष्य छोटा-सा आम ही क्यों न हो। उसने अपने सुर-लय को तोड़े बिना, गीत गाते हुए, नज़र अपने लक्षित फल या आम पर रखी और उतनी ही तन्मयता और सहजता से उसे तोड़कर हस्तगत कर लिया। उसे जो चाहिए था, वह हासिल हो गया और फिर मगन भाव से गाते हुए उसने औरंगज़ेब ही नहीं, सभी को नज़रअन्दाज़ करते हुए उसमें दाँत गड़ाया और खाना शुरू कर दिया। उसकी इस हरकत ने मानसिक तनाव में जी रहे अनमने-से औरंगज़ेब को सहज ही यह सिखाया कि किसी को भी अपने ध्येय की प्राप्ति के लिए कैसे प्रयास और क्रिया करनी चाहिए? चाहे वह एक आम हो या उसके जैसे मुग़ल शहज़ादे के लिए कोई ख़ास और बड़ा लक्ष्य—जैसे कि तख़्ते-ताऊस! विरक्ति और संन्यास के लिए उद्यत जिस आशय का पत्र शाहजहाँ का यह सर्वाधिक योग्य पुत्र जहाँआरा बेग़म को लिख रहा था, वह एक ही घटना से बदल गया। उसका अवसाद और निराशा जाती रही। वह तरो-ताज़ा महसूस करने लगा। अपने अन्दर के परिवर्तन से वह स्वयं चकित और आशावान हो उठा।

एक ही क्षण में अब शहज़ादे को हिरन-बाग़ में राजनीतिक जंग में फिर से कुलांचें भरने की प्रेरणा मिल गयी थी। संन्यास का विचार स्थगित करके उसे फिर से जीने का उद्देश्य मिल गया था। एक बार फिर से शरीर में रक्त गति से संचारित होने लगा। धमनियाँ नये उत्साह से भर गयीं। उनमें जीवन और ऊर्जा प्रवाहित होने लगी। एक बार फिर से नैराश्य भरे जीवन में जीने की ललक हूक मार उठी। डूबते को तिनके का सहारा बन गयी ज़ैनाबादी की यह अल्हड़, मगर पक्के इरादे वाले आम तोड़ने की छोटी-सी प्रक्रिया। कभी-कभी कोई छोटी-सी बात भी अनचाहे, अनजाने हमें कोई बड़ा पाठ पढ़ा जाती है। यही इस होनहार राजकुमार के साथ हुआ था। वह जानता था कि मुग़ल प्रशासनिक प्रणाली और राजनीतिक संस्कृति में यह सम्भव नहीं था कि कोई भी सिंहासन की कृपा के बिना पदोन्नति करके, पद-प्रतिष्ठा प्राप्त कर सके। वह अकारण ही बादशाह और अपने पिता के रोष का

भाजन बन रहा था। वह अपने ही सगे भाई-बहन के षड्यन्त्रों से आज़िज आकर सांसारिकता से मुँह मोड़ने के लिए एक तरह का संकल्प कर रहा था कि तभी एक ताज़ी बयार आकर उसके कानों में नया गीत गुनगुना गयी। औरंगज़ेब को शायद उस एक पल और एक हरकत ने परिवर्तित-सा कर दिया। उसे लगा कि यह एक ईश्वरीय सौगात है। हताशा के पलों का एक संबल, जो सदैव ही उसे सकारात्मकता का स्मरण कराता रहेगा। उसे उसी पल वह लड़की 'ज़ैनाबादी जन्नत की हूर' सी लगी थी। और जो होना था वही हुआ। उसे एक ही नज़र में अपनी इस सौद्देश्य प्रकट हुई पारी से वाकई प्यार हो गया! औरंगज़ेब और प्यार—असम्भव! औरंगज़ेब और एक कनीज़ से प्यार तो और भी अविश्वसनीय! शायद उसे खुद भी खुद पर विश्वास न हुआ होगा। कितने ही सवाल मन में एक साथ उठे होंगे।

लेकिन वह औरंगज़ेब था। उसने हर बात को विश्लेषित करना शुरू किया। मगर दिल ने सारे तर्क, सारी दलीलों को उस एक हरकत के आगे कमतर पाया और वह धीरे-धीरे ज़ैनाबादी के प्यार में डूब ही गया तथा अपने मौसा से ज़ैनाबादी को माँगने की ज़िद कर बैठा। उसकी हालत ऐसी हो गयी, जैसे किसी हृष्ट-पुष्ट व्यक्ति को पक्षाघात हो गया हो। अपनी सुध-बुध लगभग वह खो ही बैठा। तीन पहर बाद जब उसे होश आया, तब उसकी मौसी ने उसके इस हाल की वजह जाननी चाही और माँ-सी मौसी, के स्नेह में औरंगज़ेब अपने दिल का हाल छुपा न सका। उसने पूरी बात मौसी से कहकर उससे अपने पति या औरंगज़ेब के मौसा से अपनी उस बाँदी को उसके लिए छोड़ने का आग्रह कर दिया। इसी बीच, औरंगज़ेब की दूसरी मौसी और बुरहानपुर के किलेदार सैफ़ खाँ की पत्नी भी वहाँ आ पहुँची थी। ज़ाहिर-सी बात है, औरंगज़ेब उनका भांजा ही नहीं, दक्खन का मुग़ल वायसरॉय और उनके पतियों का उच्चाधिकारी भी था। पर वह तो रिश्तेदारी के बहाने उपस्थित हुई थी। उसके पति को तो वैसे भी अपने उच्चस्थ अधिकारी के प्रति सम्मान प्रकट करने आना ही था। मुग़ल शासन-प्रशासन की परम्परा के फलस्वरूप, दक्खन के सूबेदार या वायसरॉय के आगमन पर सभी को मुख्यालय पर उपस्थित होना पड़ता था, अतः सैफ़ खाँ भी अपनी बेग़म और आसफ़ खाँ की एक अन्य पुत्री के साथ हाज़िर था। वैसे अपनी पत्नी को साथ लाने के पीछे भी उसका एक मकसद था। यही शहज़ादा उसे अपनी पहली पारी में दण्डित करवा चुका था। अतः उसे लगा होगा जो भी कटुता की स्मृति उनके मन में होगी, उसे शहज़ादा अपनी मौसी की उपस्थिति में ज़ाहिर नहीं करके, सौहार्दपूर्ण वातावरण में मिलेगा। अतः एक निश्चित गरज़ से सैफ़ खाँ अपनी पत्नी को, जो शहज़ादे की मौसी थी, साथ ले आया था।

ज़ाहिर-सी बात है, मौसी-मौसा की इस जोड़ी को भी उस हालात से रू-ब-रू

होना पड़ा, जो अचानक ही औरंगज़ेब की प्रेम विह्वलता से उत्पन्न हुआ था। और उनकी उपस्थिति से इस कहानी में एक पेंच भी आया या आते-आते रह गया। ख़ैर, यहाँ से एक नयी कहानी का जन्म हुआ, जिसे मनुची और अन्य लोगों ने विस्तार दिया। हमारा आशय यहाँ इतना ही है कि इसे भी ध्यान में रखा जा सकता है, ताकि मुग़ल राजनीति की अन्तःक्रियाओं और जटिलता को इसके माध्यम से सहजता से समझा जा सके। सैफ़ खाँ मुग़ल शहज़ादों का मौसा था, और ज़ाहिर है, औरंगज़ेब से मन ही मन अप्रसन्न और दारा से खुश था। उसे लगता था, और सम्भवतः सही लगता था कि जहाँ शाहजहाँ से शिकायत करके औरंगज़ेब ने सैफ़ खाँ को खानदेश के प्रान्तपति के महत्त्वपूर्ण पद से महरूम करवा दिया था, वहीं दारा ने उसे दुबारा बादशाह की कृपा दिलवाकर किलेदार बनवा दिया था। अतः उसकी नज़र में औरंगज़ेब से दारा अधिक प्रिय और पक्षधर था। किन्तु मरता क्या न करता, वही औरंगज़ेब पुनः दक्खन की कमान सँभालने आ पहुँचा था, और इस मोहब्बत के प्रकरण में उसे औरंगज़ेब से अपने साथ किये गये व्यवहार का प्रतिशोध लेने का एक नया अवसर मिल गया था। उसने इसी शहज़ादे के चलते अपमान झेला था, अतः वह इस प्रकरण को हिसाब बराबर करने का अचूक मौक़ा मान रहा था। उसने भी तो 'बादशाह पसन्द' आम के प्रकरण में बादशाह और अपने साढ़ू के कान भरे थे, और सारी मन-गढ़न्त बातें दारा-जहाँआरा के माध्यम से दरबार में पहुँचाता रहा था। वह दक्खन में दारा के हितों की वैसे ही सुरक्षा करता था, जैसे दारा उसके हितों को दरबार में अपना संरक्षण प्रदान करता था। दोनों के मध्य रिश्तेदारी के बन्धन के अलावा एक अन्योन्य-सा राजनीतिक सम्बन्ध अपने-अपने स्वार्थ के चलते विकसित हो गया था। दारा के इस पक्षधर को औरंगज़ेब को नीचा दिखाने का यह नायाब मौक़ा दिखा था, जिसका उसे वर्षों से इन्तज़ार था। वह इसी की शिकायत के चलते, गवर्नरी के स्थान पर मात्र किलेदारी जैसे छोटे पद से ही सन्तुष्ट होने को मजबूर था। अब उसे भी अपना बदला लेने का अवसर मिल ही गया था।

जब ज़ैनाबादी के प्रेम में दक्खन का सुल्तान औरंगज़ेब पगला-सा गया, या अपनी सुध-बुध खो बैठा, तब ज़ाहिर-सी बात है कि यह बात गुप्त नहीं रह सकी थी या स्वयं शहज़ादे ने ही इसे दिल में रखना उचित नहीं समझा और पहली बार अपना हाले-दिल बयाँ करने की पहल की। औरंगज़ेब ने सारी बात अपनी मौसी से कही। उसी के बाग़ में यह घटना घटी थी। मौसी ने अपनी बहन से यह बात बताई और औरंगज़ेब का सब हाल कहा। लेकिन यह मौसी थी तो मुमताज़ से भी बड़ी, मगर पति के स्वभाव से भी परिचित थी। एक ने दूसरी बहन को यही बताया कि कैसे उसने अपने मौसा मीर ख़लील से उस कनीज़ की माँग कर दी है। और वह भी इसे वाजिब और व्यावहारिक ही मानती है कि उनके यहाँ से यह कनीज़, जिसे

दक्खन का सुल्तान इतना चाह रहा है, उसी के हरम में भेज दी जाये। दोनों बहनों का वार्तालाप बहुत महत्त्वपूर्ण और दिलचस्प है। बड़ी बहन ने अपनी छोटी बहन से कहा, कि तुम लोग खुश-किस्मत, भले और शरीफ़ हो। अगर यह सब हमारे यहाँ होता तो हम मौसी होने के बावजूद अपने शौहर के सामने शहज़ादे की यह माँग चाहकर भी नहीं रख सकते थे। "कहीं अगर यह बात हमें अपने शौहर से करनी होती तो मैं नहीं कर पाती। भला हो कि मेरे यहाँ यह हादसा नहीं हुआ, और जिस पर दिल आया, वो सैफ़ खाँ के हरम की नहीं, बल्कि मीर ख़लील के हरम की कनीज़ है। यदि ज़ैनाबादी मेरे पति के हरम में होती तो वह उसकी हत्या कर चुका होता कि कहीं बात न बढ़ जाये और फिर से दक्खन के सूबेदार से मन-मुटाव न हो जाये!"

यह दो बहनों की आपसी बातें थीं। फिर छोटी बहन ने बड़ी बहन मलिका बानो से मज़ाक में पूछ ही लिया—"मान लो आपा, आप भी भांजे पर तरस खाकर, अपनी मृत बहन की याद करके, उसकी बात सैफ़ खाँ से कहतीं, तो क्या होता?" उसने भी मुस्करा कर हल्के अन्दाज़ में जवाब दिया, "अरे, तुम तो अपने बहनोई उस पापी, खूँखार और अत्याचारी सैफ़ खाँ को जानती हो न! वह पहले ज़ैनाबादी को मारता, फिर मुझे। वो सारे सबूत ही मिटा देता और वह वजह भी, जिससे शहज़ादे को सुकून मिल सकता। फिर शहज़ादा यही समझता कि, जब दोनों हैं ही नहीं, तब बात को क्या बढ़ाना? और उसका अपना उल्लू सीधा हो जाता। वह तो बादशाह और औरंगज़ेब दोनों को ही अपनी पदावनति के अपमान के लिए ज़िम्मेदार मानता है और उनसे प्रतिशोध का कोई अवसर नहीं छोड़ सकता।" वैसे भी ऐसे व्यक्तिगत माहौल में अपने खासम-ख़ास के आगे दिल की बात निकल ही जाती है। ख़ैर, उसने बात को आगे बढ़ाते हुए यह भी कहा—"मैं तो मौसी हूँ। उसके लिए शहादत दे सकती हूँ, मगर वह मासूम, बेगुनाह बच्ची बे-वजह क्यूँ मारी जाये। इसलिए मेरे लिए तो यह माहौल हाथ से बाहर निकल जाता। तुम्हारी और बहनोई मीर ख़लील की बात और है। तुम लोग सुखी, सन्तुलित, शान्त, स्थायी जीवन साथी हो, और वैसा ही गृहस्थ जीवन जी रहे हो।"

ज़नान-खाने की ये तमाम बातें हम सबको विदेशी यात्रियों की कलम से प्राप्त होती हैं, जो अपने सूत्रों से अपने व्यापारिक लाभ के लिए सारे स्रोत तलाशते रहते थे। राजनीतिक बैठकों से लेकर अमीर-उमरा के पारस्परिक सम्बन्धों की सूक्ष्म-से-सूक्ष्म जानकारी जुटाते रहते थे, कि कहीं थोड़ा-सा भी सहारा मिल जाये, कुछ लाभ की स्थिति बन जाये, कोई अवसर, कोई सुराग, कुछ भी। इसीलिए दो बहनों के निजी वार्तालाप का यह पूरा विवरण भी हमें प्राप्त है। उधर, जब औरंगज़ेब का हाल उसकी मौसी ने अपने पति से कहा, तब फ़ैसला लेने के लिए मीर ख़लील ने भी कुछ न कुछ तो सोचा होगा। किसी से बात भी की होगी और फिर इस अवसर पर, इस

मुग़ल सूबेदार का दूसरा मौसा और उसका अपना साढ़ू भी मौजूद था। अतः ऐसे में दोनों में बात होनी स्वाभाविक थी। इस विचित्र किन्तु सत्य परिस्थिति पर दोनों साढ़ू भी आपस में बातें कर रहे थे। जिसका जैसा स्वभाव होता है, वैसा ही उसका ख़याल होता है और अपने किसी ख़ास से दिल की बात तो वह कहता ही है। फिर अपना वह रिश्तेदार यदि महत्त्वपूर्ण पद पर और दक्खन में ही नियुक्त हो, तो ज़ाहिर-सी बात है कि उसके साथ तो सम्बन्ध प्रगाढ़ भी होंगे और बेतकल्लुफ़ी भी स्वाभाविक रूप से हो जायेगी। आसिफ़ खान के दोनों दामाद, अपने साढ़ू शाहजहाँ के शासन-काल में दक्खन के महत्त्व के हिसाब से वहाँ नियुक्त थे। अतः दोनों में आत्मीयता का होना स्वाभाविक ही था। ज़ाहिर-सी बात है, जब मामला दक्खन के सूबेदार के साथ-साथ, मुग़ल दरबार की राजनीति से जुड़ा हो तब तो फूँक-फूँक कर क़दम रखना बहुत ज़रूरी था। एक तरफ़ था दक्खन का मुग़ल सूबेदार, तो दूसरी ओर था मुग़ल बादशाह और मीर ख़लील का साढ़ू, जो अपने इस सूबेदार से बेहद नाराज़ और बदला लेने की फ़िराक़ में था।

वस्तुतः तीनों के इस पारस्परिक रिश्ते की वजह से मामला और पेचीदा हो गया था। कहीं कोई निर्णय जल्दबाज़ी में किसी का भी अहित न कर दे। मीर ख़लील सैफ़ खाँ के आ जाने की वजह से निश्चित ही साँप-छछूंदर जैसी स्थिति में फँस गया था। एक ओर औरंगज़ेब की समस्या थी ही, अब उसके प्रति मन ही मन शत्रुता पालने वाला सैफ़ जैसा कम्बख्त भी हाज़िर हो गया था। वह समझ चुका था कि उसे परीक्षण के सबसे बुरे दौर से गुज़रना पड़ेगा। औरंग़जेब और उसके बीच की बात अब दो लोगों के मध्य की पारस्परिक बात न रहकर सार्वजनिक रूप धारण करेगी। दक्खन का एक और अधिकारी इस बात को जान चुका है। क्या वह वाकिया-नवीस या खुफिया-नवीस के माध्यम से बादशाह और दरबार तक इस प्रकरण को नहीं पहुँचाएगा? क्या दारा-जहाँआरा उसके ख़िलाफ़ छोटी से छोटी बात को भी नज़रअन्दाज़ होने देंगे? क्या वे बादशाह को औरंगज़ेब के ख़िलाफ़ भड़काने से चूकेंगे? उसकी अपनी स्थिति ही कहीं दोषपूर्ण न दिखे? सारी घटना उसके यहाँ ही तो घट रही थी। ज़ैनाबादी उसी के हरम की तो एक अदना-सी कनीज़ थी। इस पूरे मामले में अपनी संलिप्तता से वह न इनकार कर सकता था और न ही बच सकता था। वह सब तरफ़ से मारे जाने के भय से सशंकित हो गया। न सुल्तान को नाराज़ कर सकता है न संप्रभु मुग़ल सम्राट को। और यह साढ़ू तो खुद उससे भी मन ही मन जलता था। उसका स्वभाव ही ऐसा था कि मजबूरीवश ही वे उससे सम्बन्ध निभाते थे, अन्यथा उससे एक निश्चित दूरी बनाये रखते थे। लेकिन अब तो स्थिति विषम हो चुकी थी। तीर तरकश से निकल चुका था। जो कुछ भी था, वह प्रत्यक्ष और सार्वजनिक था। अब न उसे छुपाया जा सकता था न किसी तरह

मोड़ा जा सकता था।

सैफ़ ख़ाँ ने एक साथ कई तीर चला दिये थे। किसी न किसी को तो वह शिकार बनाना चाह ही रहा था। अतः उसने इशारे-इशारे में मीर ख़लील से इस पूरे प्रकरण में अपना पक्ष मज़बूत करने और औरंगज़ेब को अपने ही खेल में मात देने की गरज़ से कहा—"हमें तुम्हें शाहनवाज़ ख़ाँ की पुत्री, जो औरंगज़ेब की पत्नी है, से कुछ लेना-देना नहीं है। मगर कानूनन आप अपनी कनीज़ के बदले औरंगज़ेब के हरम की कनीज़ 'छतरबाई' तो माँग ही सकते हैं। तब बादशाह के पूछने पर एक वाज़िब जवाब भी होगा, और औरंगज़ेब जैसा फ़िक्क (या न्याय) या मुस्लिम विधि का विशेषज्ञ इनकार नहीं कर पायेगा।" उसने विश्वसनीय होते हुए अपने साढ़ू को यही समझाया कि कम से कम, तुम अपनी स्थिति तो मज़बूत कर पाओगे और बादशाह को तार्किक जवाब भी दे पाओगे कि कनीज़ के बदले कनीज़ स्थानान्तरित हुई है। वैसे बात मार्के की थी। मगर इसके निहितार्थ कई थे। क्या वह रिश्तेदार होने के बावजूद औरंगज़ेब जैसे सशक्त सुल्तान को नाराज़ कर सकता है। क्या वह अपने पुत्र की उम्र के औरंगज़ेब से बराबरी का हिसाब करता या बड़े होने के नाते बड़प्पन दिखाता। उसके उसूल, उसके व्यवहार की वजह से ही तो औरंगज़ेब उसके यहाँ आया था। इसी वजह से तो अपनी मौसी को माँ जैसा आदर देकर उससे स्नेह प्राप्त करने की प्रत्याशा में उसे सब साफ़-साफ़ बता दिया था। वह चाहता तो क्या मीर ख़लील को कोई आदेश नहीं दे सकता था? तब उसकी क्या स्थिति बनती? यदि औरंगज़ेब ने अच्छे व्यवहार का प्रदर्शन किया था, तो अब उसकी बारी थी। अतः वह अपने साढ़ू की बातें सुनी-अनसुनी करते हुए बस हाँ-हूँ और वास्तव में ना-नुकुर ही करता रहा। इसी सैफ़ को औरंगज़ेब से दुश्मनी पूर्व में महँगी पड़ चुकी थी—उसे गवर्नर से एक क़िले का मालिक-भर बना दिया गया था। यही सब सोच-समझकर उसने फ़ैसला लेना टाल दिया।

मीर ख़लील ने यह सब सुना और अनसुना कर दिया। उसने तय कर लिया था कि वह दक्खन के इस योद्धा, सूबेदार और भांजे के मन की मानेगा और विधि के अनुसार, कोई क़ीमत अदा करने की शर्त भी नहीं रखेगा। आख़िर औरंगज़ेब ने भी यह एहसान माना और याद रखा तथा बादशाह बनने के बाद अपने इस मौसा, मीर ख़लील को खानदेश का सूबेदार नियुक्त किया। उसे शायद इस बात पर पूरी तरह ऐतराज़ न होता, पर ख़ामख्वाह औरंगज़ेब की ब्याहता, शाहनवाज़ ख़ाँ जैसे अमीर की पुत्री को घसीटने की बात उसे कत्तई नागवार गुज़री! अगर मन में नहीं हो, तो जुबां पर आये क्यों? इस पेशकश से जहाँ सैफ़ ख़ाँ ने अपना चरित्र प्रकट किया था, वहीं इसे पूरी तरह नज़रअन्दाज़ करके मीर ख़लील ने अपना! मीर ख़लील मुग़ल तोपखाने का अध्यक्ष रहा था और औरंगज़ेब की योग्यता, सामरिक समझ, शौर्य, कर्तव्य-निष्ठा

तथा ईमानदारी को देखा-परखा-समझा था। वह इस मुग़ल शहज़ादे से बिना प्रभावित हुए नहीं रह सका था। तत्कालीन मुग़ल बादशाह शाहजहाँ के साढू जैसी नज़दीकी रिश्तेदारी के चलते वह दरबारी राजनीति की बारीकियों से भी भली-भाँति परिचित था। अपने निहितार्थ और स्वभाव के अनुकूल वह किसी की पक्षधरता भी नहीं कर रहा था।

उधर, औरंगज़ेब के अपने अमीर, सैन्याधिकारी उसके साथ उसके गुणों के चलते एक अटूट सूत्र में बँधे हुए थे। वे जानते और मानते थे कि चारों मुग़ल शहज़ादों में यही सर्वश्रेष्ठ और सर्वोच्च है। अतः वे उसकी निष्ठा, कर्तव्यपरायणता, शौर्य, पराक्रम व विश्वसनीयता से पूरी तरह प्रभावित व प्रशंसक ही थे। उन्होंने उसी के साथ रहकर सबकुछ सीखा था, उसी की तरह तपकर, कठिनतम परिस्थितियों से गुज़रकर। उसके पास अति विश्वसनीय व निष्ठावान अधिकारियों की एक पूरी फ़ौज ही थी। उसका मुख्य सहायक और मुग़ल दक्खन का दीवान और मुग़ल-युद्धों और राजनीति का पुरोधा, मुर्शिद कुली खाँ तो अपनी जान तक अपने स्वामी पर छिड़कता था। वह इन तमाम गतिविधियों पर नज़र रखे हुए था। वाक़िया-नवीस तथा सुरु-नवीसों के सहयोग से समन्वय करके वह अपने आदमियों/गुप्तचरों के माध्यम से एक-एक हरकत की ख़बर प्राप्त कर रहा था। वह दोनों अधिकारियों, यथा मीर ख़लील और सैफ़ खाँ की भी पूरी जासूसी करवा रहा था। उसने औरंगज़ेब से यहाँ तक कहा कि यदि ज़रूरत पड़ी, तो वह (दीवान मुर्शिद कुली खाँ) सैफ़ खाँ और मीर ख़लील दोनों की हत्या करके औरंगज़ेब का रास्ता साफ़ कर देगा! "मैं तो आपको अपना मार्गदर्शक और आध्यात्मिक पथ-प्रदर्शक मानता हूँ, यदि इनको मारने के बाद कोई मेरा भी वध करता है, तो मुझे कोई अफ़सोस नहीं होगा, क्योंकि मैं अपना कार्य तो पूरा कर ही चुकूँगा।" क्या इसकी भी सूचना या कोई संकेत मीर ख़लील को मिल गया था? आखिर महल और रनिवास या हरम तो उसी का था, और यहाँ की सारी आन्तरिक व्यवस्था भी उसी की थी। उसके आदमी भी चप्पे-चप्पे पर रहे होंगे और उसे यह समाचार देने में उन्होंने कत्तई देर नहीं की होगी। यह भी सम्भव है कि कुशल रणनीतिज्ञ औरंगज़ेब और मुर्शिद कुली खाँ ने मिलकर, जान-बूझकर यह सन्देश सम्प्रेषित करवा दिया हो, ताकि मीर ख़लील अपने साढू के बहकाने और भड़काने में न आ जाये।

यह बात कितनी प्रचारित हुई थी, इसका प्रमाण भी इस बात से मिल जाता है कि कुछ समकालीन इतिहासकारों ने इसी को तथ्य मानकर न केवल इसका विस्तृत विवरण दिया है, अपितु उसे विश्लेषित भी किया है। यहाँ तक कि 'अहकामे-आलमगिरी' के लेखक हमीदुद्दीन खाँ ने भी यही विवरण दिया है, जैसा कि इर्विन द्वारा किये गये इसके अनुवाद से भी स्पष्ट है। लेकिन घटनाओं के सही आकलन और तिथि-निर्धारणों तथा अन्य तथ्यों से मिलान करने पर यह विवरण सही न होकर,

वही विवरण सही प्रतीत होता है। यह तो मात्र एकतरफ़ा, व्यक्तिगत वार्ताओं और कूटनीतिक प्रयोग को मिलाकर जल्दबाज़ी में लिखा गया विवरण ही साबित होता है। अगर इन दोनों बातों को समझ लिया जाये तो स्पष्ट हो जाता है कि औरंगज़ेब की दोनों मौसियों में भी वार्ता हुई और दोनों मौसाओं की भी। यही स्वाभाविक भी था। चूँकि मुग़ल कार्यशैली के अन्तर्गत सभी बातों का रिकॉर्ड करने वाले नियुक्त रहते थे और ख़ुफिया नज़र वाले गुप्तचर भी, अतः ये समस्त बातें संकलित हुईं। किन्तु इन्हें पढ़ने वालों को सावधानी बरतनी चाहिए और मुग़ल प्रशासनिक परिवेश को समझते हुए इस पूरे प्रकरण को तार्किक ढंग से विश्लेषित करने की ज़रूरत है।

इस पूरे प्रकरण में अप्रत्यक्ष रूप से इस प्रकार सम्मिलित हुए लोगों, यथा मौसियों-मौसाओं, मुग़ल शहज़ादों के प्रतिनिधियों, वाक़िया-नवीसों के साथ सुरु-नवीसों, हरम की सदस्याओं, दारा और जहाँआरा ने दिल्ली में बैठकर एक ऐसा माहौल निर्मित कर दिया कि औरंगज़ेब किसी अपराधी की तरह चित्रित होने लगा, जिसने विधि और परम्पराओं के उल्लंघन के साथ अपने ही स्थापित मानदण्डों और स्वीकृत लोकाचार का तिरस्कार करके एक जघन्य अपराध ही नहीं किया, अपितु पाप किया है! माहौल ऐसा बनने लगा, कि इस मुद्दे के स्पष्टीकरण की नीयत से औरंगज़ेब को मुग़ल बादशाह को पत्र लिखने पर मजबूर होना पड़ा! यह पत्र किस्मत से 'अहकाम' और 'मासिर-उल-उमरा' दोनों में संकलित है। वह लिखता है—"माननीय महामहिम, मैंने सदैव स्वीकार किया है कि मेरी त्रुटियाँ, गलतियाँ असंख्य हैं। किन्तु आपके निर्देशन में और प्रेरणा से हम अपने में निरन्तर सुधार लाने के लिए प्रयासरत रहेंगे! किन्तु, हम आपके अनुग्रही हैं, और इन तमाम गलतियों और त्रुटियों के बावजूद, हमने कभी महामहिम की इच्छाओं एवं आदेशों का उल्लंघन नहीं किया है। आपने इस (ज़ैनाबादी वाले) प्रकरण में जो कुछ भी सुना है, वह सब असत्य और शुद्ध अफ़वाह पर आधारित है। इसीलिए, हमने परम्परानुसार और विधि-सम्मत सम्प्रेषण के माध्यम, यथा मुग़ल-दरबार में नियुक्त अपने वकील के माध्यम से आपको सत्य और तथ्यों से तत्काल अवगत करा दिया था, और आपको सूच्य हो गया होगा, और आप वास्तविकता से अभिज्ञ भी हो गये होंगे! ... जिस प्रकार हमारा निर्माता और नियन्ता स्वयं ख़ुदा हमें तब तक दण्डित नहीं करता, जब तक हम कोई पाप न करें, उसी प्रकार उसके प्रतिनिधि और ज़िल्ले-इलाही होने के नाते आप सिर्फ़ अफ़वाह पर आधारित और सत्य से दूर बिना क़सूर और विधि-उल्लंघन के हमें दण्डित नहीं करेंगे... इतना ही नहीं, आप किसी भी आधारहीन अफ़वाह के आधार पर अपने इस सेवक के ऊपर असहनीय आरोप और लांछन न लगायें ... यह कृपा इस सेवक पर ज़रूर बनाएँ रखें।"

ख़ैर, ज़ैनाबादी ने आम तोड़ने की अपनी अदा से न केवल हताश-निराश औरंगज़ेब

को रास्ता दिखाया, अपितु गीत-संगीत, साथ-सहचर से उसका दिल भी जीता। वह शासन-प्रशासन के अलावा अगर कहीं वक़्त गुज़ारता, तो सिर्फ़ ज़ैनाबादी के साथ ही गुज़ारता। ज़ैनाबादी का जादू उस पर किस कदर छाया रहा, उसके दो उदाहरण मिलते हैं। एक बार तो हद ही हो गयी। 'अहकाम' का लेखक लिखता है कि कैसे उसने दृढ़-प्रतिज्ञ, संयमी, धर्म में अडिग और अनुशासित औरंगज़ेब को एक दिन मदिरा का एक प्याला दिया तथा उसको पीने का निवेदन किया। औरंगज़ेब जितनी दृढ़ता से मना करता, उतना ही प्यार से वह इज़हार करती। वह उसे अपनी अदाओं से रिझाती, कसमें खिलाती और अपने प्यार का वास्ता देती रही। औरंगज़ेब ने बहुत अनिच्छा दिखाई, उससे ऐसा न करने की प्रार्थना तक की, मगर उसने अपनी जान तक का वास्ता देकर, औरंगज़ेब के कौल-ईमान को डिगा ही दिया। औरंगज़ेब कहता रहा कि उसके लिए तो ज़ैनाबादी का ही नशा बहुत है। वह तो उससे मुलाकात में, उसके आलिंगन में, उसके स्पन्दन में, उसकी साँसों में अपनी साँसों के मिल जाने में ही जन्नत पा लेता है। उसे दुनिया की और किसी चीज़ की ज़रूरत ही नहीं रह जाती, जब वह ज़ैनाबादी के आगोश में होता है। वह सब कुछ भूल जाता है, सब ग़म, तमाम बाहरी दुनिया और उसकी गतिविधियाँ। लेकिन ज़ैनाबादी भी न जाने क्या ठाने बैठी थी। उसने येन-केन-प्रकारेण अपना त्रिया-हठ नहीं छोड़ा और औरंगज़ेब को इस परीक्षा के लिए तैयार कर लिया। आख़िर में आजिज़ आकर औरंगज़ेब ने प्याला उठा ही लिया। बस, ज़ैनाबादी को अपनी जीत का एहसास और अपने प्रति औरंगज़ेब के प्यार और समर्पण का भरोसा हो गया। वह इतना ही तो चाहती थी। उसने जैसे यही कोई अन्तिम परीक्षा ली थी।

'अहकाम' के लेखक के अनुसार—"उस चतुर जादूगरनी ने उसके (औरंगज़ेब के) हाथ से मदिरा से भरा वह प्याला छीन लिया और कहा : 'मेरा उद्देश्य इस अभागी शराब से तुम्हारा मुँह कड़वा करने का नहीं, अपितु तुम्हारे प्रेम की परीक्षा लेने का था' ..." जैसे औरंगज़ेब ज़ैनाबादी के प्यार में पहली नज़र में गिरफ्तार हुआ था और फिर उसी में डूबता चला गया। इसके बाद वह न तो उसके आगोश और न उसके असीम प्यार से उबर सका। उसकी शाम और खाली वक़्त ज़ैनाबादी के पास ही गुज़रता। वही उसे प्रोत्साहित करती थी। उसके गुणों की प्रशंसा करके वह उसे मुग़ल सिंहासन के लिए सर्वथा योग्य मानती और उसे एहसास दिलाती थी कि उसे अपने हक के लिए अपने शत्रुओं से लड़ने में कत्तई नहीं चूकना है। दुर्भाग्य से, औरंगज़ेब को जब वह सत्ता-संघर्ष के लिए मानसिक व मनोवैज्ञानिक रूप से पूरी तरह से तैयार कर चुकी, तभी उसकी आकस्मिक मृत्यु हो गयी। अतः उस तथाकथित 'उत्तराधिकार के युद्ध' से पूर्व ही औरंगज़ेब उसके ग़म में पूरी तरह डूब गया। उसने ज़ैनाबादी को पूरे शासकीय सम्मान के साथ औरंगाबाद के बड़े तालाब

के पास दफनाया। वह इतना अधिक शोकाकुल और अधीर हो उठा था, उसे समझ ही नहीं आया कि वह कैसे इसे अभिव्यक्त करे अथवा उससे उबरे। आख़िर एक सैनिक, सेनापति, योद्धा, सुल्तान या सूबेदार, अनिर्णय की स्थिति और भाग्य से प्रतिशोध लेने की नीयत से शिकार खेलने निकल पड़ा।

मुग़ल ताज की दौड़ में जब औरंगज़ेब उत्तर की ओर युद्धों की प्रक्रिया में फँसा, तब तक उसकी प्रमुख पत्नी शाहनवाज़ खाँ सफ़वी की पुत्री दिलरस बानो भी उसका साथ छोड़ गयी थी। उसकी मृत्यु 8 अक्टूबर, 1657 को हुई। ऐसे में जब वह एक विजेता के रूप में मुग़ल सिंहासन पर आसीन हुआ, तब उसके पास न तो उसकी पत्नी थी न प्रेयसी! दोनों ही मानो उसके मुग़ल सिंहासन को वरण करने की प्रक्रिया में कोई रोड़ा खड़ा करना नहीं चाहती थीं! या उसके इस नये सम्बन्ध में अवरोध नहीं बनना चाहती थीं! वे दोनों ही उसकी महत्वाकांक्षा से भली-भाँति परिचित थीं, अतः क्या कोई इच्छा-मृत्यु की कामना की थी इन दोनों ने या सिर्फ़ यह एक महज़ संयोग था? ख़ैर, बादशाह बनने के उपरान्त जब उलेमा के एक बड़े बर्ग ने बादशाह औरंगज़ेब आलमगीर को 'ज़िन्दा पीर' घोषित किया था, तब तक इस तरह के तमाम क़िस्से भी प्रचलित हो गये थे। वास्तविकता तो फिर भी यह थी ही कि वह प्रिय पत्नी और प्रेयसी दोनों से बिछुड़ कर अपने सबसे प्रिय लक्ष्य—मुग़ल सिंहासन पर आसीन हुआ था। उसने पहले दारा से मानसिक रूप से विजित होने की नीयत से उसकी दोनों उप-पत्नियों—राना-ए-दिल और उदयपुरी महल को अपने हरम में शरीक होने का न्योता दिया था। किन्तु उदयपुरी महल द्वारा उसका न्योता सहज ही स्वीकार करने के बावजूद वह राना के इनकार और उसकी दृढ़ता से ज्यादा प्रभावित हुआ था।

कभी ज़ैनाबादी ने भी उसकी उपस्थिति को इसी तरह नज़रअन्दाज़ किया था और झूला झूलते हुए, पेड़ से आम तोड़कर अपने उद्देश्य की प्राप्ति की थी...उसी तरह राना-ए-दिल ने भी उसकी उपस्थिति की अवहेलना करके उसे नज़रअन्दाज़ किया, और उसे लगा जैसे उसे खोयी हुई ज़ैनाबादी ही मिल गयी हो। इतना ही नहीं, राना भी तो अपने लक्ष्य की प्राप्ति में एकाग्र थी। उसे दारा की मृत्यु के लिए ज़िम्मेदार औरंगज़ेब को कटु सन्देश देना था। और वह अपने तरीके से दे भी रही थी। रही बात औरंगज़ेब की, तो यह तो उसकी दुविधा थी कि वह अभी भी आशान्वित था कि अन्ततः राना हामी भरेगी। अतः जब राना ने पहले इनकार करने के साथ अपने केश काट कर त्याग का परिचय दिया, तब औरंगज़ेब ने इसे कोई परीक्षा ही समझा होगा। उसके भाग्य में सिर्फ़ परीक्षाएँ ही तो लिखी थीं। अतः हार न मानने वाले शख़्स औरंगज़ेब ने इसके बाद भी जब दुबारा प्रणय-निवेदन किया, तब राना ने इनकार ही नहीं किया, अपितु अपने चेहरे को छोटे किन्तु धारदार चाकू

से रक्त-रंजित करके ख़ून से तर-बतर एक रूमाल बादशाह को भेज दिया था। उसने यही समझा कि अब बादशाह को उसके आत्मोत्सर्ग का स्पष्ट सन्देश मिल जायेगा और वह अपना इरादा बदल देगा। वास्तव में यही हुआ भी। औरंगज़ेब अब इस त्याग और आत्मोत्सर्ग के सन्देश को समझ गया था।

हालाँकि यह भी सच था कि इससे उसने अपने प्रति औरंगज़ेब के आकर्षण, प्रेम और इज़्ज़त को और बढ़ा दिया था। स्तब्ध रह गये औरंगज़ेब के दिमाग़ में एक बार ज़ैनाबादी का मदिरा-पान के लिए वह हठ भी स्मरण हो आया होगा। अपने प्रति औरंगज़ेब की प्रेम-परीक्षा का ज़ैनाबादी की ही भाँति यह भी क्या कोई अनोखा तरीका था? और मदिरा-पान के लिए बाध्य करने के पश्चात औरंगज़ेब जब उसे होठों तक ले गया था, तो कैसे उसने मदिरा का प्याला उसके होंठों से खींचकर फेंक दिया था! उसने तो उसके मदिरा न पीने, किन्तु प्रेम के प्रति पूर्ण समर्पण पर अपनी प्रसन्नता ज़ाहिर कर दी थी। इसी कारण राना को लेकर एक सन्देह, एक आशा शायद औरंगज़ेब के मन में अब भी शेष थी। मयूर-सिंहासन पर बैठा मुग़ल बादशाह इतनी जल्दी हार क्यूँ कर मान लेता? ज़ैनाबादी तो नादान थी, किन्तु राना-ए-दिल तो उससे अधिक परिपक्व थी। क्या वह कोई दीर्घकालीन परीक्षा लेकर ही अपनत्व प्रदान करेगी? यह दुविधा उसके मन-मस्तिष्क में निश्चित ही कहीं व्याप्त थी। उसे यही लगा कि राना-ए-दिल भी शायद ज़ैनाबादी की भाँति कोई परीक्षा ले रही हो? उसे भी परीक्षा से गुज़रने में अब कुछ भी गुरेज़ नहीं था। वह इतने लम्बे युद्धों से उबरा था, जो अपने-आप में मुग़ल सिंहासन के लिए योग्यतम के चुनाव की ही कठिनतम परीक्षा सिद्ध हुए थे। ऐसा संघर्ष मुग़ल ताज के लिए न इससे पूर्व और न ही उसके बाद कभी हुआ। अतः विजयी औरंगज़ेब एक बार फिर प्रेम और प्रणय के लिए परीक्षा देता दिख रहा था।

औरंगज़ेब अपना पारिवारिक जीवन अब लगभग लुटा चुका था और नितान्त दुर्गम मार्ग और रक्त-रंजित 'उत्तराधिकार के युद्ध' के उपरान्त उसने सर्वोच्च सत्ता और मयूर-सिंहासन भी हासिल कर लिया था। वह अपने सारे भाइयों को पराजित करके, और उसी क्रम में मुग़ल बादशाह शाहजहाँ को बन्दी बनाकर, अपने लक्ष्य की प्राप्ति में सफल हुआ था। अपने सबसे प्रबल शत्रु तथा बादशाह और बहन जहाँआरा को अत्यधिक प्रिय दारा को मृत्यु-दण्ड देने के उपरान्त उसका अपना मार्ग निष्कंटक हो चुका था। अब उसे साबित भी करना था, कि वही अब सत्ताधीश है। अतः उसने उदयपुरी महल और राना-ए-दिल दोनों से ही अपने हरम में शामिल होने का अनुरोध (आदेश नहीं!) किया था। जहाँ तक दाराशिकोह का प्रश्न था, उसकी प्रमुख पत्नी का देहावसान तो उसके बन्दी बनाये जाने से पूर्व ही, 6 जून, 1659 को हो चुका

था। उसके बाद दारा की यही दो प्रिय उप-पत्नियाँ थीं। जैसा कि पूर्व में कहा जा चुका है कि उदयपुरी महल तो अविलम्ब औरंगज़ेब की हो गयी थी, परन्तु राना ने उसे किसी भी तरह नहीं अपनाया। औरंगज़ेब ने भी इसके पश्चात उसे कुछ नहीं कहा और न कभी उसे दण्ड का भागी माना, अपितु उसकी पेंशन भी दारा की अन्य पत्नियों के बराबर निर्धारित कर दी और उसे अपने मन-मुताबिक जीने की स्वतन्त्रता का अधिकारी माना। उसने अपना मन मारकर राना को ज़ैनाबादी का ही दूसरा रूप माना और जीवन-भर फिर कभी उसे प्रताड़ित या परेशान नहीं किया।

❑❑